鋭い批評をしてくれるパートナーとして、
あいまいな事実の収集家として、
でも何よりも、大切な友人として
最初からずっとそこにいてくれた
バーバラ・ドンブロウスキーに。

悪魔公爵の初恋

おもな登場人物

ペネロペ・ペティピース――――秘書
キングスランド公爵（キング）――――ペネロペの雇い主
ローレンス――――キングの弟
キングスランド公爵未亡人――――キングの母親
ビショップ――――キングの友人
ルーク――――キングの友人
ナイト――――キングの友人
キャサリン――――キングを振ったレディ
グリフ・スタンウィック――――キャサリンの婚約者
マーカス・スタンウィック――――グリフの兄。元公爵家の跡継ぎ
ルーシー――――メイド。ペネロペの友人
ハリー――――従者
キーティング――――執事

1

一八七四年七月二日　ロンドン
キングスランド家の舞踏会まであと六週間

心から愛してやまない男性の結婚相手を選ぶことほど、不愉快な仕事はない。もしこの世にそれ以上に不愉快な仕事があるとしても、ペネロペ・ペティピースには想像もつかない。でもそのいっぽうで、キングスランド公爵の秘書になって以来八年間ずっと、さまざまに不愉快な仕事に悩まされ続けてきた。そろそろ慣れるべきなのだろう。でも一番最近与えられた仕事は、どう考えても常軌を逸していた。

ロンドンにある公爵の邸宅内で、自分専用の小さな事務室の机に座りながら、ペネロペはある年のクリスマスに公爵から贈られた、柄の部分に緑色の大理石が施されたレターナイフを使い、手際よく次の封筒を開封した。できれば封蝋《ふうろう》に傷をつけないまま開封するのが望ましい。ずっしりと重たい羊皮紙を取り出して広げ、めがねの位置を調整すると、どこかの若くて純粋無垢《むく》な未婚女性がしたためた手紙に目を通し始めた。その女性は細心の注意を払い、最近公爵が発表した〝婚期に達した出産可能な貴族のレディを公爵夫人として求む〟という簡潔きわまりない新聞広告を見て応募したいきさつを切々と書き記していた。文面から彼女のあふれんばかりの希望が伝わってくる。実は、公爵は昨年も同じ広告を出したのだが、その試みは悲劇的な結末を迎えることになった。

前回、公爵は花嫁候補選びを彼自身で行い、まさにこの邸宅で開かれた舞踏会で、選んだ相手の名前を華々しく発表した。監督役として、その舞踏会の準備を担当したのがペネロペだ。

当日はドラの荘厳な音が鳴り響いた瞬間、目立たないよう物陰に隠れながら成り行きを見守った。ドラの音を合図に選んだ相手を発表するという手順で、公爵が誰を選んだのかは、ペネロペもロンドンじゅうの人間もそのときまで知らされていなかったのだ。そしてついにキングスランドはその女性の名前――レディ・キャサリン・ランバート――を口にした。

それからほぼ一年間、キングスランドはその女性と交際を続けたが、結局彼女から背を向けられた。その女性が選んだのは爵位も遺産もなく、おまけに反逆を企てた父親を持つろくでなしだった。キングスランドはその場ですぐに学ぶべきだったのだ――個人の感情を交えないあんなやり方では、彼にふさわしい妻を手に入れることなどできないのだと。

ところがそうはならなかった。レディ・キャサリンに求婚を断られてからわずか二日後、公爵はまたしても『タイムズ』に別の広告を掲載した。複雑な問題を簡単に解決し、自身が満足できる女性を手に入れるために。八十通以上も分厚い封筒が届けられたが、その一通も開封しようとせず、もちろん、慎重に言葉を選んで書かれた手紙に目を通すこともないまま、キングスランドはその仕事をペネロペに丸投げしたのだ。

それに苦しめられているにもかかわらず、ペネロペは自分の責任を生真面目に果たしている。自身のオーク材の机がほとんど隠れるくらい大きな丈夫な包み紙《ブッチャーズペーパー》に線を引いて表を作り、手紙を送ってきたレディの名前と、その女性が持つ特徴――公爵が妻に求めるはずだと思われる特徴――を一人ずつ書き込むようにしている。とはいえ、キングスランド本人からは、妻に求める具体的な条件を一つしか聞かされていない。

〝僕に必要なのは物静かな公爵夫人だ。僕が彼女を必要としているときにはそばにいて、必要としていないときにはそばにいない女性が望ましい〟

ただし、どんな女性も、そばにそっと寄り添ってくれる男性を望んでいる。たとえ、心から彼を必要とする本当の気持ちにまだ気づいていないときであっても。面倒がらずにそばにいて、きみは価値ある存在だと言い、自信をつけてくれる優しさと包容力を兼ね備えた男性を求めている。

第九代キングスランド公爵、ヒュー・ブリンズリー＝ノートンはどう考えてもそういう男性ではない。

それなのにペネロペはなすすべもなく彼に惹《ひ》かれてしまった。つくづく非現実的な自分のハートが恨めしい。

キングスランドから気のあるそぶりをされたことは一度もない。というか、公爵が別のレディの名前を発表するあの瞬間まで、彼を愛していることに気づいてすらいなかった。それなのに、その名前を耳にしたとたん、胸を強く殴られたような衝撃を覚えた。実を言うと、公爵にそれほど深い気持ちを抱いていたこと自体、自分でも驚きだった。きっとそれは、キングスランドが屋敷を不在にする間、この自分を信頼して仕事を任せてくれているからだろう。

公爵は投資の機会を求めてひんぱんに旅をしている。彼にとって、投資は人生でたった一つの目的と言っていいだろう。投資にかまけているせいで、それ以外の努力――たとえば適切な求婚活動――に割く時間がほとんどない。キングスランドが所有している領地は、公爵領、伯爵領二つ、子爵領四つだ。当然ながら、そこで暮らす借地人たちの暮らしを守る責任も、彼の肩に重くのしかかっている。公爵のために仕事をするようになるまで、貴族は甘やかされた怠け者だと常々考えていたのだが、キングスランドを見ていて真実を思い知らされた。貴族とは、押しつぶされそうなほど重たい責任を背負っているもの。だからこそ、キングスランドに対する尊敬の念はとどまるところを知らないのだ。そして、彼に対するこの胸の熱い想《おも》いも。

「ミス・ペティピース？」

「いったい何？」ペネロペは弾《はじ》かれたように頭をあげると、こちらの仕事の邪魔をした気の毒な従者をにらんだ。

でも、すぐに後悔した。驚いたように見開かれた彼の目に、少しだけ恐れの色が宿っている。巨大で気味が悪いクモが巣を張っているのをたまたま見つけ、その作業を邪魔するのは得策でないと気づいたときにはもう手遅れだった――そんな表情をしている。

「ごめんなさい、ハリー。何か用かしら？」

「閣下が図書室であなたをお待ちです。今、呼び鈴が鳴ったところです」

「ありがとう。すぐに行くわ」

「どういたしまして、ミス」

ハリーがすぐに立ち去ると、ペネロペは読んでいた手紙を脇へ置いた。その手紙には、書き手の才能の数々がこれでもかとばかりに記されていた。ピアノが演奏できる、歌がうまい、クロケットが上手、それにフェンシングも。フェンシングは、これまでほかの誰も書いてきたことがない特技だ。ということは、表にもう一つ項目をつけ足す必要があるだろう。キングスランドがけがをする危険性だ。この手紙を書いた女性が実際に公爵にけがをさせ、公爵には今まで彼女の特技のどれ一つとして楽しむ時間の余裕などなかったのだと気づいたときにはもう遅い。

手彫りの黒大理石のペーパーウェイトをつかみ、その手紙の上にのせた。〝将来の公爵夫人にふさわしい人物かどうか、まだ検討中〟という意味だ。ちなみに、ペーパーウェイトには〝早起きは三文の徳〟という金文字が刻されている。この仕事に就いて一年経《た》ったとき、公爵から贈られたものだ。

椅子を引いて立ちあがり、髪を軽く撫《な》でつけながら、きっちり結いあげたお団子から髪が一本もほつれていないのを確認した。いつでも可能な限り、いくつもの仕事を同時にこなすようにしながら、日々の一瞬一瞬を無駄なく有効に使うようにしている。鏡を見る手間さえかけず、身だしなみに乱れがないのを確認し終えて満足し、目的地に向かって大股で進み始めた。

厨房《ちゅうぼう》に通じる廊下をまっすぐ進み、呼び鈴が二列に並んでいる壁の前を通り過ぎた。一列はペネロペのため、もう一列はペネロペ以外の使用人たちのためだ。その壁には屋敷内の部屋の名前も記されているため、どの場所で呼び鈴が鳴らされたか一目でわかるようになっている。それから自分の小さな寝室――使用人たちと同じ居住空間にある――に通じる階段の脇を通り過ぎ、別の通路に入った。その通路の先にある階段はかなり使い込まれている。従者たちが食事を運んだり、執事が正面玄関の呼び鈴に応えたり、公爵未亡人がこの屋敷に滞在した場合にメイドが世話したり、下僕が公爵の用事をこなしたりでひんぱんに行き来するためだ。

　ペネロペも、屋敷の主要な部屋に通じるこの階段の使用を許されている。彼女もまた公爵の用事をこなしているからだ。とはいえ、自分はほかの使用人たちよりもはるかに重要な責任を負っているという自負がある。この屋敷の使用人たちもそうとらえているのは明らかだ。なぜならペネロペが姿を現すと、物事がすべて円滑に進むから。執事でさえ、閣下の機嫌が悪いとき、ペネロペに相手をさせることに異論を唱えたことは一度もない。

　公爵の執務室のもう少し近くに自分の事務室があればいいのに。ペネロペはそう思っているのだが、公爵からはそのことについて一度も意見を求められたことはない。残念ながら、自分の妻に対してもそういう態度は変わらないだろう。

　キングスランドの意識の焦点は、彼が所有する帝国に絞り込まれている。まさしく一点集中で、その帝国以外の部分にまで及ぶことはほぼない。キングスランドにとって大事なのはお金を稼ぐこと、そしていかなる犠牲を払ってでも成功を手にすること。それ以外には興味がない。でも、彼が仕事をするときに見せる抜け目のなさ、能力の高さ、情け容赦のなさには圧倒される。それこそ息をのむほどの辣腕ぶりだ。目を見張らずにはいられない。

　これまでペネロペは公爵から実に多くを学んできた。ほかの多くの女性たちと同じように、ペネロペもまた自分の収入で民間事業や国債に投資して、驚くほどの利益を得ている。

かつてのように、生き延びるため、普段なら考えられないことをやる必要もないだろう——もう二度と。

図書室に近づくと、戸口に立っていたお仕着せ姿の従者がすばやくお辞儀をし、扉を開けてくれた。両肩をそびやかし、背筋をまっすぐ伸ばし、気を引き締めながら、図書室へ足を踏み入れる。キングスランド公爵の姿がちらりと見えるだけで、へなへなとその場にくずおれそうになっているのを、彼に気づかれたくない。そんなふうになるのは、キングスランドが悪魔のようにハンサムだからではない。ハンサムな男性なら山ほど知っている。それよりも、公爵の全身から放たれている自信や、目を合わせたときのまなざしの揺るぎなさ、それに、自らの権力と影響力を易々《やすやす》と使うさまにどうしても惹きつけられてしまう。

公爵はこちらをいやらしい目で見たりしない。ペネロペを尊敬すべき男、その意見に耳を傾けるべき男であるかのように見る。公爵に出会う前、ペネロペはそんな体験をしたことが一度もなかった。だからよけいに頭がくらくらしてしまう。

キングスランドの濃い色の髪は、流行《はや》りよりもほんの少し長めだ。ペネロペも下僕と一緒に、彼の髪を整えなければいけない場合がある。公爵の前髪は特に手ごわく、いくら横に撫でつけようとしても言うことを聞かない——この器用な指先をもってしても。彼が立ちあがった瞬間に、撫でつけたはずの前髪が反抗するように、黒曜石のごとき瞳にはらりと落ちる。しなやかな長身の立ち姿を見るたびに、公爵の体を包んでいる服がうらやましくなる。仕立屋によって一針一針ていねいに縫われているため、どの服もキングスランドにぴったりで、彫刻のような体つきをさらに引き立てている。

もちろん、公爵とは朝食も一緒に食べている。彼からそうするようにと言われたのだ。夜眠りにつくときや朝目覚めた瞬間に、さまざまなアイデアやひらめき、それに、調査すべき事柄が思い浮かぶためだという。ときには、朝食の席で彼からその日一日の過ごし方を指示されることもある。ペネロペ自身、まどろんでいるときに公爵の頭を悩ませている問題の解決法を思いつくと、すぐに目が冴《さ》えてしまうので、朝食をとりながらその解決法を提案するようにしている。そんなふうに朝を始めるのは、ことのほか楽しい。たとえ公爵と一緒のテーブルにいて無言のまま、それぞれの席に置いてある、執事がアイロンをかけた新聞を広げて読んでいるだけだとしてもだ。キングスランドは、ペネロペにも可能な限り情報を与えることが、ひいては自身の利益につながると信じている。

「ペティピース、きみを待っていたんだ」キングスランドの低くて柔らかな声を聞いたとたん、就寝前に楽しむブランデーのごとく熱いものがみぞおちのあたりに広がった。「ミスター・ランカスターを紹介させてくれ」

ペネロペはサイズの合わないツイードの上着を羽織った紳士に向かってお辞儀をした。

「はじめまして、サー」

「ランカスター、こちらはミス・ペティピース。僕の秘書だ」

「お目にかかれて光栄だ、ミス」

見たところ、ミスター・ランカスターは二十八歳のペネロペより二、三歳年上のようだ。全身からがつがつとした野心のようなものが感じられ、灰色の瞳を特に熱っぽくぎらつかせている。自分が今から巨万の富を手に入れる運命にあることを知っているかのようだ。でも同時に、彼はもどかしさも感じている。公爵から短い一言――〝興味ない〟――を言われるだけで、すべての希望がこっぱみじんに打ち砕かれるとわかっているのだ。

「きみの話をあとから詳しく検討するために、ミス・ペティピースにはメモを取ってもらう。知ってのとおり、僕は投資の可能性についてじっくり考えるのが好きなんだ」

ごく上品な言い方だが、これは公爵が今からミスター・ランカスターのすべてをほじくり返すという意味だ。それこそ彼がいつ、どこで、誰を相手に童貞を失ったかまで――いや、もっとさかのぼって、彼が何歳になるまで母親のおっぱいを飲んでいたかまで探り出すだろう。

ペネロペはなるべく目立たないように、いつも持ち歩いている鉛筆と小さな革表紙の手帳をスカートのポケットから取り出した。椅子やテーブルのある一角の、一番隅に置かれた袖椅子の前に行き、鼻の先端に引っかかっているめがねの位置を直して腰かける。それを合図に、二人の紳士も椅子に座った。

「よし、それならランカスター、僕が今以上に大金持ちになること間違いなしという、その計画を詳しく聞かせてくれ」

キングは一度に二つ以上のことに集中できる才能の持ち主だ。だからランカスターが自分の発明――持ち主が好きな時間にアラーム音を鳴らせるよう設定できる時計だという――について説明している間も、その話に熱心に耳を傾けているふりをしながら、視界の隅でペティピースの新しいドレスを観察し、心のなかで感嘆のため息をついていた。ドレスは濃紺だ。もちろん濃紺に決まっている。彼女は濃紺しか着ない。とはいえ、キングは抜群の記憶力の持ち主でもある。だからいつものドレスに比べて、このドレスのほうが彼女の鎖骨のくぼみがよく見えるうえに、ボタンが二つ少ないことに気づいた。しかもドレスの袖も――ほんのわずかだが――手首にかけてのほっそりとした腕の線に沿うデザインだし、腰当て《バッスル》もいつもより小さい。いったい彼女はいつ、ああいったドレスを手縫いしているのだろう？　そんな時間があるのだろうか？

だがペティピースは効率性を徹底的に追求する女性だ。一度彼女に、明るい色ではない濃紺のドレスばかり着る理由を尋ねたことがある。すると彼女はむっとしたようにこう答えた。「ご自分の事務弁護士がクジャクみたいな明るい色の上着を着ていたら、あなただってその理由を尋ねたくなるはずです」

もちろん、そんな事態にはならない。事務弁護士ベックウィズが何を着ていようとどうでもいい。だがペティピースの言うことには一理ある。彼女は自分の立場を真摯に受けとめている。だからこそ、周囲に不真面目な印象を与えるような装いを避けているのだ。それでもなお、濃く深い緑色《ハンターグリーン》のドレスを着たら、彼女の同じ緑色の瞳がさぞ引き立つだろうと考えずにはいられない。同時に、あの瞳がさまざまな濃淡に変化するのも見られるはずだ。きりっとしていて、いかにも利発そうな彼女の瞳。あの瞳こそ、キングがペティピースを雇った理由だった。

秘書の募集をしたとき、男性が十数人も応募してきて、女性は彼女一人だった。しかも、ペティピースはこちらの目をまっすぐ見返し、一度もそらそうとせず、じっと見つめられてもたじろぎもしなかった、ただ一人の候補者だった。嘘をついたときもだ。もし彼女が本当に牧師の娘ならば、この自分は物乞いの息子と名乗ってもおかしくない。最高の腕を持つ調査員や探偵、密偵たちを雇ったものの、ペティピースに関する事実はただの一つも発見できなかった。あたかもあの面接の日、この屋敷の執務室に足を踏み入れる直前まで、この世に存在していなかったかのように。

僕は抜け目がない男で、常に勝算を考えて行動するたちだ。多少の損失には目をつぶってでも、より大きな利益を得たいと考える。だからペティピースを雇うリスクを考え――彼女と一緒にいること自体が大きなリスクだ――そのうえで彼女を自分の秘書にすることに決めた。ペティピースに関する事実は、もう何年も前の面接で聞いたこと以外、何もわからない。それでも彼女を雇ったことを後悔はしていない。

　ペティピースは驚くべき女性だ。これまで出会ったなかで、間違いなく一番頭が切れる人物だろう。その頭のよさが、あのエメラルド色の瞳にもはっきり映し出されている。その瞳は今、ランカスターが話す内容を手早く書きとめる作業に向けられている。ペティピースは字がきれいだ。どんなに急いで書いても乱れることがない。ただキングにはわかっている。今、彼女はいわゆる速記術を使っているはずだ。ピットマン式速記法というらしい。丸みを帯びた線や斜線、点を組み合わせた方法だが、こちらには何が書いてあるのかさっぱりわからない。でも理解する必要はない。ペティピースがあとですべてキングのためにきちんとした文字に直して、記録として残すことになっている。キング自身、何事についても忘れることはめったにないが、やはり記録は残しておくほうが望ましい。そのうえ、彼女はキングがこういった場で見過ごしたり、さほど重要ではないと考えたりしたどんなささいなことでもきっちり記録に残している。結果的に、それこそが重要だったとあとから気づくことになるのだ。

　ペティピースとキング。二人は息の合ったチームと言えるだろう。オックスフォード時代からの親友三人を除けば、ペティピースほど信頼できる相手はいない。

　ただ、ペティピースが同じように考えているかどうかは疑わしい。そうでなければ、なぜ彼女は初めて会った面接の午後に話したこと以外、過去についていっさい語ろうとしない？　いっぽうで、自分自身と同じくらいペティピースのことも理解しているという自負もある——年月が経つにつれて、彼女の過去にぽっかりと空いた穴がより大きく広がっていくような印象は否めないが。しかし、彼女の過去などまったく重要ではないと自分に言い聞かせている。ペティピースは言われた仕事をきちんとこなしている。しかも完璧に。くわえて、ペティピースには個人的な秘密を守り通す権利がある。結局、キングも自分の秘密を守り抜くのがとびきりうまいのだ。

とはいえ、ときどき不思議に思うことが……。

その瞬間、期待に満ちた沈黙が流れているのにふと気づいた。柄にもなく、途中から相手の話にまったく集中できていなかったようだ。だがランカスターが言いたいことの要点はきちんと把握している。

「実に興味深い。きみの発明によって目覚まし屋《ノッカー・アッパー》たちは仕事を失うことになるだろう」ノッカー・アッパーとは、仕事に向かう労働者たちのために、ある時間になると窓を叩《たた》いて起こして回ることで金を稼ぐ者たちだ。その言葉を聞いて、ランカスターは衝撃を受けたように見えた。自分の発明がそんな影響を及ぼすことなど考えてもいなかったらしい。

「そうは言っても、進化によって損をする者が出るのは避けられない。たとえば鉄道の発達によって、馬車の利用者も、街道沿いの宿屋の宿泊客も、以前より確実に減っている。だが機械とはまったく別の可能性を生み出すものだ。鉄道の発達によって海辺の保養地へ行きやすくなり、リゾート地は大にぎわいだ。つまり、きみは工場を必要としている。だから僕に投資家として、工場建設を頼みたいと言いたいんだな」

「はい、閣下」

「検討してみよう、ミスター・ランカスター。ただ、まずは僕自身でもちょっとした調査が必要だ。二週間後に、僕のロンドンの事務所でまた会おう」交渉が正式にまとまる可能性が高い場合、いかにも事務的で簡素な場所が望ましい。「そのとき、僕が出した結論を話す」そう言って立ちあがり、つられて立ちあがった相手に名刺を手渡した。「きみの名刺はミス・ペティピースに渡しておいてくれ。次に会う日時は、彼女から連絡させる」

「ありがとうございます、閣下」

ランカスターはキングの秘書に駆け寄ると、彼女に名刺を手渡した。ペティピースが笑みを浮かべている。「よかったですね、サー」

その答えを聞きながら、キングはふと思う。彼女が実際言葉どおりに考えているとは思えない。なぜならペティピースは、キングになんらかのアイデアを提案しに来た相手に対して、いつも明るい調子で同じ言葉をかけるからだ。その相手の提案したアイデアがお粗末であろうと、ばかげていようと関係ない。まるで誰からも励まされないのがどんな状態か知っていて、まったく希望の持てないこの世界にせめて望みを与えたいと考えているかのように。

ランカスターが立ち去ると、キングは椅子の背にもたれ、秘書と目を合わせた。キングにとっては、ここからが投資話を持ちかけられたときの一番のお楽しみの時間だ。「ペティピース、きみはこの件についてどう思う?」

彼女はめがねを外し、鼻柱を軽くマッサージした。何かに対して最初に抱いた印象をキングに話すときは、いつもこうする。めがねのワイヤーフレームに金色の巻き毛が引っかかり、いつもはきっちりまとめられたお団子からほつれ、こめかみから顎の線にかけて垂れ下がっている。その様子に注目せずにはいられない。いかなる部分であれ、彼女が乱れた姿を見せることはめったにないからだ。それだけペティピースが優秀な使用人ということなのだろう。

だがキングは突然いろいろなことが気になり始めた。彼女は一日の仕事を終えて自分の部屋に戻ったときや休みのときも、こんなにきっちりしているのだろうか? 毎日自分が見ているペティピースは偽りの姿なのか、それとも本物の彼女自身なのか? そんなことを考えても無駄だとわかっているものの、やはり気になる。特に、これまで彼女の笑い声を聞いたことがないのに気づいたのだからなおさらだった。

「製造費を安く抑える方法を見つける必要があると思います。この不思議な発明品の恩恵にあずかる人たちはお金の余裕がないはずです。ほとんどの人がこの発明品を贅沢品《ぜいたくひん》だと考えるかと」彼女はめがねをふたたびかけた。

「まったく同意見だ。僕も同じことを考えていた」キングは片肘を椅子の袖に置き、てのひらで顎を包み込んだ。指でゆっくりと下唇をさすりながら続ける。「前にフランスで同じような商品を見たことがある。だが特定の時間に耳ざわりな騒音を立てるだけだった。しかも音を鳴らすには〝何時〟しかセットできず、〝何時何分〟までは指定できなかった」

「いっぽう、ミスター・ランカスターの発明品の場合、音を鳴らすのに〝何時何分〟まで正確にセットできます。朝六時半まで寝ていられる人が、六時に叩き起こされる必要がありません」

「ペティピース、きみが正午まで寝ている日はあるのか？　遅い時間まで起きている日は？」

彼女は唇をわずかに持ちあげた。「クリスマスの朝はいつもベッドでゆっくりするようにしています。自分への贈り物なんです」

その瞬間、胃がきりきりと締めつけられた。ほとんど痛みに近い、これまで経験したことがない感覚だ。

くそっ、彼女に関する情報なら、どんなささいなものでも知りたい。そんな絶望的な気持ちのせいで、体がこんな反応を示しているのか？　ペティピースが立ちあがり、目の前で服を脱いだかのような鋭い反応を？　もしくは、彼女がベッドに横たわり、布団の下で体をよじらせているイメージ――目覚めて体を伸ばした瞬間、今日が休みだと思い出し、ベッドに横たわり、満足げなほほ笑みを浮かべながらまたまどろみの世界に戻るペティピースの姿――がぱっと思い浮かんだせいか？　あるいは、彼女が〝自分への贈り物〟としてあげたのがあまりに簡単なものだったからだろうか？　その気になれば、一年のうち、どの日にでも自分に与えられるものだというのに？　でも彼女は寝坊を自分に許そうとはしない。キングと同じように、ペティピースもまた〝いかなる個人的な犠牲を払おうと、より大きな目標を達成したい〟という意欲の持ち主だからだろうか？

そこまで考えて、ふと不思議に思った。いったい何が彼女をそこまで駆り立てている？

「きみは自分に対して金をかけなすぎる。クリスマスくらい、もっと贅沢なものを買うべきだ」

「最高の贈り物には費用がかからないものです」ペティピースは魅力的な笑みを浮かべた――遠い記憶をたどっているかのように。

きみがこれまで受け取った最高の贈り物はなんだ？　そう尋ねたくてたまらない。我ながら、頭がおかしくなったのだろうかと思う。それでも、彼女にその最高の贈り物を与えた相手が誰なのか知りたい。

これまでペティピースにあげた贈り物の数々を思い出してみる。秘書としての仕事の手助けになるような、あるいは、せめて仕事をもっと楽しむことができるような品々だ。ペン先が金でできた万年筆、クリスタルのインク壺《つぼ》、先ほど彼女が使っていた小さな革表紙の手帳などなど。でも個人的なものは一つもない。ペティピースの好みがさっぱりわからないからだ。何をプレゼントしたら、先ほどランカスターに向けたのと同じ温かな笑みを浮かべてくれるのだろう？　ふいに、彼女に〝ありがとうございます、閣下。仕事に役立てさせていただきます〟という以上の言葉を言わせるものを贈らなければいけない気分になってきた。

彼女に、まったく役に立たないものを贈りたい。

ペティピースは突然唇を引き結び、立ちあがった。その瞬間、キングもすぐに立ちあがっていた。この世に生を受けてからずっと叩き込まれてきたマナーのせいだ。もし秘書が男なら、いちいちこんなことはしなかっただろう。

「書きとめたメモをまとめて、今日の午後にお届けします。いつもの探偵たちに連絡を取り、ミスター・ランカスターを調査させましょうか？」彼女はランカスターの名刺を掲げてみせた。

あの男に名刺を置いていかせた理由はたくさんある。そのうちの一つが、雇っている男たちに、ランカスターの名刺が印刷された場所はどこか突き止めさせるためだ。

「ああ、頼む」

「話をもっと先へ進め、あなたご自身で工場建築を負担された場合の見積もりを、工場から取りましょうか？」

「きみは僕のことがよくわかっているんだな、ペティピース」

その言葉を聞き、彼女は笑みのようなものを浮かべた。唇が引きつっている。

「ほかに何かご用はありますか、閣下？」

「ああ。今夜僕たちは紳士クラブで、チェスメンたちと食事をすることになっている」

「い、僕たちとおっしゃいましたか？」

「きみに同席してほしいんだ。ビショップに何かしらの計画があるらしい。きみにメモを取ってほしい」

「でも紳士クラブは男性しか入店できません」

「専用入り口のある個室を確保した。馬車で七時半に到着の予定だ」

ペティピースは短くうなずいた。「かしこまりました」

そして立ち去るべく背を向けた。

「ペティピース？」

彼女がこちらへ向き直る前に、キングはすでにペティピースに近づいていて、たったの六歩で彼女の前に立っていた。ペティピースの脚の長さはキングほどではない。背の高さは百六十センチもないだろう。ためらいがちに手を伸ばし、頬にほつれかかっていたシルクのような金色の巻き毛に軽く触れ、耳のうしろにかけてあげた。「僕らは全員正装だ。もしきみがもう少し……地味でないドレスを持っていたら、それを着てきてかまわない」

ペティピースは髪を撫でつけ、笑みを浮かべた。その場がぱっと明るくなるような、温かい笑顔だ。「紳士クラブを見学できるのを心から楽しみにしています」

立ち去る彼女を見送りながら、キングは予期せぬ衝動に駆られた。ペティピースにあの男心をくすぐるような笑みを続けさせたい。そのためならどんな大金を払ってもいい。

2

本当に驚きだ。あのチェスメンたちと紳士クラブでディナーをとるなんて。

彼らがその卓越した戦略と冷静な判断で、巧みな投資を行っているのは知れ渡っている。オックスフォード在学中から〝チェスの駒《チェスメン》〟という異名を取り、それが現在まで続いている。

ペネロペは自分の幸運がまだ信じられずにいた。彼らとは前にも一緒に食事したことがある――公爵領にある屋敷でも、ロンドンにあるこの大邸宅でも。でも紳士クラブとなると……女性が紳士クラブに入店した話など、今まで聞いたこともない。紳士たちのごく内輪の集まりに、女性が参加することは許されない。今回ペネロペも彼らの輪に参加するわけではなく、その端にいるだけだろう。それでも彼らと同じ空間で、同じ空気を吸うことに変わりはない。秘書として公爵のためにメモを取る仕事があるとはいえ、自分が特別な力を得たように感じられる。

ただ、手持ちのドレスのなかに正装着はない。いつも夕食は使用人たちと一緒に食べている。まれに公爵に招かれ、彼や招待客と食事をともにすることもあるが、いつも非公式なものだ。公爵未亡人がロンドンにやってきて、恐れ多くも食事の席に招いてくれることもあるけれど、それは年上の女性としての寛大なる配慮だとみなが理解している。そういう席でも、ペネロペが使用人の一人として振る舞うよう期待されていることに変わりはない。だから常に、いつもの濃紺のドレスを身につけるようにしている。

手持ちのなかで一着だけ、正装着にはほど遠いが、そう呼べないこともないドレスがある。昨年、公爵が婚約者を発表した舞踏会で着た薄緑色のドレスだ。舞踏会当日、監督者としてすべて順調かどうか確認するために、招待客たちの間を縫うように歩きながら会場を見回る必要があった。あまりに場違いな印象を与えないように、そのドレスを用意したのだ。とはいえ、どう見ても控えめなデザインだ。四角いネックラインからは鎖骨とその下に続く素肌が三センチほど見えているが、胸の谷間や膨らみはもちろん見えず、不適切な肌の露出もいっさいない。少しだけ膨らんだ袖は上腕までぎりぎり隠してくれるし、バッスルもヒップを強調することのない、つつましやかなデザインだ。ドレスのスカートにリボンは一つもついていない。代わりに、裾まで重ねられた数枚の布地が垂れ下がっている。髪型に関して言えば――

「ルーシー、あなたにはなんとお礼を言っていいのかわからない」

部屋の管理を担当するメイド、ルーシー・スミザースは笑みを浮かべ、姿見越しに目を合わせてきた。「ばかを言わないでよ、ペン。あなたの髪を整えるのが楽しいの。信じられないくらい扱いやすいんだもの。よければ毎朝整えてあげる」

もちろん、そんなことを頼む気はさらさらない。そうでなくてもルーシーにはやるべき仕事がたくさんある。階上にある部屋すべてを担当しているのだ。たとえ一室しか使われていなくても、残りのすべての部屋のほこりを払い、掃き清め、いつでも使える状態にしておかなければならない。

それでも、鏡に映るルーシーが手際よく髪をピンでとめ、まとめた巻き毛を結いあげずに背中に垂れるようにしている様子を眺めていると、こういった女らしさもいいものだと思ってしまう。無数のピンの背後には真珠のくしが隠れていて、豊かな髪をしっかり支えてくれている。とてもいい感じだ。その真珠のくしは、昨年の舞踏会のために自分で買った。とても高価だったが、母はいつも真珠のくしを欲しがっていた。だから亡き母へ捧《ささ》げるつもりで自分に贅沢を許した。

「わたしが今まで見たどのレディよりもすてきよ。もしかして、今夜のあなたを見たら、公爵も半分気が変わるかも。もうあんな募集広告、どうでもいいと思うかもね」

たちまち胸の鼓動が速まった。姿見のなか、ボディスが鼓動に合わせて小刻みに揺れていないのが不思議なくらいだ。鏡に映る自分の姿から目をそらし、ベッドのほうへ歩くと、そこに置いてあった白いシルクの手袋を手に取り、はめ始めた。「冗談はやめて。彼は由緒正しい家柄の人だもの。相手が平民で我慢するわけがない」

「わからないわよ。そういうことをした公爵は前にもいたもの。彼が初めてというわけじゃない」

そういう賭けがあるなら、キングスランドが絶対にそんなことはしないほうへ、一年分の給金全額を賭けてもいい。ロマンチックなきらいがあるルーシーとは違い、ペネロペは現実的なのだ。キングスランドも同様。どう考えても、あの男性はロマンチックなたちではない。そうはっきりわかっているのは、元婚約者レディ・キャサリン・ランバートに対する彼の態度を目の当たりにしてきたから。商用で一緒にいられない日々が続くと、公爵から決まってこう指示された。〝レディ・キャサリンに二、三日に一度、花か何かを送っておいてほしい。僕が彼女のことをいつも考えていると思わせるために〟

つまり、彼はレディ・キャサリンのことなど考えていない。眼中になく、すっかり忘れているのだ。あの公爵のために、夫にまとわりつかないような妻を探さなくてはならない。常に夫から手を握られる必要がないような、自分の面倒は自分で見られるような女性が望ましい。自分なりの興味関心を持ち、自分なりの目標を掲げて、キングスランド公爵の妻としての役割をきちんと果たす能力があり、しかも自分の人生を歩める女性。つまりは独立心旺盛な、ペネロペのような女性と言っていい。自身の価値をよく見きわめ、その価値は人生で出会う男性によってではなく、自らの手で何を成し遂げたかで決まるという事実をちゃんと知っている女性。

でもこれまでのところ、レディたちから届いた手紙を読んでも、これまでどんな本を読んだか、ダンスは何が好きか、どの楽器の演奏が得意かといったことしか書かれていない。あとは、大きな屋敷を切り盛りするためにどんな能力を持っているかについてだけだ。手紙に書かれている言葉だけで、どうやってその女性の強みを判断できるだろう？　最も見込みのある候補者たちに絞ったら、わたしが彼女たちと直接会う必要があるかもしれない。

もし選んだ候補者が最終的に公爵の求婚をはねつけたら、責任はこの自分にあるということになる。でも、そんな裏事情を知らない社交界は、責任はキングスランドにあると考えるはず――それがどうにも耐えられなかった。キングスランド自身は、最近のレディ・キャサリンにまつわる大失敗について気にしていない様子だけれど、公爵は成功を楽しむことに慣れている。もしまたしても同じ大失敗が続き、それがわたしの手によってお膳立てされたものだとしたら、秘書という今の立場を失うかもしれない。

とはいえ、この自分に、キングスランドが毎日毎晩、別の女性と出かける姿を見守り続けられるだろうか？　もともと公爵は女性に関して慎重で、目立たないようにつき合っている。というか、彼には本当にそういう相手がいるのかどうかさえわからなくなるときがある。でもキングスランドはあれほど男らしくエネルギッシュな人だ。長い間、性的な欲望を満たさないままでいられるはずがない。

ペネロペは小さな手提げ袋《レティキュール》を手に取った。なかには手帳と鉛筆を入れている。今夜のドレスにはポケットが一つもついていないせいだ。ドレスメーカーにポケットを二つつけるようにと言ったのだが、その女性はドレスの線が台無しになるからと言って、言われたとおりにしなかった。ドレスの線なんてどうでもいい。それより大事なのはポケットだというのに。でも今回は、別のドレスを縫わせる時間の余裕がなかったせいで、こうしてポケットのないドレスをしかたなく身につけている。でも姿見に映った姿をもう一度ちらりと眺め、自分でも認めざるを得なかった。たしかにドレスのおかげできれいに見えている。

「戻ってきたら絶対にわたしを起こしてよ」ペネロペのあとから廊下に出ながら、ルーシーが話しかけてきた。「今夜があなたにとってどんな一夜だったのか、それに賭博場ってどんな場所なのか、どうしても話を聞きたいから――あなたが目にしたありとあらゆることを教えてね」

「帰りがどれほど遅くなるのか、わたしにはわからないわ。きっと、そのときあなたはもうぐっすり眠っているはずよ」階段をおりていくと、一番下にいた数人の従者が足を止めた。ペネロペのほうを見てにやにやしている。事務室の前で話す声が大きすぎて仕事に集中できないと、いつも叱ってくる女性とは別人であるかのような態度だ。「あっちへ行って。仕事があるでしょう?」

「とてもきれいですよ、ミス・ペティピース」ハリーが言った。

とっさに心配になった。顔が真っ赤になっているのでは？　前に赤面したのがいつだったのか、さっぱり思い出せない。でも今朝、公爵からほつれ毛を耳にかけてもらった瞬間、頬を染めていたかもしれない。だって、キングスランドがあんな親密な態度で接してきたことなどこれまで一度もなかったのだ。普通に呼吸できるようになるまで、あのあと一時間近くかかった。

「ありがとう、ハリー」

「今夜を楽しんで」

「ええ」

「約束よ」ルーシーが言う。「わたしに何から何まで話してね」

「わかったわ。ただ報告するような重要なことがあるとは思えないけれど」

結局ただのディナーだし、自分は記録係だ。場所以外は、普段と何も変わらない。そう考え、たむろしている従者たちに思いきりにやりとしてみせた。さあ、いよいよ紳士クラブへ出発だ。

階段をおりたとき、玄関広間にペティピースが立っているのを見ても、キングは別段驚かなかった。

彼女は絶対に遅刻しない。母とは大違いだ。どこへ行くのであれ、母に付き添うときはいつでも待たされ、貴重な時間を無駄遣いさせられる。だからこそ、時間に遅れないペティピースがひどく新鮮に感じられる。キングスランド公爵未亡人は、出発の時間を単なる提案と考え、守るべきものだとは考えていない。だがペティピースの場合、一つ一つの約束を目標としてとらえ、可能な限り守ろうとする。

今回も彼女は数分前からここで待っていたに違いない。ペティピースの全身から興奮が伝わってきて、こちらまでわくわくしてきた。ふと思い出したのは、まだ若い頃、初めて紳士クラブを訪れたときの気持ちの高ぶりだ。彼女に近づき、自分の判断に間違いはなかったのだと気づく。緑色のドレスによって、ペティピースの瞳の濃淡がいっそう引き立てられている。

だが効果はそれ以上だった。瞳の濃淡が強調されたことで、肌の輝きが引き立てられている。それに、髪も月光を浴びたかのようなまばゆさを放っている。いや、もしかすると、光沢のある豊かな髪が背中に垂らされ、顔のまわりに巻き毛が少し跳ねているせいで、いつもより若く、なんの悩みも心配もないように見えるのかもしれない。親指と人差し指で、あの巻き毛をもてあそびたい。今朝よりももっと熱心に、念入りに手触りを確かめたい。

「ペティピース」わざとそっけなく言った。一瞬、彼女を自分の秘書だと思えなくなったことを気づかれたくない。そのあと執事のキーティングから帽子と散歩用ステッキを受け取った。

「閣下」ペティピースが答えた。

「そのドレス、いいね。きみは緑色がよく似合う」

ペティピースは頬をピンク色に染めた。今朝、巻き毛を耳にかけたときと合わせても、赤面する姿を見たのはまだ二度めだ。そんな反応を見て意外なほどの喜びを感じ、興味をかき立てられている。それがどうにも気に入らない。そもそも頬を染めるという行為は、ペティピースのように現実的で生真面目な女性にはそぐわない。もう一つ、彼女らしくないのは、何も言葉を発せられない様子であることだ。無言のままの彼女を見るなんて初めてだった。いつだって自分の意見をしっかりと持ち、発言してきたというのに。

「実用的な色ではありませんから」とうとう彼女が答えた。

「それでも似合っている」キングは冷静な声を保つようにした。紳士が軽い調子で口にしたお世辞に聞こえているといいのだが。でも実際は、目の前にいるペティピースの美しさに息をのみ、歓喜している。それこそ不適切なほどに。「行こうか?」

キーティングが正面扉を開けると、キングはペティピースを先に行かせ、手袋をはめながら、彼女のあとから外へ出た。

「わたしを紳士クラブに連れていって、厄介なことになりませんか?」

ふいに、ある種の厄介事に巻き込まれているイメージが脳裏に浮かんだ。シーツの間に彼女ともぐり込んで――

不適切な考えをすぐに頭から追い払う。ペティピースを雇ったのはベッドをともにするためではない。いかなることであれ、結果的に彼女が仕事を辞めるような振る舞いをするのは、この自分にとってマイナスだ。これまで出会ったなかで、彼女ほど秘書としての任務を完璧にこなせる人物はほかにいない。

「僕のやることに文句をつける者がいたら、その顔を見てみたいものだ」

ペティピースはうっすらと笑みを浮かべた。彼女が大きくて騒々しい笑い声をあげている姿を、この目で見てみたい。彼女は今までに一度でも、我を忘れた大笑いを自分に許したことがあるのだろうか？

二人で馬車に乗り込み、向かい合って座り、ひとたび馬車が走り出すと、ペティピースは口を開いた。「あの下僕はあなたの髪を短くしたんですね」

「おそらく、きみに言われてそうしたんだろう。たしかに、僕は最近少しむさ苦しく見え始めていた。きみもそれに気づいていたはずだ」

「ほんの少しだけです」

「きみがいなければ、僕は何もできないね、ペティピース？」

「その答えをあなたが知る必要がないよう、心から祈るばかりです」

キングもまったく同じ意見だった。もしペティピースに求婚する男が現れたらどうする？　もし結婚して、妻が働き続けることに彼女の夫が反対したら？　ペティピースには好きな男がいるのだろうか？　この緑色のドレスを着て、別の男とどこかへ出かけたりするのか？　ペティピースなら、男たちの注意を引きつけないはずがない。

「そのドレス、前に見たことがないような……」

「去年の舞踏会で着たものです」

そうだっただろうか？　ペティピースはどこへともなく身を隠す達人だ。彼女自身にほとんど――いや、まったく関心を集めることなく、目立たないように問題を処理する。実際、こちらもよく彼女の姿を見落としている。ほかの問題に気を取られている場合は特に。ペティピースは目立つことを嫌がっているように思えるが、それでも今夜は、彼女から目を離すことができない。

「ああ、そうだったね。あの舞踏会の話はもうよそう。だが今年の夜会の計画はどうなっている？」キングスランド家の舞踏会は例年八月、社交シーズンの最終日に行われる予定になっている。

「順調に進んでいます。前回よりもさらにすばらしい宴《うたげ》になると思います。お母様は領地からいらっしゃるご予定ですか？」

「ああ。だが舞踏会の数日後、すぐに友人たちと一緒にコネチカット旅行へ出かけることになっている」

「お母様は本当に旅行がお好きですね」

「旅行すると幸せな気分になるらしい。母は幸せになって当然の人だから」

「あなたはお母様を甘やかしているんですね」

そうしようと努めている。「父は母を愛していなかった。母が世継ぎと次男を産んだあとは、それ以上彼女を必要としなかったんだと思う」

「あなたもご自分の奥様に同じことをされるのでしょうか?」

「残念ながら、僕は父のハートを受け継いでいる。つまり、心がまったくないということだ。だが僕は妻に、常に自分が特別な存在だと感じてもらえるように努力したい」

そう、父が自分の妻にはけっしてしなかったことをしてあげたい。

「花や小物や、ちょっとした宝石を贈るとか?」

「高価な宝石、たとえばダイヤモンドや真珠を贈ることでだ」

ペティピースが窓の外を眺めた瞬間、キングは何か間違ったことを言ってしまったような気がした。奇妙なことかもしれないが、これまでこの秘書とは正直な関係を築いてきている。だから彼女を相手にすると、気になったことはためらわずに言えるのだ。

「きみは僕の意見に賛成できないんだな」

彼女はキングに注意を戻した。「あなたを夫にできる女性はとても運がいいと思います。でも、幸運は必ずしも幸福を保証するものではありません」

その瞬間、彼女が悲しみの衣をまとったように見えた。「きみは幸せなのか、ペティピース?」

「幸せでない理由などありません」

「それでは答えになっていない」

「たしかに、今以上のものを心から求めるときもあります……でも、自分がそういったものを手に入れる運命にあるとは思えないんです」

「きみならば、その気になればなんでも手に入れられるはずだ」

ペティピースはためらいがちな、小さな笑みをキングに向けた。「あなたがわたしを信頼してくださっていること、本当に感謝しています」

「当然のことだ。もしきみを雇っていなければ、僕は今より貧しい男になっていただろう」

金庫に眠る金の話だけをしているのではない。むしろ、計測不能な自分の人生そのものについて話している――彼女という存在も含めて。仕事の旅から戻ってくると、ペティピースは常に待っていてくれて、さまざまな問題にもうまく対処するから大丈夫だと安心させてくれる。ペティピースの舵取《かじと》りによって、僕の不安や悩みは軽くなる。〝父によって破壊されたものを建て直さなければ〟という強迫観念を手放せるのだ。自分で立てた目標は、とうの昔に達成している。それなのに、どうしてもさらなる目標を追求せずにはいられない。これで十分だとは思えないせいだ。

それからは二人とも車窓を流れる景色を見つめ続けた。あたかも馬車が突然、前に一度も来たことがない小道に入り、その道の先に何があるのか、このまま馬車の旅を続けるべきなのかさえわからなくなったかのように。

3

ペネロペはチェスメンたちと一緒に過ごす時間をいつも楽しみにしている。キングスランドはペネロペの左隣に座った。テーブルの上座だ。ルークは向かい側に、ナイトはテーブルの下座に、ビショップは右隣に座っている。

四人ともとびきりハンサムだが、彼らが巧みな戦略を立て、持てる情報を出し惜しみすることなく共有し合う様子を見ていると、彼らの心の美しさのほうにつくづく感心してしまう。それに、四人ともどこか謎めいている。キングを除いて、ほかの三人のあだ名はどうやってつけられたのか、本当の名前はなんなのかも知らない。顔を合わせても、彼らはいつもお互いをあだ名——チェスの駒の一つ——でしか呼ばない。だが、ペネロペにはそれが奇妙には思えず、彼ららしいと感じる。

四人はすでに二本めのボルドーワインのボトルを開け、牛フィレ肉赤ワインソースがけのコース料理を食べ始めている。料理はまさに完璧。シェフは、この紳士クラブ〈ドジャーズ・ドローイング・ルーム〉の厨房を任されるに値する腕前の持ち主だ。

「キング、きみも聞いただろう。きみの元婚約者がもうすぐミスター・グリフィス・スタンウィックと結婚するらしいな」ナイトが言った。

ペネロペは直後、その場の雰囲気が凍りつくのを感じた。キングスランドがフィレ肉をナイフで切るなか、ほかの紳士たちはワイングラスに手を伸ばし、彼に注目している。

「正確に言えば、僕たちが婚約したことは一度もない。彼女は僕が求婚した女性だというだけだ。彼女には最高の人生を歩んでほしい」

「その点に関して言えば、彼女はすでに負けている。そう思わないか？」ルークが尋ねた。

「結局、彼女はきみを振ったんだから」

「彼女は僕と一緒になっても幸せにはなれなかっただろう」

「どんな女性なら幸せになれる？」そう尋ねたのはナイトだ。

「誰にも心を奪われない女性だな。その点は考慮すべきだと思う」

ペネロペは心に刻みつけた。

〝公爵の花嫁候補たちとの面接では、ほかに好きな相手がいないかどうか彼女たちに尋ねること〟

たとえ――キングスランド本人が言っているように――彼自身に与えるだけの心がないとしても、別の男性に心惹かれていないか尋ねてもいいはずだ。でも、もしその女性がほかの誰かを愛しているなら、そもそも公爵に手紙を書いたりするだろうか？　とはいえ、爵位や高い評判、影響力、富というのは、欲望をかき立てる実に強力な要素だ。それらより愛情を選ぼうとする者はほとんどいないだろう。特に両親が支配的で強引な場合、彼らの娘はいっさいの選択肢を奪われたも同然。親に抵抗できる余裕のある若いレディなどいないはず。ペネロペにはそれが痛いほどよくわかっていた。かつて自分自身が反抗したときのことが悔やまれる。そのせいで、わたしは家族に大きな代償を支払わせることになった。

「スタンウィックのクラブは大盛況らしいな」ビショップが言う。「きみは詳しく知っているのか、ペティピース？」

彼女は公爵の友人たちから名前で呼ばれるのが気に入っている。彼らはすぐにキングスランドにならって〝ミス〟の部分を省略するようになった。そう呼びかけられると、彼らから――少なくとも仕事面においては――対等の存在としてみなされているように感じられる。

「噂《うわさ》はいくつか耳にしたことがあります」

未婚者たちが一夜の相手を求めるために訪れる、破廉恥な場所だと聞いている。付き添い役の同伴は許されない。もはや評判を気にする必要のない女性たちや、結婚の望みが持てない女性たちが足しげく通っているらしい。殿方はただ寝るだけの商売女との関係以上のものを求めて、あのクラブで夜を過ごしているという。

「きみはメンバーじゃないのか?」

「もちろん、メンバーではありません」

　だからといって、会員になることを考えたことがないわけではない。ここにいる四人はメンバーなのだろうか?

「店の名前はなんだったかな?　また忘れたよ」ルークが言う。

「〈淑女と予備紳士たちのためのクラブ《ザ・フェア・レディーズ・アンド・スペア・ジェントルメンズ》〉だ」キングスランドは不愉快そうにその名を口にした。「爵位を受け継ぐことになっている長男は入店を許されない。ただ、平民たちの長男は歓迎されると聞いている。それに、女性には年齢制限がある。少なくとも二十五歳以上でないとメンバーにはなれないんだ」

「完全な売れ残りだな」ビショップがぽつりと言った。

「まだそんな若さなのに、レディたちが売れ残りとして片づけられるのはばかばかしいと思います。殿方は何歳になっても結婚市場から追い出されることがないんですもの」ペネロペはあえて自分の意見を口にした。

「同感だ」そう言ったのはキングスランドだ。「女性は、ある程度いろいろなことを経て、初めて面白くなってくるものだ」

　ちらりと公爵のほうを見たペネロペは、彼がこちらをじっと見つめているのに気づいた。彼は親指と人差し指をワイングラスの脚にゆっくりとはわせている。たちまち脳裏にあるイメージが思い浮かんだ。この体に公爵が指を滑らせ、素肌の感触を楽しみながら、より柔らかい部分を探っている場面——それを慌てて振り払う。

「でも〝面白さ〟というのは、あなたが公爵夫人に求めている条件ではありません」

「ああ、そうだ」

「おい、嘘だろう」ビショップが叫ぶ。「自分の妻選びをペティピースに任せているなんて言わないでくれよ」

キングスランドは片方の肩をすくめた。この世に生まれ落ちた瞬間から、重荷を背負うよう運命づけられた肩だ。「前回は自分で選ぼうとして失敗した。飽き飽きする仕事だということもわかった。そもそも僕があのやり方を選んだのは、よけいな手間を省くためなんだ」

「だからって、その仕事をこの女性に丸投げしたっていうのか？　彼女は僕らと同じくらい、有望な投資先を探し出す能力が高いっていうのに？」

ペネロペは心の底から思った。今夜、雑な縫い方をした仕事用ドレスを着てこなくて本当によかった。だって今の褒め言葉を聞いて胸がいっぱいになったせいで、前部分のボタンが弾《はじ》け飛びそうになっている。この四人の男性たちは、健全な投資先を見きわめることに関して右に出る者なしという高い評価を得ている。そんな彼らと同じ能力があるとみなされているなんて。

「僕がペティピースを雇ったのは、不愉快な仕事に対処させるためだ」

ビショップは鼻を鳴らし、不満げにうめいた。「なんて愚かなんだ」それからペネロペにウィンクをよこした。「もし、もっと愉快なことだけを楽しめる仕事に就きたくなったら、僕に知らせてくれ。すぐにきみを雇おう」

「ペティピースは僕のものだ。僕から彼女を盗もうとしたら、きみを破滅させてやる」

公爵のうなるような言葉を聞き、ペネロペは息をのんだ。もちろん、キングスランドは冗談を言っているのだろう。ただ、歯を食いしばり、頬を引きつらせている様子からすると、そうは見えないけれど。

「望むところだ」ビショップは冷静に、そっけなく答えた。ワイングラスをつかんだ彼の手が震えていないのを見て、ペネロペは驚いた。ビショップはキングスランドを見すえたままでいる。今ここでかかってこいと挑発するかのように。

その場の空気がいっきに張りつめた。ほかの二人は椅子の上で落ち着きなく身じろぎをし、咳払《せきばら》いをしている。彼らは、公爵とビショップが取っ組み合いのけんかを始めるのを期待しているのだろうか?

ペネロペはどうしたらいいかわからなかった。公爵のそばから離れるつもりはない、自分から彼のもとを去ることなど絶対にありえないと、この場で宣言すべき？　とはいえ、実際そう考えてはいても、そんな約束を口にするのが危険なことはよくわかっている。運命にいいようにもてあそばれ、その約束が間違いだったと証明されるかもしれない。もし自分の過去の真実をキングスランドが知ることになれば……そんなことは考えるだけでも我慢できない。それに、公爵が妻と一緒にいる姿を見守り続けるのも拷問に等しい。そんな苦しさには耐えられないと思い知らされたとしても、ビショップの申し出を受けるつもりはないけれど。となると、ここからは離れるしかないだろう。自分でお膳立てしたキングスランドの結婚生活が、その後順調に進んでいくのをけっして目にすることのない、どこか遠い場所へ。

「ところでビショップ」ナイトが慎重な口調で言う。「僕たちに聞かせたい投資話があるんじゃなかったのか？」

「ああ、そうだ。ペティピースと同じくらい心をそそられる投資話を見つけたんだ」

ペネロペは信じられない思いだった。心をそそられる？　このわたしが？　彼は冗談を言っているに違いない。だってどう考えても、わたしは目の覚めるような美人ではないから。とはいえ、ビショップの言葉には誠実さが感じられた。けっしてからかうような調子ではなく、本気で敬ってくれているような声色だったのだ。やけどしたみたいに頬が熱い。心のなかでひそかに祈る。どうかこんなに真っ赤になっているのはワインのせいだと、四人の紳士たちが考えてくれますように。

ペネロペは体を傾け、床からレティキュールを取った。先ほど席に着く前に、すぐ手に取れるようにと、自分の椅子のすぐそばの床に置いておいたのだ。テーブルの上にのせ、レティキュールのなかへ手を伸ばし、手帳を取り出しかけたとき、突然キングスランドから制するように手を重ねられた。彼の大きな手に、自分の小さな手がすっぽりと包み込まれている。

なんてがっちりした、温かな手だろう。頭がくらくらしている。今まで公爵からこんなにしっかりと触れられたことは一度もない。しばらくの間、長くて形のいい指やよく手入れされた爪、力強く浮き出た血管をうっとりと見つめることしかできなかった。そのあと驚きに目をあげたところ、公爵も熱心に二人の手が重なり合った部分を見つめているのに気づいた。彼自身、どうしてこんなことが起きているのかよくわからないようだ。あるいは、あまり注意を引くことなくこの状況を終わらせるにはどうするのが一番いいか考えているのかもしれない。

とうとうキングスランドが口を開いた。かすれた声だった。彼はいつも愛人たちに向かってこんな声で話しかけるのだろうか？「その手帳は必要ない」

「記録を取るためにここへ呼ばれたはずです」

ため息に近い、柔らかな声が出た。驚くべきことに、自分と公爵との間には親密な関係が築かれつつあるようだ。

キングスランドは小さくかぶりを振り、目を合わせてきた。彼の瞳に浮かんでいるのは、これまで見たこともない困惑の表情だ。この大胆きわまりない、たくましい男性は、自分の心のうちも、自分の進むべき道も常にはっきりと知っている。こちらに意見を求めているときでさえ、公爵が礼儀からそうしていることなど百も承知だ。あれは礼儀以外の何ものでもない。だってああやって尋ねるときはいつも、公爵はすでに心を決めているのだから。

「必要ない。彼らの話をよく聞きながら、残りのディナーを楽しんでほしい。きみならば、すべて完璧に記憶できるはずだ」

そしてゆっくりと手を離されたとき、ペネロペは不思議に思った。なぜ大切なものを失ったような気持ちを感じているのだろう？　このうえなくすばらしくて、壮大な、二度と手に入れられない貴重な何かを失った気分だ。できることなら、すぐそばにある公爵の手に手を伸ばし、ふたたび重ねたい。でもそうはせず、てのひらをぎゅっと握りしめてすばやくうなずいた。

「はい、ではそうします」

ビショップがどこかで行われている採鉱作業に関する話を始めたものの、ペネロペは不安だった。あとで彼の話を一言も思い出せないのではないだろうか？　どうしても話に集中できない。集中しようとしても、重ねられた手の感触の心地よさばかり思い出してしまう……。

キングにとって、今夜のディナーはこれまで体験したなかで最も長く、いつまで経っても終わらないように感じられた。普段の自分ならば、投資仲間たちと過ごし、ビジネスの機会について話し合う時間を大いに楽しんだだろう。ところがどういうわけか、今夜は彼らが邪魔に思えてしかたがなかった。おそらく、彼らがペティピースをほほ笑ませたり、柔らかな笑い声をあげさせたり、彼女の意見を求めたりするやり方が気に食わなかったのだろう。

いや、そうじゃない。気に食わなかったのは、ビショップがペティピースにウィンクをしたやり方だ。彼女と秘密を分かち合うような、含みのあるウィンクだった。あと少しでテーブルから立ちあがり、ビショップにパンチを一発お見舞いするところだった。あの腹立たしい目のまわりにあざを作ってやるために。

我ながら、独占欲むき出しの反応に驚いている。何かをぶっ叩きたいという衝動を振り払えなかった自分自身にも。ペティピースはこれまで何度もロンドンの屋敷で、チェスメンたちと食事をともにしている。今まであんなふうにかっとなったことは一度もなかったのに、どうしてあの紳士クラブでは違ったんだ？

ディナーのあと、キングはいつものようにチェスメンたちと座り心地のいい椅子に座り、食後のポートワインを少し楽しんでから、先に帰るとほかの三人に告げて、近くに待たせてあった馬車までペティピースをエスコートした。彼女が馬車へ乗る手助けをしたあと、一歩下がる。

「一緒に戻らないんですか？」彼女が尋ねてきた。

「ああ。もう一つこなさなければならない用事があるんだ。御者と従者たちがきみを無事に屋敷まで送り届けるだろう」

「あなたも馬車が必要なのでは？」

「僕は別の馬車を拾う」

ペティピースが眉根を寄せたのが気に入らない。自分が何か悪いことをしたと考えているかのように、こちらを探る目で見ているからなおさらだ。そうやってじっと見つめ続けていれば、答えがわかると考えているかのように。

「わたし、何かあなたを怒らせるようなことをしたのでしょうか？」

キングは彼女に小さな笑みを向けた。安心させるための笑みに見えているといいのだが。

「もちろん違うよ。一緒に戻れないことを先に言っておくべきだったたね。きみが気にするようなことは何もない」

「ディナーをごちそうさまでした。採鉱作業に関する投資話について、覚えていることはすべて書類にまとめておきます」

「いや、その必要はない」ペティピースを安心させてあげたい。これ以上彼女の顔が心配で曇るのを見たくない。「あの炭鉱には興味が持てない」

〝ビショップが図々《ずうずう》しくもきみにウィンクをしたあとだから、よけいに〟

ああ、いったい自分はどうしたのだろう？　今まで投資に関しては、絶対の自信を持って決定を下してきた。ささいなことに影響を受け、決定を渋ったことなど一度もない。それなのに今は、あのいまいましいウィンクが〝ささいなこと〟に思えない。

「しかたがないと思います。彼の情報を聞く限り、わたしにはあの炭鉱がさほど魅力的には思えませんでした」

ビショップに関してペティピースが同じ意見だったと知り、奇妙にも、キングの不愉快な気分は和らいだ。「また明日の朝食で」そう言って馬車の扉を閉め、御者に出すよう叫ぶと、彼女を乗せた馬車が音を立てて石畳の道を走り去るのを見送った。

キングは馬車を拾うのをやめ、大股で通りを歩き始めた。この通りのあちこちでさまざまなお楽しみやおいしい料理を堪能できる。あるいは極悪非道な行為も。目的地はさほど遠くない。それに体の緊張をほぐす必要がある。この手をペティピースの手に重ねたとき、胸を強打されたような衝撃を覚え、あれから全身がこわばり続けている。

手袋を取って、拳を握ってみた。てのひらに感じた彼女の柔らかな手の感触を取り戻すように。ほんの一瞬だったが、あのとき彼女が自分の一部になったように感じられた。彼女の体も、あの手のように柔らかくてなめらかですべすべしていて……男心を刺激するのだろうか?

低くうめきながら手袋をはめ直した。彼女はペティピース、僕の秘書なのだ。有能でどんな仕事もきっちりとこなす。いつも濃紺のドレスを身につけているが、緑色のドレス姿の美しさたるや、巨匠たちが生み出した芸術作品の美しさに匹敵する。むき出しの両肩を見たら、男はどうしても唇を押し当ててはわせたくなってしまう。ほっそりとした首の線や繊細な鎖骨を目の当たりにしたら、男は指先を滑らせてもっと彼女の感触を確かめずにはいられない。

これまでペティピースに対して不適切な考えは一度も抱いたことがない。今だってそんな考えを抱くべきではない。

すべては今朝、彼女の耳のうしろにかけてあげた、くるんとした巻き毛のせいだ。いやおうなく興奮をかき立てられた。あのほつれた巻き毛のせいで、ペティピースはことのほか女らしく、柔らかに見えた。今までとはまるで違う印象だった。あの瞬間初めて、彼女が一人の女であることを意識させられた。

これはどう考えても危険だ。自分はペティピースの雇い主。彼女と距離を保つ必要がある。絶対に不適切な振る舞いをしてはならない。ペティピースがこちらの態度を見て、僕が男性秘書に期待していること以上を彼女に期待していると思うような事態があってはならない。

これまではペティピースをチェスメンたちと同じように自分と対等の立場に置き、彼女の意見や頭の回転の速さを評価してきた。だがどうだろう。突然、その体の柔らかさまで評価したくなっている。これまで一度も、彼女が女であることに気づかなかったかのように。

いや、もちろん彼女が女であることは認識していた。ただそのやり方は鳥を見て鳥だと気づき、バラを見てバラだと気づくのと同じく、ただ当然の事実として認識するだけだったのだ。だが今夜、今朝よりもさらに大きな衝撃を受けることになった。ペティピースがただの女ではなく、信じられないほどの魅力を持っている女性であることに気づかされたのだ。いわば、鳥がただの鳥ではなく美しい声と姿を持っていて、バラがただのバラではなくなめらかで完璧な花びらを持っていることに気づいたかのごとく。

ありがたいことに、とうとう目的地のタウンハウスが見えてきた。建物の前にある階段を駆けあがり、ドアノッカーを叩いて応答を待つ間、どうしようもなく高まる期待のせいで、全身がこわばっているのに気づいた。

開かれた扉から、濃い色の髪をした美しい女が現れた。「キング、まあ、なんて嬉《うれ》しい驚きなの。去年の社交シーズンにあのばかげた広告を出して以来、一度も会いに来てくれなかったわね」

それは、妻となる女性を探し始めたというのに、彼女を訪ねるのは不適切なことに思えたからだ。我ながら信じられない。つまり、自分は少なくとも一年間、女と親密な交わりをしていなかったのか？　ペティピースと手を重ねただけで、体じゅうの筋肉や神経が期待に張りつめたのも無理はない。別に相手がペティピースだから、あれほど圧倒的な欲望を感じたわけではなかったのだろう。男としての根源的な欲望と欲求がかき立てられただけだ。

「やあ、マーガレット。今夜一緒に過ごす相手はいるだろうか？」

彼女は蠱惑的《こわくてき》な笑みを浮かべた。「今こうして一緒に過ごしているわ。さあ、なかへ入って」

大股で敷居をまたぎ、見慣れた玄関広間に足を踏み入れた。玄関広間の片側には応接室があり、もう片方の側には通路がある。その通路の先にある階段をあがれば、これまで幾度も訪れたマーガレットの寝室にたどり着く。彼からハットと散歩用ステッキを受け取ると、マーガレットはその二つを近くにあるテーブルの上に置いた。

「あなたを追い返すべきなんでしょうね」彼女が言う。キングから手袋を受け取って帽子の脇に置くと、ふたたび向き直った。「でもそんなつまらないことで、あなたが与えてくれるあの悦《よろこ》びを拒絶するつもりはない。そんなふうにしても自分をいじめるようなものだから」

マーガレットは生き霊のようにキングにしなだれかかり、体をぴたりとくっつけてくると、その首に両腕を巻きつけた。ほっそりした腰に両腕を回し、さらに引き寄せると、マーガレットがキスをねだるように顔をあげてきたため、彼女からのキスを受けた。このあとは慣れ親しんだパターンで――

そのとき、すべてが間違っているように思えた。彼女の香水のせいだった。マーガレットは香水を変えたのだろうか？　浴槽の湯にどんな香水を垂らした？

マーガレットはわずかに体を離した。「わたしのにおいを嗅いだだけで嫌になった？」

「なんだって？　まさか」キングはマーガレットを引き戻し、彼女の期待に応えようとした。今夜こうして家を訪ねてきた自分に、マーガレットは当然情熱的で熱心な睦《むつ》み合いを期待しているはずだ。彼女はそういったものを受け取って当然の女性。それなのに、この両腕のなかに抱いても違和感を覚えてしまう。何かぎこちない……以前のような悦びが感じられない。もはや二人はかつてのような、しっくりくる関係ではないように思える。

ふたたびマーガレットは体を引き離した。「彼女の名前は？」

「なんだって？」

マーガレットは笑みを浮かべたが、その表情に晴れやかさはない。憂鬱そうで、しかも……これは哀れみか？　その哀れみは彼女自身ではなく、こちらに向けられたものだ。他人から哀れまれるのは慣れていない。公爵としてのプライドをひどく傷つけられ、不愉快だ。今夜ここを訪ねなければよかった。

マーガレットはキングの手の届かない場所まで下がった。「いつもなら、今頃あなたはわたしを壁に押しつけているはずなのに」

彼女が客間に姿を消したため、愚か者のようにあとを追った。「マーガレット、すまない。今日はうんざりするほど長い一日だったんだ。でもきみが欲しいのは本当だ」

「ばかにしないで、愛《いと》しい人」彼女は二個のグラスにスコッチを注《つ》ぎ、キングに一個を手渡した。「あなたがここにやってきたのは、心から欲しいと思う女性を自分のものにできないから。それに、わたしにあなたを追い返す心の強さがないから」

「きみ以外に、心から欲しいと思う女なんていない」

彼女はキングの顎を軽く包み込んだ。「ああ、なんてかわいそうな人。たぶん、あなたは本当にそう考えているんでしょう。わたしならその女性が何者か、あなたに教えてあげられるかも」

「そんな女はいない」キングはもう一度強い口調で答えた。

マーガレットは秘密めいた笑みを浮かべ、キングの頬を軽く叩くと、ゆっくりした足取りでソファの前まで行き、ドレスのスカートをひるがえしながら優雅に腰をおろした。

「うんざりするほど長い一日について話を聞かせて」

キングがここへやってきたのは、自分の今日一日について話すためではない。マーガレットの耳元でみだらな言葉をささやくためだ。それを聞きながら彼女がもらす吐息やあえぎ、低いうめき声を聞くためだ。大股で部屋を横切り、マーガレットの体を両腕にすくいあげ、彼女を自分のものにしよう。そして彼女にも、この自分のすべてを与えるのだ。本気でマーガレットを求めていることを証明したい。しかし、結局は暖炉へ近づき、炉棚へ片方の肩をもたせかけただけで終わった。自分でも驚きだ。

「ただ仕事していただけだ」

「じゃあ夜は？」

キングはスコッチをすすりながら考えた。体がこわばるほどの性的な欲望を感じ、あれほど切羽詰まっていたのに、なぜマーガレットを腕に抱き寄せたとたん、欲望が立ち消えたのだろう？　彼女はかつてバードウェル公爵の愛人だった。バードウェル公爵は死ぬ間際に、常に愛人として尽くしたマーガレットに寛大な配慮をした。この屋敷に住むことを許したうえに年間の小遣いも与え、その金を自由に使って、将来の愛人たちを好きに選んでいいと言い遺《のこ》したのだ。

キングはこれまで心から、マーガレットと二人きりの時間を楽しんできた。先ほどの彼女の言葉は嘘ではない。前の自分ならば、この屋敷に足を踏み入れたらすぐ、彼女を壁に押しつけていただろう。今頃はすでにはぎ取った服が床の上に散らばり、あのソファの上で体を絡め合い、情熱に身を任せていたはずだ。それがどうだ。今では欲望がすっかり冷め、むしろペティピースと馬車に乗り込んで一緒に帰宅すればよかったと考えている。

「チェスメンたちと一緒にクラブでディナーをとった」

「普通なら、あなたがそんな不機嫌になるはずはない状況よね」

「僕は不機嫌になどなっていない」だがその言葉が口を突いて出た瞬間、キングは自分がひどく機嫌の悪そうな声を出しているのに気づいた。それに、なぜマーガレットの言葉をいちいち否定するような答えばかり返しているのだろう？「すまない。期待はずれの再会になってしまったね」

マーガレットとの関係は複雑なものではない。すばらしいセックスと心地いい会話を楽しむだけの関係。彼女には、こちらの表面下にあるものをそれ以上深く探り出されたことはない。この自分の奥底には、うわべだけではわからない、しかもこれまで誰とも分かち合ったことがないものが数多く棲《す》みついている。突然そういう状態が耐えきれない重荷のごとく思えてきた。

「ミス・ペティピースは最近どう？」

彼女の名前を耳にしたとたん、キングの心臓は小さく跳ねた。〝ミス〟をつけた呼び方だから、よけいにペティピースの女らしさを思い出してしまう。面接中は彼女をミス・ペティピースと呼んでいたが、秘書としての仕事を与えてからは単にペティピースと呼ぶようにした。その呼び方のほうが彼女に合っている気がしたから。当時の彼女は二十歳。若くていきいきとしていたが、純真ではなかった。その事実が彼女の目にかすかに表れていた。これまでは、あの瞳に表れるものがペティピースのすべてだと思ってきたが、どうやらそうでもないらしいとようやく気づき始めている。

「いつもながら有能だ」

「『タイムズ』の広告によれば、あなたはまた公爵夫人になりたいレディたちの手紙を受けつけ始めたのね」マーガレットがさらりと言う。

キングから求婚されなかったことで侮辱されたと感じている様子はない。早い段階から、彼女は子どもが産めない体だと認めている。つまり、彼女とは安心して性的な関係を結べ、庶子をこの世に生み出す心配をしなくていいということだ。だがそのせいで、マーガレットの結婚の見込みが限られているのもまた事実。少なくとも貴族の間で妻としては望まれないだろう。貴族は今も昔も、世継ぎと血筋に異常なほどこだわるものなのだ。とはいえ、マーガレットに喜んで夫を迎える気があるかどうかは疑わしい。そうしたいとほのめかしたことさえない。むしろ誰にも束縛されない自由な人生を好んでいるのではないだろうか?

「僕は世継ぎをもうける必要がある」

自分も三十四歳。もういい歳《とし》だ。そろそろ長子としての義務について考えるべきときだろう。

「あら、なんてロマンチックな考えかしら！　あなたほどハンサムで、お金も爵位もあれば、手に入れられない女性なんて一人もいないわ。耳元であんな甘い言葉をささやかれたら、どんな女性も気絶するはずよ」

キングは顔をしかめた。マーガレットが真面目に言っているのか、からかっているのかわからない。だが一つだけ、はっきりわかっていることがある。

「ペティピースは気絶するような女性は選ばないだろう」

「あなた、その仕事をあの気の毒な女の子に任せているの？」

ペティピースは女の子ではない。官能的な曲線を持つ立派な女性だ。しかも緑色のドレスを身にまとうと、濃紺のドレスではわからない女性らしさが匂い立つ。陶器のごとき、なめらかな肌の持ち主でもある。どうして誰もが突然、僕があの仕事を秘書に任せたことについて疑問を持ち、口にするようになったんだ？　自分の決定を疑問視されることには慣れていない。それゆえ、いっそう腹立たしかった。

「彼女以上に信用できる者がいないせいだ」

「この点に関しては、あなた自身の心を信頼するほうがいいんじゃないのかしら？」

「きみは自分の心を信頼した。それで今、こういったものを手に入れている」

マーガレットは優しいまなざしになると、悲しげな笑みを浮かべた。「ほぼ十二年間、幸せな日々を過ごしたわ。いつもバーディーを一人じめできたわけじゃないけれどね。公爵はわたしのような女とは結婚しないものだから。バーディーに初めて抱かれたとき、わたしはわずか十七歳の少女だったけれど、彼はわたしにかけがえのない時間を与えてくれた。あの歳月と引き換えにこの世のあらゆる富をあげると言われても、応じる気にはなれない。バーディーの奥様には愛人がいて、彼にも愛人がいた。貴族ではさほど珍しい話じゃない。それでもね、キング、結婚するなら、たまにベッドをともにするだけの女よりも、自分が心から愛している女のほうがいい……そうでしょう？」

キングは重々しいため息をついた。「なんだか憂鬱な話になってしまったね。ここにやってきたのは、もっと心から楽しむためだというのに。だがきみの言うとおりだよ。今の僕は心ここにあらずの状態だし、きみは男の熱っぽい注目を浴びて当然の人だ。ずっときみのそんな率直な物言いが恋しかったんだ。それに、尋ねるのを忘れていたね。マーガレット、きみはこれまでどうしていた？」

「バーディーのことを恋しがっていたわ。彼が亡くなって、今月でもう五年になる。あなたも以前に比べれば、わたしが彼を恋しく思わなくなったと考えているかもしれない。でも、自分のことをよく知っている相手と一緒にいると、びっくりするほど居心地がいいし、心が慰められるものよ。もちろん、誰かと体を重ねる悦びは当たり前に手に入るものじゃない。でもバーディーとのすばらしい思い出のなかには、二人きりで過ごした静かな時間がいくつも含まれている。あなたも公爵夫人とそういった瞬間を持てることを願っているわ」

キングの場合、公爵夫人とは数えきれないほど静かな時間を過ごすことになるだろう。それこそ、彼が妻となる女性に求めている唯一の条件だ。あの有能な秘書が、こちらの条件に見合わない女性を選ぶはずがない。

4

「それなら、あのクラブの面白そうな場所は全然見なかったの？」

ペネロペはドレスからナイトドレスとガウンに着替え終え、ルーシーのベッドの足元に腰をおろすと、愛猫の黒いふわふわした毛を撫でた。

「のぞき見することもできなかったの。わたしたちが入った扉は廊下に通じていて、その廊下の先がすぐ個室だったし、帰るときも同じように外へ出たから」

いや、正確に言えば行きと帰りは同じではなかった。少なくとも雰囲気が変わっていた。キングスランドの何かがおかしかった。不機嫌な態度に見えたのだ。普通ではありえないことだ。気の置けない友人たちと一緒に過ごしたら、不機嫌になどなるはずがない。

「なんだ、がっかり」ルーシーはブランデーをすすった。ペネロペが彼女のために持ってきたものだ。「紳士クラブってどういう場所なんだろうって、いつも考えてしまうの。自分でもどうしてだかわからない。きっと女性が入店禁止だからよね」

「そのうち、わたしたちも入れるようになる」

「本当にそう思う？」

「もちろん。女性も男性と同じようにお金を使うようになるわ」

「わたしの場合、そうはならない気がする。だってお金があっという間になくなるから」

「わたしに手伝わせてくれたらいいのに。投資でお金を貯《た》められるのよ」

実は、この世のビジネスの多くが女性投資家たちによって回っている。その事実を知ったらほとんどの人が仰天するのではないだろうか？

ルーシーは首を振った。「投資はギャンブルみたいなものだもの。必ずしも儲《もう》けを生むわけじゃない。わたしの父さんはギャンブル好きだったけれど、幸運に恵まれたことは一度もなかった。きっとわたしも同じ。苦労して稼いだお金がすっからかんになるだけよ」

ルーシーとは、前にもこの話題について何度か話し合ったことがある。女性にとって、投資は経済的に自立する機会を与えてくれる数少ない選択肢の一つと言っていい。ただルーシーは、未亡人たちが自ら相続したお金で確実に利益を得ている堅実な投資話にさえ疑念を抱いている。

「もし気が変わったら、いつでも言ってね。わたしなら、あなたがすっからかんにならない手助けができると思うから」

「ねえ、公爵はあなたの髪型を褒めてくれた？」

ペネロペは自分のブランデーを一口すすりながらも、頬が染まるのを感じた。今や会話はルーシーがもっと興味を持てそうな話題に移りつつある。

「いいえ、何も気づかなかったわ」

ただし、キングスランドからドレスを褒められたのは驚きで、そして嬉しかった。まだ若かった頃は、周囲の男性の注目を浴びたものだ。いやらしい目で見られたり、体に触られたりしたことさえある。そのとき、男性にこちらの言葉や仕事に集中してもらうためには挑発的なドレスを身につけないのが一番だと学んだ。彼らの気を散らすような振る舞いもすべて避けたほうがいい。そういう態度を取っているおかげで、公爵の秘書という仕事もうまくこなせているのだろう。

「ハリーはあなたにうっとりしてたわね」ルーシーの声には嫉妬が感じられた。

「ただのお世辞よ。ほかに深い意味はないと思う」

「ハリーってすごくハンサムよね。それにふくらはぎの形が最高」

従者は全員そうだ。仕事柄、ふくらはぎが盛りあがる。「あなた、彼のことが好きなの？」

ルーシーは肩をすくめた。「さあ。新しく雇われた従者のジェラルドはどう思う？」

新しい使用人が雇われるたびに、ペネロペが真っ先に考えるのは自身との関係だ。

〝この人物はわたしに厄介事をもたらすのではないだろうか？　わたしの正体に気づいて、こちらの過去を暴いたりしないだろうか？〟

もう何年も前に、自分の家族を養う方法を探していたときには、自分の選択によって、将来にどんな影響が及ぶのか考えたりしなかった。その影響が誰に及ぶのかも、まったくわからなかったのだ。当時は本当にうぶだった。自らの行動が及ぼす影響の大きさに気づき、それなのに自分ではどうすることもできないと思い知らされて初めて、世間知らずではいられなくなった。

「ミスター・キーティングは、彼のことをかなり仕事ができる人だと言っていたわ」

ルーシーは笑い声をあげた。「ペン、わたしは使用人としての彼について尋ねてるわけじゃない。彼に男としての魅力を感じていないの？」

「わたしの立場上、ほかの使用人と個人的に関わるのが賢い選択に思えないから」

「でもそうなりたいと思ったりしない？」

「いいえ、そんなの問題外よ」

仮に誰かと個人的に関わるとすれば、相手はキングスランドがいい。とはいえ、公爵は道徳心のかたまりのような人だ。そんな彼が、使用人の誰かと個人的な関係になるのを自身に許すはずがない。

「それに、一緒に過ごす相手ならサー・パーシヴァルがいるもの」

このオスネコはほとんどの時間、厨房でうろちょろしているネズミがいないか探し回っている。でもペネロペが必要なときはいつでも、優しく寄り添ってくれるのだ。

「どこかの殿方に一瞬で心を奪われるのを夢見たことはないの？」

ペネロペはルーシーににやりとしてみせた。「わたしは現実的すぎるたちだから、そんな空想はしないの。それより、時間をかけてゆっくり育んでいく愛情のほうが信頼できる気がする」

思えば、これまでキングスランドのさまざまな一面を目の当たりにしてきた。機嫌が悪いときも、約束どおりの結果を出せなかった相手に腹を立てているときも。ただ、彼は成功してもほくそ笑んだりしないし、投資が思うようにいかなくてもふくれっ面をしたりしない。もちろん失敗を忌み嫌ってはいるけれど、キングスランドは失敗するたびに、それを何かを学ぶ機会としてとらえる。そのため同じ間違いを繰り返すことがない。

とにかく、ペネロペは公爵の性格のあらゆる面を知っている。だからキングスランドが本当の自分を偽ってこちらをだますことなどまずありえない。ただこれまで人生で出会った人たち全員に、同じことが言えるわけではなかった。ペネロペ・ペティピースになる前の知人と、誰一人会おうとしないのはそのせいだ。

「そうかもしれない」ルーシーはグラスを脇に置いて、両脚を胸に引き寄せ、しっかりと腕を巻きつけた。「それでも出会った瞬間、何かを感じて息をのんだことがあるはずよ」

それこそまさに、キングスランドの姿に初めて目をとめた瞬間、ペネロペの身に起きたことだった。面接のため、彼の事務所に出向いていくまで、彼についてはほとんど知らなかった。求人広告を読んで、てっきり年老いた公爵だと勘違いしていたのだ。まさかあれほど若くて男らしい人物だとは思わなかった。しかもその彼が、自らの目的と野心を追求する手助けをする秘書を探しているとも考えてはいなかった。

ペネロペはイーストエンドにある食料品店で働いていた。客の相手をする合間に、店主の在庫管理の仕事も手伝っていたのだが、その店主がやや熱心に自分を見つめ始めたことに気づいた。しかも一室を借りている下宿屋の大家も突然自分に興味を持ち始めた。だから引っ越すのが一番だと考えたのだ。

「ルーシー、あなたはこれまで何かを感じて息をのんだことがどれくらいあるの？」

「たくさんありすぎて数えられない。それに毎回すてきな気分になっちゃうから」ルーシーはあくびをした。「そろそろ寝たほうがいいみたい。すぐに朝になる」

ペネロペがベッドからおりると、サー・パーシヴァルもすばやく床に飛びおりた。「わたしもそろそろ休まないと。じゃあまた明日」

自分の部屋に戻ってベッドに入ると、ペネロペは枕の山にもたれて『二都物語』を読み始めた。でもいくらページをめくっても集中できない。気づくと、あのクラブでのディナーについて考えている。ルーシーには話さなかったことすべてを思い出してしまう。

キングスランドは手をこちらの手に重ねてきた。時間にすればほんの一瞬だったけれど、あのとき彼は初めて本当の意味でわたしを見つめたようなまなざしをしていた。淡い期待に胸が膨らんだけれど、その期待はあっという間にしぼんだ。わがままで手に負えない子どものように、公爵から馬車のなかに置き去りにされたせいだった。そうすれば、これからの夜の時間をわたしに邪魔されることなく、彼一人で楽しめるからだろう。あれからキングスランドはいかがわしい場所を訪ね、今頃はその彼女の腕のなかに抱きしめられているはず。それ以外の答えを言い聞かせ、自分をごまかすつもりはない。

馬車を見送るキングスランドはどこかそわそわし、落ち着きがなかった。音を立てて通りを走り出した馬車のなかで、ペネロペも突然切羽詰まった気分になった。肌がこわばり、肺が急に小さくなったように息苦しくてたまらなくなったのだ。体全体が撫でられ、触れられ、愛撫《あいぶ》されることを乞い願っている。特に、脚の間の秘めやかな部分がどうしようもなく熱くなり、悲鳴をあげているかのようだった。馬車のなか、窓のカーテンを閉め終えてからすぐに、自分の手で自分を慰める必要があったほどに。ドレスメーカーが仕立てたドレスのスカートはボリュームがあったため、自分を満足させる行為を簡単にできたわけではない。でも、ペネロペは何かに挑戦するのを尻込みするたちではなかった。

今こうして読書に集中できずにいるのは、どこかの女性を悦ばせているキングスランドの姿が脳裏にちらつくせい。いや、どこかの女性ではない。あの馬車のなか、すばやく快感のきわみに達したときのように、この自分を悦ばせているキングスランドの姿が脳裏に思い浮かんでいるせいだ。彼が唇でこちらの喉をたどりながら、満足げな低いうめきをもらしている場面を想像してしまう。ドレスを緩め、しだいにあらわになっていく素肌に唇を熱心に押し当てている姿も。そして彼は、ほかのどんな男も味わったことがない部分を味わおうと――

ペネロペはうめきながら布団をはねのけた。「こんなのばかげてる。ねえ、サー・パーシヴァル」ベッドの足元で丸くなっている愛猫は、ほとんど目を開けようとしない。「すぐに戻るから」そう彼に告げると、ガウンを引っつかんで体にしっかり巻きつけた。今の自分に必要なのはジェーン・オースティンだ。思えば、もう久しく夜寝る前に恋愛物語を読まなくなっている。

ランプを手に取ると、目をつぶっても行けるほど勝手知ったる廊下を次々と突き進んだ。屋敷はひっそりと静まり返っているが、まったく気にならない。むしろ静寂は好きだ。ただ、屋敷がやけにがらんとして寂しく感じられる点は好きとは言えない。キングスランドはまだ屋敷に戻ってきていない。公爵がいるだけで、この屋敷の印象がまったく違うのがつくづく不思議だった。彼がいないときよりもはるかにいきいきとして、活気があり、重厚感に満ちて感じられる。公爵と同じ部屋にいないときでも、ペネロペは彼の存在を意識している。公爵の秘書として働き始めたときからそうだった。そして何年も歳月が経つうちに、その意識はますます強まっていく。

だからこそ、自分がキングスランドの邪魔をしたり、公爵お気に入りの図書室で彼とばったり出くわしたりすることはないとわかっていた。といっても、図書室から本を持ち出すのを公爵から反対されているわけではない。秘書として働き始めてすぐに、彼の大型本のコレクションを自由に読んでいいという許可をもらった。これほど立派なコレクションが並んでいるのを見たのは初めてだ。もちろん、実家にはこんな本などなかった。ちなみにペネロペの父はすでに天国に召されている。いや、おそらく地獄にいるに違いない。そのことについては考えたくないのに……つい考えてしまう。

ペネロペは図書室に足を踏み入れ、小説が並んだ書棚近くの机にランプを置くと、背表紙に指を滑らせながらゆっくりと歩き出した。

なんてたくさんの本。自分がここにある本をすべて読むことはけっしてないだろう。ここに並んでいるうち、どれくらいの本がこのあとの世代から見過ごされることになるの？どれくらいの本が、このコレクションに新たに加わることになる？

コーンウォールにある公爵家の先祖代々の領地には、高さ三階分もある立派な図書室がある。錬鉄製のらせん階段がついていて、これまで何度もその階段をのぼりおりしてきた。わたしはあの図書室を心から愛している。この屋敷の図書室は、単に大切にしたいと思うだけだ。ペネロペの夢は、いつか自分のコテージを持ち、どの部屋も本をいっぱいに並べること。今まで投資で儲けたお金をこつこつ貯金すれば、そんなコテージを持てるはずだ。

もはや公爵から必要とされなくなったときに。自分と公爵が別々の道を歩むようになったときに。もはや彼に無関心なふりができなくなったときに。

少し高い書棚に目当ての本を見つけた。手が届かないほど高いわけではない。隠し扉の背後に置かれたはしごは必要ないだろう。つま先だって、手をうんと伸ばせば届くはず

――

ペネロペの目の前に大きな手が現れた。少し前に重ねたばかりの、そのてのひらの感触を鮮やかに覚えている。良質な紙やすりのような、少しざらざらとした手触りだった。

「どれかな？『高慢と偏見』？　それとも『分別と多感』？」

耳元で聞こえたのは、低く誘惑的な声だった。あまりに近すぎるせいで、愛人のささやきのようだ。

なんということ。実際そうならどれほどいいだろう、と思う自分がいる。

キングは悪魔に魅入られたように、その香りを吸い込まずにはいられなかった。ペティピースの香りこそ、自分が探し求めていたものだった。ジャスミンと、ほんの少しの麝香《じゃこう》があいまった香り。麝香は彼女の体から漂っているのだろう。

キングと同じく、ペティピースも体をぴくりとも動かさない。手をキングの肘近くに掲げたままだ。直接触れているわけではないが、これだけの至近距離ゆえ、彼女の体から発せられている熱がじかに感じられる。

「『高慢と偏見』を」

キングはたちまちみぞおちのあたりがぎゅっとなり、脚の付け根がこわばるのを感じた。ペティピースの声が興奮にかすれていたせいだ。あるいは自身が興奮しているからそう聞こえたのかもしれない。ひどく蠱惑的で、誘いかけるような声に聞こえた。

何かよからぬことをしでかしそうだ。彼女の耳たぶに軽く歯を立てたり、柔らかな顎の線を軽く噛《か》んだり。そうしないためには、ありったけの自制心が必要だった。ペティピースは長い髪を三つ編みにして、背中に垂らしている。このお下げ髪をほどき、指を差し入れて梳《す》いて、両のてのひらにすくい集めたい――

彼女がこれほど近くにいることにまったく影響を受けていないふりをしながら、キングは言われた本を書棚から引き抜き、一歩下がって彼女に差し出した。

「ありがとうございます」ペティピースが受け取りながら言う。およそ普段の彼女らしくない、従順な言い方だ。彼女もまた自分のように、強烈な欲望を感じているのだろうか？今すぐ彼女の体を本棚に押しつけ、この体をぴったりと重ねたくてたまらない。ペティピースに対して、これまでこんな強い衝動を覚えたことはなかった。とはいえ、今やそれが呼吸と同じようにごく自然なものに思える。

「ペティピース、なぜ自分が小柄なことを認めて、はしごを使おうとしない？」

思ったよりも自然な声が出て、キングは内心ほっとした。これほど近くに彼女がいることで興奮をかき立てられ、頭がどうにかなりそうになっているのを、相手に知られずにすんだ。

彼女は顎をあげ、目を光らせた。「はしごがなくても自分一人で取れます」

ほら、僕がよく知るペティピースが全速力で戻ってきた。だが残念ながら、そのせいで彼女に対する欲望がいっそうかき立てられている。

「だったらその本をもう一度戻したほうがいいだろうか？」

「いいえ、そんなことをしても意味がありません」彼女は大型本が自分を守る盾であるかのように、胸に引き寄せた。「こんなに早いお戻りとは思いませんでした」

十時少し前に戻ってきたことに、キングは自分でも驚いていた。だがあのあとマーガレットとの会話ははずまず、すぐに話題が尽きてしまった。「思っていたより用事が早くすんだんだ」

ナイトウェア姿のペティピースを見たことは今まで一度もない。花柄のガウンの正面に白いレース飾りがついているのを見て、少なからず驚いた。彼女にしてはひだ飾りが多すぎるし、浮ついたデザインに思える。きっと寝室で一人でいるときのペティピースは、普段とはまったくの別人なのだろう。彼女はほかに、僕を驚かすようなどんな一面を持っている？　それがどのようなものであれ、マーガレットを訪ねている間、自分が感じていた物足りなさを埋めてくれるかもしれない。

ペティピースは本を掲げた。「それではそろそろ失礼します」そう言ってキングのそばを通り、立ち去ろうとしている。

「休む前に、少しスコッチにつき合ってほしい」

その瞬間、彼女は毒蛇に見つかった野ウサギをほうふつとさせる表情を浮かべた。すぐに謝るべきだろうか、それともこの不適切な要求を自分で笑い飛ばすべきだろうか？　公爵たるもの、就寝前に使用人に一緒に何かをしようと言い出すなどありえない。もちろん酒を飲むなど言語道断。

どちらにしようか答えを決めかねていると、彼女は口角をほんの少し持ちあげて答えた。

「よければブランデーをお願いします」

キングはなんとも言えない安堵感《あんどかん》が体の隅々まで広がっていくのを感じた。よかった、これであともう少し一緒の時間を過ごせる。それにもう一つ、彼女に関するささやかな情報を知ることもできた。「よし、ブランデーだな。グラスを持ってくるから、どこかに座ってくつろいでいてほしい」

そう言い残して食器棚の前へやってきた。小さくて従順な兵士たちのように、デカンタ類がずらりと整列している。スコッチはやめて、彼女と同じブランデーを飲むことにした。先ほど図書室の戸口に立ちながら、ペティピースが本の背表紙を指でそろそろとたどっているのを見ていたとき、どうしようもない衝動に駆られた。この体に同じことをしてほしい。彼女の指をこの全身にくまなく滑らせてほしい。無精髭《ひげ》の生えた顎から胸へ、そして……さらにその下にも。この腕にペティピースを抱いているわけではないのに、マーガレットには感じられなかった痛切な焦がれを感じている。前にこれほど強烈な、ほとんど飢餓感に近い衝動をかき立てられたのはいつだったろう？　もしそんなことがあったらの話だが。いや、これまでそんな女は一人もいなかった。ペティピースになすすべもなく惹きつけられ、がっくりとこの場に膝を突いてしまいそうだ。

だが自分はこれまで一度も膝を突いたことなどない。誰の前であっても。

キングは二脚のグラスにブランデーを注《つ》ぐと、体の向きを変えた。ペティピースがカーテンを開けているのを見ても驚かなかった。彼女は窓辺にある濃い褐色をしたふかふかの袖椅子に座り、月光に照らされた庭園を眺めていた。以前も夜遅くまで仕事をしていたとき、机から顔をあげたら偶然、外を散歩しているペティピースの姿を見つけたことがある。寂しそうには見えなかった。むしろ小道をそぞろ歩くことで慰めを見出《みいだ》しているように見えた。

思えば、ペティピースについて自分が知っていることは、そういう観察に基づいたものばかりだ。彼女に関するほとんどのことは謎のまま。突然、その謎を解き明かしたい気分になった。

椅子のある場所へ大股で戻り、グラスを手渡すと、顔をあげた彼女から笑みを向けられた。それだけで弾けるような喜びを感じている自分に戸惑ってしまう。ペティピースの反対側の椅子に腰をおろすと、彼女はグラスを両手で挟み、てのひらでこするようにしている。

「こうしてちょっと温めるのが好きなんです」

キングの脳裏に突然、ペティピースが同じことをして体を温めてくれている姿が思い浮かんだ。なんと下劣な。ブランデーをごくごくとあおり、ふと気づいた。彼女となるべく長く一緒にいたいのに、この調子で飲み続けるとブランデーがまったく足りない。もっと注いでくるべきだった。

「〈ドジャーズ〉は楽しめたかな?」

「がっかりしました。もっと面白そうな場所を全然見られなかったから」

「レディのためのクラブもある。たしか〈エリュシオン〉だったかな」エイデン・トゥルーラヴが所有しているクラブだ。恥ずべき出自にもかかわらず、自らの才覚で成功を手にし、公爵未亡人と結婚までした男だ。彼ら夫婦にも、キングが妻候補を発表する舞踏会の招待状が送られているに違いない。

ペティピースは窓の外をぼんやり眺めた。「わたしはレディではありません」

〝貴族のレディ〟という意味で言ったつもりはなかったが、彼女がそう解釈したのは明らかだ。「たしか会員になる条件に、貴族の生まれかどうかは含まれていなかったと思うが」

ペティピースは視線をキングに戻した。そのまま見つめていてほしい。彼女の視線を独占したい。

「自分が賭けを心から楽しめるとは思えません。わたしはお金を稼ぐために一生懸命仕事をしています。だからカードの裏表で大金を失うリスクを負いたくないんです」

「まるできみの雇い主が、きみをこき使う怪物みたいに聞こえるね」

彼女は軽い笑い声をあげた。その響きがこちらの魂を揺さぶり、波紋のように広がっていく。

「彼は多くの美点を持つ方です」

だが欠点も持っている。自分でもよくわかっていた。僕は気楽に一緒にいられるたちの男ではない。他人に求める基準が厳しすぎるのだ。その点で言えば、ペティピースは文句なく合格点に達している。とはいえ、これほど長い歳月、彼女が自分に仕えていることに驚きを禁じえない。

「公爵夫人探し《ダッチエス・ハント》はどんな調子だ？」

ペティピースはあざけるような小さい声をあげた。「キツネ狩りをしているみたいな言い方ですね」

「まさか」

「それにしても公爵夫人《ダッチエス》という呼び方は冷たすぎます。せめて妻とか、パートナー探しとおっしゃったほうがいいのでは？　それか……魂の伴侶《ソウル・メイト》とか……」

「僕とそっくりの魂を持つのがどんな女性か、きみは想像できるか？」冷淡で、傲慢で、一緒にいるのには耐えられないたぐいの女性のはずだ。

「手紙を送ってきたレディのなかに一人、フェンシングの腕に自信があるという女性がいました。でもあなたが彼女から串刺しにされるのではないかと心配です」

キングは皮肉っぽい笑い声をあげた。「ということは、きみも僕を難しい男だと考えているんだな」

彼女は時間をたっぷりかけてブランデーをすすってから答えた。「使用人たちはあなたの機嫌を損ねるのを恐れています」

「本当に？」自分でも仕事に厳しく、間違いは許せない主人だと思う。だが恐れていると、いうのは、やや大げさな反応ではないだろうか？　「別に彼らを鞭打《むちう》ちしているわけじゃない」

ペティピースはほっそりした肩を片方だけ持ちあげた。「あなたは公爵です。それだけで恐れを感じる者もいるんです」

「だがきみは僕を恐れていない」

ペネロペは彼の視線をじっと受けとめた。その瞳にやや挑戦的な光が宿っている。

「ええ。とはいえ、金銭面から考えると、自由に立ち去れる立場にはありません。たとえ今後あなたにがっかりしたり、自分がこき使われていると考えたりすることが今より増えたとしても、なんの心配もせず、うしろを振り返りもしないまま立ち去ることはできません」

彼女の声には警告のようなものが感じられる。それを隠すために、わざと軽い調子で話しているのだろう。

キングは突然、不安感にみぞおちをわしづかみにされた。かつてペティピースは何かから走り去り、逃げ出し、姿を隠す必要があったのだろうか？　探偵たちに調査を頼んでも、僕の執務室へ面接にやってきたあの日以前の、ペティピースの存在がどこにも確認できないのはそのせいなのか？　彼女の過去は気にしないと決めて以来、面接で聞かされた以上のことを尋ねたり、個人生活について探ったりしたことは一度もない。彼女とは、あくまでビジネス上の関係にすぎないと割り切ってきた。これまで一財産を築き、自分の家族と領地を潤わせるのに躍起になっていたせいで、本来ならペティピースに向けるべき関心を十分に払ってこなかったのかもしれない。

キングは真顔になり、前かがみになった。「僕の秘書になる前、きみはにっちもさっちもいかず、立ち去れない状況に陥ったことがあるのか？」

ペティピースはまたしても視線を窓の外へ移した。もしかして今、ここから逃げ出そうと考えているのでは？

〝話してくれ。僕の秘書になる前、きみが何者だったのか教えてほしい〟

突然、それを知ることがひどく重要なことに思えてきた。

「誰だってそういう状況に陥りうると思いませんか？」

ペティピースはふたたび視線をキングに戻した。揺るぎないまなざしを向けられ、のけぞりそうになる。強烈なパンチを見舞われたかのように。

「あなただってそうです。公爵というマントがときどき、シルク糸で編まれた上質な上着というよりも、経帷子《きょうかたびら》のように思えるときがあるはずです」

たしかに、ときどき鉄のように重たい上着を引きずりながら、泥沼に向かって歩いている気分に襲われる瞬間がある。だがそれを認めるつもりはない。話を巧みにそらした彼女の手腕に感心しながら、キングは椅子の背にもたれ、作戦を変えることにした。彼女に気取られないよう、もう少しひっそりと探り出すことにしよう。

「きみはケントのどのあたりの出身なんだ？」面接のとき、彼女は少なくとも生まれた州は答えていた。

「あなたが聞いたこともないような小さな村です」

「そこできみの父親は牧師をしていたんだね」

ペティピースは口角を持ちあげ、挑むような表情を浮かべた。夜遅くブランデーを飲んでいても、ちっとも酔っていない様子だ。そんな彼女にますます惹かれていく。

「あなたにはそれが嘘だとわかっていたはずです」
「ああ、そうだ」
「それなのに、どういうわけかわたしを雇われました」
「もし僕のために嘘をつかせる必要がある場合、きみにはその才能があると見込んだから
だ。ほとんどの者は、きみの率直な物言いを聞いて簡単にだまされてしまう。だが僕は物
事の表面しか見ないまま信頼するたちではない。見えていない部分まで深く探りたいタイ
プなんだ。きみの父親の職業はなんだったかな?」
「わたしはケントで生まれました。でも小さな頃、家族でロンドンへ引っ越したんです」
明らかに、彼女は父親について話したくないようだ。キング自身も自分の父についてめ
ったに話さないが、ペティピースがそれと同じ理由で父親の話を避けたがっているとは思
えない。
「ペティピース、僕を信じて秘密を打ち明けてほしい」
「一度口に出せば、もはや秘密ではなくなります」
その意見には反論できなかった。「ということは、やはりきみは秘密を抱えているんだ
な」
「誰にだって秘密はあります。あなたにも一つや二つあるはずです。あなただってわたし
を信じて秘密を打ち明けることができますよ」

いや、信頼の問題ではない。むしろ恥辱に関する問題だ。同じことがペティピースにも言えるのだろうか？　だがこれ以上深追いするのはやめておこう。

「こんな話をしていると、十四歳のとき、馬屋の主人の娘とよくやっていたゲームを思い出す。きみのを見せてくれ、僕のも見せるからというやつだ」

これほど離れていて、部屋に灯《あか》りがほとんどないにもかかわらず、キングにはペティピースの頬が濃いピンク色に染まったのがわかった。その言葉に何がほのめかされているのか理解したのだろう。もちろん、彼女なら気づくはずだ。こちらが何か言い終わる前に、ペティピースは僕の言いたいことを理解していることが多い。それがあまりに多いのは、二人とも考え方が同じだからかもしれない。

「閣下、なんてお行儀が悪いんでしょう。ご自分の妻にも行儀の悪さをお求めですか？」

少しからかうような声だ。だがこの件に関しては、正直に答えておく必要がある。

「僕が求めているのは、僕を愛することがない女性だ」

はたから見ても、ペティピースが体をこわばらせたのがわかった。「前にあなたは、自分に心がまったくないとおっしゃいました。妻となる女性に自分を愛してほしくないのは、彼女の愛情にお返しすることができないからですか？」

「僕を愛することで、結局その女性は傷つくことになるからだ」

「あなたは特別陽気な方ではありません。でもわたしには、あなたがご自分のことを厳しく判断しすぎているように思えます」

「信じてくれ、ペティピース。断じてそんなことはないんだ」

「どうしても信じられません。あなたがわざとその女性を苦しめたり、傷つけたりするとは思えないんです」

「わざとではないだろう。だが――」

キングは言葉を切って戸口のほうを見た。突然、大股で近づいてくる足音が聞こえた。使用人たちならば、目立たないようひっそりと動き回るだろう。今夜この屋敷に戻ってきたときに、すでに執事にも夜勤の従者たちにも下がっていいと申しつけた。だからこんな時間に誰かが訪ねてきたことに驚きを禁じえない。しかも、この館は戸締まりを厳重にしているのを知っているからなおさらに。

図書室に入ってきたのは、よれよれの服を着た、弟ローレンスだった。その両側から挟むようについてきているのは、がっちりした体格の男たち。

キングはどうもその二人の男たちの風貌が気に入らなかった。厄介な事態になりそうな、嫌な予感がする。好きなときに出入りしていいと、弟にこの屋敷の鍵を渡したことを後悔する羽目にならなければいいのだが。自分のグラスを脇に置き、冷静さを保ちながら立ちあがった。とはいえ、警戒心が最高潮に高まっている。ペティピースも立ちあがったのを見て、思わず彼女の前に踏み出した。こちらに向かってやってくる男たちから、彼女を少しでも守りたい。「扉からテラスへ逃げるんだ」抑えた声で彼女に命じた。

「逃げるつもりはありません」頑固な女め。怒りのうなり声をあげないようにするためには、ありったけの意志の力が必要だった。「ほかの者たちが庭園で待ちかまえている可能性もあります。彼らは流れ者のようです。ここにいたほうが安全だと思います」

ということは、この男たちが悪党だと気づいたのは、キングだけではないということだ。しかも、ほかの者たちがあたりをうろついているのではという彼女の指摘は一理ある。とはいえ、ペティピースをここに置いておくのがどうにも気に入らない。彼女に危害が及んだらと考えただけでぞっとする。この命を賭けてもそんなことは許さない。

招かざる客たちは、二人の少し手前で立ち止まった。この距離からだと、弟の唇が腫れて出血しているのが見える。賭けてもいい。明日の朝になれば、弟の目のまわりには黒いあざができているだろう。「ローレンス」

「ちょっとした厄介事に巻き込まれて」弟が言う。兄に〝金を支払う必要がある〟と知らせる、遠回しな言い方だ。「ミスター・サースデイを紹介させてほしい」ローレンスは顎で右側にいる男を指し示し、続いて、左側にいる大柄で筋骨たくましい男を指し示した。

「こちらはミスター・チュースデイだ」

チュースデイは醜く、齧歯《げっし》動物に似ていた。彼はぎらつく目をすっとすがめ、自分のほうが脅し役だと態度で示した。

「何か役に立てることはあるだろうか?」キングは尋ねた。

「ああ、見てのとおりだ。閣下《マイ・ロード》――」サースデイが口を開いた。二人のうち、彼がリーダーなのは明らかだ。

「閣下《ユア・グレイス》だ」ローレンスがいらだったようにつぶやく。

「なんだって?」

「兄は公爵だ。彼に話しかけるときはユア・グレイスと言わなければならない」

「だったらヤー・グレイス、俺たちがここにやってきたのは、あんたのろくでなしの弟が、うちのボスに借りた二千ポンドを回収するためだ」

ローレンスはしかめっ面をすると、自分のブーツの先を見おろした。ブーツが傷だらけなのは、ここへ来る前に乱闘騒ぎを起こしたせいだろう。金の返済期日が来ている何よりの証拠だ。金が必要なら、なぜローレンスは自分のところへ借りに来なかった? この荒くれどもを一目見ただけで、僕にはたちの悪い金貸しだとわかったのに、どうして弟は気づかなかったんだ?

「わかった。明日、全額耳を揃《そろ》えて届けさせる」

サースデイは舌打ちをした。「あいにく、それじゃだめなんだ。返済は今夜にしてくれ。さもないと、この閣下《ヒズ・ロードシップ》はナイフを突きつけられることになる」

くそっ。「それならこのレディと僕で、今からきみたちに支払う金を取りに行く」

実は、金庫はこの部屋に隠してある。デスクの背後の、壁にかけた絵のうしろだ。だがここでそれを明かすつもりはない。もう一つの金庫がペティピースの事務室に隠してあり、その金庫の頑丈な鍵は彼女に渡してあった。

リーダー役がいやらしい目でペティピースを一瞥《いちべつ》するのを見て、キングは両手の拳を握りしめた。

「万が一のときの保険として、レディはここに残ってもらおう。あんたがよからぬことをしないようにな」悪党が顎をしゃくると、脅し役がペティピースのほうへ近づき始めた。

「彼女に指一本でも触れてみろ」ひどく冷静な声が出た。それを聞きつけた脅し役がつと足を止めている。「ここを出るとき、おまえのその手はないものと思え」

「この女を捕まえておく必要がある。逃げ出さないようにな」

「わたしは逃げ出したりしない」ペティピースが言う。そっけないが、やや熱のこもった声だ。

脅し役は拳を鳴らし、上唇をねじって冷笑を浮かべた。「怖いからだな」

「あなたたちのことが？　ばか言わないで。あなたたちのぼろぼろの服や脂ぎった髪、汚れた顔を見たって怖くなんかない。でもあなたたちにお願いがあるの。どうかわたしの嗅覚が働かない場所まで離れて」

「あんたの何が働かないだって？」

「わたしの鼻のことよ、サー。あなたのそのにおいには耐えられない。もしわたしとここにいたいなら、もう少し下がって。そうしなければ閣下《ヒズ・グレイス》と一緒に、あなたたちに渡すお金を取りに行くわ」

「あんた、俺たちがそれを止めないとでも思ってるのか?」サースデイが尋ねる。

ペティピースは彼に射るような一瞥をくれた。「なんなら試してみてもいいわよ」

彼女の全身から圧倒的な自信、やれるものならやってみろという大胆さ、そして揺るぎない意志が発せられている。百六十センチ足らずの身長の彼女が、男たち二人の前に立ちはだかり、あたかも彼らを見おろすような威厳を見せつけているのだ。もしキングに心があるならば、この瞬間彼女にほんの少し恋心を抱いただろう。実際そうならないと、はっきり言いきることはできないが。

サースデイはまたしても顎をしゃくった。「チューズデイ、ちょっと下がれ。厄介事は起こしたくない。俺たちは金を回収しにやってきただけだ」

「金ならそのレディが取ってくる」キングは言った。「彼女がよからぬことをしないよう、万が一のときの保険として僕がここに残る」

「俺はそんなにばかみたいに見えるか?」サースデイは尋ね、キングは当然だろうという返事をのみこんだ。「その女がここから出てったら、あんたはためらいなく俺に飛びかかってくるだろう。金を取りに行くのはあんただ。早く仕事をすませろ、もう我慢の限界だ」

ペティピースをちらりと見たところ、彼女はこちらに向かって小さくうなずいた。どうして彼女はこいつらを恐れていないんだろう？　たいていの女性なら、今頃気絶しているはずだ。

「よし、すぐに戻る」

あくまで冷静さを保ち続けているという印象を与えるために、キングは堂々たる足取りで図書室から出た。ビリヤード室に立ち寄って、先祖の一人が戦いのときに使い、今は壁に飾られている幅広の刀《ブロードソード》を取ったほうがいいだろうか？　一瞬迷ったがそうせず、もはや悪党たちから見えない場所に達したところで、ペティピースの事務室めがけて一目散に駆け出した。

状況は厳しい。でもあの有能なキングスランドならどうにか切り抜けてくれる。ペネロペは心からそう信じていた。だからローレンスと目が合った瞬間、必死に伝えようとした。

〝今はひどく切迫した状況に思えるけれど、結局はすべてがうまく行くようになる〟

これまで弱いものいじめをする者たちに数多く遭遇してきたため、先ほどこの二人を見ただけで彼らもそうだとわかった。この二人はローレンスに拳を振るったのだろう。だがペネロペが頑として譲らず、威厳を保った声色で、この場を仕切っているのが本当は誰かを伝えた瞬間、この二人の放つ危うさはたちまち立ち消えた。

子どもの頃、わたしは小さくて弱々しい存在だった。あまりに小柄だったせいで、よくほかの子どもたちからいじめられたものだ。〝そいつらに抵抗したいなら、絶対にひるむな。絶対にあとずさるな〟父はそう教えてくれた。〝少しでもおまえの弱さに気づいたら、そいつらの言いなりにさせられる〟

ライオンを前にした、傷ついたガゼルのように。

「すまない」ローレンスは後悔するような声で言った。「僕はキングが家にいるとき、夜ここでくつろぐのを知っていたんだ。まさかきみがいると思わなかった」

「ええ、どうか気になさらないで」

キングスランドとの会話は、かなり個人的な、踏み込んだ内容になっていた。しかも、あわや彼にすべてを告白しそうになっていたのだ。あのまま打ち明けていたら、今頃仕事をくびになっていただろう。そうしたらキングスランドに本音を話していたに違いない。もはや働かなくても生き延びられるだけの財産が自分にはある。けれど、彼の秘書という立場にあることで、わたしには生きる目的が与えられている、それを手放すのは嫌なのだ、と。

ローレンスはため息をついた。「ウィスキーを注いでもかまわないか？」

「動くな。そこにいろ」サースデイが言う。「俺たちが金を回収するまではな。そのあと浴びるほど飲めばいい」

「兄は誠実な男だ。金を取ってくると言ったら、必ず約束は守る」

「あんたらは上流階級《トフ》だ。トフは信用ならない。まさかの事態に備えて、あんたにはそばにいてもらう。彼を後悔させるためにな」

ペネロペは視界の隅で、チュースデイが木製の棚に置かれたボトルに手を伸ばしているのに気づいた。ボトルのなかにある船に触ろうとしている。「それに触らないで」鋭い口調で警告した。

「なんだって？　別に盗もうとしてるわけじゃない。ただ見ようとしてるだけだ。俺はこそどろじゃないからな」

日々の暮らしのために拳を振るっているこの男が〝侮辱された〟と腹を立てているとは。ペネロペはあやうく笑い出しそうになった。

「チュースデイというのは、あなたの本当の名前ではないんでしょう？」

「ああ。ボスが手下たちにつけた名前だ。罰を与える仕事に出かけるのが何曜日か忘れないようにってな」

「仕事はたくさんあるの？　そんなにおおぜいの人に罰を与えているの？」

彼は肩をすくめた。「多くの奴《やつ》らがボスに金を借りてる。それなのに金を返すのを忘れちまうんだ。なあ、こんな小さな船を、どうやってボトルのなかに入れるんだ？」

「きっとものすごく慎重に入れるんでしょうね」

「こんなの見たことないぞ」

ペネロペは譲歩した。「なんなら手に取ってみてもいいわ。でももし壊したら高くつくわよ。それでローレンス卿《きょう》の借金が全額返済されたことになる」

「よせ、チュースデイ。俺たちがボスのところへ戻る頃には、もう金曜日になってる。ローレンス卿、あんただってフライデイを知ってるだろ？　奴はあんたにだって手加減しない。もしあんたが金を返さなければ、ボスは怒り狂って、フライデイにこてんぱんにさせるに決まってる」サースデイは鋭い一瞥をくれた。「今日俺たちに捕まって、あんたは運がいい。フライデイならあんたの唇じゃなく、顎をめちゃくちゃにしただろう。あいつは強烈なパンチの持ち主だからな」

「別の仕事に就こうと考えたことはないの？」ペネロペは尋ねた。

「俺にほかに何ができるっていうんだ？　字も読めないし、書けもしない。おまけに借金を取り立てれば、いい給料をもらえる」

「ほら、これだ」そのときキングスランドが図書室に大股で入ってきて、包みを差し出した。

彼の姿を見たペネロペはほっと安堵したが、すぐに心配になった。公爵は武器を手にしているのでは？　この二人を彼自身の手で成敗しようとしているのでは？

サースデイは包みを開け、中身を手早く数えた。「よし、全額ある。さあ、行くぞ、チュースデイ」

「ローレンス、彼らを見送ってやれ。そのあと、すぐにここへ戻ってくるんだ」キングスランドが命じる。

ローレンスは長く苦しげなため息をついて、うなずいた。「もちろん。何があったか報告しないといけないからな」

男たち三人が出ていくと、キングスランドはペネロペの前にやってきて、慰めるように小さな肩に手を置くと、顔に視線をはわせてきた。顔のありとあらゆる曲線やくぼみ、面をたどるような熱心なまなざしだ。「けがはないかな？」

公爵の親指でこんなふうに肩に小さな弧を描かれていると、まともにものが考えられない。「ええ、ありません」

「きみは本当に勇敢だったね」

「実を言うと怒っていたんです。ああいう弱い者いじめをする人たちが許せないから」

「改めて、きみの機嫌を損ねてはならないと思い知らされたよ。何しろ、きみはあのチュースデイという男を怖がらせていたからね」

「彼らがわたしたちに本当に危害を加えるとは思えなかったんです」

「もし彼がきみに指一本でも触れたら、奴を殺していただろう」

その言葉の激しさに、公爵は自分でも驚いたようだった。ペネロペの肩から手を離し、あとずさった——もしくは、二人の間に距離を置いたのは、戻ってくるローレンスの足音が聞こえたからかもしれない。彼の弟が図書室に入ってきたときに体を触れ合わせていたら、二人にとっていいことは何もない。

ローレンスは、図書室へ入ってきたと思ったら、まっすぐデカンタ類が並べられた食器棚へ向かった。「兄上が腹を立てているのはわかっている。説明させてほしい」

キングスランドのこわばった顎の線からすると、彼と弟の話し合いは間違いなく不愉快なものになりそうだ。

キングは弟を愛している。自分より四年遅れてローレンスがこの世に生まれ落ちた瞬間からずっとだ。公爵家の次男として、ローレンスは爵位を受け継ぐ予備《スペア》の存在だ。もし世継ぎをもうける前に長男キングの身に何かあれば、弟がすべてを相続することになる。しかし、いくら愛しているとはいえ、ペティピースと自分を危険にさらした弟に激しい怒りを覚えずにはいられない。全身が震えるほど激怒しているせいで、あとから後悔するような軽率なことをしでかしそうだ。実際、弟の傷ついていないほうの頬にパンチを見舞いたくてうずうずしている。

もしペティピースの身に少しでも危害が加えられていたら、先祖たちのように暴れ出し、公爵としての責任を投げ出して、すべてをめちゃくちゃにしていただろう。理性をすべてかなぐり捨て、野蛮人に変貌していたはずだ。そう思い至り、キングは恐怖と不安を同時に感じた。普段の自分は常に自制心を発揮し、自分自身も、自らの行動も思考もすべて管理できる男。こんなふうに……感情に振り回されるのには慣れていない。

「あなたのハンカチをお借りしてもいいでしょうか？」

ペティピースからそう尋ねられたとき、自分がどんな表情を浮かべていたのかはわからない。ただ彼女の声を聞いて、神経の波立ちがおさまった気がした。神経過敏になっている馬に近づくとき、キング自身が使う声にそっくりだ。

意識のすべてをペティピースに向けてみる。彼女は眉間にかすかなしわを寄せ、心配そうな目でこちらを見つめたままだ。この自分がどうしても和らげられずにいる激しい怒りを、彼女も感じ取っているのだろうか？　そんなことがありえるのか？　とりあえず言われたとおり、ペティピースにハンカチを手渡した。何も言わなかったのは、歯を食いしばったままだったからだ。そのまま見守っていると、彼女はローレンスに近づいた。弟はデカンタ近くの壁にもたれ、手織りのオービュッソン絨毯《じゅうたん》をじっと見つめている。彼女は純白のリネンのハンカチにウィスキーを数滴染み込ませると、弟の傷ついた唇にそっと当てて始めた。ひどい傷跡が残るのはまず間違いないだろう。ローレンスは、ペティピースの思いやりや優しさを受けるに値する男ではない。なぜ彼女はローレンスにあんなに優しくするんだ？

キングはひどくいらだちながら尋ねた。「ほかにも悪党がうろついている可能性はないのか？」

「いや、僕に声をかけてきたのはあの二人だけだった。この屋敷に入ったときも、奴らを外へ出したときも、忘れずに鍵をかけておいた」

少なくとも、弟は責任を完全に放棄したわけではない。キングはさらに尋ねた。「おまえは誰から金を借りた？」

ペティピースは手をおろした。「わたしはこのへんで失礼します。おやすみなさい」

「いや、きみも話を聞くべきだ」キングは彼女を引き留めた。「弟のせいで、きみも危険な目に遭ったのだから」

ローレンスはペティピースの手の届かないところまで移動し、スコッチのおかわりを注いでいっきに飲み干すと、ふたたびおかわりを注いだ。「最近カードテーブルで運に恵まれていなくて。だから金貸しのところへ行ったんだ」

「認可されていない、違法な金貸しだな」

ローレンスがかぶりを振る。「兄上に僕の今の状況を知られたくなかったんだ」

「おまえのクラブはつけを許してくれないのか？」

弟はまたかぶりを振った。「もうすでにクラブには相当借金をしている。その悪い噂が広まっているせいで、もうどこへ行っても金を借りられない。だから、違法な金貸しのところへ行くしかなかった」

「どうして僕のところへ来なかった？」

「すぐにツキが戻ってくると考えてた。実際、兄上は今までこんな話を一度も聞いたことがないはずだ。僕のギャンブル癖について説教されるのを、じっと我慢しながら聞く気分じゃなかったし」

「僕も、自分の屋敷にあんな悪党たちがずかずか侵入するのを許す気分ではなかったよ。もちろん、おまえの行動のせいでペティピースを危険にさらすのを許す気分でもない。さあ、彼女に謝るんだ」

「兄上が金を取りに行っている間、もう彼女には謝ったよ」そう答えたものの、ローレンスは続けた。「ミス・ペティピース、本当にすまなかった」

「わたしなら大丈夫です。でも、あなたには今回の件でお兄様を混乱させた責任があると思います。その顔の傷はいったいどうしたんです？」

ローレンスはため息をつくと、キングを見た。「奴らから腕をへし折ると脅されたんだ。脅されなければ、こんな夜遅くに兄上の邪魔をしたりしなかったのに」

弟の言葉を聞き、かえって欲求不満がかき立てられた。「ローレンス、僕は邪魔をされたんじゃない。迷惑をかけられたんだ。しかも、おまえのこんなやり方は危険だ。もし僕が金を持っていなかったらどうするつもりだった？」

「そんなことはこれっぽっちも考えていなかった。父上が死んで、僕ら家族がいわゆるすっからかんの状態になったと気づいてから、兄上はずっとうちの金庫を金でいっぱいにすることしか考えていなかったから」

そう、僕たち家族にほとんど何も遺されていなかった。これからどうやって生き延びていけばいいのかと末恐ろしくなった。もうあんな恐怖に襲われるのはごめんだ。商人たちは貴族がつけで買い物するのを快く許してくれる。しかも彼らのほとんどが、その支払いを年末まで求めてこない。だが父が亡くなって公爵家の責任を引き継いだときに、すでに商人たちへの借金が大きく膨らんでいる事実に気づいた。それこそ小さな国を破綻させるほどの額だった。だから家族を絶対に路頭に迷わせないために、残りの青春の日々を犠牲にして、不真面目だと思う振る舞いはいっさいすることなく、せっせと金儲けに取り組んできたのだ。

「もう絶対に金貸しのところには行かないと約束してくれ」

ローレンスはうなずくと、スコッチを飲み干し、またおかわりを注いだ。「今夜ここに泊まってもいいかな？」

「もちろんだ。おまえの寝室はいつでも使えるようにしてある」

キングは弟が一人の時間を楽しめるようにと、小さなテラスハウスを借りていた。だが今夜、あの悪党たちにされた仕打ちは、本人が認める以上にローレンスを震えあがらせたようだ。

「この埋め合わせは必ずする」弟は言い張った。

今のローレンスは本気でそうしようと考えているのだろう。兄として、そのことには一片の疑いも抱いていない。ただし、それよりもさらに確実なことがある。今度はグラスの縁までスコッチを注いでいることからすると、弟はまず間違いなく酩酊《めいてい》している。

「わたしはもう休みます」ペティピースが言う。「おやすみなさい、ローレンス卿」

ローレンスは彼女に悔い改めたような笑みを向けた。「ミス・ペティピース、いい夢を」

「きみを送っていこう」我ながら滑稽な申し出だと思いつつ、キングは言った。もはや廊下をうろついている悪党どもは一人もいないとわかっているからだ。それでも、彼女がローレンスの言葉とは正反対の事態に陥る――悪夢にうなされる――ことがないよう、自分自身を安心させたかった。

廊下に出ると、キングは両手を背中でしっかりと組んだ。こうすればペティピースに手を伸ばすこともないだろう。大股で彼女の横を歩きながら通路を進み、使用人たちの生活空間へ通じる階段へといざなう。

「彼はこの一件をかなり恥ずかしく感じていると思います」彼女が言う。「先ほどわたしに、もしわたしが図書室にいると知っていたら、あの人たちをここに連れてはこなかったと話していました」

「そもそもあいつは、あんなふうに脅される立場に自分を追い込むべきじゃなかったんだ。弟もよくよく思い知っただろう。あとは、きみが悪夢にうなされないのを祈るだけだ」

「この程度の一幕で、わたしが悪夢にうなされることはありません」

さりげない言葉だったが、そこには紛れもない真実が聞き取れた。同時に、ペティピースが暗に認めたことにも気づいた。かつて彼女は今夜以上にひどい事態に——あの二人の借金回収者に脅される場面以上にひどい何かに直面したことがあるのだ。だが詳しく尋ねても、彼女が答えてくれるとは思えない。だからそれ以上質問しないことにした。もう遅いし、夜眠れなくなるような記憶を思い出させる時間でもない。

だが今夜、ペティピースに関してこれまで知らなかった情報を学んだ。そういった情報が明らかになるほど、なすすべもなく興味をかき立てられる。とにかくペティピースのすべてが知りたくてたまらない。彼女は今までずっと、ビジネスにおいてなくてはならない重要な一部だった。でも今日のある時点から、僕の世界における位置づけが変わってしまった。もはやペティピースのことを、自分の人生のほんの一部とは思えない。

「あなたがビリヤード室に飾られたブロードソードを振りかざして戻ってくるのではないかと心配していたんです」彼女が軽い調子で言う。

キングは思わず苦笑いをした。「たしかにそうしようかと考えた。それにしても、きみはあれほど厳しい状況でよく冷静でいられたね。本当に感心したよ。きみという人はどんなふうに作られたのかと考えてしまう」

ペティピースは扉にたどり着くと掛け金に手をかけ、寂しげな笑みをこちらに向けた。

「知らないのが一番です」

「ペティピース――」

「おやすみなさい、閣下。ぐっすり休んでくださいね」

もう少し彼女について尋ねたい。だがそうする前に、ペティピースはすばやく使用人たちが暮らす領域へ姿を消した。とてもではないが、今夜ぐっすり眠ることなどできそうにない。彼女の謎めいた言葉が気になってしかたない。

キングが図書室に戻ると、弟はスコッチの入ったデカンタとともに姿を消していた。自分のためにブランデーを注ぎ、窓辺に近づいて外を眺める。ここは弟のことを考えるべきときだろう。それなのに、ふと気づくとペティピースのことを考えている。

初めて彼女に会った瞬間は今でもよく覚えている。彼女は面接のため、まさにこの図書室に入ってきたのだ。キングはフリート・ストリートにいくつかオフィスを所有しているが、面接はここで行うと決めている。候補者のなかには、この屋敷の壮麗な雰囲気に怖《お》じ気《け》づく者もいれば、手放しで讃《たた》える者もいる。最初にそういう反応を見ることで、その人物が大切にしているものは何か、不慣れな環境にどの程度順応できるか、理解する手助けになると思うからだ。ちなみに、ペティピースはこの図書室に勢いよく入ってきた。この屋敷も、僕も、自分の所有物であるかのように。

当時のキングは二十六歳。やりかけの仕事がたくさんありすぎて、手一杯の状態だった。物事を系統立てて整理することにかけて、ペティピースの右に出る者はいない。彼女はすぐになくてはならない存在となった。だからこそ、僕はあちこち自由に飛び回り、さらなる投資のチャンスを見つけ、世界じゅうを旅して、より旨《うま》みのある投資話を探せるようになったのだ。

だがここへきて突然、世界ではなくもっと身近な存在にがぜん興味が湧いてきた。ペティピース——なんとしても彼女の謎を解き明かしたい。

5

ペネロペはよく眠れなかった。でもそれは悪夢にうなされたからではない。キングスランドと図書室に座り、仕事の話をいっさいせずに語り合ったひとときが、あまりに楽しすぎたせいだ。でも突然、あの借金回収人たちが踏み込んできた。公爵はとっさにわたしを守ろうとしてくれた。あの不潔な男がわたしに近づいてきたときも、絞り出すような低いうめき声をあげながら脅しつけてくれたのだ。わたしを守るために、あんなふうに立ち向かってくれた人は今までひとりもいない。もうずっと長いこと、自分で我が身を守ってきた。だから公爵に守られた瞬間、涙が出そうになった。

ペネロペにとって、キングスランドはあの悪党どもよりもはるかに危険な存在だ。公爵がこちらに無関心なときは、いくら彼に憧れを募らせてもなんの害もなかった。だけどここへきて、キングスランドは意図しないまま、わたしに希望を与えてしまっている。もしかして二人の間にこれまで以上のことが起きるのではないか、彼はこちらの愛情に応えてくれるのではないかと、ついつい期待を膨らませ——

けれどもちろん、そんなことはありえない。公爵自身、はっきりそう言っている。昨夜キングスランドは、自分の屋敷とそこにいる人たちを守ろうとしただけだ。特別わたしを守ろうとしたわけではない。仮にあの場にいたのがわたしでなくルーシーだったとしても、彼は同じ反応を示したはず。そうでしょう？

朝餐室《ちょうさんしつ》に足を踏み入れる頃には、自分をこう納得させていた。たとえそばにいたのが彼の執事だったとしても、公爵は勇猛果敢に悪党たちに立ち向かったはずだ、と。

めったにないことだが、公爵はペネロペよりも早くテーブルについていた。こちらの姿を認めると、新聞を脇に置いて立ちあがる。「ペティピース」

今朝の公爵は疲れて、やつれているように見える。彼もまたよく眠れなかったかのように。でもたとえそうだとしても、公爵が眠れなかった理由がこの自分と同じだとは思えない。

「おはようございます、閣下」

ペネロペはサイドボードから軽めの朝食を取り、公爵と同じテーブルに着席した。いつものように、座席は彼の右側だ。公爵もふたたび席に着いた。

自分のために紅茶を注《つ》ぎ、何も考えないまま、公爵のおかわりも注いだ。あまりに所帯じみた振る舞いだ。それなのに、キングスランドに足りないものが何かに気づき、その足りないものを補ってあげることがごく自然に思える。

「昨夜のことについていろいろ考えてみたんです」

「どの部分について？」

キングスランドの声には、どこか親密で秘密めいた調子が感じられる。つい本当の答え――〝全部です〟――を口にしたくなった。でももちろん、キングスランドがあの悪党たちがやってくる前の、二人だけのやりとりを重要視しているはずがない。

「後半の部分です。彼らに邪魔されたあとのことです」

「奴らには、絶対にきみを傷つけさせてなるものかと思った」

ペネロペはほんの少しかぶりを振った。「ええ、わかっています」実際、本当にわかっている。一つ一つの細胞で理解している。「ただ、わたしが考えていたのは、あのろくでなしたちのことではありません。ローレンス卿のことです」

「弟こそろくでなしだ」

キングスランドはちっとも面白そうではない。弟の問題の重大さを、いまだ感じている証拠だろう。帳簿を管理しているため、公爵が年間を通じて、信じられないほど気前のいい小遣いを弟に与えているのは知っている――多くの者たちが羨むほどの多額の小遣いを。

「彼には人生の目的がないように思えるんです」

「弟の目的は、僕が死んだら僕の代わりをすることだ」

〝あなたの代わりは誰にもできません〟――もう少しでその言葉が口を突いて出るところ

だった。そう言いたくてたまらない。心からそう確信しているから。けれど、その言葉をそのまま口にするのは不適切だろう。

「でもそれだけです。そう思いませんか？　彼は自分の居場所がどこにもないと感じているはずです。だって、今の彼は何者でしょう？　もう三十歳になるというのに？　あなたは健康でお元気で、体のどこも悪くありません。もうすぐ結婚もされます」——ここに残ってその姿を見守れるかどうかは、自分でもまだよくわからないけれど——「それにお世継ぎもできるはずです。そのあとはどうなるでしょう？　今あなたはローレンス卿にすべてを与えています。でも彼は自活する必要があるんです。それこそ、彼が金貸しのところへ行った理由だと思います。彼は自立しようとしているのです。でも……不幸なことにその試みはうまくいきませんでした」

ペネロペから一瞬たりとも目をそらさないまま、キングスランドは自分の紅茶をかき混ぜ、一口すすった。「それは控えめな表現だな。実際は大失敗だった」

「次はうまくいくかもしれません。次男の多くは仕事をしています。あなたも自立しようとしている弟さんを励まし、導いてあげるべきです。実際にあなたの手助けをさせてもいいと思います。ただしそういう課題は、お情けや甘やかしの気持ちから与えてはいけません」

「きみもわかっているだろう？　僕には罪の意識がある。だから弟を甘やかし、多くを求めようとしないんだ」

そんなことは知らない。これまでずっと知らなかった。でもキングスランドが、彼の父親によって壊滅状態に陥った公爵家を必死に再建しようとしてきたことも知らなかったのだ。でもそのことについて何も言うつもりはない。キングスランドの次の言葉をひたすら待つだけだ。彼にとってその言葉を口にするのが簡単ではないだろうと、心のどこかでわかっているから。

「僕が父親をがっかりさせると――数えきれないほどそういうことがあったんだ――信じられないことに、父はローレンスに体罰を与えた。僕は父の支配的な態度に激しい怒りを感じて反抗的になり、最悪の振る舞いをすることがあった。そのせいでローレンスを苦しめることになってしまった。かつての埋め合わせをするために、今、弟を甘やかしているんだと思う」

彼と弟の意外な話を聞かされて、ペネロペは胸がひどく痛んだ。「わたしは先代の公爵を好きになれそうにありません」

「いや、実際に父に会っていたら、きみは父のことを魅力的だと考えたはずだ。誰もがそうだった。怪物のように非道な人物とはそういうものだよ、ペティピース。あの人は怪物などではないと人々をだませるのが、彼らが怪物たるゆえんなんだ」

そういう怪物については、自分も多くを知っている。でも今ここで話しているのは、キングスランドの過去に存在し、キングスランドの悩みの種となった怪物のことだ。わたし自身を苦しめた怪物ではない。今は自分が耐えてきた苦難について話すべき時ではなく、同情も理解も必要としていない。なぜならわたしはそういった怪物たちから逃げ出したから。彼らにふたたび悩まされることはありえないから。そういう状態を保つために、これまで段階を踏んできたのだ。本当に運がよかったと思う。

でもキングスランドは、そんなわたしとは違う。苦しめられた時代の残滓《ざんし》のようなものに、いまだ取り憑《つ》かれている。彼だけでなく、彼の弟も。

「だがきみの言うことにも一理あるかもしれない。たしかに、今のローレンスはどこにも居場所がない。甘やかすことで、僕は弟をだめにしている」

眉間にしわを寄せ、ぼんやりと遠くを見つめている様子からすると、キングスランドはうまい解決方法を検討しているのだろう。秘書として仕えるようになってすぐに、公爵はなんらかの状況についてじっくり考える必要がある場合、その場から自分を切り離し、自身と思考だけに意識を絞り込む能力があることに気づいた。

将来の公爵夫人には、こういった瞬間にキングスランドに何かをせがまないようにしてほしい。夫婦二人が仲よく暮らせるよう、彼の妻になる女性に対してはある程度レッスンを授ける必要があるかもしれない。

「キーティング」公爵が突然呼びかけると、いつもの場所で事の成り行きを見守っていた執事がさっと前に出た。「ローレンス卿をすぐに叩き起こし、入浴させ、身支度をさせてくれ。あと一時間以内に、僕に会いに図書室へ来させるように」

「かしこまりました、閣下」

公爵は執事からペネロペに視線を移した。「きみも必要だ。同席してくれ、ペティピース」

公爵からきみが必要だと言われるたびに、弾けるような喜びを感じてしまう。でも彼の前でそれを認めるつもりはない。

図書室で、キングは並んだ椅子の脇に立ち、窓を見つめていた。昨夜ペティピースと会話を楽しんでいた場所だ。ただあのあと、すべてが台無しになった。そして、いまだに態勢を立て直せていないように思える。もしもう少し立ち直っていたら、朝食のときにあんな話を打ち明けたりしなかっただろう。先代の公爵が長男の代わりに弟を罰していたことでこの自分を支配していた事実は、今まで誰にも話していない。父親からしつけられたり、思いどおりに動かされたりするたびに、キングは反抗した。父はそんな長男を傷つけるために弟ローレンスに厳しい罰を与えるようになり、結果的に長男を罰し、ひざまずかせたのだ。
弟をこの手で守れなかった――僕はいつだってその恥辱感にさいなまれていた。

場合によっては、父が〝絶対に正す必要がある〟とみなす振る舞いを見誤ってしまうこともあった。公爵を敬おうとしない父親を持つ男の子と友だちになったときも、父が〝あまり可愛《かわい》くない〟と考えている女の子とダンスを踊ったときも、父から叱咤《しった》された。問題のある本を読んだり、学校で満点を取らなかったり、ほかの男の子とのけんかで負けたりしたときもだ。

特に、負けることは絶対に許されなかった。だから勝つことだけに意識を集中するようになり、それ以外のことは重要ではないと思うようになった。それに自分の身代わりとして弟ローレンスが父から罰を受けている最中、いかなる感情も見せてはならないということも学んだ。ほんのわずかでも自分が体をこわばらせたり、怒りをあらわにしたりすると、鞭打ちの回数はさらに増えた。父は肉体的な痛みと同じく、精神的な痛みを生み出すことを心から楽しんでいるようだった。そんな姿を目の当たりにして、この父親は頭がどうかしているのかもしれないと考えたことも少なからずある。

キングが知る限り、母は夫がどんなやり方で長男をしつけているのかまったく知らなかった。それは僕とローレンスしか知らない秘密だったのだ。ところが今ではペティピースも知っている。不必要に自分をさらけ出してしまったと感じるべきなのだろう。だが実際は、これまでの孤独感が和らいだような気がする。でもペティピースを頼りすぎるのは危険だ。すべてを打ち明け、彼女の瞳のなかに罪の許しを求めたくなってしまう。そして、自分はあの父親のような怪物ではないという確信も求めたくなってしまう。

だが実を言えば、すべてはもっとひどい状態にある。ペティピースの前でこの魂をむき出しにしたい――そんな危険な欲望に屈しそうになっているのだ。彼女との間に打ち立てていた防御の壁が、昨夜からあわや崩れそうになっている。なんとしても壁をもとに戻さなければならない。何か愚かしいことをやらかし、すべてにおいてペティピースを頼ってしまう前に。これまで犯した罪の重さはこの自分のものだ。僕一人で耐えなければならない――これからもずっと。

近づいてくる足音が聞こえ、キングは体の向きを変えた。ペティピースは今、デスク近くにある椅子に座っている。普段から仕事の打ち合わせでメモを取るときに、彼女が使っている椅子だ。こちらをじっと見つめているペティピースに笑みを向けたい。

だがそうせずに、図書室の戸口に注意を移すと、ローレンスが入ってきた。のんびりとした足取りだ。昨夜よりも少しきちんとして見える。酒の飲みすぎによる影響はまったくないようだ。きっとあのデカンタを一本空けたわけではないのだろう。とはいえ、弟にはどれほど不健全な遊びに夢中になっても、すぐに回復できる素質がある。ただし、こちらの予想どおり、目のまわりには黒いあざができているが。唇のけがもさほどよくなっているようには見えない。あの様子では、しばらく誰ともキスできないだろう。

「兄上、さては僕を軍隊に入れることにしたんだな」ローレンスは不満げに言いながら、まっすぐデカンタのほうへ向かった。

「いや、違う」

「罪深いことを楽しんでいるから、僕は聖職者には向いてない」ローレンスはクリスタルのデカンタを掲げた。

「よせ」

ローレンスはちらりと兄を見た。「説教されるなら、スコッチでも飲まないとやってられない」

「まだこんな早い時間だ。おまえはもっと自分について知恵を働かせる必要がある」

ローレンスは一瞬兄をまじまじと見つめ、とうとうデカンタをおろした。「驚いたな。昨夜あんな失敗をやらかしたのに、僕にもまだ知恵が残っていると兄上が考えていたとはね」

「昨夜の件にずっとこだわっていてもいいことはない。もはや過ぎたことだ。今こそ前に進むべきときなんだ」キングは大股で自分のデスクへ向かい、小さな包みを一つ手に取って、その手をローレンスのほうへ伸ばした。「この件について、おまえの助けが必要なんだ」

ローレンスが慎重に近づいてくる。あたかも兄から毒蛇を差し出されたかのようだ。

「それは……何？」

「昨日、ミスター・ランカスターという名の男が僕に会いにここへ来た」――なんてことだ、あれはまだ昨日のことなのか？――「彼が発明した目覚まし時計について説明するためだ」

「目覚まし時計？」

「ああ。つまみを回すと、ある時間になったら騒々しい音を立てて目を覚まさせる時計だ」

「なぜそんなものを必要としている奴がいるんだ？」

「誰もが寝坊する贅沢を許されているわけではない。仕事を持っている者たちは、決められた時間までに仕事場に到着している必要がある。投資の可能性があるかどうか、おまえに決めてほしい」

「なぜ僕に？　そういう調査はペティピースに任せているんじゃないのか？」

「彼女は今、公爵夫人探しで手一杯なんだ」

ローレンスはためらいながら包みを受け取った。

「そのなかに、ペティピースが打ち合わせの内容を記録したメモが入っている。それらをじっくり読んで、事業を起こした場合の費用、メリットとデメリットを割り出してほしい。ペティピースが助けてくれる」キングは鍵を掲げながら続けた。「フリート・ストリートにある僕のオフィスを、おまえの事務所として使っていい。おまえの準備ができたら、僕たち三人で、おまえの調査結果について話し合おう。そのあとミスター・ランカスターと会い、おまえの調査をもとに下した決定を彼に伝えたいと思う」

ローレンスはブラシで完璧に整えられた髪に片手を差し入れた。ひどく混乱しているように見える。「もし僕が判断を間違ったらどうする？」

キングはデスクに片方の尻をのせながら、胸の前で腕組みをした。「なぜ自分が間違えると思うんだ？」

「だって前にそんなこと、一度もやったことがない」

「軍に入隊するのも同じだ。聖職者になるのもな」

弟は乾いた笑い声をあげた。「兄上は頭がおかしくなったとしか思えない。こんな大事なことを僕の手に委ねるなんて」

「あなたは賭けをしますね？」ペティピースが尋ねる。「これは賭けとさほど変わりません。あなたは自分の知っている情報をもとに、成功の確率を決めることになるんです」

「昨夜きみにもわかったとおり、僕は賭けにめっぽう弱い」

ペティピースは励ますような笑みをローレンスに向け、立ちあがった。「どんなことにもリスクはつきものです。でも、より多くの情報を集めるほど、あなたは成功の確率をより正確に評価できるようになるんです。公爵がおっしゃったように、あなた一人で決定を下すわけではありません。公爵には豊富な経験があります。その経験をもとに、あなたが提供した情報を受け取って、あなたを正しい方向へ導いてくださるんです。公爵だって、初めは間違いを犯したはずです。でもその間違いのせいで、公爵は身を滅ぼしたわけではありません。そうでしょう?」

　その言葉がキングの胸にぐさりと刺さった。ペティピースがこの自分のことを、必ずしも正しい判断を下す人物ではないと考えていたとは。もちろん、そのとおりだ。それでもなお、彼女には完全無欠な男だと思われていたかった。

「どこから始めたらいいのかさえわからない」

「わたしがいくつか助言します」ペティピースはローレンスを安心させた。「あなたのお兄様ならもっと助言できるでしょう」

「わかったよ」ローレンスは兄と視線を合わせた。「この件に関して僕を信用してくれたこと、兄上に後悔させないようにする」

「そんなことになるなんて思ってもいないさ。ああ、次はあまり愉快とは言えないことについて話したい。おまえが金を借りている相手のリストが必要だ。そうすれば僕らで借金問題を解決できる。彼らがおまえにつきまとうこともない」

　ペティピースは椅子に座り、ローレンスがこれまで借金した場所を口にすると、走り書きを始めた。

　弟がやや恥ずかしそうに借金相手を暗唱しているさまに、キングは安堵した。兄として、弟がどんなふうに過ごしているのかもっと気にかけるべきだった。僕が十九歳で公爵になり、父が引き起こした混乱をおさめる作業に取りかかったとき、ローレンスはまだ十五歳だった。弟には僕よりはるかに気楽な人生を送ってほしかった。自分の母親になんの心配事もなく過ごしてほしかったのと同じだ。だが今になってわかった。若者には、遊び以外の人生の目的が必要なものなのだと。

今にしてわかったことがもう一つある。ペティピースの思いやりの深さだ。修復不可能になるまで失敗することなどないと、ローレンスを何度も励ましてくれた。なぜ今まで彼女がこれほど優しいことに気づかなかったのだろう？　僕と一緒にいると、彼女は常に手厳しく、事務的で、効率よく仕事をこなす。もちろん、ペティピースのそういった面は高く評価してきた。だが彼女の優しさとなると……自分にもその優しさを向けてほしいと思ってしまう。

対処しなければならない仕事が山ほどあるが、ペティピースの姿から目をそらすことができそうにない。あのめがねを外してほしい。そうしたらお団子から巻き毛がわずかにこぼれ落ちるはずだ。自分が彼女の髪からピンを次々と引き抜く姿を想像してみる。あの豊かな髪が彼女の両肩へ、さらに背中へ、滝のように流れ落ちるまで。

ああ、最近の僕はいったいどうしてしまったのだろう？　ペティピースにこれほどなすすべもなく惹かれるとは。彼女は目が覚めるような美人というわけではない。だが、心の奥深くからじんわりとにじみ出るような愛らしさがある。瞳の輝きも、嬉しげな笑みも、そういった愛らしさのなせるわざと言っていい。笑みを浮かべたとき、彼女の唇がこれまで見たことがないほど魅力的な形になり、今すぐ口づけしたくてたまらなくなるのも。

だがどう考えても、そんな振る舞いは間違いだ。ペティピースにキスすることはもちろん、いかなる形であれ、自分が彼女を求めていると態度で示すことも。二人の間が気まずくなり、彼女はもはや僕の秘書ではいられないと考えるかもしれない。

ペティピースがいない一日。それがどれほどわびしく面白みなく感じられるか、もはや想像もつかなかった。

6

キングスランド公爵の秘書として雇われている利点の一つは、彼の仕事相手全員の連絡先を把握できることだ。そのなかには公爵の探偵や密偵も含まれている。

だからペネロペにとって〈淑女と予備紳士たちのための《ザ・フェア・レディーズ・アンド・スペア・ジェントルメンズ》クラブ〉――略して〈ザ・フェア・アンド・スペア〉――の場所を突き止めるのは、ごく簡単なことだった。そして今、その店がある通りの反対側に立ち、ありったけの勇気をかき集め、なかへ入ろうとしている。

図書室でキングスランドが弟に仕事を与えたあの朝からすでに三日が過ぎたが、公爵とはほぼ顔を合わせていない。彼は屋敷にいる間、ほとんどの時間を仕事に費やし、夜になるとどこかへディナーをとりに出かけていく。その日の予定をわざわざこちらに教えようとせず、これまでになく秘密主義を貫いている。夜遅い時間になると公爵の図書室へ出かけ、彼と偶然出くわし、またブランデーを一緒に飲む機会がないかと期待しているのだが、その期待はことごとく打ち砕かれている。公爵は一度も姿を現そうとしない。もしキングスランドの人となりをよく知らなければ、屋敷以外の場所で寝泊まりしているのではと考えていただろう。

でも毎日、朝を迎えるたびに彼は朝食の席に姿を現し、ペネロペと打ち合わせをし、その日やるべき仕事の指示をする。とはいえ、何かが違う。常にしかつめらしい顔をしていて、含み笑いさえ浮かべようとしないうえに、ペネロペに元気かと尋ねもしない。

もちろん、一介の使用人が雇い主と親しくなれるはずがないのはわかっている。平民の生まれの者が、貴族と友人になるなどありえない。ただ、最近は公爵と自分との間に個人的な絆《きずな》のようなものが生まれ、その絆が深まっている気がしていた。キングスランドにとって自分は使用人以上の、ほんの少し違う存在なのだと思うようになっていた。なんて愚かだったのだろう。

とはいえ、自分を哀れんで落ち込むようなたちではない。自分の運命を決めるのは、ほかならぬこの自分。もし公爵が妻となる相手を探し出せるなら、わたしだってできるはずだ。

ペネロペは深呼吸をすると通りを渡り、クラブの前の階段を足早にのぼった。扉の前に大男が立っている。「こんばんは、会員になりにここへ来たの」

大男は重々しくうなずくと、扉を開けた。「入って右手の、最初の部屋です」

予想していたより簡単に入れた。クラブ内に足を踏み入れたとたん、廊下の先や階上から耳ざわりな笑い声や話し声が聞こえてきた。最初の部屋は応接室のようだった。椅子が数脚、弧を描くように置かれているが、そこに座っている者は誰もいない。部屋の隅にある小さな机に一人の男性が座っているが、ペネロペは部屋の中央にある、より大きな机に座った女性のほうへ近づいた。

「こんばんは。会員になりたいんです」

「お名前は?」

「ペネロペ・ペティピースよ」

女性は小さなカードの束をめくり始めた。一度めくり終わると、もう一度。それから顔をあげてペネロペを見ると、再度カードの束をめくり始め、やがて束を脇に置いた。「あなたの紹介者が見当たりません」

「紹介者?」

「会員になるには、まずどなたかの紹介が必要なんです。紹介がない場合、残念ですがすぐにここから立ち去っていただかなくてはいけません」

「紹介制は会員を増やすのにうってつけの方法には思えないけれど」

「会員資格が与えられるのは、ここでのことは絶対に話さない人物だと保証してくださる紹介者がいる方だけなんです」

「わたしは絶対にここでのことを話したりしない」

「それを保証するどなたかが必要です」

ばかばかしい。そんな話はこれまで聞いたことがない。なぜあの探偵は、この重要な情報をわたしに伝えなかったのだろう？

「もちろん例外を認めることはできるわよね」

「残念ながらできません」

「そんな」

「あなたを推薦されるどなたかが必要です」

「でもここは会員の名前を秘密にしている。どうやって紹介者を探せばいいの？」

いらだった様子の女性は肩をすくめただけだ。

「ガーティー、僕が彼女を推薦する」

弾かれたように声のするほうを見たところ、ローレンス卿が満面の笑みを浮かべて立っていた。

「閣下」

「ミス・ペティピース、まさかここできみに会うとは思わなかった」

「わたしもです」

ローレンス卿は肩をすくめた。「ここは次男が次男たちのために創りあげた場所だ」机に一歩近づいて続ける。「彼女のことは僕が保証する。我らがミス・ペティピースは、絶対にここでのことは口外しない」

驚いたことに、ローレンス卿は辛抱強く待っていてくれた――会員申込書を記入して年会費を払ったあと、小さな机の前にいた若い男性に、会員証となる似顔絵を描いてもらうまでの間ずっとだ。

「今度いらしたときは、戸口に立っている男にこれを見せるだけで入れます」腕のいい画家は似顔絵を手渡しながら言った。

正面扉の前に立っていた大男のことだ。あの男なら、誰かの首を難なくへし折れるだろう。

「僕と一杯どうかな?」ローレンス卿が尋ねてきた。

「お誘いをありがとうございます」

とはいえ、一杯だけだ。公爵の弟との関係を深めるためにここにやってきたわけではない。

ローレンス卿にいざなわれ、通路から人がいっぱいの部屋に入った。誰もが話したり、自分の飲み物をすすったりしている。一人の男が長いカウンターの背後に立ち、さまざまな種類のアルコールでグラスを次々と満たしている。ローレンスは二人のために赤ワインのグラスを手に取ると、部屋の反対側にある小さなテーブルまで移動した。

二脚ある椅子の一脚に腰をおろしたとき、ふと気づいた。この部屋にいるほとんどの人が立ったままだ。当然だろう。立っていたほうが動きやすいし、いろいろな人たちと言葉を交わすうちに、ぴんとくる相手に出会って心惹かれ、共通点のようなものを見つけるのだ。あるいは、せめてもう少し会話を続けたいと思える相手を見つけ出せるのだろう。

「あれはきみの考えだね」

ローレンス卿の言葉で、注意を彼に戻した。質問ではない。むしろ確信を持って言いきっている。

ローレンス卿は兄と同じく濃い色の髪と瞳の持ち主だが、兄のような生真面目さは感じられない。背負っているものの重さも兄ほどではない。

「なんですって？」

「僕に仕事を与えたことだ。あれはきみの考えだね」

上等なワインを一口すすって答えた。「あなたが生きる目的を失っているのではと、公爵に申しあげたかもしれません」

ローレンス卿は力強い笑い声をあげた。「きみは賭け事が生きる目的になるとは考えていないのか？」

「ええ、そうは思いません。それに。あなたはあまり賭け事が得意ではなさそうです」

もう一度笑い声をあげ、彼は真面目な顔になった。「兄はきみがここにいるのを知っているのか？」

首を振りながら、部屋で談笑している人たちに視線を戻した。二人以上の集まりがいくつかできているが、熱心に一人の相手と話し込んでいる者は誰もいないようだ。みんな気軽にあちこちへ移動している。

「あの方が気にされるとは思えません」

「どうかな。兄はものすごく気にすると思うけど」

ローレンスの言葉が本当ならいいのになどと望むつもりはない。公爵はすぐにわたし以外の女性のものになるのだから。

ペネロペは挑むような目でローレンス卿をにらみつけた。「日が暮れたあと、自分の使用人がどこで何をしていようと、あの方が気にされるはずありません」

「兄がきみのことを使用人の一人としか見ていないと考えているのか？」

「もちろんそうです。わたしはあの方の秘書ですから。それ以上であるはずがありませんん」

「ほう、ミス・ペティピース、ちなみに僕はきみのことを、僕らのなかで一番頭が切れると考えているんだが」

「たしかに、あの方もわたしの価値を認めてくださっているとは思います。でもそれは、わたしが彼の代わりに退屈な業務をこなすことで、あの方の仕事の負担を減らしているからにすぎません」

「だが兄は使用人全員に声をかけ、一緒に酒を飲もうと誘っているだろうか？」

「あれはたまたまです。あの方はかつて一度もあんなことをされたことはありません。実際、最近だってそうです。夜も何かのせいで――あるいは誰かのせいで――忙しくされています」

「そのおかげできみも今夜、相手を探しにやってくる自由な時間ができたんだね」

「閣下、わたしは二十八歳です。話をする家族も一人もおりません。ほんの数時間、殿方との時間を楽しみにやってくることの、どこが間違っているのでしょう？　しかも今はまだ、殿方が結婚する気がない女性と過ごしても問題ない時間帯です」

「別に間違っているなんて言っていない。ただ意外だったんだ。とはいえ、きみの言うとおりだ」――ローレンス卿はあたりを見回した――「そう考えているのはきみだけじゃない。女性にとって、男たちと出会う約束を取りつけるのは相当難しいことなんだろう。だからこそ、このクラブがこんなに流行っているんだ」ワインを飲み干し、こちらにウィンクをよこした。「さあ、相手探し《ハント》を楽しんでくれ、ミス・ペティピース」

「ええ、あなたも、閣下」

　ローレンスが立ち去ったあとも、ペネロペはしばし座ったまま、ワインの味わいを楽しんでいた。でも、ふと気づくと考えている。いったい自分はここで何をしようとしているのだろう？　もしあの夜図書室で、公爵からブランデーを一緒に飲もうと誘われなければ、一人で過ごす夜がこれほどむなしいものだと気づかなかったはずなのに。もちろん、ルーシーやほかの使用人を訪ねたりすることもある。でも、心から尊敬する男性と過ごす時間に比べれば、やはり満足感が少ないし、どこか物足りない。

仕事が終わったあとなら、二人は互いの秘密を自由に探れる。どちらもまだ何も明かしてはいないけれど、それでもなお、今後そういう夜がやってくるかもしれないという可能性は残されている。ときおりうっとりしながら、つい〝もしこうだったら〟〝ああだったら〟と考えてしまう。もしキングスランドが公爵でなかったらどうだっただろう？　もしわたしが妻探しの責任者でなかったら？　もしわたしと同じように、キングスランドもわたしに惹かれていたら？

それに……馬たちのことも考えたりする。もし乗馬ができたらどうだろう？　わたしは馬に乗る方法を学ぶべきではないだろうか？　馬に乗ることと同じくらい、今夜ここにい続けるのは難しい。これまで紳士と戯れたことが一度もないせいだ。以前は紳士たちの関心を引かないようにしていた。自分の過去の振る舞いがばれ、すべて台無しになるのを常に心配していたから。でもこれだけ歳月が経った今、もはや過去の振る舞いが明るみに出ることはない。もうわたしは安全だ。

ペネロペは立ちあがり、空になったグラスを通りかかった従者に手渡した。もう一杯おかわりしたい。でも気を引き締めておかなければ。そう自分に言い聞かせ、人ごみのなかをゆっくり歩き始めた。こちらに笑みを向け、あちらにうなずきながらも思う。彼らはいったい何を手がかりに、この人となら一緒に過ごしたいという相手を決めるのだろう？

キングスランド公爵ほどハンサムな殿方は一人も見当たらない。まあ、人目を引く容貌の男性に惹かれたことは一度もないけれど。魅力を感じるのは、男性の知性や賢さ、全身から発せられる力強さだ。それに優しさも。たとえその優しさが、かけらもないかのようにぶっきらぼうな態度で隠されていたとしてもだ。そろそろ帰ろうかと戸口へ向かいかけたそのとき、一人の男性が正面に現れた。

「きみ、初めての顔かな」

好ましい外見の男性だ。金髪をきっちり整え、青い瞳を抜け目なく光らせて、よく通る声をしている。だがどこか、通りで育った下層階級の雰囲気が感じ取れる。

「今夜会員になったばかりなんです」

「だったら僕はなんてついているんだろう」

ペネロペは眉をひそめながら尋ねた。「どうしてあなたがついていることになるんです？」

「きみと出会うチャンスを与えられたからだ」

「でもわたしたちは今会ったばかりです。その評価を下すのはちょっと早すぎると思います。もしかすると、全然ついていないかもしれません」

男性は目をしばたたいてからにやりとした。「それもそうだ。だが僕は何事も楽観的に考える主義でね。自己紹介をさせてほしい。僕はジョージ・グリーンヴィルだ。なんなり《アット・》と申しつけてほしい《ユア・サービス》」

「あなたはどんなお手伝い《サービス》ができるんです？」

男性は笑い声をあげた。「きみは文字どおりの意味しか考えないんだね」

「ええ、そうです」

完全にお手上げだ。これまでこんな瞬間は体験したことがない。ビジネス以外の場で、誰かに会って心惹かれ、その相手をもっと知りたいと思った瞬間は。

「きみの名前は？」男性からうながされた。

「ペネロペ・ペティピースです」手袋をはめた手を伸ばすと、男性はその手を受け取って唇に押し当てた。

「会えて光栄だよ、ミス・ペティピース」

光栄かどうかはまだわからない。あやうくそう言いそうになったけれど、この男性は礼儀を守るためにこんなことを言っているのだと気づいた。沈黙を埋めるためだけの、何気ないお世辞なのだ。そのとき、男性がもっとこちらを見ようと目をすがめた。もしかして彼は目が悪いのでは？　それなのにプライドが高いせいで、めがねをかけずにいるのではないだろうか？

「いや……待てよ、きみにはどこか見覚えがある。前にどこかで会ったかな？」

一瞬、心臓が跳ねた。その音が彼に聞こえなかっただろうか？

いいえ、わたしのことがわかるはずない。これだけ長い年月が経っているのだから。その間に自分は変わった。物腰や表情は別人のようになったはずだ。

「きっとよくある顔立ちだからだと思います。ほかの方に比べてとびきり目立つような顔ではありませんから」

「いや、そうは思えない。舞踏会か演奏会で会わなかっただろうか？」

心臓の鼓動が普通のペースに戻った。「もしかすると、昨年の社交シーズンにキングスランド公爵が主催した舞踏会にいらしたのでは？」

あれは公爵が主催した、ただ一度きりの舞踏会だった。そしてペネロペが出席した一度きりの舞踏会でもある。ミスター・ジョージ・グリーンヴィルに招待状を送った記憶はないが、いかんせん、あのときの招待客は二百人以上もいたのだ。全員の名前を思い出せるはずがない。もしこの男性の家族の誰かに招待状が届いていたら、彼も一緒に出席したかもしれない。

「ああ、実を言うと出席した。公爵の発表後、泣き出したレディたちを慰めるのに大変だったよ。もしかして、きみも選ばれなくて涙に暮れたレディの一人だったのかな？」

「いいえ、まさか。わたしは候補者のリストにさえ入っていません。わたしは公爵の秘書として舞踏会を監督していました。あの日はすべて順調か確かめるために、会場を歩き回っていたんです。きっとあなたはそのときにわたしを見かけたんですね」

「なるほど、そうだね。これまでのところ、きみの印象はどうかな？」

「あなたはとても楽しい方に思えます」

彼は笑い声をあげた。屈託のない、よく響く笑い声だ。こちらのほうをちらっと見ている者たちもいる。「このクラブに対するきみの印象を尋ねたんだ」

「まあ、ごめんなさい」なんて愚かなんだろう。ここでは勝手が違う。こんなふうにまごつくのには慣れていない。「まだクラブのなかをよく見ていないんです。でもみなさん、楽しんでいるように見えます」

「よければ案内するよ。いろいろな部屋やお楽しみがあるんだ」

「せっかくのあなたのお時間を独占したくありません」

「ばかなことを。僕がここの会員になってから出会ったなかで、きみは一番魅力的な女性だ」

それは大いに疑わしい。ミスター・グリーンヴィルはただわたしを意のままにするために、必死で褒めそやそうとしているのだろう。けれど、わたしは簡単に誘いにのるたちではない。まだ若い頃、耳に心地いい言葉をささやいてくる者がいたら、相手が何を目的にそうしているか警戒することを学んだのだ。それでもなお、ミスター・グリーンヴィルから差し出された腕を取り、いざなわれながら階段をあがった。

最初に連れていかれたのは小さな舞踏室だ。でもワルツを踊る気分にはなれない。そこで別の部屋に移ってダーツをやり始めたが、ミスター・グリーンヴィルは負け続けてばかりでうんざりしたようだ。しかしどうやらペネロペには、先の尖《とが》った矢を円形の的の中心に当てる才能があるらしい。中心に当たらない場合でも、髪の毛一本程度外れただけだった。

「きみ、本当に前にダーツをやったことがないの？」廊下に戻りながらミスター・グリーンヴィルが尋ねる。

「ええ」

それからまた別の部屋に入り、チェルート葉巻の吸い方を教わった。試したあとは喉が少しいがいがしたけれど、あたりに漂う葉巻の香りのせいで、パイプをくゆらせていた父のことを思い出した。父は一度だけ、娘のわたしにも葉巻を吸うことを許してくれたのだ。

「なんだか秘密めいた笑みを浮かべているね」煙が蔓延《まんえん》している部屋から出ると、ミスター・グリーンヴィルは話しかけてきた。

「父との楽しい記憶を思い出したんです。そんな思い出なんてほとんどないのに」

「きみが僕のことを考えて笑みを浮かべていたらよかったのに」

ペネロペはかすかにほほ笑んだ。「わたしはこういう恋愛ゲームはどうも苦手みたいです」

「少なくともきみは正直だ。男は自分がきみにどう思われているのか、正確に知ることができる」

ただしキングスランドは例外だけれど。わたしが本当は彼にどんな感情を抱いているか、彼が知ることはない。自分の胸だけにしまい続けたほうがいいこともある。

「ここでエスコートしている女性たちの前で、あなたはいつも正直であろうとしているのかしら？」

「そうしようとしている。今この瞬間は、きみをこの上の階に連れていきたくてたまらない」

ミスター・グリーンヴィルはゆっくりと低い声でそう言った。言葉以上の含みが感じられる言い方だ。

「その階には何があるんです？」

「個室だ……探検のためのね」

「お互いを探検するという意味かしら」

「ああ、そうだ」ミスター・グリーンヴィルはこちらの答えをいたく気に入った様子だ。

「よければ、僕と一緒にどうかな？」

ミスター・グリーンヴィルの髪の毛の色がしっくりこない。彼の目の色も。それに、顎の線もやや鋭さが足りない。おまけに身長も数センチ低い。

「あなたのことをまだよく知りません」

「二人きりになれば、すぐにもっとよく知り合える」

「わたしはあなたが好きです、ミスター・グリーンヴィル。それに一緒の時間を過ごせてとても楽しかった。でも今夜わたしがここに来たのは、どんな場所なのか知りたかったからなんです。もしそれ以上の印象をあなたに与えたとしたら、本当にごめんなさい」

「きみの言いたいことはよくわかった、ミス・ペティピース。女性は常に慎重に行動する必要があるからね。正直に言えば、用心深く行動するきみを見て、ますますきみに対する尊敬の念が湧いてきた」ミスター・グリーンヴィルはペネロペの手を取り、唇に押し当てた。「きっと、もう少しよく知り合えたら、きみもそんなに警戒する必要はないと気づくだろう。今夜の残りの時間を楽しんで」

ミスター・グリーンヴィルはその場から離れ、抱擁する男女の姿を描いた絵画をじっと見つめている女性に近づいていった。その女性が彼に向けた笑みからすると、あの二人はすでにかなり親しい間柄に違いない。すぐにこの上の階にあがっていくはずだ。

そのあとも殿方数人から自己紹介されたが、ペネロペが彼らと長く話し込むことはなかった。頭が痛くなり始めている。喫煙室で過ごしたせいに違いない。この建物内にあるほかの部屋に比べて、あの部屋だけ離れた場所にあるのは当然だろう。

いつも一人で何時間も仕事をするのに慣れているため、これほどおおぜいの他人と一緒に夜の時間を過ごして、かえって体に負担がかかったようだ。しかも常に笑みを絶やさず、見ず知らずの人たちと話し続ける必要がある。たとえ興味を引かれ、時間をかけてもっとよく知りたいと思った相手であっても、疲れることに変わりはない。

やがて体全体がだるくなってきた。真夜中少し前にクラブを出たときは、これでようやく家に帰れると安堵せずにはいられなかった。もしここへまた戻ってくるとしても、その前に自分にはなんらかのレッスンが必要かもしれない。恋愛ゲームの技をもう少し研究しなければ。

キングはどうしようもなく不愉快な気分だった。朝食の席に、ペティピースが姿を現さなかったのだ。最近彼女と距離を取ろうとしているせいで、朝食は一日で一番心待ちにしている時間になっている。なんの言い訳もせず、堂々と彼女に会える唯一の機会だからだ。朝食を二人一緒にとるのは、もう習慣になっている。それ以外でも、いつでも好きなときに呼び出せるのだが、図書室にある呼び鈴の紐《ひも》を引っ張り、ペティピースを呼びつける回数をここ数日は極力減らすようにしていた。だが今は違う。力任せに強く引っ張っているため、紐が引きちぎれそうだ。

弟ローレンスの情報集めがどうなっているかについて、最新の報告が必要だ。あれからローレンスは兄のもとへ一度も助言を求めに来ていない。弟の自立心を尊重したい反面、ローレンスのせいで収拾のつかない事態になり、せっかくの機会をつかみ損ねるのではないかと心配もしている。

そのうえ、とにかくペティピースが恋しい。彼女と一緒にいたい。昨日は朝食後、彼女を避け続け、一度も顔を合わせなかった。丸一日ペティピースの顔を見なくても自分は平気だし、不愉快にもならないと証明したかったからだ。

だが残念ながら、どう考えても愉快とは言いがたい気分でいる。ペティピースがめったに浮かべることのない笑みが恋しい。それ以上にめったに浮かべることのない柔らかな含み笑いなら、なおいっそう恋しい。それにペティピースの声も、においも恋しくてたまらない。あの挑戦的な態度も。そういう彼女の態度に触発されることで、ありえない角度から物事を見つめざるを得なくなり、結果的にそれまでとはまったく違う発想ができるようになる。

夜になると図書室へ行きたい気持ちが募る。彼女が偶然本を取りにやってくるのを待ち、酒を一緒に飲もうと誘えるからだ。だから最近では、あえて毎晩外出するようにしている。チェスメンと紳士クラブに行ったり、ビショップとともに娯楽場に行ったり、賭博場へ出かけたり。でもどこも楽しめない。つまらないし、このうえなく退屈だ。ペティピースと離れて過ごすのはもううんざりだ。

離れて過ごす間もペティピースのことが頭から離れないのが、どうにも悩ましい。彼女はいったいいつから、仕事以外の面でも、僕の人生にとってこれほどなくてはならない存在になったんだ？　きっとそれは、彼女に親近感を抱いているせい——ただそれだけだ。自分の母以外、ペティピースほど長い時間をともにしている女性はほかにいないから。そんな彼女が気になるのはごく自然なことなのだ。

そう考えれば、昨日二時間もかけて、宝石商とともにペティピースの瞳の色に合う宝石を選んだのもごく自然なことと言えるだろう。エメラルドはどれも色が濃すぎて、キングの望みどおりの輝きに欠けているように思えた。宝石を贈るのは主人として不適切なのだろうが、それでももはや、彼女にペン先が金でできた万年筆をプレゼントする気にはなれない。この自分にとって、ペティピースが計り知れないほど大切な存在であることを示すような何かを贈りたい。もっと個人的な想いを込めた何かを。

執事が部屋にひっそりと入ってきた。「閣下、ペティピースを呼び鈴でお呼びになりましたね」

「そうだ。もうずいぶん前になる」

ペティピースがこの自分を待たせ続けたことなど今までに一度もない。今初めてそうされたことが我慢ならなかった。たしかに、彼女とは図書室で一緒に座って友だちのようにブランデーをすすった。しかも、ああいった瞬間をもう一度過ごしたがっているのはこの僕のほうだ。でもそれだけの理由で、ペティピースが呼び出しを無視したり、彼女の都合のいいときだけ応じたりしてもいいことにはならない。

「彼女は調子が悪いのです」

「調子が悪い？　どんなふうにだ？」

キーティングは一歩あとずさった。無意識のうちに怒鳴ってしまっていたのだ。巨大な図書室内に、キングの大声がまだこだましている。

執事は咳払いをして答えた。「彼女は体調が悪いのです」

キングが突然立ちあがったせいで、椅子が倒れそうになった。もともとパニックを起こしやすいたちではない。だが今、突然心臓の鼓動が速まったことからすると、それが思い込みだったと認めなければならないだろう。

「体調が悪いとは、具体的にどういうことだ？」

「彼女はわたしに、何も心配することはないと言いました。熱が少しだけ――」

「熱だと？　ペティピースは今まで病気になったことなどないのに」厚かましくも、病気が彼女の体に宿ろうとしているのか？　そんなことを許すわけにはいかない。気づくと、すでに体が動き出していた。「彼女は死の床にあるのかもしれない。そうでなければ僕の呼び出しに応えたはずだ」

そう言いつつも、ペティピースの話が嘘なのは百も承知だ。すぐに駆けつけなかった言い訳がそれしかないこともわかっている。大股で突っ立ったままのキーティングの脇を通り過ぎ、すべての騒動が執事のせいであるかのようににらみつけた。特に今、一番重要なことに気づいたせいで、より強く。

「彼女の部屋はどこだ？」

「こちらです、閣下」

キーティングのあとに続いて、使用人たちが暮らす煩雑な空間へ足を踏み入れた。前を歩くどっしりとした執事を突き飛ばし、〝もっと速く歩け〟と命じないよう、自分を抑えるのに必死だ。執事は急ぐ必要などないと言わんばかりにゆっくりと歩いている。今この瞬間にもペティピースが息を引き取ろうとしている可能性にさえ気づいていないかのようだ。最期の瞬間、この僕が彼女のもとへ駆けつけたことも知らないままで。

キングは厨房の脇を通り抜け、一段ずつ階段をのぼり始めた。できることなら二段、いや、三段抜かししたいところだ。僕と僕の秘書を隔てる距離を少しでも縮めたい。

ようやく最上段にたどり着き、ある部屋の扉の前で立ち止まり、執事がノックするのを見守った。なんともじれったい。感情的な振る舞いだとわかっていても、この扉をいっきに蹴破りたくなった。だがそうせず、なかからなんの返事もないのを確認すると、執事をかたわらへ押しやり、自分の手で扉を勢いよく開いた。

目の前に広がる、窓が一つもない小さな部屋に言葉を失った。家具もほとんどない。べッドとその脇にあるテーブル、衣装だんす、まっすぐな背もたれの木の椅子一脚だけだ。彼女はあの椅子に座って読書をしているのだろうか？　いや、真鍮《しんちゅう》の頭板がついた小さなベッドに横たわって本を読んでいるのだろう。

今その小さなベッドの上に、ペティピースが横向きに体を丸めている。彼女の頭近くで前脚を舐《な》めていた一匹のネコが顔をあげ、しばしキングを見つめたが、何をするでもなくふたたび毛づくろいを始めた。どうやら取るに足らない存在だと思ったようだ。キングは今まで使用人たちが暮らす空間を訪れたことがない。だから、このネコがここで飼われているのかどうかもわからない。ネコの毛づくろいを邪魔しないよう注意しながら、ペティピースの脇にかがみ込んで、彼女の頬にそっと手を当てた。

ペティピースはまばたきをして目覚めた。「閣下……お待ちください。身なりを整えます」

「きみは熱がある」

「喉が痛いだけです。何も心配する必要はありません。前にもあったことです。一日か二日で治ります」

もっと恐ろしいことが起きたらどうするんだ？　キングは上掛けを脇へ押しやり、彼女の体をすくいあげた。

「何をされているんです？」ペティピースが尋ねた。弱々しい声だ。こんな不適切な行為をされているのに抵抗しようともしない。その事実にいっそう恐れをかき立てられる。

「もっと寝心地のいい場所へきみを連れていく。キーティング、僕の医者を呼んでくれ」

使用人たちが目を丸くして見つめているのも、ペティピースが弱々しい抗議の声をあげているのも無視して、キングは彼女を腕に抱きかかえながら来た道を戻り、廊下を突き進んで自分の寝室の前まで行くと、扉が開いたままの反対側の部屋にずかずかと入り込み、寝心地のいいベッドに彼女の体を横たえた。

「ここにはいられません」ペティピースが言う。

「もちろん、いられる。今からここがきみの部屋だ。きみの私物を運ばせておく」キングは上掛けをかけながら優しく言った。「医者がやってくるまで寝ているんだ」

いっさい抵抗することなく、ペティピースは目を閉じた。先ほどのネコがベッドに飛びあがり、枕でくつろぎ始めても目を覚まそうとしない。

「なんてことだ、ペティピース。あんなみすぼらしい部屋に住んでいることを、どうして僕に教えてくれなかった？」

彼女は答えなかった。もしその言葉が聞こえていたとしても同じだっただろう。先ほどよりも大きなベッドゆえ、彼女がよけいに小さく、華奢《きゃしゃ》で弱々しく見える。

ここから立ち去るべきなのだろう。だがそんなことはできそうにない。ペティピースが大丈夫だとわかるまでは。

ペネロペはまどろみのなかに入ったり出たりを繰り返していた。その間上掛けを何度か蹴飛ばしたが、そのたびにルーシーがかけ直してくれている。日中はずっとルーシーがハチミツ入りの温かな紅茶を運んできたり、医者が調合してくれたまずいうがい薬で喉をすぐ手助けをしてくれたり、看病に当たってくれていた。

「熱が出たのは喉のせいよ」ルーシーが言う。「喉が腫れたか何かしたせいらしいけれど、お医者様が言うには、何日かすれば腫れは完全に引くそうよ。そうすればもとどおり元気になるって」

夜になってあたりが静かになると、ルーシーは休むために部屋を離れ、代わりに彼がやってきた。最初の夜、公爵はわたしと同じくらいひどい顔色をしていた。ベッド脇にある椅子に座り、こちらの手を握っているだけだった。目覚めるといつも、じっと見つめている公爵の目と目が合った。そんなとき、彼はほんの少し口角を持ちあげ、優しく穏やかな声で名前を呼んでくれた。

「ペティピース」

まるで祈りや祝福の言葉のごとく、たくさん口にするほどわたしの熱が早く下がると考えているかのように。

二日めの夜、公爵は本を読み聞かせてくれた。眠りに落ちているときでも、夢のなかで彼の声が聞こえていた。ただ、聞こえていたのがいつも本の言葉だったかどうかはわからない。まどろみから覚めると、キングスランドが顔や喉に湿らせた布を当ててくれているときもあったからだ。こうして付き添ってもらうのは、どう考えても不適切なことだとわかっている。だけどほかの誰よりも、公爵にそばにいてほしい。

ようやく熱が下がると、ペネロペのために熱い風呂の支度がされ、ふたたびルーシーが呼ばれた。温かなお湯に浸《つ》かる贅沢なひとときを楽しむ間に、ルーシーがこれまでのことをすべて話してくれた。

「彼はこの部屋に、あなたの私物を全部運ばせたの」

公爵がそんなことを言っていたのを思い出した。でも、そういった運び込み作業すべてが行われたのは眠っている間に違いない。

「あなたの部屋を見て彼は茫然《ぼうぜん》としていたわ」

「でも使用人にとっては、あれが普通の部屋なのに」

「彼があなたを単なる使用人として考えていないのは明らかね。秘書以上の存在と思っているのよ」

「でもほかの使用人たちはそれに納得できないはずよ」

ルーシーは肩をすくめて、髪を洗う手助けをしてくれた。「なかには、あなたの悪口を言う人もいる。もっと言えば、あれは性的な奉仕をしたお返しだって噂する人も。でもそんなの、わたしは信じない」

「ルーシー、こうやっていろいろ手助けしてくれるあなたには本当に感謝してるわ。だけど、ほかの人たちからそんなふうに思われていたら面倒なことになる。やっぱりこの部屋にはいられない」

たとえどれだけ広々としていて美しい部屋であっても。どれほどベッドがふかふかで寝心地がよくても。

「彼はわたしたちの部屋にある木製の椅子を全部、フラシ天の袖椅子に変えてくれたの。昨日の夜は、わたしも自分のふかふかの椅子で寝ちゃった」

思わず笑みを浮かべた。「本当に？」

「ええ、本当よ」ルーシーは浴槽を回り込んで目を合わせてきた。「この部屋をあきらめる必要はないと思う。これからもずっと」

でも公爵が結婚したら……彼と彼の妻が、廊下を挟んだ向かい側の部屋にいるとわかっているのに――

かぶりを振りながら答えた。「いいえ、どう考えても不適切だもの」

「彼はあなたの事務室も移したの」

驚きが全身を駆け抜けた。「わたしの事務室も移したってどういう意味？」

「正確に言えば、あなたの事務室じゃなくて、そこにあったいろいろなものを公爵夫人用の朝食をとったりする家族団欒の部屋《モーニングルーム》へ移したの。図書室のそばにある、あの小さな部屋よ」

これほど弾けるような喜びを感じるべきではない。それに、体が熱くなるような嬉しさも。けれど、また熱が出たみたいに体がほてっている。

「彼に近くなったのね」

「そのとおり」ルーシーは下唇を噛むと、ほくそ笑んだ。「ねえ、ペン、正直言って、あなたの具合を見に来たときの彼の様子、あなたにも見せたかったわ。まるでドラゴンからあなたを救い出す騎士みたいだったんだから」

笑い声をあげずにはいられなかった。「ルーシー、あなた、おとぎ話の読みすぎよ」

「ううん、大げさに話しているわけじゃない。本当よ。彼があなたを両腕に抱きかかえたとき……もう胸がとろけそうになっちゃった。彼がものすごく真剣だったから、あなたは絶対に死んだりしないと思えたの」

「自分が死にかけているかも、なんて思いもしなかった。だって喉が腫れただけだもの。子どもの頃、喉が弱くて悩まされていたの」

これだけ長い歳月が経ったあとだというのに、また症状がぶり返したのかと思うといらだたしい。あの夜のワインの飲みすぎか、葉巻の煙のせいだと信じたい。

ルーシーはあたりを見回した。「ペン、わたしなら噂話なんて気にしない。わたしだったらこんなすてきな部屋をあきらめたりしない。それにどのみち、彼らみんながそう思っているんだもの」

ふいに、熱があったときよりも気分が悪くなるのを感じた。「それってどういう意味？」

「メイドたち、それに従者たちのうち何人かもそう。夜遅い時間まで公爵と一緒に過ごしているとき、あなたが仕事をしているのをわたしは知ってる。だから彼らにもそう話してる。でも、彼らはあなたが彼と戯れていると考えているの」

戯れている？　情事にふけっているということだろうか？　そんな噂話が広まっているなんて、まったくよけいなお世話だ。彼らはいったい何様のつもりだろう？　わたしの人生を勝手に判断するなんて。しかも、こちらは彼らを勝手に判断していないのに？　もしわたしが〈ザ・フェア・アンド・スペア〉に行ったと知ったら、彼らは庭園に寄り集まり、わたしを火あぶりにするかもしれない。どうして女性は、男性のように自由に生きることが許されないのだろう？

しかも、公爵からつけ込まれたことなんてただの一度もない。たとえわたしの部屋が廊下の向かい側に移っても、今後も彼の態度が変わるとも思えない。そもそもキングスランドはわたしをそんな対象として見ていない。わたしに魅力を感じていない。というか、わたしを女と意識しているかどうかさえ疑問だ。

「やっぱりこの部屋にい続けることにする」ペネロペは決然たる口調で突然そう宣言した。

自分はそうして当然だ。それに、公爵がわたしにつけ込むはずがない。そんな思いが確信に変わりつつある。

「ああ、よかった」ルーシーが言う。「あなたはほかの誰よりも彼のために一生懸命仕事をしているんだもの。すてきなものを手に入れて当然だわ」

7

キングスランド家の舞踏会まであと五週間

「もう少し暖炉の近くへ」

キングは、優雅なローズウッド材の机を部屋に運び込んできた従者二人に命じた。この屋敷にあるどの家具も、二世代とは言わないまでも少なくとも一世代の間、一センチも動かされたことがないとわかっても別段驚きはしない。とにかくペティピースが病気で休んでいる間に、この部屋にあったソファや椅子、小さなテーブルを屋敷の別の場所に運ばせ、大きなローズウッド材のデスクを置くのに必要な空間を生み出した。今までの彼女の事務室は地下牢《ちかろう》のように狭苦しく、そこに置かれていたのはあまりに小さすぎる机だったのだ。もちろん椅子も、もっと大きくて座り心地のいいものを取り揃えた。ここはかつてキングの母親が結婚生活の大半を過ごしていた部屋だが、家具はどれももろくて壊れやすいものばかりだった。自分の秘書が必要としているのは、もっと彼女らしい、余分な飾りのない、仕事一色の場所だ。

もちろんペティピースには、あとから彼女の好きなように変更していいと言うつもりだった。とはいえ、選んだ家具や内装をペティピースが気に入ってくれるはずだという自信はある。

「いったい何をしているんだ?」ローレンスが戸口から尋ねた。

キングは肩越しに振り返り、弟を一瞥した。あの目覚まし時計の仕事を与えて以来、ローレンスと顔を合わせるのは初めてだ。

「この部屋をペティピースの事務室に改装している」

「今の彼女の事務室はどこにあるんだ?」

「およそ彼女にふさわしくない場所に」

いつぞやの夜、金庫を開けるために彼女の事務室へ入ったときは、あの場所が彼女には不釣り合いだということに気づかなかった。ほかの誰かにとっては十分かもしれないが、どう考えてもペティピースには不十分だ。

キングは従者二人に短くうなずいた。「よし、これでいい」

彼らを立ち去らせたあと、部屋を回りながら、ほかに何か用意すべきものはないか確かめ始めた。これまでの彼女の事務室にあった残りの品々はすべて、今日の午後ここへ運ばせる予定だ。それで必要な作業はすべて終わることになる。これからは、ペティピースが必要になったら廊下をほんの少し歩くだけでいい。が、この部屋を彼女の事務室としたのは僕のためではない。彼女のためだ。ペティピースは最高のものに囲まれて当然の女性。それなのに自分はこれまで、彼女が快適に過ごすために必要なものは何か、まるで気にかけてこなかった。

「ところで彼女はどこにいる？」ローレンスが尋ねる。

「ようやくベッドから起きあがれるようになったところだ」今朝とうとう彼女の熱は下がったが、念のためにあと二、三日はゆっくり休ませるつもりだ。

「彼女は具合が悪いのか？」

「ああ、熱が出て、喉が腫れていた。今はよくなりつつある」

「〈ザ・フェア・アンド・スペア〉で見かけたとき、ちょっと元気がないなと思ったんだ」つと体の向きを変えて弟と目を合わせる。ローレンスは何かを恐れるように目を見開いていた。

「〈ザ・フェア・アンド・スペア〉だと？」

「ええと……僕が言ったことは忘れてほしい。あそこでは、誰と会ったか話してはいけないことになっているんだ。話したことがわかれば、僕は会員資格を奪われて――」

片手を振りおろし、弟をさえぎる。「僕は誰にも言わない。だがあそこで彼女は何をしていたんだ?」

ローレンスは肩をすくめた。「僕たち全員があそこでやっていることだ。孤独を慰めるための相手探しだよ」

「彼女はよくあそこへ行くのか?」

「僕が会った夜が初めてだった。だから僕が――」そこでかぶりを振った。「兄上にこんな話をするべきじゃなかった」

ローレンスに話の先をうながす。「だからおまえは何をしたんだ?」

弟は木々の葉を揺らす風のごとく長いため息を深々とついた。「彼女が会員になれるよう保証する必要があったんだ」

「保証するってどんなふうに?」

「彼女が秘密を守れる人物だってことを保証したんだ。皮肉にも、保証した僕が秘密を守れない人物だったけどね」

ペティピースが孤独を抱え、その寂しさを慰めてくれる相手を見知らぬ人たちのなかへ探しに行った――そんなふうには考えたくない。一緒に過ごす相手を求め、〝わたしは大切にされている〟と感じさせてくれる男性を心の底から必要としていたとは思いたくない。あのクラブを訪れるためには、まずそんな満たされない思いを自ら認める必要があるというのに。

ペティピースは求められている——本来なら彼女を求めるべきではない立場にいる男から。

キングはふらふらと窓辺に近づいた。ペティピースがこれまで使っていた事務室には窓が一つもなかった。だがこの部屋には大きな窓があり、美しい庭園をいつでも眺められる。この部屋にいれば、彼女は日の光も、雨も、雪も楽しめる。ただし、郊外の領地で過ごしている期間は例外だ。領地にある彼女の事務室はどんな部屋だっただろう？　おそらく、この屋敷の使用人が暮らす空間にあった、あの事務室と同じくらいみすぼらしい部屋に違いない。なぜペティピースが快適に暮らせるよう、少しも気を配ってやれなかったんだ？　彼女は何不自由なく暮らして当然だというのに。

そう、僕が彼女をいて当たり前の存在と考えていたせいだ。実際は、この人生においてペティピースは重要な役割を果たしている。今は夢のなかにまで登場し始めていた。もしペティピースが誰かと出会い、その男が彼女に与えられて当然の感謝の気持ちを示したらどうなる？　ビショップのように彼女にウィンクをして、思う存分甘やかしてあげようと約束してくれる男が現れたら？　もしその男が、この僕からペティピースを奪い去りたいと考えたら？　そしてペティピース自身も〝この男性にどこかへ連れ去ってほしい〟と願うようになったら？

「彼女には話さないよね？」ローレンスが尋ねてきた。

話す？　どんなにほかのことで気を紛らわせようとしても、ペティピースのことばかり考えてしまうことを？　彼女と一緒にいない時間に見聞きしたありとあらゆることを、彼女に話したくてしかたないことを？　今ペティピースは何をしているのかと、常に思いを巡らせずにいられないことを？

キングは首を振って答えた。「ああ」

ふと気づくと、いつの間にか弟がそばにいた。物思いにふけるあまり、ローレンスが近づいてきた足音にさえ気づかなかったのだ。

キングは言った。「ペティピースが病気になったのは、僕が彼女に重荷を背負わせすぎたせいだと思う。僕やおまえの手助けを含めて、とにかくすべてを彼女に求めてしまっていたんだ。僕はまずおまえに秘書を雇わなくてはならない」

「わかった」

ペティピースのために雑用をこなす人間も雇うつもりだ。深く考える必要のない雑用までさせるには、彼女はもったいなさすぎる逸材だから。

「なぜおまえはここにやってきた？」

「ミスター・ランカスターの発明に関する情報を集めてきた。その情報をもとにすれば、今後のことが決定できるはずだと思ってやってきたんだ」

「よし。ペティピースの具合が完全によくなったら――」

「わたしはもう完全によくなりました」

キングはすばやく振り向き、声のしたほうを見た。ひどく慌てていたため、もししっかりした体幹がなかったら、きっとバランスを失っていた。誰かが自分に向かって早足で近づいてくるのを見て、これほど大きな安堵感に包まれたことはない。医者からは、ペティピースはなんの後遺症もなくよくなるだろうと言われていたが、最悪の場合のシナリオをあれこれ考え、それらが起こる確率まで割り出していた。今回恐れを募らせて僕がどれほど悪い筋書きを描いていたか知れば、ペティピースはさぞ驚くだろう。彼女は最悪の事態が起きても、常に明るい兆しを見出《みいだ》す女性だから。

ペティピースが僕の用事をすませてくれない人生など想像できない。いや、それ以上だ。彼女なしで始まる一日などもはや想像できない。実際、今こうして姿を現しても、彼女は疲れきっている。いつもの濃紺のドレス姿を見ても少しも慰められない。ひどく弱々しく見える。

「きみはあと一日休む必要がある」

「もう休む必要はありません。それにいつも仕事をこなしているほうが、いろいろな症状を跳ねのけられるんです。無理をしないと約束します」

「そういうことなら――」キングはペティピースへ何歩か近づきながら、腕をゆったりと振って部屋のなかを指し示した。「――ようこそ、きみの新しい事務室へ」

ペティピースはあたりを見回し、高熱で荒れた唇に笑みらしきものを浮かべた。

あの愛らしい唇。彼女が熱に浮かされているとき、乾きすぎて血が出ないよう、この手で軟膏《なんこう》を塗ってあげた唇だ。手当てをしても、彼女はまつげを一度も震わせることなく深く眠っていたが。僕に看病されていたことさえ、ペティピースは知らないのではないだろうか？

彼女は視線をキングに戻した。緑色の瞳全体に優しい光がたたえられている。それを見た瞬間、みぞおちにパンチを食らった以上の衝撃が走った。

「ありがとうございます」

「僕に感謝する必要はない。本来ならずっと前にきみに与えるべきものだったのだから」

これまでペティピースから何も求められないことにあぐらをかいていた自分が、無性に腹立たしい。そばにいるのが当たり前の存在、常にこちらを満足させて当然の人間だとみなしていたのだ。ペティピースが今以上のもの、もっと満足できるものを求め、どこかほかの場所に行ってしまうかもしれないなどとは考えたこともなかった。

「寝室についてですが――」

「あの気が滅入《めい》るような、前の寝室に戻りたいなどと言い出さないでくれよ」

「わたしは使用人です。そのことをあなたに思い出していただく必要があるようですね？」

「きみは使用人じゃない、ペティピース。僕の右腕だ。もしきみが男なら、僕にとって不可欠な存在だと実力を証明したあとすぐに、ほかの使用人たちとは違う個室ともっと高額な年収をくれと交渉していたはずだ。ただ、僕には一人暮らしの女性がどんな部屋を好むのかよくわからない。とりあえずは、屋敷の贅を凝らした部屋のうち、一室を寝室として使ってほしい。もし僕が選んだ部屋で満足できないなら、別の翼にある部屋を選んでもかまわない」

「あなたの親切なお申し出はありがたいのですが、使用人たちが噂をするでしょう」

「だったら彼らの好きなようにさせればいい。きみは彼らのわいせつな噂話など超越した存在だ。きみほど非の打ちどころがないレディにはお目にかかったことがない。それに、噂話をされてもじっと耐えられる強い自制心の持ち主でもある。だからこそ、僕はきみのことがこれほど好きなんだよ、ペティピース。きみは絶対に他人の噂話をしないから」

だからこそ？　キングは心のうちで自分の言葉を繰り返した。

たしかに、それも理由の一つではある。だが取るに足らない理由だ。まあ、今ここで僕がペティピースを好きで大切に思う理由をすべてあげるつもりはないが。どの理由もつい最近気づき、その意味を分析し始めたばかりだからだ。

熱弁を聞き、ペティピースは言葉を失った様子だった。あたりをもう一度見回し、部屋のさまざまな部分に目を走らせている。

「もちろん、気に入らない部分があれば、きみの自由に変更していい」
「いいえ、このままがいいです」ペティピースは突然輝かんばかりの笑みを浮かべた。「さっそくローレンス卿に、ミスター・ランカスターの発明についての情報を教えてもらい、詳しく検討してみませんか？」

そのあと公爵はペネロペに、階下にある事務室から私物を運ぶための時間として一時間与えてくれた。しかも、まだ無理をさせるわけにはいかないからと、荷物を運ぶ二人の従者まで用意してくれたのだ。前にこんなふうに誰かの注目を浴びたのは何年前なのか、もはや思い出せない。これほどわたしの体の具合を気遣ってくれる事実にやや圧倒されそうになっている。ずっと長いこと独立独歩の道を歩み、自分のことはなんでも自分でこなしてきた。それだけに、こうしてわたしの幸せや健康を熱心に気遣ってくれる誰かがいることが、自分にとっていい状態なのかどうか決めかねている。けれど、先日の夜、あのクラブに行ったのは、一晩をともに過ごしたいと思える相手を見つけるためだ。いや、もしかすると一晩だけでなく、幾晩かを？

新しい机の上に公爵から贈ってもらったさまざまな小物を並べていると、キングスランドと弟が大股で部屋に入ってきた。ローレンス卿はいつものように気取った歩き方をしているが、以前のような単なる空いばりではなく、どこか自信のようなものが感じられる。

その姿を目の当たりにしたペネロペは自分まで嬉しくなった。いっぽう、公爵はいつもながら堂々たる足取りだ。生まれながらに身についた威厳が全身から放たれている。

公爵は秘書の机の前に立つと、彼自身が贈ったさまざまな感謝の印に目を走らせた。

そういった品々を引き出しのなかにしまわず、これほど目につく場所にずらりと並べるなんて、自分でもちょっとばかばかしいかもしれないと思う。ある年のクリスマスに公爵から贈られた金メッキの定規も、引き出しにはしまっていない。最近では、公爵の妻探しのために作った表に線を引くのに役立てている。ただ丈夫な包み紙《ブッチャーズペーパー》は丸めて部屋の隅に置いてある。美しいローズウッド材の机を、あの包み紙で覆いたくない。

キングスランドは目をあげると、濃い色の瞳をペネロペに向けた。きみがこれらの小さな贈り物を大切にしているのはよくわかった、と言いたげなまなざしだ。

たちまち頬がかっと熱くなった。前に公爵がペネロペの事務室を訪ねてきたことは一度もない。この屋敷で働き始めた初日は、執事のキーティングから前の事務室と寝室に案内されたのだ。今はただ祈るような気持ちだった。頬がこんなに赤くなっているのは、先の病気のせいだと公爵が考えてくれますように。

公爵は短くうなずくと、フラシ天の椅子に落ち着いた。「それではローレンス、おまえが得た情報を僕たちに教えてくれ」

ペネロペはさっそくメモを取ろうと手帳を開いたが、すぐにその必要はないと知らされた。ローレンス卿が要点すべてを書き出した同じ紙を三枚用意し、公爵に一枚、ペネロペにも一枚手渡してきたからだ。そんな細やかな点まで気づけるローレンス卿が頼もしい。そして、彼がそれだけこの仕事に真面目に取り組んでいると知り嬉しくなった。誰にも気づかれないよう、こっそり公爵のほうを見たところ――

キングスランドが自分をじっと見つめているのに気づき、ペネロペは衝撃に言葉を失った。以前のように偏りのない、中立的なまなざしではない。今回病気になったことで、わたしを簡単に失う可能性に改めて思い至ったかのようなまなざしだ。わたしを失うことが、彼にとって重要なことであるかのような熱っぽいまなざし。

ふいにあのクラブで足りなかったものに気づいた。わたしをこれほど熱心なまなざしで見つめてくれる紳士だ。キングの視線は顔に向けられたままなのに、髪の先からつま先まで熱い視線にさらされているように感じる。

そして、突然ある思いが募った。陰気な濃紺のドレスではなく、肌をさらした緑色の美しいドレスを着ていればよかったのに、と。公爵の欲望をかき立て、彼の形のいい唇でわたしのむき出しの肌をたどってほしい。彼の注目を浴びてほてっているこの肌を。

また熱が出たのかもしれない。とはいえ、あの夜公爵の腕に抱きかかえられてこの屋敷内を運ばれたのは、今まで生きてきたなかでも、ことのほか心温まる体験だった。

「どう思う?」ローレンス卿が尋ねている。

公爵のまなざしがこちらからそれた。「ミスター・ランカスターに手紙を送り、月曜日におまえの事務所で会いたいと伝えるべきだと思う」

「ということは、兄上は投資すべきだという僕の意見に賛成なのか？」

「ああ。おまえはしっかり考えたうえで、そういう結論に達していると感じた。それに、すでにある工場を有効活用すれば、この製品作りがより容易になるという意見には感心した。きみはどう思う、ペティピース？」

「わたしも賛成です。きっと目覚まし時計を最初に買うのはわたしだと思います」

ローレンス卿は笑い声をあげた。「きみは商品が組み立てラインから出てくるのを最初に目撃する人物になるはずだ。ああ、なんだかわくわくしてきたよ、兄上。僕を信頼して任せてくれて本当にありがとう」

「ローレンス、このプロジェクトはまだ始まったばかりだ。本当の仕事はここからだぞ。だがおまえなら、この仕事を完全にやり遂げられると信じている」

「だったらお祝いをしないと」ローレンス卿はあたりを見回した。「この事務室の欠点を一つ見つけたぞ。酒が一つも見当たらない。何か調達してくるよ。ミス・ペティピースの新しい部屋にも乾杯したいからね」

ローレンス卿が大股で部屋から出ていくと、キングスランドは立ちあがり、机に座ったペネロペのそばまでやってきて、片方のヒップを机の上にのせた。「この机はきみにぴったりだ」

「とても大きいからのみ込まれそうな気がします。でもゆったり使えるのがありがたいです」

公爵は〝早起きは三文の徳〟ということわざが刻されたペーパーウェイトを手に取った。

「僕が知る女性のなかで、時間に正確なのはきみだけだ」

「遅刻しても何もいいことがないとわかっているので」

どうしてこんなかすれ声しか出ないのだろう？　ちゃんとした呼吸の方法を知らない人の声みたいに聞こえる。

キングスランドは大理石のペーパーウェイトをもとの場所に戻した。先ほどの置き方と寸分違わない。そう気づいても驚きはしないけれど。公爵もペネロペも、正確さを大切にするたちなのだ。

「少なくとも一週間は無理をしないようにしてほしい。ローレンスには専属の秘書を雇うことに決めた。きみなら弟の面接を手助けできるだろう。僕らの仕事に必要な役目や能力についてよく知っているからね」

「はい、喜んでお手伝いします」

「きみ自身の助手も雇うべきだ」

「閣下――」

「ペティピース、僕に頬を引っぱたかれたような顔で見ないでくれ。別に、きみにはなんの落ち度もない。いつもすばらしい仕事をしてくれるきみを心から信頼している。だが、きみには雑用をこなす誰かが必要だと思う」

公爵に関する仕事は、いかなるものであれ重要なことに変わりはない。とはいえ、手助け役がいれば今より安心できるだろう。

「ありがとうございます、閣下。すぐに適任者を探すようにします」

「よし」キングスランドが一瞬ペネロペを見つめた。永遠にも思える時間だった。「きみがネコと一緒に寝ていると知って驚いた」

「あれはサー・パーシヴァルです。〝パー《PURR》〟はPURRという綴《つづ》りです」

彼はにやりとした。「きっと彼がごろごろと喉を鳴らすからだね」

「ええ、よくやります。でも面倒を起こすことはありません。彼が小さなときから一緒に過ごしています。本当に独立心旺盛な子なんです」

「きみみたいだね。回復して本当に嬉しいよ」

その言葉を聞き、ペネロペは体がじんわりと温かくなるのを感じた。同時に、それが本来あってはならないことのように思える。これではまるで、先ほどの公爵の言葉により深い意味が込められ、強烈な感情が秘められているかのよう。そんなことはありえないのに。

「わたしもです。でも自分が命の危険にさらされていたとは思えません」

「僕にとって、きみは信じられないくらい大切な存在なんだ、ペティピース」

もしキングスランドが机から立ちあがり、目の前で服を脱ぎ始めたとしても、ペネロペは今ほど驚かなかっただろう。それほど驚いたのは、公爵が自分のことをそんなふうに感じていたからではない。彼がそういう気持ちを実際に声に出して伝えてきたからだ。どう答えていいのかペネロペはわからなかった。

「僕がきみをどう見ているか、うまく伝えられているか不安になってきた。とにかく……きみはかけがえのない存在なんだ」

「そんなふうにおっしゃってくださるなんて、本当にお優しい方ですね」

「優しさはなんの関係もない。歴然たる事実だ」

でもほかにも事実がある。本来ならあってはならない事実が。

「わたしが伏せっている間、あなたはわたしを看病してくださっていました」

「ああ、何度か」

「あなたは公爵です。公爵は使用人を看病するべきではありません」

彼は控えめな笑みを浮かべた。「公爵は自分が望むなら、どんなことでもできるんだ」

ペネロペは思わず声をあげて笑ってしまった。二人の視線が絡み合う。

もしかしてキングスランドはわたしの心のなかを見通せるのではないだろうか？　公爵に対してこの心を完全に開き、彼をどれほど愛しているか見せるべき？　でもそれをして、何かいいことがあるだろうか？　この想いをすべてをさらけ出しても、二人の間が気まずくなるだけだ。

公爵はゆっくりと、もどかしいほどゆっくりと手を伸ばし、ほつれ毛をペネロペの耳にかけてくれた。それから自分の太ももに肘を置いて、ペネロペに向かって体を傾けてきた。

「ペティピース――」

「ほら、あったよ」ローレンス卿が大股で部屋に戻ってきて、高らかに宣言した。片手でグラス二脚を、もう片方の手で一脚を持っている。

キングスランドはすばやく机から立ちあがった。「ペティピースに、もう二度と具合が悪くなったら許さないと話していたところだ」

そんなことを言っていた？　誓ってもいい――公爵はわたしにキスをしようとしていた。

「そのとおり」ローレンス卿は一脚のグラスを公爵の前に、もう一脚をペネロペの前に置くと、ゆっくり立ちあがった彼女を見て続けた。「きみがいないと、兄上は何をすべきかわからず、途方に暮れてしまうだろう」

「でしたら、全力を尽くして健康でいるようにします」

キングスランドが自分のグラスを掲げた。「ローレンスが新しく立ちあげる事業の成功を祈って」

「僕らの事業だよ」ローレンス卿が訂正する。

「実際におまえがいろいろ動いたから実現したんだ。おまえの事業だ」

「そんなことは期待していない。だって金が必要になるし――」

「金は僕が出す。適正な利息をつけて」

「もし失敗したらどうする？」

「僕の金庫の金は減るだろう。だが少なくとも僕は、おまえにひどいことはしない……彼はなんと言っていただろうか？〝ナイフを突きつけることになる〟だったかな？」

公爵の弟は困惑し、圧倒されているようだった。

「よかったですね、ローレンス卿」そう言うと、彼は弾かれたようにペネロペを見た。かわいそうに、すっかりおびえている。「あなたがこの事業を成功させることに、わたしはなんの疑いも抱いていません。あなたはお兄様と同じ部分をたくさんお持ちです。成功しないはずがありません」

ローレンス卿はうなずくと、大きく息を吸い込み、自分のグラスを掲げた。「僕を見捨てないでいてくれた兄上に乾杯」

キングスランドが人前で優しさを見せることはめったにない。それだけに、彼が穏やかな優しい目になり、そのあとそんな自身に戸惑うような表情を浮かべたのを見て、ペネロペはやや驚いた。そう、今キングスランドが見せたのは――心臓が鼓動を打つほんの一瞬ではあったけれど――紛れもない愛情だ。その深くて奥深い感情を目の当たりにして、息をのまずにはいられない。

いつも、キングスランドのことばかり考えてしまう自分のハートは愚かだと考えてきた。でも思っていた以上に、わたしのハートは賢いようだ――この公爵が、彼の魂の奥底にある愛情を見せられる可能性に気づけたのだから。キングスランドは自分には心がまったくないと言い張っている。でもどんな女性も、彼の心が自分に向けられる幸運を夢見ているのだ。

これまで以上に努力を重ね、公爵の愛情に値する女性を探すようにしよう。あの愛情を、キングスランドの心の奥底にしまい込んでおくわけにはいかない。自由に解き放つ必要がある。

「あなたたち、わたしのモーニングルームでいったい何をしているの?」

いきなりそう言われて驚き、ペネロペは兄弟二人から声の持ち主へ視線を移した。戸口に立っていたのは、恐るべきキングスランド公爵未亡人だった。

8

「母上、この時期までいらっしゃるとは思いませんでした」キングは部屋を横切り、自分をこの世に生み出した女性に近づいた。

最近では、公爵未亡人の髪は黒よりも銀色に近くなり、シルバー製の杖《つえ》に頼って歩いているが、本当にあの杖を必要としているかどうかは疑問だ。むしろ未亡人にふさわしい威厳を出すためではないか、とキングはひそかに疑っている。

「領地を少し離れる前に、あなたたち二人を訪ねようと思ったの。レディ・シビルがイタリアにある別荘に招いてくれたからしばらく滞在しようと思ってね。彼女の誘いを断れるはずがないでしょう？」

母の友人であり、ある公爵の妹でもある未婚のレディ・シビルがいきなりロンドンを訪ねてきたことで、彼女の兄はさぞ驚いているに違いない。今の僕のように――キングは母のピンク色の頬に軽いキスをした。

キングが少し下がると、ローレンスが進み出て母親を抱擁した。この弟はいつだって、兄よりも愛情表現が上手だ。それは、父にずっと苦しめられてきたという絆で僕たち二人が結ばれているにもかかわらず、より多くを耐え忍んでいたのが弟のほうだったせいかもしれない。

母はローレンスの肩を軽く叩き、茶目っ気たっぷりにウィンクをすると、キングではないもう一人の人物を見た。「ミス・ペティピース」

公爵未亡人の前ではいつもそうであるように、キングの秘書は優雅なお辞儀をした。

「公爵夫人《ユア・グレイス》」

手をひらひらとさせてあたりを示しながら、母は上の息子に鋭い一瞥をくれた。「みんなでここに集まって、いったい何をしているの？」

「この部屋をペティピース用の事務室に改装したところです。母上は領地にいらっしゃるか、旅行するのがお好きなので、このモーニングルームに特別愛着はないだろうと考えました」

「たしかにそうね。このほうが部屋をはるかに有効に活用できるもの。ミス・ペティピースをあなたのより近くに置いておいたほうがね。わたしは明日の朝までしかここにいられないから、今夜みんなで一緒にディナーはどうかしら？」

誘いや質問のように聞こえるが、これは命令だ。キングも弟もそれがよくわかっている。だからキングはすぐに答えた。「もちろんです、母上」

「あなたも同席してちょうだい、ミス・ペティピース」

「光栄です、ユア・グレイス。楽しみにしております」

「すばらしい」公爵未亡人は片腕をローレンスの腕に巻きつけた。「さあ、一緒に庭園を散歩しましょう。最近あなたたちがどう過ごしていたのか全部聞かせて」

二人が立ち去ると、ペティピースが三歩こちらに近づいてきた。ふんわりとジャスミンの香りが漂う。彼女の香りだ。

「今夜は使用人用の部屋で眠ります」

突然の申し出に困惑し、キングは眉をひそめた。「どうして？」

「わたしがこのように贅沢な部屋で、しかもご家族のこれほど近くで休んだら、公爵未亡人に自分の立場をわきまえていないと思われます」

「きみは自分の地位よりもはるかに上をいっている」

彼女はわずかに唇を開き、まばたきをした。

「いや……僕が言いたいのは、母上がきみのことを高く評価しているということだ。母上も僕も、きみを使用人以上の存在だと考えている。お気に入りの部屋がきみ用の事務室に改装されたと知っても、母がまったく動じていなかったのがいい証拠だ。きみが階上にある居心地のいい寝室を使っても、母上が気にするとは思えない」

「でも、ここは公爵未亡人のお気に入りの部屋でした」ペティピースが低い声でつぶやく。

誰かに有罪判決を申し渡すような重々しい口調だ。

「母上はほとんどここにいたことがないんだ、ペティピース」

「そうだとしても」彼女はあたりを見回した。「ここではない別の部屋にすべきでした」

「この部屋はきみにぴったりだ」

　彼女は窓から景色を眺めた。「はい、とても気に入っています」

　その言葉を聞いても大きな喜びを感じるべきではない。だがキングは弾けるようなそれを感じていた。「だったらここを楽しめばいい」


　ディナーの場はやや小さめのダイニングルームだった。テーブルの上座にキングスランドが、下座に公爵未亡人が座り、ペネロペとローレンス卿がその間の空間に向かい合って着席している。

　初めて彼らと一緒にディナーの席へ着いた当時、ペネロペはすでに使用人たちの間でも秘書として一目置かれるようになっていた。とはいえ、席では使用人たちから何度かにらまれたり、顎をつんとあげてばかにするように見られたりもした。ただそんなふうに鼻であしらわれても、ほとんど気にならなかった。もちろん心にちくっとした痛みが走ったのは否めない。でもこれまで身を粉にして働いてきたおかげで、もはや公爵にとってなくてはならない存在になっているのはわかっていた。それに公爵の母親がこうしてディナーに同席させてくれているのは、彼女もこちらの努力を認めてくれている証拠だということも。娘であるわたしに失望し、恥じることになった自分の母親に、今のこの姿を見せてあげたい。どうにか一角の人間になれた今の自分の姿を。

会話はよどみなく続いた。公爵未亡人は最近のウェールズ旅行の印象深い思い出をあれこれ語ってくれた。ローレンス卿は自分の事業計画を話し、母親を喜ばせている。これほどいきいきとしたローレンス卿を見るのは初めてだ。思わずキングスランドのほうをちらっと見ると、彼は秘密めいた、小さな笑みを返してくれた。弟の明らかな態度の変化に関して、自身の秘書が果たした役割を認めるような優しい笑みだ。

公爵がわたしを認めてくれている――そう理解した瞬間、心臓が手のつけようがないほど激しく鼓動し始めた。このままだと口から飛び出し、髪の生えぎわまで跳ねあがり、ほかの三人に見えてしまうのでは？　もしそんな事態になったとしたら、見えた光景をワインのせいだと考えてくれますように。

ペネロペはワイングラスにかけた手が震えていないのを見て、とりあえず安堵した。グラスのボルドーワインを飲み干し、前に進み出た従者からおかわりをすすめられても断りはしなかった。

「ねえ、ミス・ペティピース」公爵未亡人から話しかけられた。「ヒューから聞いたんだけど、彼は公爵夫人探しという大変な仕事をすべてあなた任せにしているんですってね」

「母上——」母から鋭く一瞥され、公爵は言葉を切った。ペネロペは知っている。それはキングスランドが母にそうすることを許しているから——ただそれだけなのだ。そんな彼の一面に触れるといつも、心がぽっと温かくなる。

「はい、ユア・グレイス、わたしがその仕事を任されています」

「どんな調子？　あなたが選んだレディの名前を教えてくれる？　それとも発表の日まで秘密にして、わたしを苦しめるつもり？」

「あなたを苦しめるつもりはさらさらありませんが、まだ発表できるほど仕事が進んでいないのです。候補者を十数人までなんとか絞ったところで、もう少し絞り込みたいと考えています。そのために、今残っている候補者の方たちと面接をする予定です」

「なぜ面接が必要なんだ？」キングスランドが尋ねる。

「レディたちは手紙に自分のいいところだけを書き記しているのではないかと心配だからです。彼女たちの本当の性格や個性はいまだ理解できていません。レディたちを訪問すれば、普段の様子がもう少しよくわかるのではないかと考えました」

「きみは以前の僕よりもずっと熱心にこの仕事に向き合っているね」

「はい」それは、みじめな失敗に終わった以前の妻選びに足りなかった要素を補おうとしているためだ。でも、それをここでわざわざ口にする必要はないだろう。「賢明な選択を確実にしたいからです。結局、あなたはその女性と残りの人生をずっとともにされるのですから。不満だらけの人生を送っていただきたくありません」

「ミス・ペティピース、この仕事に熱心に打ち込んでいるあなたには感動したわ。息子があなたを高く評価しているのは当然ね。でも、もしわたしの未来の義理の娘の普段の様子が知りたければ、舞踏会に出席するのをすすめるわ。その女性が舞踏会の席上でどう振る舞っているかを見れば、自宅の応接室で紅茶をすする姿よりもっと現実的な人となりがわかるものよ」

その点に関する公爵夫人の意見はしごく正しい。昨年の舞踏会でキングスランドが公爵夫人の候補者の名前を発表したとき、レディたちは涙に暮れたり、怒りに体を震わせたり、負けを潔く受け入れたり、実にさまざまな様子を見せていた。でも今回届いた手紙では、レディたちはなるべくいい印象を与えようとしている。自宅の応接室を訪ねても、彼女たちは同じくこちらに好印象を与えようとするに違いない。となると、その女性の性格を正しく見抜くのがさらに難しくなる。

「たしかにおっしゃるとおりだと思います。ですが、招待されてもいない舞踏会にわたしが出席するのは、どう考えても不適切です」

「もちろん、あなたはヒューと一緒に出席するのよ」

公爵をちらりと見てみると、彼は体を硬くしてワイングラスを掲げたままだ。そして、そのグラスを部屋の向こう側に思いきり投げつけたそうに見える。

「母上、僕は舞踏会にはめったに出席しません」

「どうして？」

「母上が出席なさらないのと同じ理由だと思います。退屈でつまらない舞踏会に出かけるよりも、もっとほかの活動に専念したいんです」

「未亡人になって、わたしにはある程度の自由が与えられた。そして残念ながら、公爵になったことで、あなたがかなりの自由を奪われているのはわかっているの。でもね、ミス・ペティピースの言うことは正しい。結婚相手選びに関して、今回はもはやあんな大失敗は許されないわ。さもないと、みんながあなたのやり方よりもあなた自身に問題があるのではないかと思い始めるはず。といっても、あなたのやり方が本当にいいかどうか、わたしが今でも疑問に思っていることに変わりはないけれどね。まあ、それは置いておいて、今回だけは例外的に一度舞踏会に出席するのがいいと思うの。そうすればミス・ペティピースに偵察させて、キングスランド公爵夫人の肩書きに一番ふさわしいレディが誰か、より確実な決定を下せるのだから」

　ペネロペは思った。それでも、紳士クラブで公爵とディナーをとるのと、彼にエスコートされて舞踏会に出席するのではわけが違う。

「ユア・グレイス、みなさんがいろいろと話をするでしょう」

「あら、舞踏会でみんなが話すのは当たり前よ」公爵未亡人がこともなげに言う。

「いいえ、わたしが申しあげているのは、人々がわたしと公爵の間に仕事以上の関係があるのではないかと考え、噂話を始めるという意味です」

「ヒューは自分にとってあなたが重要な存在だと公言しているわ。彼があなたをどこへ連れていっても、それを場違いだと考える人たちがいるとは思えない。仮にそんな人がいたとしたら恥を知れと言ってやりたいわ」

高まる期待に、ペネロペの心と体はばらばらになりそうだった。もちろん、キングスランドにエスコートされて舞踏会に出席したいのは当然。たとえ、それがすべて妄想にすぎないとしても。それに舞踏会の会場で、公爵がほかのレディたちに笑みや意識を向ける姿を目の当たりにする可能性があったとしても。

ただし、そのためにはまず、キングスランドをその気にさせる必要がある。

ペネロペは公爵のほうを向いた。「あなたがわたしに与えてくださったなかでも、この奥様選びは一番重要な仕事です。その仕事を悔いなくやり遂げるために、わたしはできる限りの情報を手に入れる必要があると思うんです」

ローレンス卿にエスコートしてもらうこともできると提案しようとしたが、舞踏会で一緒のところを見られると、あの二人を〈ザ・フェア・アンド・スペア〉で見かけたという噂が立つに違いない。

キングスランドは深々とため息をついた。「たしかに母上の言うことには一理ある。いつもそうだ。きみをエスコートして舞踏会に出席する栄誉にあずかろう」

栄誉にあずかるというキングスランドの言葉を聞いて、嬉しさに飛びあがりそうになったが、すぐ現実に気づいた。彼はただ習慣からあの言葉を口にしただけ。半ズボンをはいた幼いときから教え込まれてきた〝適切な答え方〟をしたにすぎない。

「すばらしい」公爵未亡人が言う。「これで決まりね。だったらミス・ペティピース、ディナーのあと、わたしと一緒に招待状を調べて、来週開かれるなかで出席するのに一番ふさわしい舞踏会を選ぶのはどう？」

質問に聞こえるが、これが公爵未亡人からの命令であるのは百も承知だ。こちらには従う選択肢しか許されていない。

「来週開かれる舞踏会にはすべて、残念ながら出席できないという返事をすでに送ってしまいました」

「わたしから簡単な手紙が届けば、そんな返事は帳消しにできる。寝室に戻る前に手紙を書いて、明日の朝届けさせればいい。さあ、ヒュー、あなたのお友だちのチェスメンたちの近況を聞かせてちょうだい。彼らは最近どんな調子なの？　彼らのなかですぐ結婚しそうな人はいないの？」

窓辺にあるフラシ天の袖椅子一脚だけで自分には十分――ペネロペはそう考えていた。家具の配置もちょうどいいし、自分がローズウッド材の机から離れて何時間も過ごす姿なんて想像できない。ところが公爵未亡人は従者二人に命じて、ペネロペの事務室に二脚めの袖椅子と小さなテーブル、さらにそのテーブルの上に置くための二人分のグラスとランプを運び込ませた。

今ペネロペは公爵未亡人の正面に座り、彼女が慣れた手つきで招待状の束をめくるのを眺めている。日頃から、受け取った招待状はすべて日づけ順にファイルしていたおかげで、よけいな時間をかけずに来週の予定を決めることができた。

「あら、これがいいわ」公爵未亡人は満足そうな笑みを浮かべ、一枚を手に取ってひらひらさせた。「ソーンリー公爵夫人が主催する来週水曜日の舞踏会よ。わたし、彼女のことが大好きなの。全然気取ったところがなくて、女主人として最高。多くの人たちが彼女が主催する舞踏会に出席したがるわ。公爵と結婚した居酒屋の経営者がどんな人物か、みんな好奇心満々なのよね。ただ、なかには彼女が大失態を犯すところを目撃したい人もいるんじゃないかとわたしは思っている。それでも彼女はそんな人たちでさえ満足させてしまうの。だから彼女が主催する舞踏会なら、あなたもレディたちの観察をして、その性格をよく見きわめられるんじゃないかしら？　彼女たちが一緒にいる貴族仲間と冷笑を浮かべていないか？　噂話に興じていないか？　この舞踏会の一夜を笑みを浮かべて過ごしているか、それとも眉をひそめているか？」

「ためになるご忠告、本当に感謝します、ユア・グレイス」

公爵未亡人は招待状が入った箱をテーブルの脇に置くと、選んだ招待状をその上に重ね、シェリーが入った自分のグラスを手に取った。「わたしに干渉されているとは思わないの？」

「いいえ、まさか」

「よかった。あなたとはもう一つ話し合いたいことがあるの。それで気分を悪くしないように願うわ」

公爵未亡人の真面目な口調を聞き、ペネロペは胃がきりきりとした。シェリーが入った自分のグラスを掲げ、彼女の続きの言葉をひたすら待つ。

「今回のために、あなたにはドレスが必要だと思う」

そう聞いて安堵感でいっぱいになった。「ドレスなら一着持っています」

公爵未亡人は唇を引き結び、そのドレスを思い出そうとするかのように目を細めた。

「昨年着ていたあれかしら？　薄い緑色の？」

「はい、ユア・グレイス」

公爵未亡人は小さく首を振った。「同じドレスを着るのは感心しない」

「昨年あの会場にわたしがいたことに気づいていた方がいるとは思えません。たとえ気づいた方がいても、もはや思い出せないと思います」

「わたしの意見が正しくないと言いたいの？」

「まあ、いいえ、ユア・グレイス、そんなことは絶対にありません。ただわたしはドレスを着る機会がほとんどないので、お金をかける理由が見当たらないんです」

突然鬱陶しいハエが飛んできたかのように、公爵未亡人は片手をひらめかせた。「費用ならわたしが払う。明日、わたしのドレスメーカーを訪ねてちょうだい。彼女にはあなたが訪ねていくと伝えておくから」

「ですが、舞踏会まであと数日しかありません」あの薄い緑色のドレスを仕立てたときも数週間かかった。

「心配しなくて大丈夫。彼女はわたしたちの要求にちゃんと応えてくれるから。報酬をはずめばそうしてくれるものよ」

なんと言うべきなのかわからない。「ユア・グレイス、あなたの寛大なお申し出には心から感謝しています。ですが受け取れません。わたしがこの舞踏会へ出席するのは目立つためではなく、必要な情報を得るためです。今持っているドレスで十分です」

「ミス・ペティピース、あなたはわたしの息子にもう八年以上も仕えている。彼の重荷を軽くしてくれているあなたに対する、わたしからの感謝の気持ちだと思ってちょうだい」

自分が何年キングスランドの秘書として勤めているか、公爵未亡人が正確に覚えていたことにやや驚いた。

公爵未亡人はつけ加えた。「変な意地を張って、あなたに贈り物をしたいというわたしの喜びを邪魔しないで」

ペネロペは熱心な口調と表情を前にしてうろたえた。どうしてそんな贈り物を受け取ることができるだろう？　きっとものすごく高いはずだ。そんなものを受け取ったら、自分が信じられないほど身勝手に思えてしまうに違いない。というか、実際自分は身勝手だ。正直な気持ちを言えば、すでに持っている一着よりもう少し魅力的なドレスが欲しい。その美しいドレスならキングスランドの注目を引き、彼と一度くらいワルツを踊れるだろうか？　もしそうできたらこれ以上の贈り物はない。いつか息を引き取る最期の日まで、その思い出をしっかりと胸に刻んで生きていけるだろう。

「それではありがたく奥様のドレスメーカーを訪ねさせていただきます。わたしに身なりを整えてほしいという奥様のお気持ち、ありがたくお受けします」

「嬉しいわ、ミス・ペティピース」公爵未亡人はシェリーをすすり、椅子の背にもたれ、窓の外を眺めた。「あなたを雇う前、ヒューの秘書は全然長続きしなくて困っていたの。ヒューは高い基準の持ち主だから。しかも、そういった基準を一番厳しく彼自身に当てはめている――わたしにはそう思えてしかたない。彼の父親はほんのわずかなミスも許さない人だった。だから、ヒューは本来なら自分の責任ではないことまで背負い込みがちなの。

たとえばわたしの幸せとかね。あなたがヒューのために選ぶ女性が、あの子に心配事を忘れさせて……大きな笑い声をあげさせて……今を楽しむようにしてくれる人であることを願うわ」

ああ、どうしてもそんなキングスランドの姿を想像することはできない。それでもなお、ペネロペも公爵未亡人と同じことを彼のために願わずにはいられなかった。

「わたしもあの方を幸せにしたいです、ユア・グレイス」

「ええ、わかっていますとも。ただ残念ながら、あの子が目の前に転がっている幸せの可能性に気づけるかどうか、わたしにはわからない。近くにある木の細かな点ばかりに気を取られて、森の壮大さが目に入らないのではないかと心配なのよ」

キングはスコッチを飲みながら、テラスにたたずんでいた。いっぽうのローレンスは、母に別れの挨拶をしている最中だ。というのも、弟は明日の朝、利用を検討している工場の担当者との約束があり、母を見送ることができないせいだ。

テラスに通じる扉が開かれ、静かな足音が聞こえたため、彼は肩越しに振り返った。

「いったい何を企《たくら》んでいるんです、母上？」

「なんのことかしら？」母が近づいてきながら無邪気に尋ねてくる。

「もちろん舞踏会のことです」

「あなた、わたしの考えに反対なんでしょう？」

とんでもない。反対などできるわけがない。これまでそういった夜会を避けてきたのは、さまざまな駆け引きが行われ、不誠実なお世辞や心にもない褒め言葉が交わされているせいだ。ペティピースにとって、レディたちをよく観察するのにあれほどうってつけの場所はないだろう。キングは母の質問には答えず、スコッチをすすった。

「反対はしないと思っていたけれど」母はほくそ笑んだ。

キングは乾いた笑い声をあげると、前かがみになり、母の頬にキスをした。「あなたのように賢くありたいものだ」

心地いい沈黙が落ちるなか、二人は立ったまま、しばし夜の静けさを楽しんだ。

しばらくすると、公爵未亡人が口を開いた。「あんなに自信たっぷりのローレンスは見たことがないわ。あるいは興奮しているのかもしれない。あの子は、あなたが自分を信頼して今回の仕事を任せてくれたことに心から感謝している」

「あれはペティピースの考えです。彼女はローレンスには心のよりどころが必要だと考えたんです」

「あなたの人生における賢明な女性はわたし一人だけではないようね。あなたは結婚したあと、彼女をどうするつもり？」

キングはこれまで母から手をあげられたことが一度もない。だがその瞬間、彼女から思いきり頭を叩かれたように感じた。なんとくだらない質問だろう。だが同時に、驚くほど重要な質問にも思える。体の向きを変え、低い塀に尻をもたせかけると、先ほどよりまっすぐ母と向き合った。

「どういう意味かよくわかりません」

「あなたの人生でこれほど重要な役割を果たしている女性が屋敷のなかにいる状態を、あなたの妻が愉快に感じるとは思えない。特に彼女の事務室、それに寝室があなたの仕事場と寝室のすぐ近くにあるのだからなおさらに」

「ペティピースは、そんなことを気にしない女性を選ぶはずです」

「ふうん」

母が発した小さな声がどうにも気に入らない。まるでこちらが間違っていると言いたげな声だ。

「もし妻となる女性がそういったことで悩むようなら、そんな必要はないと僕から説明します」

「そうすれば、さぞうまくいくに違いないわね」

「そんな皮肉っぽい言い方をされるのは、母上がまったくそうは思っていない証拠です。何をほのめかそうとされているんです？」

「あなたは本気で考えなくちゃいけない――妻となる女性に、自分があなたの人生においいて二番めに重要な女性なんだと思わせないための方法をね」

「当然ながら彼女は二番めです。一番は母上に決まっていますから」

公爵未亡人は笑い声をあげ、息子の肩を軽く叩いた。「またそんなお世辞を」キングを見つめ、小さく首を振りながら続ける。「あなたはわたしの言葉を真剣に考えていない」

「母上は何も心配する必要などありません」

「ヒュー、結婚は変化をもたらすものよ。そういう変化に備えておく必要がある」

なぜ母の言葉を聞いて、胃がきりきりするような不安を感じているのだろう？　もちろん、結婚は変化をもたらすものだ。こちらもそんなことくらいわかっている。結婚によって妻ができ、結果的には世継ぎもできる。だがペティピースが日々のスケジュールを管理してくれれば、自分も妻や子どもたちと過ごす時間が取れるだろう。

「イタリアの別荘にはどれくらい滞在される予定ですか？」キングは唐突に尋ねた。話題を変えたい。

「あなたの舞踏会の数日前には戻ってくるつもり。でも今はすぐにベッドに入らなくては。明日の朝はとても早い時間に出発の予定なの。ではおやすみ、我が息子よ」

「すてきな夢を見てください、母上」

公爵未亡人は立ち去ったが、言われた言葉が心のなかから消えない。キングはふと、かすかな灯りがもれている窓に視線をとめた。ペティピースの新しい事務室だ。先ほど兄弟が図書室でくつろいでいたところへ母が加わったとき、ペティピースは母に付き添ってはいなかった。彼女はまだ仕事をしているのだろうか？

スコッチの残りを飲み干し、先ほどしたためた手紙を机の上から手に取った。この手紙に関しては明日の朝、ペティピースに話すつもりだったが、面倒なことを今すませてはいけない理由はどこにもない。そう考えてゆったりとした足取りで廊下に出た。遅い時間ゆえ、見回りの従者も一人もいない。

ペティピースの事務室の前にたどり着き、戸口で立ち止まり、開かれた扉から彼女の様子をじっと見てみる。ペティピースは机に向かい、手紙のようなものを読んでいる。そのあと、信じられないほど大きな一枚紙に何かを記入し始めた。とにかくものすごい集中力だ。将軍が軍事作戦を立て、自分の軍隊の配置を決定するときでさえ、今のペティピースと同じ集中力を発揮できるとは思えない。ふいにやむにやまれぬ衝動を覚えた。月の光を浴びたペティピースの姿を眺めてみたい。きっと彼女の髪は輝くような銀色に見えるだろう。

結婚したら、こんな考えを抱くことは許されない。一緒にブランデーを飲もうとペティピースを誘うことも考えてはいけない。誰もが寝静まったあと、薄暗い部屋で彼女と二人きりになることなど許されない。

ここからでもペティピースが眉間にしわを寄せているのが見える。彼女が仕事に集中していることを示す、見慣れた光景だ。この親指を眉間にそっと押し当て、あのしわを和らげてあげたい。きみが取りかかっている仕事はそれほど深いしわを寄せるほど恐ろしい問題ではないのだ、と慰めてあげたい。そんな気持ちを抱いたのは初めてだ。

「知ってのとおり」戸口に立ったまま口を開いたとたん、ペティピースは体をびくっとさせ、弾《はじ》かれたように頭をあげた。「この部屋にはガス灯がある。それを使えば、間違いなく文字がはるかに見えやすくなる」

ペティピースは背筋を伸ばし、めがねを外すとほほ笑んだ。「灯りは少ないほうが好きなんです。薄暗いほうが、仕事以外のことをすべて頭の外に追い出して、今取り組んでいる仕事により集中できる気がします」

キングは大股でゆっくりと彼女のほうへ近づいた。「それで、その仕事というのは?」

「候補者のレディたちを絞り込む仕事です。十人以上だと、こっそり観察するには多すぎるので」ペティピースはふたたびめがねをかけた。今すぐ手を伸ばして、彼女の頰にほつれかかる巻き毛を撫でつけたい。そうしないためには、ありったけの意志の力が必要だ。

「もし舞踏会に出席なさらないおつもりなら、あなたのお母様がソーンリー公爵夫人宛てに書かれたお手紙を届けさせないよう、手配することもできます」

先ほど図書室にやってきた母から、どの舞踏会を選んだかはすでに聞かされている。

「ソーンリーと彼の妻のことは尊敬している。あの二人といると楽しいし、彼らが主催する催し物に出席するのは、なんの苦でもない。それに母上は正しい。きみは候補者のレディたちに関して、紅茶をすする以外の振る舞いにも注目すべきだろう。結局、きみの屋敷の女主人になる相手だからね」

ペティピースはほんの一瞬、頬を叩かれたかのような表情をした。「閣下、ここはわ、わたしの屋敷ではありません」

今回、頬を叩かれたように感じるのはキングの番だった。自分には屋敷をきちんと管理する執事や家政婦がいる。それなのに、この屋敷のすべてが円滑に回っているのはペティピースのおかげだと思わずにいられない。この人生の秩序を保つ役割を担っているのは、間違いなくペティピースだ。だが、もしも妻となる女性が、その秘書の役割に干渉したら、あるいは憤ったりしたらどうなるだろう？　妻と秘書はぎくしゃくした関係になるだろうか？　ペティピースは仕事を辞めるだろうか？　母が先ほどほのめかしていた〝変化〟とはそういう意味なのか？　絶対にそんなことが起こらないようにしなくてはならない。

「もちろん、そうだ。うっかり口が滑っただけだ。だがきみはこの屋敷で重要な役割を果たしている。きみが一緒にいて心地よく、いい関係を築けるような相手を選ぶ必要がある」

ペティピースは柔らかな、でも短い笑い声をあげた。「そのレディとわたしの相性に関しては、まったく考慮していません。彼女と結婚するのはわたしではありませんので」

「まさか口やかましい女性を選んだりはしないよな？」

彼女の笑みは前からずっと、こんなに美しかっただろうか？

「条件の一つに、その点もつけ加えておきます」

ペティピースは笑みを消した。彼女はあの美しい微笑を〈ザ・フェア・アンド・スペア〉で出会った紳士たちの誰かに向けたのだろうか？　そうでないことを願いたい。というか、誰にも向けなかったのだろうという確信がある。もし誰かに向けていたら、今頃彼女宛てに花が届けられているはずだ。

「何かご用でしょうか？」

「ああ……そう、そうなんだ。この土曜日、レディ・キャサリン・ランバートが結婚する。当日、この手紙を彼女に届けてくれないか？」

「ええ、もちろんです」ペティピースは封筒を受け取った。「なぜ昨年彼女をお選びになったのか、尋ねてもよろしいでしょうか？　彼女はあなた宛ての手紙にどんなことを書かれていたんです？　それがわかれば、候補者を絞るヒントになるかもしれません」

キングはやや皮肉っぽい含み笑いを浮かべた。「実際の話、彼女は僕に手紙を送ってこなかった。届けられた手紙は、彼女のために、ある紳士が代わりに書いたものだったんだ。それほどに、その紳士の尽くしたいという情熱をかき立てる女性ならば……と考えた」

「彼女はあなたの情熱もかき立てたのですね」

「まあ、そんなようなものだ。今回その紳士の手紙を彼女に渡そうと思う。その紳士が彼女の夫となるのだから、この手紙は彼女が持っていてしかるべきだ」

ペティピースがふたたび笑みを浮かべる。幾千ものろうそくの炎がぱっとついたように感じられた。「必ずこの手で彼女にお渡ししてきます」

「頼んだぞ」まだここから離れたくなかったが、もはや残る理由はない。「これ以上きみの仕事を邪魔するわけにはいかないな」意に反して、気づくと手を伸ばし、彼女のほつれ毛を耳のうしろにかけていた。こんな遅い時間に、巻き毛がほつれたペティピースの姿を見る人間など誰もいないとわかっているのにだ。「あまり遅くまで仕事をしないように」

「はい、そうします」

「おやすみ、ペティピース」

「おやすみなさい、閣下」

キングは体の向きを変えて、足早に部屋から出た。そうでもしないと、彼女のほかの巻き毛を全部ほどきたいという気持ちを抑えられそうになかった。

9

　土曜日の午後、ペネロペはロンドンに戻る馬車のなかから郊外の景色をぼんやりと眺めていた。公爵からの手紙を、レディ・キャサリンに直接手渡してきた帰りだ。夫となった男性が隣にいることで、レディ・キャサリンは見るからに幸せそうだった。あの二人が愛し合っているのは火を見るよりも明らかで、キングスランドにもあんな愛情たっぷりの夫婦生活を送ってほしい。そのためにも、公爵が誰の目も気にせず、愛情と感謝を示せるようなレディを妻として選ばなければ。

　とはいえ、新婚ほやほやのカップルを目の当たりにして、公爵が花嫁に対して同じ愛情を示すのがいかに難しいことか思い知らされた。どういうわけか、今の公爵は愛という感情を心の奥底に埋め込んでしまっている。その愛情をいやおうなくかき立てるような女性と結婚してほしい。

　長年キングスランドが母親や弟とやりとりする姿を見る間に、彼が心の底から二人を愛していると気づいた。彼自身は愛情を示すことに抵抗を覚えているようだが、よく観察していればわかる。ただ、キングスランドが妻に心からの愛情を向けている姿を目の当たりにするのは、どう考えてもつらい。となると、そのときに備えて、そろそろ身の振り方を考えるべきときだろう。公爵は年内に結婚するつもりでいる。今回は婚約期間に長い時間をかけたりしないだろう。そうすれば、前回のように、候補者となったレディから婚約を破棄される可能性も生まれない。

今後は公爵夫人のような暮らしをし、世界じゅうを旅することもできる。ペネロペにはそれだけの蓄えがある。でも幼い頃、家族はあちこちを転々としていたため、ひとところに落ち着きたいという思いが強い。公爵の秘書になるまでは、これほど一つの場所に長くい続けたことはなかった。今の仕事もロンドンと郊外にある屋敷の間を行ったり来たりはするけれど、同じことの繰り返しのため、もはや日課となっている。どの屋敷も勝手知ったる場所ゆえ、どこにいても居心地がいい。

それゆえ、ペネロペは小さなコテージを一軒買うつもりだった。最近は『タイムズ』の広告に注意を払うようにしている。それらの広告に目を通せば、自分が探し求める物件はすぐに見つけられるはずだ。多くの屋敷が賃貸、あるいは売買を希望する内容の広告を掲載しているが、過去――公爵の秘書になる前――の経験をもとにすれば、さほど多くの関係者と接触することなく、快適に過ごせる物件を見つけられる自信がある。

同時に、その後の日々をどうやって過ごすかも考える必要があるだろう。これまでの利子と配当金のおかげで一定の収入は確保できているため、好きなように暮らせる自由はある。今まで公爵の秘書として仕事に打ち込んできたが、それと同じくらい、自分自身で起業することにも興味があった。できれば、女性たちに安全な投資方法を教える仕事を始めたい。最近の法改正により、女性たちは結婚後も自分名義の財産を持ち続けることが認められた。適切なやり方をすれば、投資により、結婚していても妻たちは経済的に自立することができるだろう。同時に、投資はまだ結婚していない女性や、ずっと未婚のままの女性たちにとっても、経済的な安定をもたらす手段となる。ペネロペは両親を愛していたが、彼らの姿から、生活費を稼ぐ役割を男一人に任せるのは危険だという事実を学ばされた。

これまで自分もずっと経済的に自立する必要性に迫られ、さまざまな決断を下してきた。そういった学びを多くの女性たちに伝えれば、彼女たちの役に立てるのではないだろうか？

ロンドンの人通りが多い地域に入ったため、馬車は速度を落としつつある。そのことに気づいて、自分の将来にまつわる物思いを中断し、意識を今現在へ向けた。前日、公爵未亡人のドレスメーカーを訪ねたところ、ドレスを期日に間に合うように仕立てると言われた。そのとき、公爵未亡人が手紙でドレスの色や生地の素材など、かなり細かな点まで指示していたと知って驚いた。とはいえ、こちらに発言権がほとんどないからといって気分を害したわけではない。結局代金を支払うのは公爵未亡人なのだ。それならば、公爵未亡人の意見を最優先するべきだろう。ドレスメーカーの話によれば、かなり豪華なドレスにしあがりそうだ。

御者は馬車をある店の前で停《と》めた。すでに何度か訪れたことのある店だ。ペネロペはバッグをつかみ、扉を開けてくれた従者の手を借りて、馬車からおりた。「三十分以内に戻るから」

「承知しました、ミス・ペティピース」

早足で前に進み出て、店の扉に掲げられた看板を見ると思わず笑みを浮かべた。〈テイラー&テイラー〉——姉妹で経営しているこの店は、社交界の行事の手配や管理を行っている。もちろん、キングスランド公爵が主催する舞踏会の監督役をおりるつもりはさらさらない。ただ、昨年舞踏会を開いたときは、ペネロペにとってそういう催し物を監督するのが初めてだったため、この店のレディたちにアドバイスを求めた。今年も舞踏会を主催するとは思ってもいなかったため、準備期間が昨年よりもはるかに短い。だから大がかりな計画のうちの細かな作業はすべて、彼女たちに任せることにしたのだ。

店に足を踏み入れ、カウンターにまっすぐ近づいた。そこに立っているのは姉のほうだ。

「こんにちは、ミス・テイラー」

女性はにっこりと笑みを浮かべた。「いらっしゃいませ、ミス・ペティピース。お会いできて嬉しいです。ご依頼いただいた件はすべて順調に進んでいます」

「オーケストラも？」

「はい」ミス・テイラーは引き出しを開け、一枚の紙を取り出した。「こちらをご覧ください。お望みのとおり、演奏家たちを二十四人揃えました。演奏する曲目とお支払い条件がここに記載してあります。もし同意いただき、こちらにご署名いただけたら、あとはすべてわたしのほうで手配いたします」

ペネロペは契約書の内容を確認した。以前の自分なら、オーケストラを雇うなんて思いつきもしなかっただろう。社交界の催し物に関して豊富な情報を持ち合わせている、ここの姉妹ならではの発想だ。

「ええ、この契約書でいいわ」確認を終えて署名をし、契約書をミス・テイラーに戻した。

「招待状はどうなっているかしら？」

「こちらです」カウンターの背後から出てきたミス・テイラーから連れていかれたのは、部屋の隅にある机の前だ。その机では一人の若者が指にインクのしみをつけたまま、羊皮紙に文字をゆっくりと刻みつけていた。「ミス・ペティピース、ミスター・ビンガムを紹介させてください。うちへ来てまだ日は浅いですが腕はたしかです。彼ほど美しい文字を書く者はほかにはおりません」

若者は慌てて立ちあがり、腰をかがめてていねいなお辞儀をした。「はじめまして、ミス・ペティピース」

「会えて嬉しいわ、サー」

若者はこちらをまじまじと見たままだ。「前にお会いしましたね」

「そんなことはないと思うけれど」

ミスター・ビンガムは頭を傾け、違う角度からこちらを見た。「そうですね、僕の勘違いでしょう。でもあなたは僕がかつて会った誰かによく似ているんです」

ミスター・ビンガムには一度も会ったことがない。それは間違いない。でもだからといって、彼がペネロペを知らないことにはならない。かつてミスター・ビンガムはわたしを見かけたことがあり、あとになって、どこで見たかすら思い出すかもしれない。

この仕事を終わらせたい、一刻も早く――ペネロペは突然そんな強い衝動に駆られた。

「ミスター・ビンガム、よければキングスランド公爵家の招待状を見せてちょうだい」ミス・テイラーがきびきびした口調で言う。新たな雇い人の発言によって、この場の空気がいっきに緊張したことに気づいたに違いない。

「はい、マダム」若者は棚から二つの大きな箱を取り出し、机の上に置いた。

ミス・テイラーが箱の蓋を開け、招待状を入れた封筒を取り出した。「ご注文どおり、すべての宛名書きを終えています」

招待状のデザインは、先に招待客リストを手渡したときにあらかじめ決めてあった。封筒には彼らの名前と住所が美しく手書きされている。「とても美しくて読みやすい文字だわ、サー」

「ありがとうございます」

ペネロペは招待状をもとに戻すと、二つの箱を手に取った。これから数人の従者を使って、この招待状を配らせることにしよう。

「箱はミスター・ビンガムが運びます」ミス・テイラーが言う。

「大丈夫。そんなに重くないから自分で運ぶわ」戸口に向かって歩き始めると、ミス・テイラーがあとをついてきた。「いろいろとありがとう。助かったわ、ミス・テイラー」

「どういたしまして。ほかにもお手伝いすることがあれば、なんなりとお申しつけください」

「ありがとう、でも大丈夫。ほかの準備はすべて順調に行っているから」

舞踏会を催す際、一番時間を取られるのは招待状の宛名書きだ。今年はその仕事を自分一人で行う必要がなくなって本当に嬉しい。ただし、ミスター・ビンガムがまだこちらをじっと見つめているせいで、うなじの産毛が逆立っている。

ミス・テイラーが開けてくれた扉から外へ出て、戸口で彼女のほうを振り返った。「今回の請求書を忘れずに送ってね」

「はい。舞踏会の大成功をお祈りしています」

「ありがとう」

体の向きを変えたとたん、箱を受け取ろうと立っていた従者にあわやぶつかりそうになった。馬車を店のすぐ前で待機させておいたことに安堵し、乗り込んだ馬車が出発すると、ペネロペは深々と息を吸い込み、大きく吐き出した。いったいいつになったら、自分の過去がばれるのではないかという恐れから解放されるの？

キングはこれほどのもどかしさを感じたことはなかった。一日一日がひどくゆっくり過ぎていく。とはいえ、いつものように予定は目白押しだ。さまざまな儲け話の検討や、投資の結果分析、新規事業にまつわる調査などに加え、貴族院での責務も果たさなければならない。変更が必要な法律について議論したり、議会提出前の法案を起草したりする。それ以外にも実務家たちとの打ち合わせなど、いろいろな仕事がある。夜は夜で、ほとんど自由な時間は取れない。さまざまな集まりやディナー、ときには講演にも顔を出す。だが忙しくしているほうがいい。だから差し迫った用事が何もない夜も行きつけの紳士クラブを訪れたり、チェスメンたちと一緒に過ごしたりしている。

多忙きわまりない。時間が機関車のようにどんどん過ぎ去っていく。

だから今、時間が経つのがこれほど遅く感じるのは、どう考えてもおかしい。それなのに、母からペティピースとともに舞踏会へ行くよう提案――いや、あれは命令だ――された瞬間から、どうしようもないもどかしさを感じるようになった。

今キングは胸の前で腕組みをしながら、フリート・ストリートにある自分のオフィスの窓辺に立ち、弟ローレンスとミスター・ランカスターが激しい議論をするなか、記録を一心にメモしているペティピースを見つめている。二人は今後の基本ルールの詳細を詰めているところだ。その話し合いの要所要所でキングもいくつか提案をしてはいるが、なるべく干渉しないようにしている。このままいけば弟が重大な失敗をしかねないと思う点が出てこない限り、できるだけ口出しはしたくない。小さな失敗は気にする必要がないし、むしろそういう失敗の経験こそが何よりの学びとなる。キング自身、若い頃は数多くの小さな失敗をして、よりよい学びを得たものだ。

ただ、ソーンリー公爵家の舞踏会へ出席する際は〝失敗から学ぶ〟体験など絶対ないようにと祈っている。たかが舞踏会に出席するだけで、これほどの期待と恐れを感じるとは。だがペティピースに関して、もうミスは一つも許されなかった。彼女がその場にいると考えただけで――普段なら夜会はつまらないし、興味の一つも湧かないはずなのだが――来るべき舞踏会が楽しみでしかたがない。会場に到着しても、ペティピースとはずっと一緒にいるわけではないが。調査のためにそばを離れ、公爵夫人によりふさわしい候補者を探そうとするはずだ。それでもなお、ペティピースがその場にいることに変わりはないし、ときどきは会場で彼女とすれ違う可能性もあるだろう。そう思いを巡らせるだけで、舞踏会当日が待ちどおしい。あまりに期待が高まっているせいで、かえって不安になるくらいだ。

キングの日々の生活において、ペティピースはいて当然の存在だ。呼び鈴の紐を引っ張ればすぐに呼び出せる。夜まで仕事が続き、遅い時間になっても二人一緒に過ごすこともある。だからこそ理解できない。舞踏会でペティピースがそばにいるからといって、なぜ自分はこれほどの喜びを感じてしまうのだろう？

ペティピースはあの舞踏会に僕の秘書として出席する。自分が求婚したり恋愛感情を抱いたりしている女性として出席するのではない。もちろん、彼女とキスをしたらどんな感じだろうと思い始めている女性としてでもない。

「何か見過ごしている点はないかな？」

ローレンスが尋ねる声で、キングは現実に引き戻された。そうでなければ、ペティピースの唇についてあれこれ考え続けていただろう。ペティピースが病気で伏せっている間、唇に軟膏を塗ってあげたとき指に感じた柔らかさはいまだに覚えている。どういうわけか、この僕自身に深く刻み込まれているのだ。

「いや、特には気づかなかった」とはいえ、この部屋で突然火山が爆発したとしても、今の自分ならば気づかなかっただろう。今やペティピースはこちらの関心を惹きつけ、独占しつつある。どういう経緯でこんなことになった？　なぜこんな事態が起きているんだ？

「でしたら、この情報を事務弁護士に届けます」ペティピースが言う。いつもながら無駄のない発言だ。「ミスター・ランカスター、二日以内にあなたに署名していただく分の契約書をお届けします」

「承知した」ミスター・ランカスターが立ちあがると、ローレンスとペティピースも立ちあがった。

キングは壁から体を離し、ミスター・ランカスターと握手をすると、立ち去る彼を見送った。

ローレンスが言った。「これほど重要な打ち合わせを終えたあと、体の震えが止まらなかったことは兄上にもあるんだろうか？　頼むから、あると言ってほしい」

「初めて事業の契約をまとめたあと、胃のなかのものをすべて吐いたよ」キングは認めた。「そのとき、自分がどれほどでかいことをやったか、もし自分の考えが間違っていたらどれほどの危機にさらされるかに気づいたんだ。でも結局、別の投資やほかの事業計画を同時に進めれば、たとえ間違いを犯しても帳消しにできないミスはないと理解するようになった。自分の間違いから学んだんだ。おまえもこれからそうなるだろう。そして、今や交渉事は僕の人生の一部になりつつあるが、思いきって何か新しいものに賭けてみる興奮はいまだに失っていない」

意に反して、うっかりペティピースのほうを見てしまった。かつて自分にとって、彼女はまったく目新しい存在だった。これだけの歳月が経った今、その存在が退屈になるほど身近に感じられて然《しか》るべきだろう。それなのに、いつもながらペティピースは可能性に満ちあふれた存在のように思える。来るべき舞踏会がこれほど楽しみな理由はそこにあるのかもしれない。昨年、我がキングスランド家が主催した舞踏会ではペティピースとダンスを踊らなかった。彼女が僕のためにすべて手配して開催した舞踏会だったというのに。そのことは、その後何週間もロンドンじゅうの噂になった。もちろん、彼女の骨折りに感謝しなかったわけではない。見事に舞踏会を成功させた彼女には、気前のいい謝礼金を支払った――ペティピースは舞踏会の最中、ほとんど姿を現そうとしなかったが。

ずっと前に聞いたペティピースの一言が脳裏でこだましている。

〝最高の贈り物には費用がかからないものです〟

あのとき、彼女とワルツを踊るべきだったのだ。

「では――」ペティピースは革表紙の手帳を掲げた。「――すぐに事務弁護士のところへ向かいます。そうすれば彼もそれだけ早く仕事に取りかかれますので」

「きみをそこまで送っていこう」

「その必要はありません」

ペティピースは自立心旺盛な女性だ。秘書として、常に雇い主をわずらわせることがないように心配りをしている。病で床についていたとき看病されたのは、ペティピースにとって受け入れがたいことだったに違いない。あのメイドにさえ介抱されたくなかったはずだ。

「僕の行き先のちょうど途中にあるから」

「閣下、実はあなたのお母様のドレスメーカーと仮縫いの約束があるんです。そちらに先に向かわなければいけません」

「なるほど」

「あなたのお母様は、わたしにドレスを買いたいとおっしゃいました。そんな必要はないと申しあげたんですが」

「母がいったんこうと決めたら、その考えを変えさせるのは難しいからね。それでもきみを送っていく」

「あなたにはほかのお約束があります。その時間に遅れてほしくありません」

「そんなのはどうとでもなるはずだ、ペティピース。いつだってそうだ」キングは弟の肩をぴしゃりと叩いた。「ローレンス、難しい部分はまだ始まったばかりだぞ」

「兄上の役に立てるよう精一杯頑張るよ」

「ああ、期待している」

ローレンスに激励の言葉をさらに二言三言かけたあと、キングはペティピースを連れて、馬車を待機させてある馬屋に向かった。彼女が馬車へ乗り込む手助けをしたあと、御者に行き先を告げて自分も乗り込んだ。

「きみは本当に頭がいいな、ペティピース。弟には生きる目的が必要だったんだ」

「それほど頭がいいわけではありません。わたしたちみんながそういった目的を必要としていますので」

「きみの目的は？」

「あなたの要求を満たすことです」

ごく軽い、無邪気な口調だ。それなのに、ふいにまったく別の〝要求〟がむくむくと頭をもたげてきた。もっと後ろ暗い、肉体的な欲求だ。あたかも耳元で誘惑するようにささやかれ、耳たぶに舌をはわされ、熱い吐息をかけられたかのように。

キングは座席で落ち着きなく身じろぎしながら、自分に言い聞かせた。彼女はペティピース。僕のとびきり有能な秘書だ。じっと座っていられないほどの脚のこわばりを慰める女ではない。

「きみならもっと高い志があるはずだ」

どうしてこんな苦しげな声しか出ない？　まるで絞首刑の縄でぎりぎりと首を締めつけられているようじゃないか。

「いいえ、今のところは何もありません」

「だがこの瞬間が過ぎ去ったときは？」

心のなかで祈った――僕が言いたいのは今この瞬間ではなく、これから先にやってくる瞬間だとペティピースがわかってくれるように。

もちろん、彼女はわかってくれる。何しろ、彼女はペティピースなのだ。たいていの場合、僕が何かやろうとする前に、何も言われないうちから必要なものを整えてくれている。しかも、僕が気づきもしなかったものまでも。窓の外をちらりと眺めたペティピースを見て、キングは無言のまま、心のなかで語りかけた。

〝教えてくれ。お願いだから、きみが心から憧れるものは何か、僕に話してほしい〟

「コッツウォルズです」ペティピースは優しい声で答えた。大きな声を出したら、自分の夢が弾《はじ》け飛んでしまうかのように。「小さなコテージで、毎朝がクリスマスみたいに遅い時間まで眠り、午後は庭園をゆっくり散歩したいです」

「そこに誰と一緒に住むつもりなんだ？」

ペティピースは物悲しい笑みを浮かべ、優しい愛撫のごときまなざしをキングに向けてくる。おかげで、先ほどから突然始まった全身のうずきがいっそうひどくなった。

「サー・パーシヴァルです」

あの飼いネコか？「ずいぶんと寂しい暮らしに聞こえるが」

「閣下、わたしにとってサー・パーシヴァルは、一緒にいて完璧に満足できる相手なんです。そのうえ、自分以外の誰に対しても責任を負いたくありません。誰かをがっかりさせる心配をせず、好きなことをしたいんです」

過去にペティピースは誰かを失望させたことがあるのだろうか？　これまで一度も僕をがっかりさせたことはないが。

「たしかに、今きみは容赦ない暴君のために働いているからな、ペティピース」

彼女は輝くような笑みを浮かべた。「いいえ、きっと暴君はわたしのほうです。わたしが忙しく働いているのはあなたのせいだと思わせているのですから」

キングは意識的に、常に仕事で手一杯の状態を続けるようにしている。ほかのこと——自分の過去、現在、未来——について考えなくてもいいように。爵位を引き継いだ十九歳のとき以来、公爵としての重たい責任が常に両肩にのしかかり、心安らぐ瞬間はほとんどなかった。

「ああ、そうかもしれないな」

前々からレディたちに投資術を教えたいと考えていることを、ペネロペはあわやキングスランドに打ち明けるところだった。その事業にどの程度の可能性が見込めるか、公爵の意見を聞けたらどんなにいいだろう。でも自分が秘書の職を辞して二人の関係を断ち切ろうと考え始めていることを、まだ彼には知られたくない。もし知られたら、今後の二人の関係がぎくしゃくするだけだ。あるいは、わたしがいなくても仕事を滞りなく続けられるよう、公爵が準備し始めるのを恐れているのかもしれない。

馬車が停まると、公爵から手を差し出された。「きみの手帳を貸してほしい。僕がベックウィズに届ける」

「ここでの用事が終わったらすぐにわたしが届けに行けます」

「いいんだ。ほかにやることもないからね」

秘書として、今日これから公爵に打ち合わせがないのは把握しているが、個人的にすませたい用件があるのだろうと思っていた。とはいえ、事務弁護士を代わりに訪ねようという申し出はありがたい。今やるべき仕事が山ほどあるせいで、助手探しは舞踏会のあとまで先延ばしすることにしたので、仕事を手伝ってもらう人はまだ誰もいない。ペネロペはポケットを手探りして手帳を取り出した。

「今日の打ち合わせのメモのところに、リボンの飾り紐を挟んでいます」

「もちろんそうだろう」

「もしかしてばかにしているんですか?」

公爵は柔らかい笑みを浮かべた。「まさか。さすが僕の有能なペティピースだと思っていたところだ」

僕の有能なペティピース。いいえ、公爵はわたしを自分のものとみなしてなんかいない。彼の妻となる公爵夫人や……彼の子どもたちと同じまなざしで見ているはずがない。

「仕事を手助けしてくださってありがとうございます」

公爵は馬車の扉を開くと、先におりて、ペネロペがおりる手助けをしてくれた。「これをベックウィズに渡したら、きみのために戻ってくる」

「いいえ、わたしなら貸し馬車を拾えます」

「その必要はない。ここはちょうど屋敷に戻る道の途中にあるのだから」

「お待たせするわけにはいきません」

「男を待たせても害はないさ、ペティピース」

公爵は間違っている。男を待たせると、とんでもない害が及ぶことになる――だからこそ、ペネロペはあのあと〝時間は絶対に守ろう〟と心に誓ったのだ。とはいえ、それを公爵に話すわけにはいかない。話すつもりもない。だからただうなずいて、ドレスメーカーの店へと向かい始めた。背後から、こちらの動きをじっと見つめている公爵を痛いほど意識しながら。

10

　水曜日の夕方、ペネロペは姿見に映った自分の姿を眺めながらしみじみ考えていた。これまで身につけたなかで、このダークローズ色のドレスは間違いなく一番優雅で美しい。ほどよい深さの襟ぐりから少しだけ胸元が見えるデザインだ。白い手袋の長さは手首の上までで、腕はむき出しになっている。ルーシーはペネロペの両サイドの髪を束ねてピンでとめ、豊かな巻き毛をそのまま背中に垂らすようアレンジした。

「すてきよ、ペン。貞淑じゃないレディみたいにもちょっと見えるわ」

　むしろ貞淑さとはかけ離れたレディのような気分だ。でも、それが危険なことはよくわかっている。自分の立場を忘れるわけにはいかない。ペネロペはドレスのポケット――どうしても必要だからと頼み込み、周囲にはわからないよう、斜めの飾り帯に隠れさせてつけてもらった――に手を滑り込ませ、なかに忍ばせた革の手帳をしっかりと握りしめた。使い慣れた手帳があれば、今夜の舞踏会に出席する本当の理由を忘れずにいられる。

「ルーシー、今夜の舞踏会は仕事の一環なのよ」

「もしどこかの殿方の目にとまったらどうするつもり？」

「そんなこと、あるはずない。仮にあったとしても、わたしが貴族のレディではなく、ただの秘書だと気づいたら、その殿方はあっという間に関心を失うはずだもの」ペネロペは振り向いて、友人のほうを向いた。「このことについては前にも話したはずよ」

「女の子は自由に夢を見ていいのよ。灰まみれの少女が王子様と結婚する物語をつい最近読んだばかりなの。そういうことが起きるかもしれない」

「おとぎ話が好きすぎて、あなたがカエルにキスしないことを願うわ」

「従者のハリーとはキスしたけど」

友人の茶目っ気たっぷりの表情を見て嬉しくなり、思わず尋ねた。「いつ？」

ルーシーは輝かんばかりの笑みを浮かべた。「あなたが病気になった夜よ。あなたの看病を終えて自分の部屋に戻ろうとしたら、ハリーが厨房で紅茶を淹《い》れていて、一緒にどうかと誘ってくれたの。でもわたしはすぐに泣き出してしまった。自分のことのようにあなたが心配だったから。そうしたらハリーが〝大丈夫、泣く必要はないから〟と言って、キスしてくれたの。すごく優しくね」

「彼を愛してるの？」

「さあ、わからない。それに、使用人同士って結婚しないものでしょう？」

その二人が使用人であり続けたい場合、結婚はしないだろう。とはいえ、恋仲にある使用人二人を雇い続ける雇い主もまれにいるのかもしれない。その先二人はたびたび難しい事態に直面することになるはずだけれど。「そうね、わたしたち使用人はしないわね」

「ペン、あなたは使用人じゃない」

「いいえ、事務を執り行う使用人だわ」

「使用人は舞踏会に行ったりしない。それに、階下の使用人たちのなかには、あなたが舞踏会に出席するのを快く思っていない人たちもいる」

心配なのは、自分がキングスランドと舞踏会へ行くことを貴族たちにどう思われるかだ。そのことがずっと心配だったせいで、使用人たちにどう思われているのか気にする心の余裕がなかった。

「彼らはもうわたしに眉をひそめてる。今さら悪意ある噂話をされても気にしないわ。それにもし今回出席することで、彼らが誇りを持って仕えられる公爵夫人を探し出せたら、彼らだってわたしの努力に感謝するはず」

「そんなふうには思ってなかった。あなたがやろうとしているのは彼らのためなのね」ルーシーは両肩を怒らせ、口を真一文字に引き結んだ。「さっそくあの人たちに言ってやらなくちゃ。あなたたち、なんて恩知らずなのって」

ペネロペはこれほど友だち思いの友人を見たことがない。というか、若い頃に自分の世界がひっくり返ってしまったあとは、友人など一人もいなかったのだ。

「なんでも実際にこの目で確かめてみないとわからないものだから」そこで炉棚の上にある置き時計をちらりと見たペネロペは小さな悲鳴をあげた。午後八時半に出発だというのに、すでに出発時刻を四分も過ぎている。「いけない、遅刻だわ」

慌てて駆け出そうとしたが、すぐに足を止めた。今さら急いでも意味はない。それよりも物静かで優美な物腰を心がけたほうがいいだろう。たしかに、舞踏会に参加するのは公爵の秘書としてだ。でもだからといって、レディとしての上品さを示してはいけないということにはならない。

ルーシーは急いで抱擁をすると、使用人用の階段のほうへ向かった。ペネロペが向かったのはちょうど反対側にある、壮麗ならせん階段だ。この階段をのぼりおりするのが、いまだに奇妙に感じられてしかたない。手すりから階下の様子をうかがった瞬間、転げ落ちそうになった。すでに玄関広間で、キングスランド公爵が待ちかまえている。ちっとも言うことを聞かない自分のハートが恨めしい。なぜ公爵の姿を見るたびにいつも、こんなにときめくのだろう？　どうして絶対に手に入らないものなのに、これほど憧れを募らせてしまうの？

キングスランドは顔をあげ、射るような瞳を向けてきた。じかに指で触れられているのではないかと錯覚するほど強烈なまなざしだ。今夜の舞踏会で、わたしは――秘書としてではなく女性として――公爵のそばにいられる。その瞬間、どれほどの喜びを覚えるか自分でも想像がつかなかった。いいえ、そんなことは想像しないほうがいい。

キングスランドは憎たらしいほどのハンサムぶりだった。体にぴったりした黒い正装で、肩の広さがこれ以上ないほど目立っている。腰までしかない短めの上着と背後に流れるようなデザインの燕尾服《えんびふく》によって、ヒップの形のよさもいっそう強調されていた。

階段をおり、公爵に近づいていくと、彼は口角を持ちあげて話しかけてきた。「男を待たせても害はないとは言ったが、僕を待たせていいと言いたかったわけじゃない」

「申し訳ありません、閣下。このドレスを着るのが予想以上に難しかったんです」ドレスを魅力的に着こなすためには、下着もすべて順番どおりに、適切に身につける必要があった。

「からかっただけだよ、ペティピース。時間に遅れてくるのは一種の流行りだ」

「なんであれ、そんな流行の意味がわかりません。招待状に時間を記す目的は、招待客たちにきちんとその時刻に到着してほしいからのはずです。そうでしょう？」

「今からその調子なら、きみは今夜の舞踏会でほかのいろいろな〝目的〟にも疑問を抱くだろうな」そう言うと公爵は手を伸ばし、キーティングから帽子と散歩用ステッキを受け取った。

「僭越《せんえつ》ながら、ミス・ペティピース、とてもお美しいです」執事は言った。

もしキーティングからひざまずかれ、求婚されたとしても、ペネロペはこれほど驚きはしなかっただろう。もしかしてこの執事は、わたしをひそかに応援しているという意思表示をしてくれたのだろうか？　〝嫌な噂話は戯言《たわごと》にすぎないとわかっている〟と態度で示すために？

「ありがとう、ミスター・キーティング」

キングスランドより先に扉から出て階段をおりると、光沢のある黒塗りの馬車が待機していた。従者の手助けを借りて乗り込むとき、ドレスの幾重にも重なる生地をまとめるのに苦労した。あとから公爵が乗り込み、反対側の座席に落ち着くと、馬車が大きくがたんと揺れた。公爵のベルガモットの香りに体じゅうがいやおうなく刺激され、頭がくらくらする。馬たちが小走りで出発すると、ペネロペは両手を膝の上にしっかりと折り重ねた。そうしないと、前に座る公爵へ手を伸ばし、額にほつれかかる黒い前髪を優しく払いたい気持ちを抑えきれなくなる。

「キーティングは控えめな表現をする達人だ」キングスランドはひっそりと言った。「今日のきみはまばゆいほどに美しい」

公爵の褒め言葉を聞いて言葉を失った。正気を取り戻すのに少し時間が必要だった。

「ありがとうございます、閣下」

「こんな言葉を口にしているところを、誰にも見られるわけにはいかない」

「ええ、もちろんです」というか、本当はそんな言葉を今言うべきではない。

「そのローズ色は、きみによく似合っている」

「あなたのお母様がドレスメーカーに宛てた手紙のおかげです。どうしてもこの色にするべきだとおっしゃっていました」

ずっと緑色が似合うと考えていたけれど、たしかにこのローズ色は肌の白さを引き立たせ、優しい顔立ちに見せてくれている。

「僕の母は本当に恐るべき人なんだ」

「わたしのためにここまでしてくださったことに、心から感謝しているんです。あのドレスメーカーは驚くべき仕事をしてくれました。このドレスを着ていると、とても優雅な気持ちになれるんです」

「宝石をつけていないね」

ペネロペは手袋をはめた指先で、自分の喉元に触れた。「宝石は高すぎます。一晩だけのために買う気にはなれません」

公爵は上着の内ポケットに手を入れ、ほっそりとしたベルベットの箱を出すと、こちらに差し出した。不安に駆られながら、その箱をじっと見つめることしかできない。公爵から毒の入った小瓶を手渡されるかのような気分だ。

ペネロペは首を振りながら答えた。「いただけません」

「なかに何が入っているのか知りもしないのに？」

たしかに。神経質な笑い声をあげそうになった。なんて愚かなの、公爵がこのわたしに宝石をプレゼントするはずがない。きっと、先端にインクが詰められた万年筆だろう。もしそうなら、今夜さっそく鉛筆の代わりに使える。実用的で役に立つもの。ボスが秘書に与えるにふさわしい品物だ。

でも、中身は違った。箱を開けると、ゴールドチェーンに雫《しずく》形のエメラルドが垂れ下がったネックレスが入っていた。

弾《はじ》かれたように顔をあげ、慌てて公爵を見つめる。「これは受け取れません、閣下」

「ペティピース、きみが僕の秘書になってもう八年も経つ。きみの机の上に飾られた小物類を見て、ほとんどが僕が贈ったものだと気づいた。同時に、懸命に働いているきみに感謝の気持ちを表すのをずっと怠けていたことにも気づかされたんだ。これはささやかな感謝の証《しるし》だが――」

「ささやかではありません」

「だったら大きな感謝の証だ。もし雇い主のために妻選びをしろと言われたら、ほとんどの秘書は辞めるだろう。だがきみはいつもの仕事と変わらず、そんな仕事にも全力を傾けてくれている。どうか受け取ってほしい」

本当は受け取りたい。シンプルなデザインなのに華やかな魅力がある。もし自分の、、、欲望を満たしていいなら、わたしもこういうデザインの宝石を選ぶだろう。「本当にきれいですね」

「これが僕からの贈り物ということは、誰も知らなくていい」キングスランドは静かに言うと、席から立ちあがり、スカートを踏まないように注意しながら隣にやってきて、ベルベットの箱からネックレスを手に取って掲げた。

うなじに公爵の温かな指先が触れた瞬間、息ができなくなった。そのときまで、キングスランドがネックレスをかけるために、あらかじめ手袋を取っていたことに気づかなかったのだ。ごく軽く首元の肌に触れながら、公爵はネックレスをつけてくれた。エメラルドがちょうど鎖骨のくぼみの下にぴたりとはまる。キングスランドはふたたび自分の席へ戻ると、慣れた手つきで手袋をはめた。胸が苦しくなるほどペネロペをときめかせていることなど、まったく気づいていないようだ。

「きみのリストに残ったレディたちは誰なんだ？」公爵は冷静に尋ねた。あれほど親密な一瞬を分かち合ったというのに、その影響はまったく感じられない。

〝リスト？　リストって、なんの？〟頭がどうかしてしまったように、理性がまったく働かない。

ああ、公爵夫人候補のリストのことだ。目の前にある仕事の話に戻ったのだ。そもそも自分がこうして馬車に乗っているのは、その仕事をこなすため。膝からすっかり力が抜けている今、切に祈った。目的地にたどり着く前に、まっすぐ立てる状態に戻っていますように。

「十人まで絞り込みました。あなたにはそのレディたち全員とダンスを踊っていただく必要があります。公爵夫人としてふさわしいかどうか、あなたならすぐにおわかりになるはずです。彼女たちの名前を、ここに書き記してきました」

ドレスのポケットに手を入れ、手帳を取り出した。そこに候補者リストを書き写してある。

「手帳を持ってきたのか？」

顔をあげたとたん、公爵が面白がるような表情を浮かべているのを見て、頬が染まるのを感じた。

「どの候補者の名前も絶対に忘れないようにしたかったんです。それに一番いいのは、自分なりの印象を記録するやり方だと考えました。そうしないと、レディたちの印象がごちゃ混ぜになりそうな気がするんです」

「仕事の熱心さにかけて、きみの右に出る者はいないよ、ペティピース」

「わたしが今夜の舞踏会に出席するのは、大事な目的があるからです。軽薄な振る舞いをするためではありません」

公爵は真顔になった。「軽薄な振る舞いをするきみの姿を見るのは、実に興味深いことに思える」

軽薄な振る舞いをするにはどうすればいいのかさえ、もはや思い出せない。「あなたがそうなさったら、わたしも軽薄な一面を見せましょう」

「それは一種の挑戦かな？」

キングスランドを相手に率直な考えを述べるのは慣れている。何事に関しても、こちらの正直な考えを隠したことは今まで一度もない。とはいえ、これから言おうとしている言葉は本当に口にしていいの？　二人の関係を揺るがしかねない、これまでにないほど大胆な発言だ。

「わたしはこれまであなたの重苦しい顔しか見たことがありません。たとえ声をあげて笑ったり含み笑いをしたりしていても、いつもどこか重々しさのようなものを感じます」

公爵は顎に力を込め、目を光らせると、窓の外に視線を向けた。

「侮辱しているのではありません」慌てて言い添えた。「だからわたしたちはいいペアなのだと考えています。わたしたちが組んで仕事をするとうまくいく理由の一つがそこにあると思うんです」

「ペティピース、どうすればきみは笑うんだ？」

「わたしだって笑います」

公爵は視線を彼女に戻した。「だが僕はきみの笑い声を一度も聞いたことがない」

傷ついたような声だった。まるでペネロペにひどくがっかりさせられたかのように。突然、彼の前で大声で笑ってみせたい衝動に駆られた。でも公爵は正しい。わたしはそんなことをする性格ではない。ずっと恐れを感じているせいで、喜びを自分の心の奥底に埋め込んでいる。幸せを態度で表せば、たいてい悲しい運命がもたらされてしまうものだから。

「認めざるを得ません。わたしはあなたと似ているんだと思います」

「きっと僕らは背負っているものが重すぎて、そういった浮ついた態度を取れずにいるのだろう」

もうこれ以上この話題を続けたくない。二人して意気消沈し悲しい気持ちのまま、舞踏会会場に到着したくない。だからペネロペは手帳を掲げて言った。

「きっとこのリストのなかのレディたちの一人が、あなたを笑わせてくれるでしょう。わたしもその点を忘れずに彼女たちを観察し、言葉を交わすよう注意します」

公爵は唇をねじ曲げ、歪《ゆが》んだ笑みを浮かべた。「ああ、そうかもしれないな」

声の調子からすると、キングスランドは納得していない様子だ。当然だろう。ペネロペ自身も納得していないのだ。

公爵の全身からにじみ出ている厳格さに怖じ気づくことなく、彼の高い地位を恐れることなく、彼が示す優れた能力と権力に慎重に対応するには、そのレディが特別な女性でなければならない。しかもキングスランドに対抗し、表向きの顔の下に隠している本当の真実を探り出し、彼を心の底から笑わせられるほど十分に彼のことを理解するすべを身につけるには、そのレディが勇敢で大胆な女性でなければならない。公爵がこれまで必死に隠し続けてきた善良さと思いやりをすべて見出《みいだ》すには、そのレディが彼に対してあふれんばかりの愛情を抱く女性でなければならない。

公爵が善良さと思いやりを隠し続けているのは、それらが自分の弱点だと思い込んでいるせいだ。でもペネロペに言わせれば、その二つこそ彼の強みだろう。キングスランドから託されたのは、そのすべての条件を満たすレディを探し出すという、まさに達成不可能な仕事。それでも絶対に失敗するつもりはない。

彼女は手帳をめくり、貴族のレディ八人と、平民の女性二人の名前を記したページを開いた。そのページを切り取って公爵に手渡す。指と指が触れ合った瞬間、二人とも手袋をはめたままだというのに、素肌を重ね合わせたかのような衝撃を覚えた。はっと息をのみ、公爵がリストに目を通す姿を無言のまま見守る。

彼ならすぐにリストから何人かの名前を削除するだろうと思っていたが、そのまま紙を折りたたみ、上着の内ポケットに入れた。先ほどネックレスの箱を取り出した、心臓の近くにある胸ポケットだ。

「今夜は面白い夜になるはずだ、ペティピース」

「ええ、本当に」

そして間違いなく、この人生にとって最も苦しい一夜になるだろう。キングスランドがダンスフロアで、このリスト上の女性たちを相手にダンスを踊る姿をじっと見守らなければならないのだから。

ペティピース、ペティピース、ペティピース。キングは心のなかでいつも以上に念入りに彼女の名前を連呼していた。そうしないと、彼女のことをうっかりペネロペとかペニーと呼んでしまいそうだ。いや、ペニーという呼び方は彼女にふさわしくない。あまりに無邪気すぎる愛称だ。ペティピースに関して詳しいことは何も知らないが、彼女が無邪気な性質ではないことはわかっている。

あのネックレスをかけたとき、指先に喉元の柔らかな肌が触れ、そのまま指と唇でほっそりした首の曲線をたどりたくてたまらなくなった。彼女を味わいたい。どうしようもなく彼女が欲しい。その衝動を抑えるにはありったけの意志の力が必要だった。

ペティピースがいつもの手帳を取り出したときは、大声で笑い出しそうになった。でも彼女の気持ちを傷つけるのではないかと思い、どうにかこらえた。今夜の舞踏会に出席するための目的をこれほどはっきりと意識し、忠実に守ろうとしているのはペティピースだけだろう。彼女はキングスランド公爵夫人になるにふさわしいレディを探し出すためにこの舞踏会へ出席しようとしている。彼女以外の女性たちはみな、今宵《こよい》の催しを自分たちが最大限に楽しむために参加しているはずなのに。

くそっ、ペティピースにもそうさせてやりたい――この僕の腕のなかで。

屋敷まで弧を描いて続く車道に沿って、馬車の行列ができている。そのなかをゆっくりと進みながら、二人が乗った馬車はとうとう巨大な屋敷の正面で停止した。すぐに従者が飛びおり、馬車の扉を開けると、まずキングが先におりてペティピースに手を伸ばし、彼女がおりる手助けをした。ふと、喉元で光る雫形の宝石に目がとまる。不適切なほど高価な贈り物だ。それでも、こうしてプレゼントできたことに深い満足感を覚えている。これまで誰かに贈り物をすることは何度もあったが、これほどの喜びを感じたことはない。初めてあのネックレスを見た瞬間、ペティピースは驚きに目を見開き、キスを誘うように唇をわずかに開いていた。あの様子が忘れられない。彼女が必死で喜びを隠そうとしたのに、隠しきれていなかった様子も。彼女を驚かせるのが好きだ。実際に驚かすことができたときの満足感を一生でも思い出し続けたくなる。

ペティピースが優雅な物腰で車道におりると、キングは腕を差し出した。親しげなしぐさに、彼女は最初ためらっているようだった。無理もない話だ。これまで彼女にこうして腕を差し出したことは一度もない。だが今夜はこうするのが当然に思える。そしてとうとう彼女はキングの袖にほっそりとした指をかけてきた。

僕のものだ――その瞬間、そんな独占欲むき出しの思いに駆られた。これは、今まで誰に対しても感じたことのない感情。本来、レディ・キャサリンに求婚している間に彼女に対して感じるべきだった感情。そして、今後公爵夫人となる女性と一緒にいる間はいつも、その女性に対して感じ続けるべき感情なのだ。

〝彼女は僕のもの。ほかの誰のものにもさせない〟

ただし、ペティピースは僕のものではない。仕事以外の面で言えば違う。

馬車からおりた人々が屋敷前の階段を早足でのぼっていく。レディたちは二人を見て眉間にしわを寄せたり、ペティピースに鋭い一瞥をくれたりしているが、紳士たちは帽子を掲げて挨拶をしてきた。なかにはペティピースを知っている紳士たちもいた。

「やあ、キングスランド、ミス・ペティピース」

投資の相談にやってきたり、議会前に法案を作成したり、何かを尋ねにキングスランドの屋敷に立ち寄ったりした紳士たちは誰でも、ペティピースを知っている。そういった面会の場には、キングが必ず彼女を同席させ、内容を書きとめさせるからだ。ペティピースを同席させずに誰かと打ち合わせすることはめったにない。

戸口までたどり着き、壮麗な玄関広間を目の当たりにした瞬間、ペティピースは驚いたように目をやや見開いた。その姿を見て気づかされる。同じように堂々たる屋敷に住んでいるものの、彼女はそのすべてを当然とは思っていないのだ。できることなら、かつて旅したアメリカのそびえ立つ山々や果てしなく広がる海、小さく可愛らしいハチドリを彼女にも見せてあげたい。聡明《そうめい》で探究心旺盛なペティピースならば、新しいものに出会うたびに大きな喜びを感じるだろう。彼女は何ものも見逃さない。もしかすると、今舞踏室へ向かう間にともに進んでいる数々の廊下や階段、通り過ぎた部屋を、一つ残らずしっかりと記憶に刻みつけているかもしれない。

「本当にすばらしいですね？」出迎えの列の最後に並びながら、ペティピースは感心したようにささやいた。

「ああ、そうだね」

ただしキングが本当にすばらしいと言いたいのは、この大邸宅についてではない。ペティピースが隣にいるのがことのほか誇らしかった。これまでほかのいかなる女性にも感じたことがない感情だ。ペティピースの全身から、どんな嵐や困難も切り抜けてきたという自信がにじみ出ている。これまでどのような大嵐を生き抜いてきたのかはまったく知らないが、彼女なら大嵐の向きさえも変えられるに違いない。

そのとき高らかに二人の名前が告げられた。「キングスランド公爵閣下と、ミス・ペネロペ・ペティピース」

舞踏室の階段をおりていく間も、あちこちからちらちら見られているのを感じた。勝手に判断をし、不可思議に思い、好奇心を募らせている者たちだろう。こういった催し物にめったに出席しないのはこれが理由だった。不確かな情報をもとにあれこれ推測されるのも、貴族の母親たちから独身の娘を足元に投げ出されたりするのもごめんだ。その娘たちから、希望にあふれた瞳で見あげられるのも。

また、ペティピースに惹かれる理由の一つもそこにある。彼女はこちらの意図を誤解したことが一度もない。だから、彼女をがっかりさせたのではないかと要らぬ心配をしたり、その涙を拭う必要に迫られたりすることもない。

今夜の舞踏会の主催者であるソーンリー公爵夫妻の前に出ると、キングはお辞儀をした。

「閣下、公爵夫人、この場をお借りして紹介させていただきたい。僕の秘書、ミス・ペティピースだ」

ペティピースが美しく優雅なお辞儀をするのを見ても、キングは特段驚かなかったが、ふと考えた。このお辞儀をするために、彼女は何時間もかけて練習したのではないだろうか？

「ミス・ペティピースは昨年僕が主催した舞踏会の監督をして、今年も同じ役割を任されているんだ。僕の母が手紙で説明したと思うが、きみたち夫妻はもてなし上手として有名だから、今夜の舞踏会に出席すればミス・ペティピースのいい勉強になると考えて出席させることにした」

その言葉を聞いて、ソーンリー公爵夫人が頬を赤く染めている。居酒屋を経営しているだけあって、人々を温かく迎え入れる手腕があると評判の女性だ。

隣に立つソーンリー公爵が口を開いた。「ああ、彼女は本当にもてなし上手なんだ。今夜きみを迎えることができて嬉しいよ、ミス・ペティピース。もし質問があれば遠慮せずに尋ねてほしい」

「閣下、寛大なお申し出をありがとうございます。ですがご安心ください。けっしてご迷惑はおかけしません。家具の陰に隠れ、気配を消すようにいたします」

たしかにペティピースはいつも目立たない。でも今夜、あんなローズ色のドレス姿で、どうやって気配を消すつもりなのだろう？　緑色のドレスはペティピースの瞳の色を引き立たせていた。だがローズ色のドレスは彼女の全身を引き立たせている。我が母親ながら、公爵未亡人のセンスのよさには感心した。あのドレスはペティピースの魅力を最大限に引き出している。おそらく彼女以外の相手であっても、母は同じ才能を発揮できるのだろう。

キングは二言三言挨拶の言葉を交わしたあと、ペティピースの肘を取り、公爵夫妻の前から離れた。

誰にも話を聞かれない場所にやってくると、彼女が小さな声で尋ねてきた。「あなたのお母様は昨年の舞踏会について、何か改善点をおっしゃっていたんですね？」わずかだが傷ついたような調子がにじんでいる。

「いや、きみが監督した昨年の舞踏会について、母から改善点など聞かされていない。ただの一つもだ。だが母もさすがに、きみが僕と一緒にここへやってきた本当の理由を彼らには伝えられなかったんだろう。僕だってそれはできない。もし先ほど背後に並んでいた男女に本当の理由を聞かれ、彼らがほかの誰かに話せば、すぐにその話は、きみが今夜観察しようとしているレディたちの耳にも入る。彼女たちはきみにいい印象を与えようと躍起になるはずだ。そうだろう？」

「たしかに、それは一理ありますね」彼女は少しだけ慰められたようだ。

「いや、一理どころか百理ある。さあ、ここからは別行動だ。きみの密偵活動の成功を祈っている」

「ありがとうございます、閣下」

てのひらからペティピースの肘が離れた瞬間、なんともいえないむなしさを覚えた。何かが足りないような、突然自分の一部を失ったような喪失感。拳を握りしめてみたが、むなしさはいやますばかりだ。最近はこういった、自分でも理解しがたい反応が多すぎる。これではまるで、ペティピースが僕の一部であるかのようではないか。

従者が運んでいるトレイからシャンパンの入ったグラスを引っつかんだとき、キングはナイトの姿に気づき、ゆっくりとした足取りで彼のほうへ向かい始めた。途中、顔見知りに挨拶をしたり、求められてダンスカードに名前を走り書きしたりしながら、ようやくナイトの前にたどり着いたが、彼は年若い貴族男性三人組に取り囲まれている。彼らの話が終わるのを待つ間、キングはシャンパンの残りをいっきに飲み干し、おかわりのグラスを手に取ってふたたび輪のほうへ戻ってきたが、まだ彼らは話し込んでいる。三人組をぐっと睨《ね》めつけ、追い払ってやった。

「そんな不機嫌な顔をする必要があるか？」ナイトが尋ねてくる。「それに、みんなを追い払う必要も。わいわい話を楽しんでいたところなのに」

「きみも知ってのとおり、僕は若くて未経験な奴らに我慢できないんだ」

彼らは世の中の仕組みというものをまったく理解していない。残念ながら、公爵夫人となるレディも同じ部類に入るに違いない。そのレディのことは、まだなんの形にもなっていない粘土のようなものだと考えなければ。この僕が求めるような形になるよう、一から作りあげる作業が必要だ。

ナイトは苦笑いを浮かべ、やれやれと言いたげにかぶりを振り、シャンパンをすすった。

「今夜はペティピースを連れてきていたな」

今夜の主催者には言えなかったが、友人のナイトになら本当の理由を言える。

「ああ。彼女は公爵夫人を希望するレディたちが全員、手紙に正直なことを書いているとは思っていない。今夜ここで客観的にレディたちを観察し、さりげない方法で話をして、本当はどんな人物なのか、公爵夫人にふさわしいかを判断しようとしているんだ」

「手紙全部を一つの帽子に投げ込んで、そのなかから一通だけ選び出せばすむ話だ。それなのになぜ彼女がそうしないのか、僕には理解できないよ」

「僕がどんな仕事を与えようと、ペティピースは絶対に手を抜かないだろう」

「とはいえ、きみから厳しい基準を課せられても喜んで我慢しようというレディを探し出すのは、簡単な仕事ではないはずだ――特に、彼女が選んだ相手ときみが幸せに暮らすところを想像できないから、いっそうな」

「なぜ想像できないんだ？」

ペティピースが選んだ女性ならば、こちらの基準をすべて満たしているに決まっている。そうだという絶対の自信がある。ペティピースがミスを犯すはずがない。その相手に夢中になるまではいかなくても、満足はできるだろう。

ナイトは気だるそうに肩をすくめた。「実はある疑いを持っているんだ」

「疑い？」

ナイトは首をかしげ、肩をすくめた。シャンパンをすすり、何か興味深いものを求めるようにあたりを一瞥して、すっと目を細める。「だったら教えてくれよ。もしペティピースがここにやってきたのが、きみに命じられてきみの結婚相手を絞り込むためだとしたら、なぜ彼女はグリーンヴィルと踊っているんだ？」

「まさか」

キングは体の向きを変え、舞踏室を見渡してみた。リズムに合わせておおぜいの人が踊っているにもかかわらず、まばたきをする間もなく一瞬でペティピースの姿を見つけ出した。小柄であることなど関係ない。彼女の全身から放たれている輝きたるや、まばゆい月明かりでさえ覆い隠せないだろう。その明るい笑みも、きらめく瞳も、今ダンスの相手をしているいまいましい男に向けられている。

「きっと……彼の妹が候補者リストに残っているんだろう」もっとあのリストをよく確認しておけばよかった。彼女が僕のために候補者の名前を書き記してくれていたのに。

「彼には妹なんていない」

「だったらペティピースの作戦に違いない。わざとああやってダンスすることで、今夜ここにやってきた理由を周囲にいるレディたちから詮索されないようにしているんだ」

「そうだろうか。今夜ここで、あれほど熱心なまなざしで見あげてくれる女性を見つけ出せたら、男としてさぞ幸せな気分になれると思うが」

キングは友人だと思っていた男をぐっとにらみつけた。「きみがそんなに腹立たしい、嫌な奴だったとはな。なぜこれまで気づかなかったんだろう?」

ナイトは耳ざわりな笑い声をあげると、こちらの肩を軽く叩いた。「さっきも言ったように、僕はある疑いを持っているんだ」

ナイトはそう言い残して立ち去った。彼がいったいなんのことを言っているのかさっぱりわからない。だがもう一度音楽の調べに合わせて踊る人々に注意を戻したとき、一つははっきりわかったことがあった。ペティピースがほかの男と踊っていることが、僕はどうにも気に入らない。

ペネロペがミスター・ジョージ・グリーンヴィルと話していてわかったのは、彼が子爵の四男ということだ。たしかに、彼には〈ザ・フェア・アンド・スペア〉の会員になる資格が十分にある。どう考えても、父親の爵位を引き継ぐ可能性はほとんどないだろう。この舞踏室で彼の姿を見つけたときは本当に驚いた。もっと驚いたのは、彼からダンスを申し込まれた瞬間だ。でもダンスをしてもなんの害もないだろう、逆に一度も踊らないほうが周囲から変に思われるかもしれない――そう考えて申し込みを受けることにした。

「初めて会ったとき――」フロアをくるくると旋回しながらペネロペは言った。「話し方から、あなたは街の出身なのかと思っていたんです」

「僕はしばらくの間、軍隊にいたんだ。そのとき貴族らしい言葉遣いが抜けたんだと思う。きみの話し方もちょっと街の出身みたいに聞こえるね、ミス・ペティピース」

「わたしの立場を考えれば、そう思われて当然です」

「いや、きみは何一つ予想のつかない人だ」

思わず軽い笑い声をあげた。「殿方はつかみどころのないレディのほうがお好みなのでは？」

「そういう男もいる」

キングスランドは違う。はっきりとそう言える。公爵は驚かされるといらだつ。何もかも予測できる状態を好むのだ。公爵夫人候補を探し続けている今は、その点も心に刻んでおく必要があるだろう。

「あれから一度も〈ザ・フェア・アンド・スペア〉にやってこないね」ミスター・グリーンヴィルが言った。

彼がそのことに気づいていたと知り、ペネロペは少し嬉しくなった。もしかすると、あのクラブで自分の姿を捜してくれたのかもしれない。「公爵の仕事《アフェアーズ》を処理するので忙しかったんです」

「彼には情事《アフェアーズ》の相手が何人いるんだい？」

ペネロペはまたしても笑い声をあげた。「いいえ、そういう種類の仕事ではありません」

彼は輝くような笑みを浮かべた。「きみの笑い声を聞くと気持ちが明るくなるよ、ミス・ペティピース」

頬が熱くなっていることからすると、さぞ真っ赤になっているのだろう。ミスター・グリーンヴィルが頬の赤みについてもお世辞を言いませんように。

「あなたは優しすぎます」

「そんなことはない。ただ、彼がきみをここに連れてきたことに驚いてるよ。なかには不快感をあらわにする人もいるはずだからね。僕の言っている意味、わかるよね」

「彼のお母様が、この舞踏会で適切なおもてなしの仕方を学ぶのがわたしのためになるだろうとお考えになったんです」

「それなら、きみたち二人の間には何もないのかい？　つまり、きみと公爵の間ってことだけど」

「もちろん、何もありません」

「だったら、ほっとしたと言わざるを得ないな。初めて会ったあの夜以来、きみのことをよく考えているんだ」

ダンスが終わると、ミスター・グリーンヴィルにエスコートされ、ペネロペは椅子が並べられている場所まで戻ってきた。手袋をはめた手を掲げられ、手の甲に短いキスを受ける。

「またあのクラブで会えるのを楽しみにしているよ」

「公爵の舞踏会が終わるまでは、出歩く時間の余裕がなさそうなんです」

「だったらキングスランドの舞踏会が終わったあと、期待に息をひそめながらきみを待とう」

立ち去るミスター・グリーンヴィルを見送りながら、ペネロペはふと考えた。きちんと認めよう。彼に注目されて嬉しい。彼のことが好ましくなったし、一緒にいて楽しいということもわかった。わたしくらいの年齢の女性が、愛人の一人――いや、二人や三人とつき合って何が悪いというのだろう？　自分が本当に想っている相手が、絶対に手の届かない男性なのだからなおのこと。わたしには結婚する予定もない。〝自分はこの女の初めての相手だ〟という事実に誇りを感じたいがために、結婚初夜に処女の証を求める夫を持つこともない。きっと、セックスとはある種の商取引のようなもの。お互いに等しく悦びを与え合ったあと、二人はまた別々の道を歩き出す――そんなふうに割り切って考えるべきなのかもしれない。そうすれば自分で欲望の処理をする必要もなくなる。そうなったらどんなにいいだろう。

でも、そんなことはあとで考えればいい。今この瞬間は仕事に専念しなければ。

ペネロペはポケットから手帳を取り出し、候補者の名前に目を走らせた。リストの一番上に記されているのはレディ・アリス。キャンバリー伯爵の一番下の妹だ。彼女から調査を始めるのがいいかもしれない。公爵と同じく、自らの世界の秩序は保たれているほうが好きだから。

わずか二、三回尋ねるだけで、階上にいたそのレディをすぐに見つけ出すことができた。階上は舞踏室をぐるりと囲むような造りになっていて、手すりから階下にあるダンスフロアが一望できる。レディ・アリスは巨大なバルコニーに通じる、開かれた戸口近くの長椅子に座っていた。彼女だとすぐにわかったのは、賢明にもレディ・アリスが自分の写真を手紙に同封していたからだ。

「レディ・アリス？」

最近十八歳になったばかりのレディ・アリスは、読んでいた本から顔をあげて、にっこりとほほ笑んだ。「ええ」

「わたしはミス・ペネロペ・ペティピースです。今、少しお話ししてもいいかしら」

「少しと言わず、たくさんしてもかまいません」

ペネロペはすぐに彼女のことが好きになった。笑みを返して手ぶりで長椅子を指し示す。

「座ってもいいですか？」

「ええ、どうぞ」レディ・アリスは席を詰めると、太ももの近くにスカートを寄せて、ペネロペが座るのに十分な空間を作った。

「何を読んでいるんです？」

「トマス・ハーディの『青い眼』。読んだことは？」

「いいえ。でも、きっと信じられないほど魅力的な小説なんですね。あなたの注意をこれほど引きつけて、階下にいる魅力的な紳士たちと過ごすよりも、ここでひっそり時間を過ごすほうがいいと思わせているくらいですもの」

「正直なことを言ってもいいかしら、ミス・ペティピース？」

「もちろん」この少女がどんなことを考えているのか、心から知りたい。

「舞踏室で起きていることすべてがあまり好きになれないの。わたしにとって一番の親友は本のなかにいるから。でもあなたは先ほど、わたしに話があると言っていたはず。そのお話って何かしら？」

　ペネロペはこの少女のことをこれ以上好ましく思いたくなかった。あの候補者リストのなかから外すべきレディを見つけ出さなくてはならないのに。自分が求めている結果を手に入れるためには、もう少し慎重に、ずる賢く振る舞う必要があるのだが、目の前にいる相手をあざむくことが——今回に限っては——正しいことのように思えない。だから、まだ完全にはつけていない仮面を取り外し、真実を伝えることにした。

「わたしはキングスランド公爵の秘書なんです」

「まあ。だったら彼は公爵夫人にふさわしい相手か決めるために、あなたをここへ送り込んで、わたしを捜させたのね」

「ええ、そのとおり」

「そんなこと、予想もしていなかった。あの手紙を読んだ彼は、わたしが恐ろしく退屈な人物だと考え、ためらいもなく候補から外すだろうと考えていたの」

「あなたの手紙は本当によく書けていました。それに……」

　どうすればあの手紙から受けた印象を正確に表現できるだろう？　少女の真っ正直な態度を目の当たりにして、息が詰まるほど驚いている。

「とても詩的でした。その表現が一番しっくりくるように思えます。あなたの書く言葉は一言一言がとても美しくて、手紙からどんどんあふれ出てくる感じがしたんです。公爵はその点をとても気に入っていらっしゃいました」

実際キングスランドがあの手紙を読めば、気に入ったはずだ。ただし、彼の代わりにあの手紙を読んだのはペネロペなのだが。

「なんて言っていいかわからないほど、すごく嬉しいわ。書くことがいつも楽しくてしかたないんです。これまで書いた日記も信じられないほどたくさんたまっているの。自分の一日について書き始めると、どうしても二言三言では終わらず、つい長々と書いてしまう。実は最近、小説を書き始めたところなんです」

「まあ、それはすばらしいわ。できあがった作品を読むのが楽しみ」

レディ・アリスは笑い声をあげた。木々の葉に残っていた最後の雨粒が垂れて、大地に染み込んでいくような、優しくて耳に心地いい笑い声だ。「そう信じてくれるあなたに感謝しないと。でもまずは小説を書き終えて出版社を探さないとね」

「あなたならどちらも実現できるはず。そうに違いありません」

「そんなことを言ってくれるなんて、あなたは本当に優しい人ね、ミス・ペティピース。わたしはいつだって人と一緒に過ごすよりも、本と一緒に過ごす時間のほうが好きなの。小説を書き始めた今は、誰とも会わないまま何時間も――いいえ、何日も――過ごせそう」

レディ・アリスは知るよしもない。だが今、彼女は自分が次のキングスランド公爵夫人にふさわしいという証拠を口にしたことになる。彼女だけの物語の世界に没頭できるとすれば、レディ・アリスはキングスランドが妻に求める〝静けさ〟を提供できるだろう。

「だったら、あなたは彼から常に注目されていたいとは思っていないのですね」

「というか、彼からの注目をまったく必要としていないのかも。もし言葉が次から次へと思い浮かんでいる最中に邪魔されたら、こちらがむっとしてしまいそう」

「それならどうして公爵に手紙を書いたんです？」

彼女はため息をついた。「兄がどうしてもわたしを結婚させたがっているの。それに一番上の姉も結婚をすすめてくる。姉は結婚して本当に幸せになったから」

その姉の結婚相手とはエイデン・トゥルーラヴ。今夜の舞踏会の主催者、ソーンリー公爵夫人のきょうだいだ。今夜、彼らきょうだいはこの場所のどこかにいるのではないだろうか？

「手紙を書くのも一つの挑戦として楽しむようにしたの。わたしの言葉に公爵が興味を持ってくれるかしらって考えながら書いたわ。それに公爵って本当にハンサムだし。あなたもそう思わない？」

もちろんキングスランドはハンサムだ。だが彼にはそれ以上の魅力がある。

「あなたは男性の魅力をどうやって判断するのでしょう？　やっぱり顔や外見かしら？」

「さあ、わからない……本に出てくる登場人物以外、実際に判断したことがないから」レディ・アリスはしばしこちらを見つめたあと、長椅子にもたれかかった。「公爵とは何度かお目にかかったことがあるの。ときどき、姉の最初の夫だったラシング公爵を訪ねてきてくださっていたから。わたしの両親が亡くなったとき、キングスランド公爵がお父さんみたいに感じられたのを今でも覚えているわ。そのとき庭園でめそめそしていたわたしに、彼はシナモン味のお菓子をくれて、ハンカチで涙を拭いてくれたの。当時はそんな状況だったうえにとても幼かったから、彼にそんな印象を抱いたのね。優しい人だと考えるべきだったのに。本当の彼はどんな人なのかしら、ミス・ペティピース?」

いったいどこから説明し始めたらいいのだろう?

「彼はとても頭のいい方です。情報を集めて、分析して、事実をもとに自分なりの決定を下せます。問題を特定し、その最善の解決策も決められます。それにいい仕事をした者には賞賛の言葉を惜しみません。加えて、彼の間違いを証明できる相手には敬意を払うんです」

「あなたはこれまで……彼の間違いを証明したことがあるの?」

思わず笑みがこぼれた。「ええ、何度かあります」そのたびにキングスランドは、ペネロペが世界征服を果たしたかのような賞賛のまなざしを向けてくれる。「でもこのことは誰にも言ってはだめです。あなたにも話すべきではなかった……もちろん彼は誇り高い人だから、どうか――」

「ええ、絶対に誰にも言わないわ」

「ありがとうございます」

ペネロペは立ちあがった。レディ・アリスとこれ以上親しくなるのは控えなければ。〝キングスランドから賞賛の目で見つめられると、本当に自分が世界征服を果たした気分になるのだ〟と、うっかりこの若いレディに打ち明けてしまいそうだ。

「さあ、そろそろ読書の続きに戻っていただかないと」

「ミス・ペティピース、もし彼から選ばれなかったとしてもわたしはがっかりしないけれど、選ばれたらとても光栄なことだと思う。彼のよき妻になれるよう最善を尽くします」

「レディ・アリス、すばらしいです。キングスランド公爵があなたにそれ以上のことを望むとは思えない。あなたのことをきちんと伝えておきますね。お話しできて本当に楽しかったです」

ペネロペは階段をおりながら、レディ・アリスのことをあれこれ考えずにはいられなかった。彼女が一員として加わればキングスランド公爵家のためになるはずだ。それに彼女は、公爵が愛を向けられるたぐいの女性でもある。

舞踏室へ入ろうとしたとき、一人のレディが近づいてきた。目が覚めるような赤毛と明るいブルーの瞳の持ち主だ。「ミス・ペティピース、ちょっとお時間いいかしら?」

「はい、もちろんです」

女性はとても若い。今年の社交シーズンに、女王陛下への謁見をすませたばかりに違いない。彼女からいざなわれ、小さな壁のくぼみ《アルコーブ》に移った。

「わたしはミス・アンジェリーク・シートンよ。噂で、あなたがキングスランド公爵の秘書だと聞いたの。ねえ、彼はわたしを候補者として考えているかしら」

たしかに、このレディも最終候補リストに残っている。でもどういうわけか、先ほどのレディ・アリスとは違い、このレディに情報をもらす気になれない。

「彼はおおぜいの方を候補者として考えられています」

「お願い、彼がレディ・エリザベス・ホワイトロウとの結婚を考えているなんて言わないで」

「わたしは、候補者として考えられている方の名前を明かす立場にはありません」

「彼女はわたしのいとこなの。もし彼女が選ばれたら、わたしにいばり散らすはずよ」

ミス・シートンは唇をつんと尖らせた。きっと鏡の前で数えきれないほど練習した、殿方の前でひんぱんに見せている表情に違いない。

「あなたは選ばれても同じようにはなさらないんですか？」

「もちろんよ。ただし、彼女にはわたしの前で必ずお辞儀させて公爵夫人《ユア・グレイス》と呼ばせるけれどね。結局、わたしは公爵夫人なのだから」

いや、彼女が本当に公爵夫人になれるかどうかはかなり疑わしい。少なくともキングスランド公爵夫人にはなる可能性はないだろう。

「あの方は誰よりもハンサムね。あなたから彼に、わたしの意見を伝えておいてちょうだい」

「ミス・シートン、彼は外見だけでなく中身もすばらしい方です」

「ええ、反論する気はないわ。なんといっても彼は公爵だもの。地位も権力も持っている。そのすべてをわたしも手にするつもりよ」

「そのすべてを手に入れたらどうされるおつもりです?」

ミス・シートンは鼻を上向かせ、あたりを見回した。「ロンドンでかつて開かれたことがないような、一番大きな規模の舞踏会やディナーを主催したい。それに最高級のドレスを身にまとって、最高級品しか置いていないお店で買い物をしたい」そこでペネロペに視線を戻した。「彼はそんなわたしを誇らしく思うはずよ」

でも慈善活動は?　貧しい者や恵まれない者たちを助ける活動はどうするのだろう?キングスランドは議会で常に、労働者の仕事環境や子どもたちの将来を少しでもよくしようと努力している。自ら闘うことで彼らの生活がよくなると信じているのだ。

ペネロペは尋ねた。「もし彼が公爵でなかったら?」

ミス・シートンは目をしばたたいた。「それなら、わたしがあなたに話しかけることもなかったはずだわ。そうでしょう?」

「そうですね、ミス・シートン。こんなふうにお話しすることはなかったと思います」

今の答えだけでも、あのリストからミス・シートンの名前を削除する十分な理由になるだろう。

11

キングは嫉妬しているわけではない。これまで生きてきて誰かに、あるいは何かに嫉妬したことなど一度もない。嫉妬などなんの役にも立たない感情だ。

ところがペティピースが次から次へと相手を変えてワルツを踊っているのを見て、腹立たしくなった。いや、〝次から次へ〟というのは言いすぎだろう。グリーンヴィルのあと、彼女がほかに踊った相手は三人だ。そのうちの一人が、あの裏切り者のナイトだった。ナイトはペティピースに笑みを向け、彼女は笑みを返し、二人で楽しげに笑い声をあげていた。笑い声そのものが聞こえたわけではないが、ペティピースは大輪の花のような笑顔を見せていたのだ。何かを思いきりぶっ叩きたい気分だ。できればナイトの鼻がいい。こんなにむしゃくしゃしているのは、ペティピースが幸せそうだからではない。あの瞳をきらめかせ、あたかも月の光を飲み込んだかのように彼女の全身を輝かせているのがこの僕でありたかったからだ。

いったいどこからこんな愚かな考えが生まれてきたのだろう？　こんな非常識でばかげ

た考え方をするなど、いつもの自分らしくない。そのうえ、実際に〝月の光を飲み込む〟ことなど不可能だ。だが、本当にそうしたのではないかと思えるほど、ペティピースの体じゅうからまばゆい光があふれている。

ダンスの合間に、ペティピースはレディたちとも言葉を交わしているのだろう。彼女の姿が見えなくなると、ほとんど恐怖にも似た感情に襲われる。ああ、どう考えてもばかげている。パニックに陥るべきなのは僕ではない。とはいえ、もし誰かが彼女をさらおうとしていたらどうする？　僕のペティピースを。そう、僕のだ。

もちろん、彼女は物でもなんでもない。だが僕の秘書だ。僕の右腕であり、僕の一日を始めさせる役割を担う、一番信頼できる仲間でもある。あえて認めるなら、一番の親友とすら言ってもいいのではないか？　彼女がそばにいない世界など想像もつかない。

壁の花たちのなかに座っている彼女の姿をようやく見つけたとたん、安堵感がどっと押し寄せてきた。うつむき、自分の手帳に何かを書きつけている。その姿を見て思わず頬が緩んだ。さすがは僕のペティピース――いつだって僕のペティピースだ。楽しさよりも仕事を優先させる。

キングは大股で部屋を横切り、ペティピースに近づき始めた。慌てているように見えないよう配慮しつつ移動し、彼女の前に立つと話しかけた。「ペティピース、そんなに真面目に仕事をこなす必要はない。何もこんなところで記録をつけることはないだろう」

ペティピースは顔をあげ、温かな笑みを浮かべた。この世のものとは思えないほど輝くような笑顔だ。ナイトと踊っていたときは、これほどの笑みを浮かべていただろうか？

「自分の考えがはっきりしている間に書きとめておきたいんです」

いや、この女性が何かを忘れるとは思えない。キングはよく考えもしないうちに――あとで噂になることすら考えずに――手を差し出していた。「僕と踊るんだ」

ペネロペは自分に向かって差し出された、手袋をはめた大きな手をまじまじと見つめた。なかにどんな遺跡が眠っているかまだわからない発掘現場をのぞき込んでいる気分だ。キングスランドの言葉は誘いや求めではなく、どちらかというと指令や指図に近い。むしろ、ほとんど命令のようだった。

任務に忠実な兵士として、上官に従うつもりはさらさらない。とはいえ、どう考えても任務以上のことに思える指示に戸惑いながら、手帳をポケットのなかに押し込み、キングスランドの手に手を重ねた。立ちあがる手助けをするべく、公爵が指をしっかりと絡めてくる。まさに夢見たとおりの光景だ。キングスランドからこうやっていざなわれ、ダンスフロアまでエスコートされたらどんなにいいだろうと心のなかで思い描いていた。ほかの殿方たちからダンスの申し込みをされたときも驚いたが、すでに先約がいない限り、申し込みは断ってはいけないというマナーはわきまえている。もちろん、先約などあるはずもない。ダンスカードのリボンを手首に巻いてはいるけれど、それは時間の経過を知るためだ。ダンスの相手を記録するためではない。

キングスランドの腕に抱き寄せられ、寄せ木細工の床にいざなわれた瞬間、天にものぼる心地がした。おおぜいの人のなかでワルツをなめらかに踊り出す。これまでダンスした殿方のなかで、キングスランドほど優雅で卓越した踊り手はいない。

「レディ・アデルはリストから外したほうがいいだろう。彼女とダンスしたが、自分のことばかりしゃべっていた」

ペネロペはにっこりと笑みを向けた。「わたしも数分前に彼女と二人きりになって、同じことに気づきました」

キングスランドはペネロペに視線を注ぎ続けたままだ。それなのに、踊っているほかのカップルをどうやって避けているのだろう？

「自分のことをほとんど何も明かそうとしないきみとは大違いだな」公爵は重々しい表情で静かに言った。

「わたしはうんざりするほど退屈な人間ですから」

「だったら僕をうんざりさせてくれ」

一瞬心臓が止まったかと思った。あるいは、口から心臓が飛び出したかと。ここ最近、キングスランドはわたしの過去を詳しく知りたがっているように思える。このまま探り続けられると危険だ。でももちろん、わたしの勘違いだろう。彼は何か別のことを探り出そうとしているに違いない。

唇を湿して口を開いた。「先ほどあなたに中断される前、わたしはレディ・バーナデットについて記録していました。彼女はけばけばしい装いをしていますが、その点は簡単に対処できると思います。特に彼女が、あなたのことを魅力的だと感じているからなおさらです。レディ・ルイーズ・ハーコートは噂好きです。取るに足らないことを皮肉っぽく――」

「彼女たちのことはどうでもいい。きみについて教えてくれ」

「あなたは彼女たちのことをもっと気にかけるべきです。彼女たちのどなたかと結婚されるかもしれないんですよ」

「どうしてそんなに秘密主義なんだ、ペティピース？　いったいきみは何を隠している？」

キングスランドのまなざしに体を射ぬかれ、魂の奥深くまでのぞき込まれているよう。幸い、彼の前髪がはらりと落ちたおかげで、それ以上見つめられることはなかった。でも、自分の過去についてほんの少し話すことになんの害があるだろう？　この身に襲いかかってきた強風についてなら、打ち明けてもかまわないかもしれない。あの強風はそのあと続く大嵐の前触れにすぎなかったのだから。

「つい先日、あなたはわたしの父について尋ねられましたね。父は簿記係として働いていたんです」

「だったら彼は細かいことにまでこだわるたちだったはずだ。きみの几帳面《きちょうめん》さは父親譲りなのか？」

ペネロペはうなずきながら、父のより好ましい記憶を思い出そうとした。「父はよく膝の上にわたしをのせて、数字の仕組みについて説明してくれたものです。わたしが字の書き方を覚えたあとも、十字記号を使わせていました」

「なぜ最初から父親について本当の話をしなかったんだ？」

あれからもう何年も経つ。正確には十四年が過ぎた。それでもなお、いまだに激しい恥辱感と悔しさに襲われることがある。時が経てば、いつかこういった感情もこの心の底へ葬り去ることができるのだろうか？

「なぜなら、父は優秀な簿記係ではなかったからです。少なくとも、彼個人のお金の管理には失敗しました。借金があまりにかさんだため、わたしたちはロンドンへ引っ越しました。父がロンドンにある小さな輸出会社の簿記係の仕事を得たのです。でも父はまた給料以上にお金を使い、家計は火の車になったため、わたしたち家族に荷物をまとめさせて、ロンドンの別の地域へ移りました。引っ越しを〝新たな冒険〟などと呼んで、広い世の中を見るチャンスだと言っていたのです。でも結局、地味な倹約生活をすることができず、債務者監獄送りになりました」父はまたしても別の街へ逃げ、一からやり直す計画を立てていた。でもペネロペは友だちと離れたくなかった。だから逃げ出す当日、自分も家に戻って荷造りをしなければならないとわかっていたのに、そのまま友だちと遊び続けた。結局ペネロペが帰宅する前に、小さな自宅に警官たちがやってきたのだ。「父は病気になり、監獄で死にました」

わたしが遅刻したせいで。わたしが自分のことしか考えていなかったせいで。

「先ほど、わたしたち家族に荷物をまとめさせて、と言ったね」

「母と妹のことです。でも父が死んでまもなく、二人も死にました」

そのとき音楽の調べがやんだため、二人ともダンスを終えた。それでもキングスランドは体を離そうとしない。

「本当にすまない。きみをこんなふうに急《せ》かして、嫌なことを思い出させてしまったね。もう一度僕と踊ってほしい。今度は一言もしゃべらないようにする」

ペネロペもエチケットの本を読んで知っていた。ダンスの相手の腕のなかから離れようとせず、二度めのダンスを踊り続けるのはマナー違反だ。人々の噂の種になるだろう。でも、実の母親から背を向けられた苦しさもどうにか耐えてきたのだ。あのときの心がひび割れるような苦しみに比べたら、他人から背を向けられる苦しみなどどうってことはない。

「わたしのことを前ほどよく思わなくなったのではありませんか？」

「きみは、きみの父上とは違う」

それはそうだ。でも、もし公爵がわたしにまつわる真実をすべて知ったらどうなるだろう？　今すぐここから逃げ出すべきだ。父から教えられたとおりに、事態がうまくいかなくなり始めたら、過去から逃げるための方法はただ一つ。その場を去り、名前を変え、どこか別の場所で新たに始めることだ。とはいえ、それほど急を要する事態になっているわけではない。それに公爵には、そのほかのことまでばれるほど十分な情報を与えたわけでもない。

だからキングスランドの腕のなかに残ることにし、ふたたび音楽が流れ出すと、ワルツの調べに合わせてダンスフロアを優雅にくるくると旋回し始めた。こちらの話をしたお返しに彼自身の話を聞かせてほしい——そう要求しそうになる。でも以前、キングスランドの父親が長男を支配するために、次男であるローレンス卿を罰していた事実を聞かされて以来、公爵のこれまでの人生にはほかにも後ろ暗い物語が隠されているのではないかと疑っていた。シャンデリアがまぶしく輝き、幸せな雰囲気に満ちたこのきらびやかな大広間で、そういった物語を明かしてほしくない。

優美な旋回を繰り返すにつれ、公爵の瞳にこれまでとは違う色が浮かび始めているのに気づいた。思いやりのような、どこか理解にも似た色だ。あの不幸話を聞いて、キングスランドが自分の姿を重ねたとしても、別に驚きではない。つい最近、彼の父親もお金の管理がうまくできず、領地を窮地に陥れたという話を聞かされたばかりだ。

貧者と貴族。身分は大きく違えど、似たようなところはあるらしい。とはいえ、キングスランドが社交界で確固たる立場を築いている事実を踏まえれば、彼が自分のように、生き延びるためとんでもない手段に頼る必要があったとは思えない。当時のわたしはあまりに若すぎた。だからそういった手段を取ることで、どのような醜聞を引き起こすことになるのか完全には理解できていなかった。のちもずっと、その悪い噂に影のようにつきまとわれ、常に破滅の恐怖におびえる羽目になることも。これほど歳月が経った今でさえ、当時を思い返すとどうしようもない恥辱感にさいなまれる。

「ワルツはどこで習ったんだ？」キングスランドが尋ねてきた。

一言もしゃべらないようにすると言ったくせに。でも、どうやら安全な話題に戻ったようだ。「去年、あなたが主催された舞踏会の最中に、みなさんの様子を観察したんです」

「きみは今まで誰ともダンスを踊ったことがないのか？」

「ええ」これまであまりに忙しすぎたし、なるべく目立たないようにする必要があった。

「だが今夜はもう同じことは言えまい」

質問ではない。はっきりとした断定だ。シャンデリアの灯りを受けて、キングスランドの瞳がときおり黒曜石のごとくちらちらと光っている。

「ダンスの申し込みをお断りするのは失礼なように思えたんです。ただ、ダンスを踊ったからといって、今夜の自分の仕事をおろそかにするようなことはありません」

「きみも今夜のひとときを楽しんだっていい。そのことをとやかく言うつもりはない。紳士たちがきみに近づいてくるのを予想しておくべきだった。どんな男も美しいレディを自分の腕に迎えるのが好きだからな。踊ったなかで、きみがいいなと思う相手はいたのか？」

「いいえ、ダンスは仕事の合間の息抜きにすぎませんから」

「きみを失ったら、僕はさぞ後悔するだろうな」

「あなたがわたしを失うことはありません」――あなたが結婚するまでは。

でもキングスランドがほかのレディと結婚の誓いを交わし、もはや彼のいない生活を始めたあとも、わたしの心は公爵のものであり続けるだろう。この心にキングスランドの名前がしっかりと刻みつけられているのだから。わたしの心は彼のものにほかならない。これまでも、これからもずっと。

「あなたはダンスをしたなかで、いいなと思う相手はいたんですか？」

「いや、この瞬間まではいなかった」

キングスランドは強いまなざしを向けてきた。まったく別の何かを伝えようとしているの？　もしこの部屋に太陽が突然姿を現したとしても、今以上の温かさを感じることはきっとないだろう。ただもちろん、公爵はこのわたしに惹かれていると言っているわけではない。ただの秘書としてしか見ていないのだから。

「ペティピース、きみはけっして退屈な人間などではない。きみはひっきりなしに話したりしない。自分の自慢話もしない。僕が何か言うたびにくすくす笑いをするわけでもない。そうだ、思い出した。例のリストからミス・スーザン・ロングフィールドを外してほしい。彼女は自分のドングリを奪われるのを恐れるリスみたいに、くすくす笑いばかりしている」

キングスランドの不満げな表情を見て、ペネロペは小さな笑い声をあげずにはいられなかった。

「そんなに面白いだろうか？　彼女は僕が一言発するたびにふふんと軽く鼻で笑うんだ。まったく、こっちのプライドはずたずただよ」

またしても笑い声をあげてしまった。今度はもっと大きな声で。「あなたが女性のくすくす笑いにたじろぐ姿なんて、想像もできません」

キングスランドが不満そうな顔をやめ、驚いたような表情でまじまじと見つめてきた。何世紀も地中に埋められていた宝物を探し当てたかのような表情だ。

「申し訳ありー―」

「いや、謝ることはない」公爵は重ね合わせた手に力を込め、腰に回したほうのてのひらもいっそうしっかりと押し当ててきた。「きみの笑い方が好きだ。とても魅力的だよ」

思わず息をのんだ。「わたしはめったに笑いません」

「ああ、ほとんどない。そのことについて、僕らは何か手を打たないといけないな?」

ふいに息苦しさを感じながら、ペネロペは首を振った。「わたしの笑いについては、あなたの関知すべきところではありません」

ろうそくの炎がきらめいたほんの一瞬、キングスランドは傷ついたような表情を浮かべたが、すぐによく知る公爵の顔に戻った。彼は自分が感じている気持ちを何一つ表情に出さない男性だ。感情を自由に表現することも絶対に許しはしない。ときどき、キングスランドが彼自身に関するすべてを打ち明けてくれたらいいのにと心ひそかに思うことがある。でももしそうしたら、公爵はペネロペにも同じことを求めてくるだろう。そんなことになれば、わたしはキングスランドを完全に失ってしまう。公爵は即座にわたしを締め出すだろう――秘書という仕事からも、彼の邸宅からも、彼の人生からも。

この二度めのダンスが終わり、公爵の腕のなかから離れたらすぐに、今夜は残りの時間ずっと自分の仕事に専念し、キングスランドはほかのレディたちの相手に専念することになる。きっと自分はそれを残念に思うはずだ。というか、すでに今だって落胆している。

でも今は、こうしてキングスランドの注目を浴びている。しかもダンスを踊ったほかの殿方たちとは異なり、キングスランドのまなざしがこちらからそれることは一度もない。ただの一瞬も。公爵は常に、ある確固たる目的のために物事をじっくり観察するたちだ。

そして今、ペネロペがパズルボックスであるかのようにじっと見つめている。ボックスの奥深くに何が隠されているのか絶対に探し出してみせる、という決意が感じられるまなざし。

公爵が静かに口を開いた。「ダンスのほかに、きみが観察を通じて学んだのに、まだ実際に試す機会がないものはあるのか？」

ペネロペの脳裏に突然、かつて目撃した、馬屋で発情した野良犬たちが交尾している光景がよぎり、神経質な笑い声をあげそうになった。もちろん、公爵が言わんとしているのがそういったたぐいのことであるはずがない。公爵がそのような興味の対象として自分を見ていないのだからなおさらだ。ここでの答え方がとても重要なはずなのに、どういうわけか、適切とは言えないイメージばかりが浮かんでくる。きっとそれは、こうしてキングスランドの腕のなかにいるからだろう。もしくは、彼がこんなに近くにいるせい。でもいくら気をそらそうとしても、公爵が結婚する前に、彼と試してみたい親密な行為ばかりが次々と心に浮かんでしまう。

「前に一度、両親が情熱的なキスをしているのを見たことがあります」

キングスランドはわずかに目を見開いた。彼を驚かせることはめったにないが、そうするのはむしろ好きだった。

「もちろん、きみは男とキスしたことがあるんだろうな」

「八歳のときに近所の男の子から下唇を噛まれたことがありました。それは数に入れていいでしょうか？」

公爵は瞳を煙らせると、視線をペネロペの唇に落とした。「いかなる形であれ、それも数に入るだろう。きみの下唇の隅に小さな傷があるのはそのせいなのか？」

こんな小さな、しかも薄くなった傷にキングスランドが気づいていたなんて。

「驚きました。ほとんど見えないのに」

「僕は何ものも見逃さないんだよ、ペティピース」

もちろん、それは百も承知だ。この男性はすべてを念入りに観察し、その情報を心のなかできっちりと整理している。

「だが、きみに関して見逃していることがないか、もっと質問したくなってきた」

「ほかには何もありません。先ほども申しあげたように、わたしは退屈な人間なんです」

「外国の珍しい動植物に関する学術講義に出席して、アフリカのカメレオンを見たときのことを覚えているか？　周囲の環境に合わせるように体の色を次々と変え、砂のなかにもシダのなかにも姿を隠せる動物だ。きみはあの生き物に似ているのかもしれないと思い始めている。きみにはどんな環境にも紛れ込める能力がある。チェスメンたちとのディナーの席でも、悪党たちに踏み込まれた現場でも、華やかな舞踏会の会場でもだ。ここにいる、きみのことをよく知らない者たちは、きみが貴族ではないとは気づきもしないだろう。どこでそんな能力を身につけたんだ?」

「お話ししたように、わたしが幼い頃から、うちの家族はあちこちを転々としていました。だからすぐに、その地域のやり方に不慣れな新顔や、世間知らずだと思われない振る舞い方をするようになりました。そうしないとつけ込まれてしまうせいです」

「もしこの会場で誰かにつけ込まれたら、すぐに僕に知らせてほしい。そいつに身の程を思い知らせてやる」

「ここにいる全員が礼儀正しい方たちだとは考えていないんですか?」

「残念ながら。ある点に関しては、何よりこの僕がそうだから」


明らかに自分はペティピースに関して礼儀を守っているとは言えない。だから音楽の調べがやんだとき、ほっと安堵した。これ以上彼女と打ち解け、親密になりすぎることがないからだ。だが同時に、音楽が止まってがっかりもした。ダンスフロアから離れ、椅子が並べられている場所へペティピースをエスコートする。彼女から二歩下がった瞬間、一人の伯爵が近づいてきてワルツを申し込んだ。

今夜のキングにはこれ以上ダンスを踊る予定がない。だからテラスへ出て、どこか一人で落ち着ける暗がりを探そうと考えた。だが……実際にそうしても、ますます不機嫌になるばかりだった。

ペティピースには今夜を楽しんでほしい。彼女の笑顔を見るのが好きだ。とはいえ、彼女が浮かべた微笑に不意を突かれたのもまた事実。なんと美しく深みのある、すてきな笑顔だっただろう。まるで〝あなたも一緒に笑いましょう〟と誘いかけているかのようだった。実際にそうしたかった。でも、もし自分とペティピースの笑い声が響き合ったらその瞬間、彼女を腕にすくいあげて舞踏室を飛び出し、どこか別の、二人きりになれる場所へ連れ去ってしまいそうだった。二人とも、笑い声とはもっと別の声をあげられる場所へ。

彼女がめったに笑わないことについては、僕が関知すべきところではない――ペティピースからそうはっきりと言われた。だがもし関知したいと望んでいたら？　できることなら、この僕が彼女を笑わせたり、ため息をつかせたり、悦びの叫び声をあげさせたりしたい。これまではいつも彼女を、秘書ペティピースとしてしか見てこなかった。だが最近、特に今夜はそれ以上の大きな存在として、一人の女性として見つめている。しかも信じられないほど魅力的で、こちらの心をそそる、神秘的な女性だ。

ペティピースのリストに記されたほかのレディたちとダンスをするべきだろう。そのなかで気が合いそうな相手を一人か二人、庭園への散歩に誘い、飲み物を片手に話をするべきなのだ。たとえ彼女たちにまったく魅力を感じられないとわかっていても。

今テラスをぶらついているのは男女の数組だけだ。ほかには、求婚者のいないレディ二人がおしゃべりをしている。男女はテラスをゆっくりと横切り、階段をくだって庭園へとおりていく。そういった駆け引きはうんざりだし、避けるのが常だ。ただし今夜は、ペティピースともう一度ワルツを踊りたくてたまらない。いかなる女に対しても、これほどこの腕のなかにいてほしいと切に願ったことはなかった。一時期のぼせあがっていたマーガレットに対してさえも。

今夜自分がペティピースと二度もワルツを踊ったことで、噂や憶測が広まる可能性があるが、彼女が破滅する姿など見たくない。ペティピースが仕事を続けにくくなるからではない。彼女に対して心ない噂を口にされるのが耐えられないせいだ。ペティピースは最高の尊敬に値する女性なのだから。

庭園の遠く離れたいくつかの人影を見つめていたところ、ペティピースがいるのに気づいた。肩越しにちらっと見てみると、テラスの階段の途中で立ち止まっている。あたかも断崖絶壁を見おろし、嵐で逆巻く波間に身を投げようかと考えあぐねている人間のようだ。だが次の瞬間、彼女は階段をおり始めた。一人きりで散歩するわけではないだろう。とはいえ、仕事のために庭園に向かっているとも考えにくい。

今夜を迎えるまで、ペティピースがほかの男とダンスをしたり、彼らに笑みを向けたり、一緒に笑い合ったりしている姿など一度も想像したことがなかった。僕に想像力が欠如しているいい証拠だ。あの〈ザ・フェア・アンド・スペア〉で、いったい彼女が何をしていたと考えていた？　ペティピースは花嫁学校を卒業したばかりの、デビュー一年めの娘ではない。二十八年間の人生経験を持ち合わせた、立派な大人の女性だ。自信がないせいで、自分の意見を言ったり立場を主張したりできない小娘とはわけが違う。何より僕の図書室で、悪党たちを恐れもせずにらみおろしていたではないか。

ペティピースの姿が低木の茂みや木々、花々に完全に隠れる前に、キングはすばやくあたりを見回し、誰もいないことを確認した。別の誰かと待ち合わせしている様子もないようだ。

キングはペティピースのあとを追い始めた。道沿いにガス灯が並んでいるが、彼女はその前で立ち止まることもなく、暗闇のほうへ向かっている。きっとほんの数分間、一人になりたいのだろう。そこで一瞬ためらった。別に貧民街にいるわけではないし、彼女が誰かに襲われているわけでもない。それでも、守る者が誰もいないままで、ペティピースを一人きりにしたくなかった。たとえ守られる必要がなかったとしてもだ。彼女は自分の面倒はきちんと自分で見られるが、大切な存在すぎて、やはり一人きりにする危険は冒したくない。キングは近道をするべく小道から外れ、茂みのなかを進み、レンガ壁沿いに植えられた木々がある場所へたどり着いた。

遠くに灯《とも》るランプや照明の輝きを受け、空にある銀色の月と星を見あげているペティピースの姿が浮かびあがっている。

「星に願い事をしているのか、ペティピース？」

彼女は柔らかな笑みを浮かべ、肩越しにキングを見た。「自分の立場をもう一度確認して、心のバランスを取り戻そうとしているだけです。あなたとワルツを踊ったあと、ほかに三人の紳士たちと踊りました。わたしがここにやってきたのは仕事のため。話を聞いたり観察をしたりするレディたちがまだ残っています。だから自分にほんの少し休み時間を与えようと考えました。その間に紳士たちもわたしのことを忘れるはずです」

ペティピースのことを忘れられる紳士が一人でもいるかどうかは疑わしい。キングは彼女の顔がもっとはっきり見える場所まで近づくと、片方の肩を木にもたせかけ、胸の前で腕組みをした。「きみは注目されるのが好きじゃないのか?」

「注目されたなんて思っていません。殿方がダンスを申し込んできたのは、わたしがほとんど知られていない、物珍しい存在だから。ただそれだけです」

「誰かに気に入られるかもしれない。きみは結婚を考えたことがないのか?」

ペティピースが〈ザ・フェア・アンド・スペア〉に行った理由はそこにあるのではないだろうか?　彼女にとって男性と交流をし、夫を探し出すための手段がそれ以外にないからでは?

「わたしは絶対に結婚しません」

断固たる調子でそう言われ、キングは驚いた。夫をはなから望んでいないとはどういう女性なのだろう?「絶対に?」

「はい、絶対にです。結婚の誓いを口にした瞬間、女性は多くの自由を失うことになります。結婚したら、夫は何かにつけて妻に〝ノー〟と言うものです。わたしの母はどこへも引っ越したいとは考えていませんでした。荷造りをするたびに泣いていたんです。わたしも大きくなると、引っ越しなんてしたくなくなりました。なぜ同じ場所にとどまらないのかと尋ねると、母は〝あなたの父さんがそう言っているから。だからわたしたち、引っ越さなければいけないの〟と答えました。話し合いも歩み寄りも、いっさいない状態だったんです。もし結婚した男性が、わたしには仕事をしてほしくないと考えたらどうしたらいいのでしょう？　彼に従うしかないのでしょうか？　自分の希望とは違うことを強いられても母のように我慢できるかどうか、自分でも自信がないんです」

そう聞いて安堵が波のように押し寄せてきたことに、キングは自分でも驚いた。ダンスフロアで彼女と踊っていた伊達男《だておとこ》たちの誰かに、ペティピースを奪われることはないのだ。

「これまでの人生で、すべてを投げ打っても一緒になりたいと思える男に出会ったことは一度もないのか？」

ペティピースはためらい、キングをしばし見つめ、つと視線をそらした。その答えが、暗闇のせいでほとんど見えない木々の葉のなかに隠されているかのように。ふたたび視線を戻したとき、ペティピースは悲しげな表情を浮かべていたが、すぐに顔からいっさいの感情を消してしまった。

「あなたにはそういう女性がいたんですか？」

それほど大切に思える女性を心から求めたことは一度もない。そもそも、こんな非人間的なやり方で妻探しをしようとしている理由の一つはそれだ。自分にとって感情はなんの役にも立たない。感情的になるほど大惨事がもたらされることになる。父のそういう姿を幾度となく目にしてきて、嫌というほど思い知らされていた。とはいえ、今まで知り合った女性全員を拒めるかといえば、そうではない、ペティピースは特に重要だ。この人生で最も大きな役割を果たしている。毎朝ベッドで目覚めても絶望しないのは、ほかならぬ彼女のおかげだ。ペティピースが朝食の席で待ってくれているから。

ここは彼女の質問に答えるよりも、話題を違う方向へ誘導したほうがいい。

「きみがこうして外に出たのは誰かと会うためなのか？」

彼女は引っぱたかれたかのように頭をのけぞらせた。「なぜこんな場所で誰かと会う必要があるんです？」

キングは最近ようやく気づき始めた。ペティピースは年齢の割に、男と女のことに慣れていないようだ。〈ザ・フェア・アンド・スペア〉のような――目的は〝将来の約束はいっさいしないまま、男女の出会いと親密な関係を提供する〟ことにあると堂々と公表している――クラブに行けば、ペティピースなど無力な子羊も同然。いとも簡単にずたずたにされてしまうだろう。

「男女が人目を忍んで会おうと約束を交わす場合もあるんだ。特に……好奇の目から逃れられる、こういった庭園は密会にうってつけだ」

「そういう理由で、あなたはわたしのあとをつけてきたんですか？　わたしが何かよからぬことをしようとしていると考えたから？」

「きみのあとを追ってきたのは、一人でうろつくきみが誰かにつけ込まれないか確かめるためだ」

「自分の面倒はちゃんと自分で見られます」

ペティピースは自信たっぷりに答えた。だがそれが真実だったのは、いったいいつまでだったのだろう？　誰も彼女に目をとめなかったのは、ペティピースが何歳くらいまでの話だったのか？

「きみは夜をどんなふうに過ごしているんだ？」

「ほとんど仕事をしています。日中に時間がなくてできなかったことを終わらせているんです」

「求婚者が訪ねてきたりしないのか？」

「誰かとつき合うのは、相手にとってもわたしにとっても時間の無駄です。先ほども言ったとおり、わたしには結婚する意思がありません。だから、そういったややこしい人間関係は避けるようにしています」

　それでもなお、ペティピースは〈ザ・フェア・アンド・スペア〉を訪れた。それはつまり、彼女が男性の注目を浴びてもいいと考えたということだ。ただ、彼女は永遠に続くものは求めていないように思える。自分には関係のないことだとわかっているものの、彼女の男性経験が知りたかった。特に、先ほどペティピースが自分の両親のキスを〝見たことがあるだけで実際に体験していないこと〟の例としてあげていたからなおさらだ。ああ言ったのは、彼女が大人になってから一度もキスをしたことがないという意味なのか？　それとも、情熱的なキスをしたことがないという意味？　ペティピースの経験がそれほど少ないとは考えられない。

「今まできみにキスしてきた紳士は誰もいないのか？」

　彼女は視線をそらすと、体の位置をわずかに動かした。キングも今ではわかり始めている。そういうしぐさをするのは、ペティピースがどこまでこちらに明かそうか決めかねているときなのだ。ということは、彼女にはかつて、すべてを投げ打ってもいいと思えた男がいたのかもしれない。

「十六歳のとき――」ペティピースはふたたび目を合わせてきた。「ある男の子からキスされました。ものすごく奇妙な感じだったのを覚えています。最初に鼻と鼻、それから顎と顎もぶつかりました。彼は唇をわたしの唇に重ね、しばらくさまよわせていました。正直言って、あんな行為についてみんなが何を大騒ぎしているのか、わたしにはさっぱりわからなかったんです」

「それは相手がまだ若くて、未熟な少年だったからだ。本物の男にキスされるのがどんな感じか、知りたいとは思わないか？」

12

　熱気でむんむんとした舞踏室で、わたしはいつの間にか眠り込んでいたのだろうか？　殿方から次々とダンスを申し込まれ、寄せ木細工の床へいざなわれてくらくらしているうちに？　ペネロペが外へ出たのは、そんな不安を感じ、気分転換を求めてのことだった。どうしてもわからない。なぜこんなに突然、自分は注目を浴びるようになったのだろう？　それにどうしてキングスランド以外の男性と一緒にいても、彼とのひとときのように楽しめないの？　相手がキングスランドの場合、努力して会話を続けようとしたことは一度もない。こちらに言いたいことがあれば、それを口に出す。すると公爵はその言葉に耳を傾け、考えてから答えてくれる。だから気の利いた言葉を口にしなければ、という重圧を感じることなく会話を進められる。面白いこと、あるいは、相手をなるほどとうならせるようなことを言わなければ、という負担を感じることもない。

　ところがキングスランド以外の殿方が相手の場合、ナイトやミスター・グリーンヴィルだけでなく、最後に踊った三人——伯爵と子爵、そしてキングスランドのあとに踊った別の伯爵――は特に期待するような目でこちらを見つめていた。何かが届けられるのを待ちわびるようなまなざしだった。ある種の行動、もしくは、ある種のものをあてにしているような感じだったのだ。

常々、自分は女性としては世慣れているほうだと考えてきた。父が亡くなったあと、うぶなままでは生き延びていけなかったせいだ。でも今夜は、まだまだひよっこだと思わずにはいられない――まるで、泳ぎ方を学んでいる最中のガチョウのひなのような。だからいったん屋敷の外へ逃げ出すことにした。それが父からの教えだからだ。

〝事態が複雑になりすぎたり恐ろしく思えたりしたときは――とにかく逃げろ！〟

でもこれまで生きてきて、今この瞬間ほどおびえたことはない。キングスランドはわたしをからかっているのだろうか？　それともばかにしているの？　それがわからなくて怖かった。でももっと恐ろしいのは、キングスランドが本気で今の質問を口にしている場合だ。

彼の言葉を信じるのが怖い。でも同時に、間違った答えを口にして、いつも夢見てきたことを体験できる、せっかくの機会を失うのも怖い。何しろ、目を閉じてまどろんでいるとき、ずっと夢見てきたチャンスなのだ。長身で、肩幅ががっちりしていて、どこをとっても信じられないくらい完璧なキングスランド。その彼が今、帳簿を見るのと同じく冷静に、かつ落ち着いた関心をこのわたしに向け、じっと見つめてくれている。

とはいえ、今夜はキングスランドの熱っぽい視線が向けられていることに何度か気づかされたけれど。熱いまなざしにさらされるたびに全身がかっと熱くなり、いつも張り巡らせている防御の壁がどんどん低くなって、体の奥底に押さえつけていた公爵への愛情がまばゆい光のごとく、いっきにあふれ出した。その愛情の深さ、大きさを目の当たりにして驚いたキングスランドがあとずさっているのにも気づいていた。そして、そんな彼の様子を見るたびに心が痛んだのもたしかだ。キングスランドのすべてが完全にわたしのものになることは絶対にない。キングスランドは〝逃げる〟ことが許されない人生を送っている。それにわたし自身、いつ逃げ出さなければいけない日がやってくるかわからない、危うい人生を送っているのだ。

それでもなお、彼のキスの味わいを知るチャンスは、あまりに魅力的すぎる。とても見過ごすことなんてできない。

「ええ、知りたいです。教えてくださるんですか？」

キングスランドはゆっくりと蠱惑的な笑みを浮かべ、腕組みをほどいて、もたれていた木から体を離した。「前に誰かから教えられたことはあるのか？」

公爵が自分の手袋を外し始めた瞬間、ペネロペは声が完全に出せなくなった。無言のまま首を振ることしかできない。その合間に、彼は灰色の手袋をズボンのウェストバンドに押し込むと、むき出しの指をペネロペの顎の先にそっとかけた。指先の温《ぬく》もりがじかに伝わってくる。

〝落ち着くのよ〟ペネロペは唇を湿しながら、自分にそう言い聞かせようとした。でも体じゅうのありとあらゆる神経に火がついたかのよう。その間にもキングスランドの整った顔が近づいてくる。

「目を閉じるんだ」彼の低いかすれ声に、いやおうなく興奮をかき立てられた。

言われたとおりに目を閉じると、まず口の隅に公爵の唇が押し当てられたのを感じた。羽根のように、ごく軽い感触だ。きっと蝶《ちょう》が舞いおりた瞬間、花びらもこんな感じを抱くのかもしれない。もし花びらが何かを感じることがあれば、の話だけれど。

ああ、なんて愚かしいことを考えているの？　そのとき、公爵の唇がしっかりと唇に押し当てられた。もう愚かなことを考えている心の余裕なんてない。

このキスによって、下唇にさらなる傷跡が残る心配はないだろう。でもそれよりもずっと心配なのは、心に傷が残ることだ。だって危険すぎる。こんなふうにキスされるのも、これほど近くに公爵がいることも、全身の細胞すべてで彼のにおいを感じ取ることも。

公爵は舌を唇の間にそろそろとはわせ、舌先にほんの少しだけ力を込めると、口を開くようながしてきた。実際にそうすると、低いうなり声とともに舌が差し入れられる。飢えたような荒々しさには、不安や恐れを感じるべきなのだろう。それなのに、公爵の空いたほうの腕を体に巻きつけられ、さらに強く引き寄せられた瞬間、両腕を彼の首に伸ばさずにはいられなかった。キングスランドがまた低くうなり、キスを深めてくる。

これこそ本物の、男性とのキス。ことのほかすばらしく、気高く、栄光に満ちたものに思える。いつも〝キスってこういうもの？〟と想像していたとおりだ。もどかしいほどゆっくりと、でも徹底的に、公爵は口のなかのあらゆる部分を探っている。それにならって、ペネロペもキングスランドの口のなかを探り始めた。熱くて、湿っていて、彼の舌からかすかにシャンパンの味わいが感じ取れる。どこか、濃い暗闇のような感触も。その秘密めいた感じに、興奮がいやおうなくかき立てられていく。

手袋を外す手間がなければいいのに。むき出しの指をキングスランドの髪に差し入れ、感触を直接確かめてみたい。見た目どおり、シルクみたいに柔らかいのだろうか？　でも手袋をはめたままでも、手を公爵の髪に差し入れることはできる。何度も何度も。その手をがっちりした肩へ滑らせ、もう一度頭まではいのぼらせることも。

もうこのままわたしを離してほしくない。その瞬間がやってくるのを考えたくもない。片手をペネロペの顎に当てながらも、キングスランドは親指でその肌を愛撫し続けている。快感と口づけによる興奮があいまって、ペネロペの欲望は募るいっぽうだ。

ああ、公爵からキスの申し出を受けたとき、逃げ出さなかったのは大きな間違いだった。今後はキングスランドのみずみずしくて形のいい唇を見るたびに、この唇に重ねられた瞬間の感触を思い出さずにはいられなくなるだろう。

公爵がたくましい腕でがっちりと支えながらペネロペの頭をややうしろにそらせると、今度は首元に軽く歯を立て始めた。首元から鎖骨へ、さらにコルセットで強調された胸の膨らみへ。触れられることを切に求め、胸の膨らみははち切れそうだ。頂がつんと固くなり、敏感になっているせいで、ドレスの生地がこすれる感触に思わず声をもらしそうになる。念入りな愛撫のせいで、今や全身の肌がほてり、うっすらと汗をかいていた。その熱い湿り気が脚の間の秘めやかな部分に集まり、解放を乞い願っている。今すぐその指先でそこに触れてほしい。それがかなわないなら、わたし自身で——

キングスランドが低く苦しげなうめきをあげながら、ふたたび唇を重ねてきた。その響きが口を通じて伝わってくる感じがたまらない。小さな泣き声をあげたところ、体をさらに強く引き寄せられた。まるでわたしの全身を、彼自身の体に吸収しようとしているかのよう。わたしもそうしたい。キングスランドのすべてをこの体に取り込んで、奥深くに埋め込んでしまいたい。

公爵からこんなふうに愛撫されるのを切実に願っていたけれど、しょせん無理だとあきらめていた。だからこれまで一度も求めなかったし、実際、今の今までこんなことは一度も起きなかったのだ。やはりこんなことを始めてはいけなかった。雇用主と使用人という境界線があいまいになるようなことはすべきではなかったのだ。本来なら、貴族と平民という境界線を踏み越えてはならないのに。しかも、かたや高潔な貴族紳士であり、かたや生き延びるために自分のプライドを犠牲にした女なのだ。

キングスランドは荒い呼吸のまま体を引いて、ペネロペの目をのぞき込んだ。「これだ」かすれ声で続ける。「これこそ、みんなが大騒ぎする行為だ」

膝に力が入らない。それなのに、キングスランドの足元にへなへなとくずおれない自分に驚いている。一度は公爵から体を離されたかと思ったが、どうやらまだ続くようだ。でもそのとき、こちらのほうが公爵の下襟にしがみついているのだと気づいた。ぎこちない動きで一本ずつ指を下襟から離し、てのひらを上着に滑らせながら小さな声でささやく。

「どうかわたしに何も聞かないでください。あなたのせいでまともに考えられません」

キングスランドが低く含み笑いをする。両手を掲げて、その笑い声を発した公爵の喉元に触れないようにするには、ありったけの意志の力が必要だった。彼は親指でペネロペの唇にごく軽く触れてきた。キスの余韻で腫れぼったくなり、うずいたままの唇に。

「きみはもうなかに戻ったほうがいい」

「わたし一人で?」

「二人一緒に庭園から出てきたところを見られるのは、僕らのためにならない。そのうえ、僕には少し時間が必要だ」

公爵の言葉の意味がわからないほど、ペネロペは純真ではない。とはいえ、好奇心を抑えられず、思わず下のほうを見てしまった。暗闇のせいで何も見えなかったけれど。

「マナー上、こういった場合どう振る舞うのが適切なのかわかりません。わたしはあなたに感謝すべきなのでしょうか?」

「まさか。そんな必要はない」公爵は歯を食いしばりながら答えた。

ペネロペは小さなお辞儀をしたあと、試しに一歩踏み出し、膝ががくがくしていないか確かめてみた。この調子なら、ちゃんと歩けそうだ。体にかけられていた公爵の両手が完全に離れていく。自由になったはずなのに、どこへも行きたくない。それでも無理やり、あたりにある塀から、木々から、そして彼から離れようとした。

公爵から見えない場所までたどり着くと、駆け出した。いくら走っても、自身の募る想いからも、高まるいっぽうの欲望からも、絶対に逃げられないとわかっていたのに。

キングは欲望をどうすることもできず、体の向きを変え、額を木に押し当てて、拳を木の皮に打ちつけた。ペティピースが欲しい。一人の女をこれほど情熱的に求めたことはない。あやうく塀に彼女の体を押しつけ、その場で奪ってしまいそうだった。なんの名誉も持たず、良心の呵責《かしゃく》も覚えない野蛮人のように。頭がおかしくなったとしか言いようがない。男が女を知りうるありとあらゆる方法で、ペティピースのすべてを知り尽くしたい。知りたくてたまらない。

唇を彼女の唇に重ね合わせた瞬間、訳のわからない何かが表面に噴き出てきて、火山のごとくいっきに爆発し、自分でも手のつけようのない状態に陥った。最初はためらいがちに、不慣れな様子でキスを受けていたペティピースが、やがて興奮を募らせていく姿を目の当たりにし、足元がぐらつき、立っていられないほどの衝撃を覚えた。

いつもきちんとしていて、礼儀正しく、優秀なペティピース。その彼女があれほど情熱的な姿を見せるとは。それだけに、欲望をもっとかき立てたくなった。ペティピースが興奮と欲求で瞳を煙らせ、悦びの叫びをあげながら僕の名前を繰り返し呼ぶ姿をこの目で見てみたい……。

だがかろうじて正気を保てたのは、父のようにはなるまい、絶対に自分を見失ったりするものか、と何年も努力を重ねてきたおかげだった。ペティピースは僕の秘書だ。彼女が弱さを見せたからといって、その瞬間につけ込む危険は冒したくない。あの瞬間、いくら僕自身が弱っていたとしてもだ。

深呼吸を何度か繰り返し、木から離れた。ありがたいことに、とうとう欲望の証はこれ以上何も起こらないと理解したようで、もはや頭をもたげることもない。このまま舞踏室へ戻っても恥をかくことはないだろう。

灯りのついた小道に向かって大股で戻りながら、キングは自分をたしなめた。いったい何を考えていたんだ？　ペティピースにキスのレッスンを申し出るなどばかげている。だが、彼女があの新しくできたスキャンダラスなクラブに行ったこと、さらには彼女にキスの経験が二回しかないことを知って、すべてが間違っているように思えた――これまでペティピースにはすばらしいキスの体験が一度もないことも、今後出会う男とのキスと比べられるような価値ある体験をしたことがないことも。くそっ、僕はいったい誰と張り合おうとしていたんだ？

ダンスをしているペティピースを見たとき、初めて強烈な嫉妬を覚えた。彼女を庭園まで追いかけてきたのも、彼女とキスをしたらどんな感じか知りたくてたまらなくなったのも、嫉妬という感情に突き動かされたせいだ。そして実際に彼女に口づけをし、あまりに強烈な現実を思い知らされて、ただただ愕然《がくぜん》としている。

「ああ、ここにいたのか」

声のしたほうを見あげると、テラスの階段の上にナイトがいた。チェルート葉巻をふかしている。一段抜かしで階段を駆けあがり、友人のところへ行くと、すぐに葉巻をすすめられたが断った。

「外に出たのはちょっとした逢引《あいびき》のためか？」ナイトが尋ねてくる。

「新鮮な空気を吸いたくなっただけだ」

「だったら、さっきペティピースが庭園を走り抜けてきた理由はきみじゃないんだな？」

キングの心臓が大きく跳ねた。「彼女が走っていた？」

「ああ。自分が見られていると気づくまでの間だったがな。そう気づいてからは走るのをやめて、ゆっくり歩き出したんだ。様子がおかしかったから、誰かに決闘を申し込む必要があるかと尋ねてみた。でも彼女は冗談はやめてくれと言って、屋敷のなかへ飛び込んでいったよ」

ペティピースは室内に飛び込んだことなど一度もない……これまではただの一度も。キングに何をされたか、ペティピースが何も話さなかったことに少し安堵した。実際、自分がしでかしたのは、夜明け前にピストルで決闘する必要があるほど重大なことだったのだ。

「誰かを呼び出して決闘を挑む必要があるとしたら、それは僕の役目だ」

「自分で自分を撃つつもりか？」

「今夜のきみは本当に腹立たしいな。自分でもわかってるだろう？」

ナイトはチェルート葉巻を吸い込み、輪っかをいくつか吐き出した。「なかに入る前に、髪を梳《と》かしたほうがいい。誰かに略奪されたように見えるぞ」

まさに略奪されたような気分だ。徹底的に、何もかも。ペティピースに近づき、彼女から憧れにも似た表情で見あげられたあの瞬間からずっと。キングは両方のてのひらで頭を押さえつけ、跳ねあがった部分をまっすぐに伸ばそうとした。その合間も、ペティピースから手を髪に差し入れられたときの感触がよみがえりそうになり、振り払うのに苦労した。

キングは尋ねた。「きみは彼女と踊っているとき、何を話して笑い合っていたんだ？」

「さあ、思い出せない。きっときみに関する話だと思う」

近くにボクシングのリングがあれば、今すぐナイトをこてんぱんにやっつけられるのだが。「まさか、この僕が笑い物にされているとは気づかなかった」

「きみは普段そんなことを経験しないからな」ナイトは大胆にもにやりとした。「別に、彼女を好きになるのは悪いことじゃない」

ただ好きなだけならそうだろう。でも、彼女にはそれ以上の何かを感じている。もっと奥深い、これまで一度も経験したことがないような、まったく理解できない何かを。

「彼女は僕のために働いている秘書だ」

「だったらルールをちゃんと決めて、彼女にそれをわからせるようにすればいい」

ナイトの言い方だと、いかにも簡単なことのように聞こえる。だが自分にはそうは思えない。ペティピースに関することはすべて、一つ残らず簡単にはいかないのだ。


「正直に言えば、あの手紙を書いたのは、ある人にやきもちを妬《や》いてほしかったからなの」レディ・サラ・モンタギューはそう告白した。

ペネロペは舞踏室に戻ったあと、何人かに尋ねて、部屋の隅に座っているレディ・サラを見つけ出した。彼女は布地にクロスステッチで茶色い犬をかたどるのに一生懸命だ。それを見てすぐに、リストのなかの彼女の名前を線で消すことにした。舞踏会に刺《し》繍《しゅう》を持参するなんて、いったいどういう女性なのだろう？　だがすぐに考え直した。真実を知りもしないくせに、自分勝手に判断を下そうとする使用人たちがいるのを思い出したのだ。せめてレディ・サラに、この奇妙な振る舞いを説明するための機会を与えるべきだろう。もしかしたら彼女にはこういった席にも刺繍を持ち込む、完璧な理由があるかもしれない。

レディ・サラは小さな片足を床からほんの少し浮かせたまま椅子に座っている。金髪とブルーの瞳の持ち主で、今年社交界デビューを果たしたばかり。本当に華奢で、妖精をほうふつとさせる。もしあの庭園でのひとときのように、キングスランドから情熱たっぷりにキスされたら、このレディは砕け散るのではないかと心配になるくらいだ。公爵に口づけさせたのは間違いだったけれど、彼が必要としているのは体が丈夫な妻だという新たな事実に気づかされた。あれほど激しく情熱的に求められても生き延びられる女性が望ましい。

「とても信じられない。あの方が真剣にわたしのことを考えてくれているなんて」レディ・サラはそう続けた。

ペネロペは彼女の隣に体を斜めにして座り、テラスに通じる戸口に注意を払い続けていた。キングスランドはまだなかなか戻ってこない。そろそろ心配になってきた。あのキスのあと、公爵はなかなか自分を取り戻せずにいるのでは？　わたしと同じように体の力が抜けてしまったのかもしれない。いまだに自分も手足がだるい。びっくりするほど熱いお湯に浸かってあがったときのような感じだ。

「でもあなたは自分自身について、あんなにいきいきと書いていたのに」

「公爵が知り合いの紳士の誰かに、わたしを候補者から外すのが難しかったと話してくれることを期待していたの。今わたしが心を奪われている殿方も、どこかでその噂を聞きつけたら、わたしに興味を持ってくれるかもしれないって」レディ・サラは細くて形のいい眉をひそめながら続けた。「でもこれは徹底的に考え抜いた戦略とは言えない。そのことにようやく気づき始めたところ」

「こんなふうにシュロの葉っぱの陰に隠れるように座っているのは、意中の相手の関心を引く最善の策とは言えないかもしれません」

「ミス・ペティピース、あなたは全身全霊で誰かに恋焦がれたことがある？　それでもその誰かは一度もあなたに気づいてくれなくて、この世にあなたなど存在していないように振る舞っていて、あなたにダンスの申し込みさえしてくれないのに？」

そのとき何かに呼び出されたかのように、突然キングスランドが戸口から姿を現した。まさにペネロペがそんなふうに恋焦がれている男性が。

舞踏室に入ってきた彼はあたりを見回し、こちらに目をとめた。その瞬間、ペネロペの胸の鼓動はいっきに跳ねあがり、あたりに聞こえたのではないかと心配になった。公爵は突然こちらに向かって短くうなずくと、大股で歩き出した。明らかに、体は完全にもとどおりになったようだ。思えば、ずっと憧れを募らせてきた相手だけれど、そもそも自分はキングスランドに気づいてほしいとも、ダンスの申し込みをしてほしいとも望める立場にない。ただ、レディ・サラを傷つけないために、真実はそのまま伝えないようにした。

「いいえ、そういった経験はありません」

「それって、この世の中で最も恐ろしいことよ。彼はわたしなんかよりも自分の猟犬のほうに大きな関心を抱いているの」

ペネロペはうなずきながらレディ・サラの手元を見つめた。「その刺繍は彼の猟犬なんですね？」

レディ・サラはほほ笑んだ。口の両脇に小さなえくぼが浮かびあがる。「この刺繍を彼の上着のポケットか帽子のなかへ忍び込ませようと考えていたの。彼がクロークにあずけている隙を見計らってね。とても謎めいているでしょう？　きっと彼も、この刺繍を忍ばせた崇拝者は誰だろうと不思議がるはずだわ」

「ええ、きっと。でしたら、あなたは舞踏会で刺繍しているところを、彼に見られる危険を冒すべきではありません」

「ああ、もう！」レディ・サラは心底がっかりしたように言った。「わたしって、こういう秘密作戦を立てるのに全然向いていない。そう思わない？」

「ご自分から彼にダンスを申し込むことを考えたことはありますか？」

レディ・サラは青い目を見開いた。「そんなことは許されないわ」

「自分が欲しいものを手に入れるために、許されないことをやるしかない場合もあります。以前、キングスランド公爵は秘書募集の広告に〝それなりの経験を持つ紳士を求む〟と書かれていました。〝紳士〟というのが公爵の求める採用条件の一つだったんです。それでもわたしはかまわず応募し、彼のお屋敷に行きました」

「あなたって、なんて大胆で勇気があるのかしら、ミス・ペティピース」

「正直な話、すぐに襟首をつかまれて放り出されるだろうと思っていました。面接の最中も、膝をがたがた震わせていたんです。それでもわたしは秘書の座を勝ち取りました。思いきって冒険しなければ、何も得られないものですよ、レディ・サラ」

「そうよね。わたしもどうにか勇気をかき集めなくちゃ」

「でしたら、キングスランド公爵夫人の候補者からあなたを外してもいいでしょうか?」

「ええ、それが一番だと思うわ。本音を言えば、わたしは公爵が怖いの。とても体が大きくて大胆な方だから。こういうやり方で妻を選ぼうと決めたことにも圧倒されてしまう」

それこそペネロペがキングスランド公爵を尊敬してやまない点の一つだ。本当に不思議。その人の感じ方しだいで、同じ性格がこれほど違ってとらえられるなんて。ある人が好ましいと思う特徴でも、別の人にとっては好ましくない特徴になる。

挨拶をしてレディ・サラから離れ、これまで話したり観察したりしたレディたちの印象を手帳に書きとめている間もずっと、そんな考えが頭から離れなかった。キングスランドがやってきて、そろそろ帰る時間だと告げられたときも、まだ鉛筆を握って記録を取り続けている最中だった。

舞踏室から出て階段にいざなうときも、公爵はペネロペに腕を差し出そうとはしなかった。公爵家の馬車にペネロペが乗る手助けをするその瞬間まで、触れようともしなかった。公爵がまた手袋をはめてしまったのが残念でしかたない。でも手と手が触れ合ったとき、二人とも一瞬動きを止めた。手袋の上からでも、彼の肌から紛れもない熱が伝わってくる。ペネロペが先に座ると、キングスランドは向かい側の席に腰をおろした。前にチェスメンたちとディナーをした夜とは違い、少なくとも公爵はペネロペを一人きりで屋敷に送り返そうとはしていない。彼一人でほかのお楽しみを探しに出かけるつもりはないようだ。

でもそうしてくれたほうが、出発した馬車のなかであれこれ気を揉《も》まずにすんだかもしれない。あのキスについて何か言ったほうがいいのだろうか？　それとも何も起こらなかったふりをしたほうがいい？　キングスランドはもともと表情から気持ちを読み解くのが難しい人ではあるけれど、彼が馬車のなかにランタンを持ち込まなかったのがことのほかありがたかった。暗闇のなか、こうして馬車に揺られていると、それだけで幾分心が慰められる。

「やりたかったことはすべてやり遂げたのか？」公爵が尋ねてきた。せっかく落ち着きを取り戻しかけていたのに、彼の声を聞いたとたん、ペネロペの心は千々に乱れた。「きみのリストに関して、という意味だ」

公爵は本気で、最後の一言をつけ足す必要があると思ったのだろうか？　わたしがあの庭園に出たのは、彼とキスをするためだと考えているの？　彼の唇をこの唇に重ねられた瞬間、どんな喜びを感じられるか知るためだと？

「今夜の舞踏会には候補者のレディのうち、二人が出席していませんでした。後日彼女たちを訪ねるつもりです。今夜欠席したからというだけで、彼女たちを不利な立場に置きたくありません」

キングスランドは低いうなり声をあげ、窓の外を眺めた。やはりあのキスについて何か言うべきなのだろう。〝ああいうことがあったからといって、わたしたちの間は何も変わりません〟などといった言葉を。実際はすべてががらりと変わってしまっていても。

「ペティピース、僕らの今の状況について考えてみた」

その言葉に不意を突かれたが、暗闇のなか、彼の低い声には慰めるような調子が感じられる。わたしはすべて台無しにしたのだ。公爵はわたしを手放すつもりだろう。あんなスキャンダラスな行為に夢中になる秘書には我慢ならないと考えたのだ。

「もう二度とあんなことは起きません。つまり……キスのことです」本当に、信じられないほどすばらしいキス。「わたしは――」あのときのわたしはわたしではなくなっていた。まともに考えることさえできなくなっていたのだ。でも今だって理性を働かせることができできない。いかなる形であれ、筋の通った説明を思いつくことができずにいる。「あなたは……わたしをくびにする必要はありません。これからはもっと秘書らしい行動を心がけます」

そう、すべてわたしのせいだ。あの庭園で起きたことの責任はすべて、わたしにある。

「きみをくびにする?」

「わたしたちの今の状況についてあなたが考えたというのは、そういうことではないのですか?」

「いいや、違う。きみはあのキスに満足していないのか?」

もう一度キスできるなら、一財産手放してもいい。「今、その質問は関係ないのでは?」

「いや、大いに関係ある。きみはあのキスが気に入ったのか?」

キングスランドはペネロペをじっと見つめたままだ。暗がりにもかかわらず、公爵が探るような目で表情や反応を観察している気配がありありと感じ取れる。

「ええ。とても気に入りました」

「僕もだ。男には欲求がある。女性もそうだ。ほとんどの男は、女性にそういった欲求がある事実を認めようとしないが」

たちまちペネロペの心臓が早鐘を打ち始めた。公爵が言う〝欲求〟が食べ物や雨露をしのげる自宅、あるいは衣服を必要とする気持ちだとは思えない。「欲求?」

何かにおびえたヤマネのように耳ざわりな声が出なくて、ペネロペは少しほっとした。

「触れ合いや愛撫……ある種の仲間意識……友情……そんなものを求める気持ちだ。それに肉体的な欲求を満たしたいという思いも含まれる。きみは男が与えてくれる悦びを心から求めたことがないのか？　そういったものを一度も探そうとしたことはないのか？」

やけに自信たっぷりの口調だ。なるほど、キングスランドはすでに答えを知っているに違いない。どういうわけか、わたしが〈ザ・フェア・アンド・スペア〉に行ったことを知っているのだろう。

「ローレンス卿から聞いたんですね」

一瞬虚を突かれたようだったが、暗がりのなかでも、彼がすぐににやりとしたのがわかった。

「きみが〈ザ・フェア・アンド・スペア〉に行ったことをか？　ああ、弟がうっかりもらした。わざとじゃない。きみの信頼を裏切るつもりはなかった。きみはあのクラブで、心惹かれる相手と出会ったのか？」

暗いせいでキングスランドの姿ははっきり見えない。それでもなお、馬車の外へ視線をつと移した。そのほうが安全に思えるから。

「いいえ、でもまだあのクラブには一度しか行っていません。安っぽくてけばけばしい雰囲気の店ではなかったけれど、あのクラブが本当に自分に合っているかはまだわからずにいます。そもそも殿方とどう戯れたらいいのかさえよくわからないんです。とはいえ、あのクラブに行ったのは病気で寝込む直前でした。だから本調子ではなかったと思うんです」

衣《きぬ》ずれの音が聞こえ、視線を戻すと、暗闇のなか、こちらに向かって前かがみになっている公爵の影が見えた。「またあのクラブに戻るつもりなのか?」

ペネロペは膝上で両手を握りしめ、目をぎゅっとつぶり、また開けてみた。夢ではない。こんな至近距離に、本当にキングスランドがいる。

「舞踏会が開かれるまでは戻らないと思います。やるべき仕事がたくさん残っていますから」

「僕たちはどちらも信じられないほど忙しい毎日を送っている。長い時間仕事をして、投資の打ち合わせに参加し、どこかに有望な選択肢がないか目を光らせ、新聞や雑誌を読み比べ、刻々と変わりゆく世界に後れを取らないよう必死だ。そんな僕らなら、自分たちで楽しめるひとときを過ごしたっていいじゃないか、そうだろう? 一日の終わり、お互い近くにいるときは、きみと僕とでそういった欲求を満たす時間を取ってもいい。

きみには結婚願望がない。僕には今のところ、妻がいない。将来の約束はなしということを二人とも理解している限り、少しくらい戯れてなんの害があるだろう? ひとときの逢瀬《おうせ》を楽しもう。お互いに対する責任はいっさい負わないと合意していればいい。まあ……難しいこともあるが。僕がきみの雇い主だという点だ。だから立場上、僕からきみを求めるべきではない。だが、もしきみのほうに僕に満たしてほしい欲求があれば、いつでも僕のもとへ来てほしいんだ」

これでこの件は解決したというように、キングスランドはふたたび座席にもたれた。体を寄せていたのはほんのわずかな時間だったにもかかわらず、ペネロペはたちまち彼のことが恋しくなった。できることなら公爵の隣に座って、この手や太ももを体に押し当てたい。あるいは、脚の間で熱く脈打っている部分を、彼の欲望の証にこすりつけたい。

「わたしは子どもを望んでいません」そう言いながらも、自分でもそれが嘘だとわかっていた。キングスランドの赤ちゃんなら喜んで産みたい。

「僕なら妊娠しないための方法を知っている」

もちろんそうだろう。わたしは経験がないが、キングスランドはそうではない。

「わたしは秘書として残れるんですね？」

「もちろんだ。その点に関して、僕らの関係は何も変わらない。ただ夜だけが変わることになる。これまでになく興味深くて満たされる夜になるだろう」

ペネロペはうなずいたものの、公爵がそれをどう考えているのか不安だった。たしかに、彼からの申し出は考えてみる価値があるだろう。〈ザ・フェア・アンド・スペア〉に行ったのは、男性とのおつき合いを求めていたからだ。とはいえ、いくら誰かと親密な関係になりたいと考えていても、一緒にいて心地いい相手と巡り合うまでにはかなり時間が必要になる。いっぽうで、すでに心をわしづかみにされている男性がここにいる。その男性と体を重ね合わせるのは、しごく理にかなったことに思える。特に、彼のキスの威力をすでに体験しているからなおのこと。たとえわずかな間だけでも、キングスランドとより親密な逢瀬を楽しみたい。何もないより、そちらのほうがずっといい。

13

屋敷へ戻る静まり返った馬車のなか、ペネロペはずっと自問自答を繰り返していた。どう考えてもキングスランドの提案はすべて理にかなっているように思えた。でも今、こうしてナイトドレスに着替え、自分のベッドの端に座って改めて考えてみて気づいた。あの提案は危険だ。落とし穴がたくさんある。わたしはキングスランドをいっそう心の底から愛するようになるだろう。公爵からは、二人の間で変わるのは夜だけだと言われたが、ひとたびベッドで体を重ねたら、夜以外の時間での関係にも影響が及ぶだろう。とはいえ、キングスランドが欲しかった。彼への憧れは募るばかり。その逢瀬のせいで仕事を辞めざるを得なくなり、彼と一緒にいられる時間が短くなるとしても。

でも少なくとも今夜は、自分で自分を慰められる。

思いきってもう一歩踏み出す勇気さえあれば……。公爵がなぜこちらに決定権を委ねたのか、その理由はわかっている。多くのものを失うのはわたしのほうだからだ。でも同時に、わたしは多くのものを得ることにもなる。最後の部分に関しては、キングスランドは知るよしもないけれど。

彼にとってこの提案は、欲望とその解放のみを意味する。

ペネロペにとってこの提案は、自分の想いをひそかに届けることを意味する。とはいえ、このハートはすでにキングスランドのものだ。先の段階に進んでも、その事実をさらに認めることになるだけだろう。ペネロペは持ちあげた両脚を両手で抱えるようにして、胸まで思いきり引きあげた。それからふたたび両脚をおろし、ベッドから起きあがって裸足《はだし》のまま床におり立った。枕の上で体を丸めている愛猫をちらりと見る。「サー・パーシヴァル、そんなに長くはかからない。わたしが留守にしている間、いい子にしていてね」

そして足音を立てないようにしながら部屋を横切った。内履きはいていない。あのあと馬車が屋敷に到着すると、ペネロペはすぐに自分の寝室へ戻った。いっぽう、キングスランドは図書室へ通じる廊下を進んでいった。きっとスコッチを飲みに行ったのだろう。それからわずか二十分後に、公爵の寝室の扉が閉まる音が聞こえた。もうすでに眠り込んでいるのかもしれない。その証拠に、あのあと屋敷はひっそりと静まり返ったままだ。彼が従者を呼ぶ呼び鈴の音も聞こえなかった。まあ、キングスランドは立派な大人だけれど。着替えくらい自分一人でもできる。

ペネロペは自分の寝室の扉を開け、廊下の左右を見回してみた。誰もいない。従者の姿さえ見当たらない。大きく深呼吸をして、勇気がしぼむ前に、分厚い絨毯が敷かれた廊下を進み、キングスランドの寝室の前へ行くと扉を軽く叩いた。びっくりするほど早く扉が開く。扉のすぐ背後をうろうろしながら、わたしの到着を待っていたのかもしれない。公爵はシャツのボタンをすべて外していた。V字に開いた襟ぐりから、むき出しの胸がのぞいている。その胸をうっすら覆う毛も見えている。彼は裸足だった。大きくて完璧な形をした足。むき出しになった足は、胸よりもはるかにスキャンダラスに見える。

ペネロペは大きく息を吸い込んでから打ち明けた。「わたし、こういうことを以前したことがないんです」

キングスランドはことのほか優しい表情を浮かべた。その表情を目の当たりにして、それまで抱いていた疑いや不安がいっきに吹き飛んでいく。

公爵が力強く大きな手を差し出した。「優しくするよ」

ペネロペは差し出された手に手を重ね、長くてしなやかな指がしっかりと絡められる感触を楽しみながら、キングスランドにいざなわれて寝室へ足を踏み入れた。公爵は扉を閉めて鍵をかけると、さらに奥へといざなった。ペネロペの寝室の二倍は大きい部屋が広がっている。

「ブランデーでも飲むかい？」キングスランドが尋ねてきた。

ペネロペは首を振って口を開いた。「すでに二杯も飲んでいます。どうぞあなたはお飲みになってください――わたしの勇気がしぼんでしまう前に」

公爵は優しさたっぷりにペネロペの顔を両手で挟み込んだ。「もし気が変わったり、やめてほしくなったりしたら、いつでもそう言ってほしい」

「ありがとうございます、閣下」

彼は親指をペネロペの口に軽く押し当てた。「この部屋には僕たち二人しかいない。どちらも欲望を募らせた人間同士だ。公爵と秘書ではない。貴族と平民でもない。僕のことはヒューと呼んでほしい、ペネロペ」

これまでキングスランドから名前で呼ばれたことは一度もない。ペティピースという彼の呼び方がずっと大好きだったけれど、今この瞬間、胸が弾《はじ》けそうな喜びを感じている。かつて感じたことのない、花が満開に咲き誇った瞬間のような喜びを。

かすかに笑みを浮かべて彼の名前を口にしてみる。「ヒュー」

それが合図だったかのように、公爵はごく自然に唇を重ねてきた。けれど、キスはどんどん情熱的に荒々しくなっていった。息すら思うようにできないほど深く激しいキスをしながら、公爵が名前を呼ぶ。たまらず、両手を彼の髪に差し入れた。今回は手袋をしていない。だから公爵の髪の柔らかな感触をじかに感じられる。低いうめきが荒々しいうなり声に変わっていくのを聞いているうちに、突然笑い出したくなった。このまま踊り始めて部屋じゅうをくるくると回り、彼の腕のなかへ飛び込みたい。キングスランドはわたしが大切な存在であるかのようにキスをしてくれる。いくら口づけても口づけし足りなくて、どれほど求めてもきりがないと言いたげなキスを。

いっぽうで、やはり心配は拭えなかった。この心を完全に開いて彼を受け入れたら、さらに苦しい思いをすることになるだろう。キングスランドと完全に一つになれても、もう二度と彼を自分のものにできない歳月が続くことになる。その果てしない時間をどうやって生き延びろというの？

でも、今はそんなことを考えたくない。このかけがえのない瞬間を心から楽しみたい。彼がこの体に与えてくれるありとあらゆる刺激的な感覚を味わいたい。そしてこちらからもお返しがしたい。この唇に感じている彼の唇の感触、この指に触れている彼の髪の感触以上のことを、もっともっとよく知りたい。

ペネロペは指先を太い首筋にそろそろとはわせ、彼がもらす野性的なうめき声を楽しんだ。同時に、自分が甘い吐息をついているのにも気づく。どうして彼ほどの権力と影響力を持つ男性が、こんなになめらかな肌をしているのだろう？　シャツのボタンに邪魔されないのがありがたかった。ためらうことなく両手をシャツのなかへ差し入れ、固くて広い胸板にてのひらを滑らせる。

キングスランドはキスをいったんやめると、両腕を掲げてシャツを頭から脱ぎ、脇へ放り投げた。おかげで美しい上半身を目にすることができる。なんて引き締まった体。それに……脇腹にかけて傷がいくつかある。一番大きな傷跡は変色して皮膚が引きつれていた。

その傷ついた部分に指をはわせようとしたが、手をつかまれ、そっと払われた。

「ここに傷跡があります。どうしたんです？」

キングスランドは自身の唇にペネロペの指先を押し当てた。「事故だ」指を広げさせ、今度はてのひらにキスをする。「今はもうなんともない」そのままてのひらを胸板の上に戻した。「気にしないでくれ」

そのあとふたたび情熱的な口づけを始めた。もっと彼の過去について話を聞きたかったけれど、高まる情熱と悦びに気を取られ、すぐに忘れてしまった。今この瞬間、何より大切なのは、キングスランドとこうして睦み合うこと。それ以外、何も考えられない。


キングはあのいまいましい傷のことなど、すっかり忘れていた。これほど長い年月が経った今は、すでに自身の一部になっている。シャツを脱ぐべきではなかった。醜い傷跡にペネロペが気づかないはずがない。ただ、小さな両手であちこち触れられ始めると、ペネロペにもっと好きなようにこの体を探らせたくなったのだ。ズボンは彼女の心の準備が整ったら脱ぐようにしよう。優しくすると最初に約束した。時間をかけてゆっくり愛し合うのだ。とはいえ、もうすでに欲望の証を彼女の奥深くに思いきり挿入したくてたまらないが。

ペネロペのあえぎ声は今まで聞いたことがないほど甘やかで官能的で、少し泣き声のようにも聞こえる。しかも彼女は、キングの体に触れる行為を心から楽しんでいるようだ。これまでの女たちは悦びを受け取ることだけで満足し、悦びを与えることはほとんど考えていなかった。だがどうだ。ペネロペは自分だけでなく相手にも悦びを与えようとしている。

そこでなぜか、ナイトから聞いた〝略奪〟という言葉が脳裏をよぎった。予感がする。最後まで達したとき、僕は略奪されたと感じるかもしれない。徹底的に、何もかも。

これほどペネロペを切実に求めていたとは、自分でも気づかなかった。ようやくそれを自覚したのは、図書室からこの寝室へ戻って寝支度を整え始めてからだ。上着を脱いでシャツとズボンだけの姿になってから、寝室をうろうろと歩き回らずにはいられなくなった。ペネロペが訪ねてくる場合に備えて、完全な裸にはなりたくない。それから毎分過ぎるたびに、緊張は高まっていった。もはや耐えきれず、彼女の寝室へ行こうと考えた。といっても、本当に眠っているかどうか確かめ、まどろんでいる彼女にキスをするためだけに。そう自分を納得させて、寝室の扉に手を伸ばした瞬間、ペネロペがノックする音が聞こえたのだ。あのとき、どれほどほっとしたか言葉では言い表せない。

そして今、ペネロペは妄想をかき立てる余地もない、慎み深いナイトドレス姿でここにいる。キングにとって、これは今まで目にしたなかで最も興奮をかき立てるナイトドレスにほかならないが。なぜなら、身にまとっているのがペネロペだから。そしてそのドレス姿の彼女が、いくら触れても触れたりないと言わんばかりに、両手を胸板から肩へ、さらに両腕へとはわせてくるから。いっぽうのキングは両手でペネロペの顔を挟み込んだり、ナイトドレスの上から背中に指を滑らせるだけで我慢している。

唇をかたときも離さないまま、両手をペネロペの前側に移し、ナイトドレスのボタンを外し始めた――弾き飛ばさないよう注意しながら慎重に。キングのなかにいる紳士はまれに見る忍耐強さに拍手を送っている。野蛮人は、募るいっぽうの欲望にうなり声をあげ続けている。

〝優しく、ゆっくりと時間をかけるんだ〟そう自分に言い聞かせる。ペネロペを怖がらせたくない。彼女に後悔させたくない。

キングは一歩あとずさり、彼女の熱っぽい瞳と目を合わせた。首から下の素肌を見おろさないようにするので必死だ。それ以上進んでもいいかどうか、ペネロペから許しを得るまで待ちたい。彼女はもはや防御の壁を取り払うだけの心の準備ができているだろうか？そのサインを見きわめたかった。

ペネロペは挑発するかのように両肩を丸め、自らナイトドレスをすとんと床へ落とした。目の前にあらわになったのは、生まれたままの彼女の姿だ。小柄だが女らしいくぼみや曲線に満ちている。まさに完璧としか言いようがない。そのくぼみも曲線も、一つ一つをたどりたい。だがまずは唇をペネロペの唇にふたたび押し当て、彼女の体をすくいあげ、大股でベッドへ連れていくのが先だ。

賞賛するようなキングスランドのまなざしを浴び、ペネロペの全身をしびれるような興奮が駆け抜けた。欲望に駆られた表情がどのようなものかは知っている。でも今の公爵の顔に浮かんでいるのは、そういった表情ではない。もちろん、欲望や欲求、願望は感じられる。でもそれ以外に、単なる肉体的欲求を超えた飢餓感のようなものが見え隠れしている。それはまさに、今のペネロペ自身が感じているものだ。痛みにも似た感情と言っていい。彼のありとあらゆる面が知りたい。知りたくてたまらない。一つ残らず、いかなる面も味わって楽しみたい。

自分からナイトドレスを脱ぎ捨てたときは、えもいわれぬ喜びを感じた。これから何が起きようと、びくびくしたり、上品ぶったりするつもりはない。ずっと若い頃に、そういった慎み深さは捨てた。持っていてもなんの役にも立たないとわかったから。

キングスランドは言葉どおり、とても優しい態度を貫いてくれている。足元に羽毛布団が畳まれたベッドへ仰向けに寝かされたときも、シーツに背中がついたかどうかわからないほどそっと横たえてくれた。それから彼も隣に体を横たえると、唇を重ねながら片手で胸を愛撫し始めた。てのひらで胸全体を包み込んだり優しく揉みしだいたりしながら、親指と人差し指で胸の頂をもてあそんでいる。

今の今まで知らなかった。自分以外の人の指先で愛撫されると、こんなにも感じ方が違うなんて。早く彼の指先でこの体の至るところを愛撫してほしい。彼に触れられることで、どれほど深い興奮が呼び覚まされるのか発見するのが待ちどおしい。

ペネロペはてのひらを胸板に押し当て、そろそろとズボンのほうへおろしながら、彼の口から唇を離した。「このズボンを脱がないと」

「処女にしては、きみはずいぶんと大胆だね」

「こういうことを前にしたことがないとは言いました。でも、こういう瞬間を考えたことがないとは言っていません」

キングスランドは含み笑いをすると、ペネロペの喉元に唇を押し当てた。その唇から、彼の喜びがひしひしと伝わってくる。「本当に大丈夫かい？」

「前に美術館で絵や彫像を見たことがあります」たとえ服を脱ぐためであっても、一瞬たりともキングスランドと離れていたくない。そういう方法があればいいのに。

公爵はベッドからおりると、ズボンのベルトを緩め、一糸まとわぬ姿で目の前にすっくと立った。堂々としていて、まばゆいほど美しい。

「今までも男の人とこんなふうにしているところを空想してきたけれど――」本当はあなたとこうしているところを、だ。「現実は……わたしの想像をはるかに超えていました」

公爵はこれまで見たなかで一番美しい笑みを向けると、笑い声をあげた。その男らしい響きにペネロペの胸はいっぱいになり、彼への熱い想いがあふれ出そうになる。

「そう聞いて嬉しいよ」

傷あとが笑い出すように揺れ、二人の笑い声も重なり合う。まさかこれほどの喜び、幸せを感じられるなんて想像もしていなかった。先ほど公爵が言ったとおりだ。この部屋にはわたしたち二人しかいない。なんの重荷も、心配も、恐れも感じる必要はない。

ペネロペは手を下へ伸ばし、欲望の証に触れてみた。ものすごく熱い。それになめらかだ。ペネロペの喉から肩にかけてキスの雨を降らせながら、公爵が喉の奥底から絞り出すようなうなり声をあげるのを聞き、ふと不安になった。もしかしてこうやって指先をゆっくりと動かし、もっと探ろうとするやり方が間違っているのでは？

「もし痛いようなら教えてください」

彼は体を起こし、目を合わせてはっきりと答えた。「いや、そうやって触れられるとすごく気持ちいい」

「こうやってあなたに触るのが好きです」

「よかった。僕もきみにこうして触れるのが好きだ」キングスランドが片手を脇腹からヒップへ滑らせながら言う。「でもきみを味わってもみたい」

公爵は片方の胸の膨らみを持ちあげると、動きを止めた。望んでいることを実行していいか、ペネロペの許しを待っているかのようだ。もちろん、その両手でこの体にいろいろなことをしてほしい。

「あなたの好きにしてください」そっとささやいた。

公爵は大きく息を吸い込むと、ペネロペの首元へ顔を埋《うず》め、柔らかな肌に強く吸いついた。巧みな舌遣いで上半身の愛撫に取りかかり、舐めたりキスをしたりを繰り返しながら、どんどん体を下へ移動させていく。とうとう欲望の証を手放さなければいけなくなったけれど、彼の体にしがみついていたい。だから背中、両肩、首、髪の毛、ありとあらゆるところに触れ続けた。

部分によって手触りがまるで違う。そのすべての感触を心に刻みつけておきたい。愛撫する感触も、愛撫される感触も一つ残らず。キングスランドは唇、両手、指先の動きを見事に組み合わせ、低いうなり声とうめき声をあげながら、こちらの興奮を痛いほど高めていく。自分でも気づかなかった場所がいくつもうずいている。こんなふうに熱烈に求められた記憶は、歳月が経っても絶対に色褪《いろあ》せることがないだろう。

舌先をへそに差し入れられ、顎が腰のくぼみに当てられる。そのとき、無精髭のちくちくとした感じがしないことに気づいた。舞踏会から戻ってきたあとにわざわざ髭を剃《そ》ったのだろう。それこそ、わたしがここへやってくるのを彼が心から期待し、待ち望んでくれていた証拠だ。

これまでペネロペはキングスランドをこれ以上愛せないほど愛していると考えてきた。

でも今、それが間違いだと気づいた。公爵の思いやり深さを目の当たりにして、想いは募るいっぽうだ。

彼は太ももの内側の感じやすい部分にキスすると、両手を腰の下へ滑らせ、わずかに持ちあげた。それから両方の親指を使って、襞《ひだ》をかき分け、とうとう欲望の芯をむき出しにした。今や彼を求めて腫れあがったようになっている。

「きれいなピンク色だ。それに完璧な形。この部分に自分で触ったことはあるのか？」

「ええ」

公爵は瞳を煙らせ、鋭くペネロペを見つめた。「きみは恥ずかしがらないんだな」

「ええ」

生き延びるためにいろいろなことをしているうちに、自分の体を恥ずかしがる気持ちなどどこかへ吹き飛んだ。体なんて単なる入れ物にすぎない。重要なのはその中身だ。とはいえ、今この瞬間は、公爵がその入れ物を愛撫してくれていることに心から感謝している。

「あなたは前に、女性も欲望を持っているとおっしゃっていました。それを否定するのは愚かなことです」

「だが、きみは一度も男とそういう関係になったことがない」

彼女は両肘を突いて上半身を起こし、首を振りながら答えた。「ええ、こんなふうな体験は一度もしたことがありません」

キングスランドはいたずらっぽくにやりとしてみせた。ペネロペは心のなかで、もっと若かった頃の——公爵になって重い責任を負う前の——少年時代の彼の姿を思い描かずにはいられなかった。

「きみの最初の男になれるとは、僕は本当に幸運だ」

最初で最後の男になるだろう。自分がキングスランド以外の誰かと、こんなことをするとは思えない。

彼は頭を下げ、なめらかな舌で欲望の芯を刺激し始めた。舌先で弧を描かれたり、小刻みに舐めたりされるうちに、体全体がろうそくみたいに溶けてくる。

「ああ……初めての感じです。自分一人ではこんなことはできません」

公爵の含み笑いの響きが、欲望の芯を通じて伝わってきた。「まだほんの始まりだ」

ペネロペはいつだって彼のひたむきさを尊敬している。あるプロジェクトや仕事に向き合うとき、彼は全身全霊を傾けようとする。そんなキングスランドは今、目の前にある仕事に熱心に取り組んでいた。どうしても泣き声やため息がもれてしまう。体の奥底でしびれるような感じが高まるにつれ、悲鳴すら出てきた。その合間も、キングスランドはペネロペからかたときも目を離そうとしない。欲望に煙った目で、胸の膨らみの向こう側からじっとこちらを見つめている。ときどき、思いきって彼のほうを見てみるたびに目が合う。

キングスランドから熱っぽく見つめ続けられているだけでも、全身を駆け抜けるような強烈な悦びを覚える。そのうえ巧みな舌と指遣いで愛撫され、興奮は募るいっぽうだ。体の中心に熱がいっきに集まり始めている。こんなに激しく攻められ続けて、耐えられる自信はない。だって、すでに死にそうになっている。悦びも興奮もいやおうなくかき立てられ——

ああ、もう、限界——その瞬間、体が丸まったかと思ったら、びくんと跳ね返り、いっきに悦びの極致へ押しあげられた。あとからあとから押し寄せてくる快感の波にのみ込まれ、悦びにすすり泣きながら彼の名前を叫んでいた。まさに祝福の言葉を唱えるかのように。両脚をキングスランドの両肩にきつく巻きつけ、いっそう強く引き寄せる間も、全身の小刻みな震えは止まらない。ようやく震えが落ち着いてくると、公爵は脚の間から抜け出し、体を上に移して口づけをしてくれた。その舌先から伝わってきたのは、彼の舌の味わいとペネロペ自身の味わいだ。

この世に、これほど無垢で親密な行為があったとは。その事実を知ったと同時に、もう二度とこんな行為は体験できないのだと悟った。やはり、公爵の寝室にやってきたのは間違いだったのだ。

キングスランドが欲望の証を体にこすりつけてくる。「きみは本当に熱くて、よく濡《ぬ》れていた。今でもまだ震えているね」

「これほど強烈で、体がばらばらになるような感じは初めてです」

「普通なら避妊具をつけるが、今回は、今回だけは、きみのことを感じたいんだ、ペネロペ。種を蒔《ま》くぎりぎりの瞬間まで、きみのなかにいたい」

「ええ。わたしも何も隔てるものがないまま、あなたを迎え入れたいです」

キングスランドは頭の両脇に手を突いた。「いちおう話しておくが、僕が避妊具を使わないのは今回が初めてなんだ」

ペネロペは思わず笑みを浮かべた。「わたしは本当に幸運です。あなたの最初の女になれるなんて」

彼がまた低い含み笑いをする。この笑みもペネロペの心から永遠に消えることはないだろう。二人で体の位置を合わせると、公爵が欲望の証で脚の間を軽く突いてきた。

「もし痛かったら僕を止めてほしい」

こくんとうなずいた。でも、彼を止めるつもりはさらさらない。というか、彼と早く一つになりたくてたまらない。

公爵が入ってきたとき、不快な感じはほとんどしなかった。時間をかけてゆっくり準備を整えてくれたおかげだろう。突かれ、さらに押し広げられ、これ以上ないほど満たされる不思議な感じに我を忘れていたせいもある。今までずっとこうなることを夢見てきた。でも現実は、思い描いてきた夢よりはるかにすばらしいものだった。

ペネロペを完全に満たすと、公爵が動きを止めた。「大丈夫かい？」

「大丈夫です……わたし、こういう感じが好きみたい」

「だったら、本当にいい部分はまだこれからだ」彼はゆっくりと腰を動かし始めた。一瞬たりともペネロペから目を離さないまま、欲望の証を差し入れ、引き抜く。それからペネロペの頭の両脇にしっかりと手を突いたまま、わずかに自身の体を持ちあげた。「きみの脚を僕の腰に巻きつけるんだ」

言われたとおりにすると、キングスランドは欲望の証をほとんど引き抜き、それからもう一度強く差し入れてきた。

「ああ！」欲望の芯が突然目覚めた。先ほどまで彼から口で愛撫され、クライマックスを迎えたばかりだというのに。

「これこそ僕が求めていたことだ。さあ、しっかりつかまって」

腰を引いては強く突き出すという動作が繰り返されるにつれ、それまで眠っていたようだったペネロペの全身がまたたく間に目覚め始めた。さらなる悦びの予感がどんどん高まっていく。

指先をキングスランドの背中に滑らせ、動きに合わせて筋肉がうねる感触を思いきり楽しむ。甘い吐息をもらさずにはいられない。いつしかその吐息に、彼の低いうめきが混ざり合うようになっていた。キングスランドは額にほつれかかる前髪も気にせず、欲望に目を煙らせ、歯を食いしばっている。

体じゅうの筋肉が小刻みに震え出し、頂点に達した瞬間、ペネロペは炸裂《さくれつ》するような悦びに貫かれた。それでも、どうしても彼から目を離すことができない。そうやって見つめているだけで、満ち足りた思いがより深まっていく。今やキングスランドは首の血管を浮き立たせながら、肩でぜいぜいと息をしていた。

そして、ののしり言葉を口にして体を離した瞬間、腹部に生温かいものが広がった。キングスランドが蒔いた種だ。両手を欲望の証に巻きつけ、できるだけ手で受け止めようとする。公爵はがっくりと頭を垂れ、つぶやいた。「ああ……くそっ」

それから額をそっとペネロペの額に押し当ててきた。「少し待っていてくれ。きみをきれいにしてあげよう」

そのあとキングスランドはキスをしてくれた。ほんの短い間、唇を重ね合わせただけだったが、これまで交わしたどのキスよりも強烈に心に響いた。ペネロペは枕から頭を持ちあげ、唇を胸板の中心に押し当てた。かつて一度も感じたことがない満足感に打ち震えながら。

ペネロペの腹部を拭いたあと、キングスランドはごく優しい手つきで脚の間も拭いてくれた。布についた小さな血のしみを見て顔をしかめている。

「痛かっただろうか？」

「いいえ」ペネロペは嘘をついた。

ベッドの上に仰向けに寝転んだ公爵から体の脇へ引き寄せられ、体に片方の腕をしっかり巻きつけられた。もう片方の手はペネロペの腰のあたりに当てられ、音楽家が楽器の弦をつまびくように小刻みな愛撫を繰り返している。ペネロペはキングスランドの肩のくぼみに頭を休めながら、てのひらをがっちりした胸板にはわせ、ちくちくした感触を楽しんだ。

「ペネロペというのは、きみの本当の名前なのか?」公爵は静かに口を開いた。

「ええ」

そう答えておいたほうが簡単だ。古い記憶はそのままにしておいたほうがいい。新しく覚えなければいけないことが山ほどあるのだから。

「ペティピースというのは?」

「本名ではありません。わたしの父はいつも引っ越すときに名字を変えていました。父はよくこんなふうに言っていたものです。〝何も持っていなければ、何かを持ち続けるために自分が何者かを証明する必要もない〟って。父が亡くなったあとも、名字を変える習慣は続けるようにしました。実際、いろいろな場所を転々としてきたんです」

「どうりで僕の雇った探偵たちがいくら調べても、きみの情報を何一つ見つけ出せなかったはずだ」

「そうだと知って驚くほど安心しました」それはつまり、自分が見事に過去の手がかりを消して、かつては存在していなかった何者かになりすませていたという証拠だ。

「きみの本当の名前はなんというんだ？」

「大して重要なことではありません。わたしはもうペティピースとして一番長くやっていますから」肘を突いて体を持ちあげ、キングスランドを見おろしながら続けた。「さあ、今度はあなたが分かち合う番です。そのやけど跡はどうしてできたんですか？」

「分かち合うなら、互いの情熱がいいな」

　公爵から体を転がされかけたが、ペネロペはてのひらを胸板に当てて押しとどめた。

「その事故はどうして起きたんです？」どう見ても、誰かにつけられた傷跡としか思えない。

　キングスランドはため息をつくと、枕の上に頭をのせた。「僕が十二歳のときだった。夜遅い時間で、僕もすでにベッドで休んでいたんだ。そのとき母が何をやったのか、はっきりとはわからない。きっと、僕の父が嫌がるような内容の手紙か日記を書いていたんだろう」そこでまたため息をついた。今度は先ほどよりも長く、不満げで荒々しいため息だ。「どんな不愉快なことが書いてあったのか、僕には想像もつかない。だが父に廊下を引きずられたまま母が抵抗し、謝罪をし、二度とこんなことは書かないからと懇願する声で目が覚めた。慌てて自分の部屋から出て二人のあとを追った。結局、母は厨房まで引きずられていった。使用人たちはもう休んでいたが、キーティングもなんの騒ぎかと駆けつけた。父はキーティングに、ポットいっぱいに湯を沸かし、その場から立ち去るよう命じた。母はその間もひざまずいて、どうか許してほしい、わかってほしいと叫び続けていた。僕はその様子を戸口に立ったまま、ただ黙って見ていたんだ。とても怖かった。怖すぎて父を止めることも、そこから立ち去ることもできずにいた」

キングスランドは口を閉じ、天井を見あげている。だが今でもその目に、当時の恐怖がちらついていた。彼はいまだにその恐ろしさを忘れてはいないのだ。こんなことを尋ねなければよかった。ペネロペは後悔したが、このまま放っておくわけにもいかない。そんなことをしても、わたしたちのどちらのためにもならないだろう。なんの結論も出さないままに、キングスランドがずっとそのいまわしい記憶を抱え込んでいてもいいことはない。

「何が起きたんです？」

彼は唇を引き結び、首を振ると、震える息を吐き出した。「父は母を無理やり立たせ、ポットの水に手を浸けるよう命じたんだ。すでにそのときには水は沸騰していた。僕にもぐつぐつという音が聞こえ、蒸気が立ちのぼっているのが見えるほどだったんだ。母が嫌がると、父は無理やり母の手を熱湯に浸けようとした。だが母は抵抗し続けた。闘い続けたんだ。父はいきなり母から手を離すと、ポットの熱湯を母に浴びせかけようとした――だから僕が飛び出して母を押しのけたんだ」

ペネロペは手で口を押さえながら、必死に気分の悪さをこらえようとした。このままだと吐きそうだ。

キングスランドは両方の親指で、いつしかペネロペの目からあふれ出し、口元にたまっていた涙を拭ってくれた。「泣かないで。もうずっと前の話だ。僕は寝巻きを着ていたが、なんの助けにもならなかった。僕のあげた叫び声で、父はようやく現実に引き戻された様子だった。すぐに医者を呼んでくれたが、やけど跡は残ってしまった」

「彼——あなたのお父様は、本当に冷酷な人だったんですね」

「ああ、ほとんどいつもそんな感じだった。特に機嫌が悪いときは最悪だった」

ペネロペはこの八年間のことを思い返してみた。「わたしは怒ったあなたを一度も見たことがありません」

「自分の感情をコントロールし、まわりの世界を常に安定させられるよう必死に努力しているんだ。ほかの誰かに尋ねられても、この話はしたことがない。話したのはきみが初めてなんだ。それがどういう意味か、わかるかな?」

「あなたは自分の秘密を話しても、わたしが誰にも話さないと理解しているんですね」

「きみの秘密はどうだ?」

「あなたならわたしの秘密を絶対に守ってくれます」公爵はペネロペをじっと見つめている。きっと、秘密をもっと打ち明けられることを期待しているのだろう。「わたしの秘密はすべてお話ししました」この寝室に、このベッドに、もうこれ以上嘘は持ち込みたくない。

下唇の近くにある傷に触れながら、公爵は口を開いた。「きみも、きみ自身の不運な出来事を分かち合ってくれたんだね」

〝不運な出来事〟とは、どちらにとっても控えめすぎる表現だ。でも今回、キングスランドから体をうつぶせにされても、ペネロペは彼を止めようとはしなかった。不幸話をするのはもううんざりだ。ありとあらゆるすばらしい愛撫をしてほしい。この心から完全に消え去ることがなく、いつも思いがけないときに姿を現す過去を忘れさせてほしい。

ほんのひとときでいいから。

14

キングスランド家の舞踏会まであと四週間

昨夜は壮大な夢を見ているようだった。あらゆる瞬間が輝かしい栄光に満ちていた。公爵とワルツを踊り、庭園で口づけをし、屋敷に戻ってからは彼の寝室へ行き、彼のベッドで一つになった。

でもこうして朝の光を浴びていると、ペネロペは舞踏会に到着してからの一瞬一瞬に悪態をつかずにはいられない。どうしてあんなに軽率で、後先考えない振る舞いができたのだろう？　キングスランドとあれほど親密な関係になっても、なぜ自分の日常生活にはなんの影響も及ばないなどと考えたのか？

飾り気のない濃紺のドレスを身につけながら、ふと思う。これがあのローズ色の舞踏会用ドレスだったらいいのに。肌の一部があらわになったあのドレスなら、キングスランドもその部分に軽く触れたり、唇を押し当てたりできるのに。髪をきつくしばってお団子にまとめながら、ふと考える。このまま髪を肩に垂らしていたい。そうすればもつれた巻き毛をキングスランドが指先でときほぐせるのに。朝食を食べに階下へ向かう合間も、昨夜公爵がベッドで与えてくれた〝ごちそう〟を乞い願ってしまう。

ダイニングルームに入ったとたん、テーブルに座っているキングスランドの姿に注意を引かれ、よろめきながら足を止めた。公爵は読んでいた新聞を注意深く折りたたみ、脇へ置くと、立ちあがった。

「おはよう、ペティピース」

彼があの親密な出来事にまったく影響を受けていないのは、火を見るよりも明らかだ。本来ならそうであるべきことなのに、なんだか腹立たしくてたまらない。「おはようございます、閣下」

ペネロペは足早にサイドボードへ向かい、自分の皿に料理をのせ始めたが、何も考えていなかったせいで盛りつけすぎた。気づいたときには時すでに遅し。皿にのせた半分も食べられそうにない。それでも体の向きを変えてテーブルに向かったが、公爵が手をひらめかせて従者を追い払い、ペネロペの椅子を彼自身で引いてくれたのを見て言葉を失った。

テーブルに二人で腰をおろすと、キングスランドはコーヒーカップ――前夜へとへとに疲れた場合、公爵が朝に紅茶を飲むことはめったにない――を持ちあげてコーヒーを飲みながら、カップの縁越しにペネロペの様子をじっと観察し始めた。たちまちコーヒーカップが妬ましくなる。あのふっくらとした唇が触れているなんて幸運としか言いようがない。

公爵はカップを口から離すと尋ねた。「昨夜はよく眠れたかな？」

「ええ、ぐっすり眠れました。ありがとうございます」昨夜あれからずっと、ペネロペはキングスランドのかたわらで体を丸めていた。使用人たちが起き出す前に自身の寝室へ小走りで戻ってから、数時間眠ったのだ。「あなたは？」

「よく眠れなかった。寝室の窓からベッドに降り注ぐ朝の光がたいそう美しくてね。その輝きを一瞬たりとも見逃したくなかったんだ」

その朝の光はペネロペ自身の体にも降り注いでいた――ああ、どうかそこに立っている執事と従者二人に、髪の先まで赤くなっているのを気づかれませんように。きっとつま先までも赤くなっているだろう。

「でしたら、さぞお疲れでしょう」

「奇妙にも、それがそうではないんだ。むしろ新たな活力が湧いている」公爵はもう一口コーヒーを飲むと、秘密めいた小さな笑みを浮かべた。ペネロペも口元は緩めなかったものの、思いきって目で笑みを返した。

あれほどの興奮に包まれた夜のあと、ほとんど寝ていないにもかかわらず、キングスランドがとびきりハンサムなことがひどく不公平に思える。それに、彼が二人の間に起きたことをほのめかしもしないことも。ただ二人の夜だけが変わることになる――公爵はそう約束した。それなのに、こうして朝を迎えても、ペネロペはあれこれと思い出してしまう。そうなるのは彼のせいではないと頭ではわかっていても、彼から与えられた快感を思い返さずにはいられない。もう一度、あの禁断の行為を実体験しているかのようにありありと。

「今日の予定は？」公爵が尋ねた。

〝あなたの図書室でキスをして、わたしの事務室で愛撫される予定です。きっとあなたは自分のデスクの上でわたしを奪い、わたしはあなたを本棚に押しつけて奪うでしょう〟

でも公爵の声は真剣そのもので、どこにもいたずらっぽさは感じられない。ペネロペは咳払いをしてから口を開いた。「そろそろ閣下は弟さんの進捗状況を確かめたいとお考えのはずです。あの時計製造に関して、弟さんが質問や問題を抱えていないかお確かめになるのはいかがでしょう？」

「名案だ。ただ、弟には僕の言いなりになってほしくもないんだ。彼に手紙を送って、明日のディナーに招くのはどうだろう？　もし弟の都合が悪ければ、都合のいい日時を伝えるように言えばいい。ほかに対処すべき仕事はあるだろうか？」

「昨夜の舞踏会に欠席していたレディ二人を訪問しようと考えています」

「〝より自然な環境のほうが性質を観察しやすい〟という僕の母の意見に抗うつもりか？」

「閣下、レディたちは動物園の動物たちではありません」

「とはいえ、僕は彼女たちに以前も会ったことがある。見たらすぐに誰だかわかる。

散歩時間《ファッショナブル・アワー》にハイドパークをぐるりと回るのはどうだろう？」

「あなたはいつも牡馬《ぼば》に乗っていらっしゃいますが、わたしは乗馬が苦手です」

「だったら屋根のない馬車で出かけよう。きみはボンネットか日傘を用意したほうがいい」

「わたしが日傘をさすようなたちに見えますか？」

公爵は片方の口角を持ちあげ、熱っぽいまなざしを向けてきた。「いや、正直に言うと、そうは見えない。きみはそばかすができないように、太陽に自分を照らすことを禁じているのではないかと疑っている」

こんなふうに、からかうように目を光らせている公爵が好きだ。「そうできればいいんですが。ボンネットは必ず持っていくようにします」

「すばらしい。ちょうどいい時間に馬車で出かけられるよう支度をさせておいてくれ」

「かしこまりました、閣下」

「僕らが出席すべき催し物がないかどうかも確認しておいてくれ。もちろん調査目的のためだ」

「はい。最近届けられた招待状に目を通しておきます」

「よし」キングスランドはふたたび自分用の新聞を手に取った。

ペネロペも自身の新聞を広げて目を通し始めたが、今朝は文字が一つも頭に入ってこない。紙面を眺めていても、意識が向かい側に座っているキングスランドに向けられたままだからだ。これまでも彼の隣に座ったときは常に、公爵の長い指が陶器のカップにしっかりと巻きつけられている様子を眺めてきた。でも今は、あの指で胸の膨らみを包み込まれるとどういう感触がするか、はっきり知っている。それに、あのカップの縁に触れた公爵の唇が、親密なキスを交わすときにどれほど温かくて柔らかく感じられるかも。一口飲んだコーヒーを味わっている公爵の舌が、脚の間から流れ出す熱いものをどんなふうに舐め取るかも。あの上着やベスト、シャツの下にあるキングスランドの肉体がどれほどすばらしいかも。

キングスランドはときおりこちらに熱っぽい視線を向けている。もしかして彼も、濃紺のドレスの下に隠された体つきを思い出しているのかもしれない。恥ずかしいことに、欲望がむくむくと頭をもたげつつある。今ここで立ちあがり、ドレスのボタンを弾《はじ》き飛ばし、丈夫な生地をびりびりに引き裂いて、公爵の頭のなかにある記憶を新しく塗り替えたい。キングスランドにもう一度、この体じゅうに熱い視線をはわせてほしい。

常々、自分にはふしだらな面があると気づいていた。本来すべきではないことを自分に許してしまうような一面が。だからこそ、今までその部分を飼い慣らし、押さえつけ、枷《かせ》をつけてきた――昨夜までは。でもキングスランドとああいうことになって、その部分がいっきに解き放たれ、勝利の雄叫《おたけ》びを高らかにあげた。それゆえ、公爵と二人きりでない場所で、その部分をもう一度押さえつけるのに四苦八苦している。秘書と公爵との関係に何か変化が起きたのではないかと、使用人たちに疑いを持たれても何もいいことはない。ペネロペはナプキンを手に取り、唇についたわずかな食べ残しを拭いながらつくづく思う。野蛮人のごとき原始的な欲望を感じているのに、こうやって上品で洗練されたように見せかけるのはことのほか難しい。

「そろそろ仕事を始めなくては」

「きみはほとんど食べていない。ほかのものに食欲をかき立てられているからだろう」公爵の煙ったまなざしがはっきりとこう告げている。〝きみが何に食欲をかき立てられているか、僕にはちゃんとわかっている〟「もしほかのものが欲しいなら料理長《コック》に伝え、用意させるといい」

ああ、なんて不道徳な言葉を口にするのだろう。バターたっぷりの卵料理をポーチドエッグに代えれば、この体にくすぶっている欲望の燃えさしを鎮められるとでも言いたいのだろうか？　もうすでに体が自然発火しそうになっているというのに。もしかして、キングスランドは使用人たちがいる前で認めさせたいの？　〝わたしが今かじりつきたいのはあなたです〟と。

昨夜は、これを公爵と二人で過ごす最後の夜にしようと決めていた。今回一度きりだと自分に言い聞かせていた。キングスランドの腕に抱かれるのはどういう感じがするのか知るためなのだと。でも今、自分が自分に嘘をついていたとはっきり思い知らされている。あんなすばらしい一夜は、人生でそうそうあるものではない。

「昨夜の舞踏会でシャンパンを飲みすぎたようです。胃の調子が少しよくありません」

公爵はすぐに真顔に戻り、ペネロペのほうへ体を傾けてきた。「僕の医者を呼ぼうか?」

たちまち不安そうになり、優しさを見せてくれた彼に柔らかな笑みを向ける。「いいえ、事務室で仕事をしていれば、すぐにいつもの自分に戻れます」仕事をしていれば、この屋敷における本来の役割を思い出せるはずだ。

「それならきみの事務室まで付き添おう。キーティング、ミス・ペティピースの事務室に淹れたての紅茶を届けさせてくれ」

「かしこまりました、閣下」

キングスランドは椅子からすばやく立ちあがり、ペネロペが椅子から立つ手助けをした。椅子を引く時間すら与えなかった。だが、腕を差し出そうとはしない。そんなことをすれば、二人の関係に変化が起きたことを使用人の前で認めるようなものだ。背中で両手をしっかりと組みながら、ペネロペをいざなって部屋から出た。

「安心してください。具合が悪いわけではありません」長い廊下を歩きながら、ペネロペは彼に告げた。

「実は、きみも僕と同じ症状に苦しんでいるのではないかと疑っている」

その言葉に顔をあげると、公爵は注意深い目でペネロペを見つめていた。「その症状とは？」

「昨夜感じた衝動は、とても一夜ではおさまりきらないものだとわかったんだ。僕はきみをよりいっそう欲しくなっている」

「そもそも、そういうものではないのですか？」

「いや、ペネロペ、そうじゃないんだ」公爵は眉をひそめた。「これほど華奢で小柄な女性に、ペネロペという名前は長すぎる気がする。それでもペニーという呼び方は軽薄すぎて、きみには似合わない」

「ペンと呼ぶ友だちもいます」

「きみは僕を友だちと考えているのか？」

公爵のことは愛人だと考えている。それに、彼は正しい。一夜では足りない。

「罪深い者のみが起きている夜遅い時間だけは、そう考えているのかもしれません」

公爵は訳知り顔をして、勝ち誇ったような笑みを浮かべた。「まさにそのとおりだ」

図書室とペネロペの新しい事務室がある翼に通じる廊下を、二人で進んでいく。図書室の前にやってくると従者が扉を開き、続いて反対側にあるペネロペの事務室の扉も開いた。

「使用人が多すぎる」キングスランドがつぶやく。

「あなたは公爵です。多すぎるほどの使用人を使うべき方なんです」

「だが彼らのせいで、僕は行儀よくし続けなければならない。そうでなければいいと思うよ」

二人は図書室の外で立ち止まった。一緒にブランデーを楽しんだ部屋だ。あの一夜のおかげで、二人の関係は大きく前進したのだ。ペネロペはそう信じている。

「ではまた昼食のときに。きみの仕事について話し合おう」

普通なら、ペネロペは事務室に昼食のトレイを持ち込み、食べながら仕事をしている。とはいえ、公爵からの昼食の誘い――というか命令――を断るつもりはない。「楽しみにしています」

背中に注がれているキングスランドの視線を意識しながら、ペネロペは突然そうしたくなってヒップを揺り動かしていた。今まで一度もそんなことはしたことがないのに。でも、いっそ少し品のないやり方で、視線に気づいているというサインをどうしても送りたかったのだ。

自分の机に座ったときには、顔から火が出そうになっていた。二人の間に起きたすべてを思い返していたせいだろう。思わせぶりなほのめかし、熱っぽい視線、お互いに対する興味、そして欲望。でも、キングスランドは抑えきれない衝動を感じていると認めてくれた。わたしは今夜、間違いなく公爵の寝室を訪ねることになるだろう。

従者によって届けられたローズウッドの大きなトレイに手を伸ばし、午前中の郵便物を確認し始める。直接この屋敷へ届けられた招待状も含まれていた。まずは公爵が出席できそうな催し物を探し出す仕事から取りかかろう。ディナーや独演会の招待状を優先すればいい。

郵便物の山の一番上にあった封筒を手に取ってみる。上質紙だが、奇妙なことに宛名が書かれていない。だがもちろん、誰かの従者によって届けられたに違いない。それでも普通なら受取人の名前は封筒に手書きするものだ。レターナイフを使って器用に封筒を開け、折りたたまれた手紙を取り出した。

手紙には、これまで見たこともない奇妙な文字が書かれていた。誰かが新聞から文字を切り取り、一文字ずつこの手紙に貼りつけたかのようだ。しかもその内容を読んだ瞬間、背筋に冷たいものが走った。

おまえが何をしたか知っている。
黙っていてほしければ金を払え。
支払いの準備をしろ。

キングの毎朝の日課は、投資案件について細かく検討することだ。損失が出ていて手を引く必要がある案件、利益が出ていて持ち続けたほうがいい案件、あるいは、さらなる投資が必要な案件はどれか、リスクを取ってでも投資すべき新たな案件はどれかについてじっくりと考える。ただ今この瞬間は、こうしてデスクに座っていても、昨夜僕のベッドに横たわっていたペネロペの姿を脳裏から追い出すことができない。この体の下、彼女は熱心に僕と力を合わせようとしていた。

ほかの女たちが相手の場合、体を重ねた記憶があとあとまで尾を引くことはほとんどない。だがペネロペの場合は違う。彼女との睦み合いは上等のワインのテイスティングを思わせる。一度味わってから余韻を楽しみ、そのあともある程度時間をかけてワインそのものを大切に扱い、さらにもう一度味わう楽しみがある。もちろん、ペネロペ・ペティピースというワインはもう一口味わいたい。朝食の間、僕を熱っぽい目で見ていたことからすると、彼女のほうも味わってもらいたがっている。時間をゆっくりとかけて、念入りに、とびきり蠱惑的なやり方で。

今朝の朝食の席に座っていたのは、たしかにとびきり優秀な僕の秘書だった。昨夜二人の間に起きたことにまったく影響を受けていないかのように見えた。とはいえ、これまで彼女は朝食の席で顔を赤らめたことが一度もない。ところが今朝は真っ赤になっていた。なんとも恨めしいのは、あの濃紺のドレスだ。あのドレスが両肩から下に続く膨らみをすっぽり覆い隠しているせいで、ドレスに向かって悪態をつきたくなったことが何度もあった。彼女が赤面し、顔から下の素肌がピンク色に染まる様子をこの目で見られなかったのが、かえすがえすも残念だ。

　僕はなんと愚かだったのだろう。あのペネロペが僕との睦み合いに全身全霊を込めてくることを予想できなかったとは。与えられた仕事に全力で取り組んできた彼女の姿から、それは容易に想像できたはずなのに。公爵夫人としてペネロペ自身が候補者にあげている女性たちの誰と比べても、ペネロペ以上に僕に似合いのレディがいるとは思えない。

　これまでも公爵が平民と結婚した例はないわけではない。ソーンリーが結婚した相手は、高貴な生まれではない居酒屋の経営者だ。とはいえ、僕の場合、ペネロペを大切に思いすぎている。将来的に冷たい夫となって、彼女に苦痛を与えることなどできない。さらに僕は、情熱にこの身を委ねる危険を冒すわけにはいかない。醜い頭をもたげる嫉妬という感情にも。あくまで冷静な夫でいなければ。

　そもそも妻探しの広告を掲載した理由はそこにある。あんな非人間的なやり方で公爵夫人を探そうとしているのは、男としてのキングではなく、その爵位に満足できる女性が必要だからだ。けっして夫を愛することのないレディが望ましい。なぜならキング自身、そのレディが自分を愛する理由を何一つ与えられないから。

　誰かと結婚し、その女性との間に世継ぎと次男をもうける。そうしたらその女性には自由を与えるつもりだ。縛りつけず、感情的な結びつきなどいっさいなしの夫婦関係。そうすれば、自分がいつ相手の女性に激しい感情を爆発させるかと恐れることもない。たとえ無分別な振る舞いをしても、彼女にどう思われるかいちいち心配する必要もない。そのとき図書室の扉が開かれ、閉じられた。ペネロペが早足でこちらに近づいてくる。その顔に浮かんでいるのは、いかにも心配そうな表情だ。どうして彼女のことがこれほど手に取るようにわかるのだろう？　微妙な表情の違いを見分け、その意味を正確に読み取れるんだ？

キングは立ちあがった。「何か問題でも？」

彼女はデスクの前でよろめきながら立ち止まった。「郵便物や招待状に目を通していたところ、これを見つけたんです。今まで見たことがないほど奇妙な手紙で、すごく心配です」

キングは差し出された紙を受け取り、目を走らせた。新聞から切り抜いた文字が貼りつけられ、なんとも不吉なメッセージが記されている。首に縄をぐるりとかけられたように、ふいに息苦しくなった。その紙を今すぐ丸めて暖炉に投げ込み、あとかたもなく焼けて灰になるのを見届けたい。そんな衝動を抑えるにはありったけの意志の力が必要だった。

「封筒は？」

ペネロペはポケットから一通の封筒を取り出した。「何も書かれていません。誰かによって直接届けられ、それを使用人がわたしの文書箱の一番上に置いたのでしょう」

キングはうなずいた。「僕がなんとかする」

とはいえ、どこから始めたらいいのか。手がかりがあまりに少なすぎるし、いつもの探偵たちを雇うわけにもいかない。過去に自分がしたことを、彼らに知られる危険を冒すわけにはいかない。今まで信頼してきた彼らがてのひらを返すように僕を裏切るかもしれない。あるいは彼らがこのいけすかない脅迫者と結託し、僕から金をゆすり取ろうとするかもしれない。そうなれば、こちらの立場はますます弱くなってしまう。

「それはどういう意味です？」

「別に大した話じゃない」

「あなたの顔から血の気が引いたというのに、重要なことではないとおっしゃるんですか？　この人物は、自分があなたを脅迫するだけの秘密を握っていると信じています。ヒュー、いったいあなたは何をしたんです？」

キングはつくづく思った。今ここで名前を呼ばれなければよかったのに。これこそ彼女がキングを単なる爵位の持ち主ではなく、一人の男として見ている証拠だ。公爵という立場からのほうが、この事態全体に、ひいてはその結果にもはるかに簡単に対処できるのだが。

「放っておけばいい」

キングは不愉快きわまりない手紙を丸め、ゴミ箱に投げ込むと、大股で窓辺に寄った。分厚い絨毯の上、慌てたような足音が近づいてくる。隣にやってきたペネロペのジャスミンの香りを思いきり吸い込んでみる。心安らぐ香りだ。彼女の視線がこちらに向けられているのをひしひしと感じる。くそっ、僕を心から信用しているのが伝わってくる、まっすぐなまなざしだ。

「あなたは脅迫されています。あなたの反応からすると、この脅迫はあながちはったりではないようです」ペネロペは優しい声で言った。

キングは顎が痛くなるほど奥歯を噛み締めた。このことについて、もうこれ以上言うことはない。もしこのままだんまりを決め込めば、ペネロペもあきらめて立ち去るだろう。

「わたしに手伝わせてください」

「きみには関係のないことだ」

あたりの空気が少し震えたように感じた。キングの言葉を聞き、ペネロペがパンチを見舞われたような衝撃を感じたせいかもしれない。ほら、こういうところだ。必要とあらば、自分はいつでも父のように冷酷になれる。ペネロペは涙を流しながら、すぐにここから出ていくだろう。僕の図書室から、僕の屋敷から、そして僕の人生から。

だが、彼女はそうしなかった。キングの肩にそっと手を置いただけだ。どうしてペネロペのこういう部分をすっかり忘れていたのだろう？　彼女は何ものからも逃げたりしない。まさにこの部屋で、あの悪党たちを見おろしていたではないか。今すぐペネロペへ向き直り、この体を彼女の両腕でしっかりと抱きしめてもらいたい。

「あなたは本当に、昨夜の出来事があってもわたしたちの関係が何も変わらないと考えているんですか?」彼女はひっそりと尋ねた。「あなたがどんな秘密を抱えていても、過去にどんなことをしていても、それは今わたしが想像していることよりひどいはずがありません。それでもわたしはここに残り、これからもずっとここに残り続けます。あなたに一番忠実な使用人として……あなたの献身的な……友人として」

キングは目をきつく閉じ、頭を垂れた。「きみが想像していることよりずっとひどい事態なんだ、ペネロペ。頼むから僕に任せてくれ」

「わたしは八年間、あなたの横に立ち続けてきました。あなたがそばにいてくれる誰かを心から必要としている今、どうしてそんなあなたを見捨てられるでしょう? ヒュー、わたしのほかに、そばにいてくれる誰かがいるんですか?」

〝きみしかいない〟

頭のなかで、心のなかで、魂の奥底でその答えがこだましている。英国広しといえど、僕以上の愚か者がいるだろうか? ペネロペはこの僕を大切に思い、尊敬してくれている。キングは降参とばかりに震える吐息をついて目を見開き、思いきって視線を受け止めた。

「僕は……父から爵位を盗んだんだ」

ペネロペは美しい額にしわを寄せた。緑色の瞳に浮かんでいるのは困惑の色だ。「どうすれば盗むことができるんです? 爵位は生まれた瞬間からあなたのものと決まっていたはずなのに」

キングはまた一つため息をつき、喉の奥から言葉を絞り出した。「爵位が僕のものになるのは、父が最期の息を引き取った瞬間からだ。だが彼はまだ息を引き取っていない」

15

ペネロペは困惑したようにキングをじっと見つめた。「お父様は亡くなっていないのですか？」

「ああ」

「だったらどこにいるんです？」

「僕が父を締め出して、彼が死んだと発表した」

骨の髄まで凍るほどの寒風にさらされたように、ペネロペは両腕を自分の体に巻きつけた。「わかりました」

いや、彼女が本当にわかっているかは大いに疑問だ。

「何か飲まないと」ペネロペは足早に大理石のサイドボードの前に行くと、二個のグラスにスコッチを注《つ》ぎ、戻ってきて一個をキングに手渡した。「座って、話を全部聞かせてください」

彼女は事態に正面から向き合おうとする。いつもそうだ。そのことに今さら驚くべきではないのだろう。非難の言葉を口にしたり、自分勝手な判断を下したりすることがいっさいない。とはいえ、彼女は答えを求めている。昨夜僕たち二人の間に起きたことを考えれば、ペネロペは答えを要求して当然だろう。いや、この何年もの間、忠誠を尽くしてくれたのだからなおさらだ。キングは窓辺にある二つの椅子を選んだ。二人を温かく包み込むように、窓から朝の光が降り注いでいる。さあ、どこから話し始めたらいいのだろう?

「前にも話したが、父はローレンスに体罰を与えていた。それに母をわざと傷つけようとして、結局僕にやけど跡を残した。父は本当に冷酷な男だったんだよ、ペネロペ。しかも、いつも冷酷な仕打ちをするのを楽しんでいるみたいに見えた。十九歳になったとき、もううんざりだと思った。だから父にスコットランドへ狩猟旅行へ出かけようと申し出た。二人だけでだ。そこで父を殺し、狩りの最中の事故だったと発表するつもりだった。だが結局、そうできなかった」

ペネロペは優しい手つきで、額にほつれかかる前髪を払ってくれた。「もちろん、そうでしょうとも」

ペネロペが寄せてくれている厚い信頼を目の当たりにし、今までキングの胸のなかにあった何かが粉々に砕け散った。きっと、それは心全体を覆っていた分厚い氷なのだろう。飛び散った破片が心に刺さって痛い。同時に、春が訪れたようなすがすがしさも感じているが。

「殺す代わりに、彼を人目に触れることがない、ごく小さな精神病院に無理やり引きずり込んだんだ」

「話を聞く限り、あなたがそのすべてを内密に行えたとは思えません。目撃者がたくさんいたはずです」

「意外に思うかもしれないが、絶望しきった人間というのは、一度こうと決めたら、なんとしてもそれをやり遂げられるものなんだ。とはいえ、認めよう。すべてを完了するまでずっと、自分が捕まるのではないかと不安でたまらなかった」キングはスコッチを一口すすった。「公爵家はスコットランドに小さな狩猟用ロッジを所有していて、使用人も必要最小限の人数に抑えてある。父とはそこへ出かけたんだ。父は山々から朝日がのぼる早朝に狩りをするのが好きでね。ちょうどその朝、一頭の牡鹿《おじか》を見つけて懸命に猟銃で狙いを定め、その間僕が近づいた物音にまったく気づかなかったんだ。僕は自分の猟銃の銃身を、父の頭めがけて思いきり振りおろし、意識を失わせた。あまりに力を入れすぎたせいで、父が死んだのではないかと恐ろしくなった。その場ですぐに、自分の罪を告白して、じたばたせずに絞首台にのぼろうと決めた。もう母上とローレンスは永遠に安全だと思えたから」

ペネロペは指をキングの指に絡めると、ぎゅっと握りしめた。「だから、以前あなたは、自分には心がまったくないと言ったんですね」

キングは苦笑いを浮かべた。「もっと若かったら本当に父を殺していただろう。だが結局そのとき、僕は父を殴って意識を失わせただけだったんだ」

「そのあと、どうやってお父様を病院まで連れていったんです？」

「ペネロペ、きみは僕がどういう人間かよく知っているはずだ。僕はなんの計画もなしに事を起こそうとするたちではない。父の殺害を考え直す可能性もあることに気づいていた。だからあらかじめ、その病院の場所を調べていたんだ。僕らの狩猟用ロッジから小一時間あれば行ける場所だった。それに睡眠剤も用意していたから、倒れた父に無理やりそれをのませて、狩猟用の小さなかばんに入れてあったロープで縛り、折れた枝をかけて体をひとまず隠したんだ。そのあと一人で近くにある村に行って、馬車と馬を借りた。もちろん、村人たちは僕のことを知っていた。だが公爵の息子に何をしようとしているかなどと尋ねる者は誰一人いなかった。僕はそれから父のところに戻り、その体を馬車にのせて病院まで運んだんだ」

「ということは、これほど時間が経ったあとなのに、誰かがあなたにつけ込もうとしていることになりますね」

キングはかぶりを振った。「病院関係者は父が何者か知らない。父を運び込んだとき、僕自身が偽名を使い、彼らには父のことを、自分がキングスランド公爵だと信じ込んでいる男だと説明した。毎年僕はその病院を訪ね、彼らに支払いをしている」

「あなたのお母様やローレンス卿はそのことを知っているんですか？」

ペネロペの瞳をじっと見つめながら、キングは長年の良心の呵責が少し和らぐのを感じた。

「いや、二人とも知らない。もともと考えていたとおり、父は狩猟中の事故で亡くなったことにした。病院から戻る途中、僕はそれまで一度も立ち寄ったことのない村に寄って棺《ひつぎ》を買い、その棺に道中集めた低木や小枝、石ころを入れて重たくなるようにしてから、蓋に釘《くぎ》を打ちつけて完全に閉じた。その村の者たちには、狩りの最中、父の銃が暴発して頭部と顔面がめちゃくちゃになったと話したんだ。棺が開けられることは一度もなかった。公爵が本当に死んだかどうか、かかりつけの医者か役人が検分に来るかと思ったが……誰も僕の言葉を疑おうとしなかった。つい数分前までは、僕以外誰も知らない秘密だったんだ。十五年間ずっと、自分は逃げきれたと考えていた。使用人と話をして、この封筒を届けたのが何者か確かめないといけないな」

「わたしが確かめます。そうしないと、彼らはこの封筒が届けられたのがそんなに重大なことなのかと怪しむでしょう」

「このことにきみを巻き込みたくない」

「もう遅すぎます。わたしの机にこの手紙が届けられた時点で、わたしも関わることになったんです」

ペネロペはいつもどおり落ち着いた口調だ。仕事の面で彼女が平静さを失ったところはこれまで見たことがない。キングはふと、彼女の公爵夫人候補リストを思い出した。名前が記されているのは若いレディたちばかりだ。何かあれば気絶したり、めそめそしたり、怖がったりするに違いない。

「今日の午後はスコットランドへ行く。ハイドパークに出かけるよりもそちらが優先だ」

父親がいるべき場所にいるかどうか確かめておきたい。あの手紙を書いて大混乱を巻き起こそうとしているのは、第八代キングスランド公爵ではないだろう。父であるはずがない。だがそれ以外に犯人として思い当たる者は誰一人いなかった。あれからはとにかく、細心の注意を払って長い歳月を過ごしてきたのだ。

「ええ、おっしゃるとおりです」

「僕と一緒に来てくれ」

よく考えもしないうちに、その言葉が口を突いて出ていた。スコットランドへの旅はいかなるものであれ、気が滅入るものであることに変わりはない。だがペネロペが一緒なら、暗く沈みきったこの魂にも一筋の光が差し込むだろう。

彼女は表情を和らげた。ああ、ペネロペは頼まれたことの重大さを本当に理解しているのだろうか?「ええ、喜んで今回の旅におともします」

キングはたちまち大きな安堵感で満たされた。だが同時に警戒心も生まれる。ことペネロペに関する限り、自分がどうなってしまうのかまったく読めないせいで。

「ミスター・キーティング、使用人たちをダイニングホールへ集めてください。彼らに聞きたい話があるんです」

公爵の秘書という立場上、ありがたいことに、ペネロペの要求は命令のように扱われる。それから五分後には、ダイニングホールに集まった彼らの人数を数えていた。毎週彼らに給金を手渡しするのはペネロペの役目であるため、今現在の使用人の人数はちゃんと把握している。全員揃っていることに満足して口を開いた。

使用人たちに何かを伝える必要がある場合、ペネロペはいつもハリーが運んでくる果物箱にのらなければならない。ただ、威厳たっぷりの声で話しかけるすべを身につけているため、小柄だからといってばかにされることはない。

「すぐに集まってくれて本当にありがとう。今朝、公爵宛ての文書に目を通していたところ、宛名が書かれていない手紙を偶然見つけたの。どこで投函《とうかん》されたか示す印も見当たらないから、きっとここへ直接誰かが届けに来たはず」そう言って問題の封筒を掲げてみせた。取り立てて変わったところのない、ごくありふれた封筒だが、実物を見て誰かが思い出すかもしれない。「これを受け取ったという人は、一歩進み出てほしいの」

誰も進み出ようとしない。みんなただ目をぱちくりさせたり、ぼんやりとこちらを見つめているだけだ。

「別に名乗り出たからといって、その人が困った立場に置かれることはないわ。何も悪いことはしていない。もちろん仕事をくびになったりすることもない。ただ送り主が手紙に署名し忘れていたから、公爵の返事をどこに届けたらいいのかわからなくて困っているだけ。この封筒を届けに来た人物に関する情報を、誰か思い出してくれたらありがたいわ。どんなお仕着せを着ていたかとか、そんなささいなことでかまわないから」

誰も何も言おうとしない。

「昨日の夕方に届けられた可能性が高いの」公爵とペネロペが舞踏会に出かけたあとに届けられたのだろう。でも目の前の使用人たちは、彫刻のように押し黙ったままだ。「そう、わかったわ。でもちょっと不思議でしょう？　もし何か思い出したらわたしに知らせてほしいの」ペネロペは果物箱からおりた。

「みんな、聞いてほしい」ミスター・キーティングが突然声をあげた。「きみたちの誰かが戸口でこの封筒を受け取ったはずだ。投げ込まれるはずがないからな。もしそのとき相手から硬貨をもらったとしても、金はそのまま取っておいていい。公爵はそういったことを禁じられているが、別に何も害は及ばない。ここにいるミス・ペティピースを助けてあげてほしい」

身じろぎした者も数人いたが、みんなが自分の仕事に戻りたがっているようだ。この場で前に進み出る理由は何一つない。

ミスター・キーティングはがっかりしたような表情を浮かべた。「すまない、ミス・ペティピース。謎が解けないままで」

「きっと謎はおのずと解けるわ。もし返事を受け取らなかったら、送り主である男性は――女性かもしれないけれど――また別の手紙を送ってくるはずだから。今度の手紙には、もう少し詳しい情報が書かれていることでしょう」

でもミスター・キーティングの言うとおりだ。これは謎そのもの。しかも、以前面白くていっきに読み終えたベネディクト・トゥルーラヴの小説『テン・ベルズ殺人事件』のように、満足のいく結末を迎えられるかどうかはわからない。

「ミスター・キーティング、あなたは先代の公爵にもお仕えしていたんでしょう?」

執事はしばしペネロペを見つめてから口を開いた。「ああ、そうだ」

「先代の公爵はどんな方だったのかしら?」

「死者の悪口は言いたくないが、わたしは彼の死を悼む気になれなかった。なぜそんなことを?」

「ただ興味があっただけ。わたしがここで勤め始めたときに、先代の公爵はすでに亡くなっていたし、誰からも彼の話を聞いたことがないから」

「もっともな話だ。あの方は思い出すべき価値のある人とは言えなかったから。だがきみならわかるはずだ。その言葉は今の公爵にはまったく当てはまらない」

またしてもミスター・キーティングは正しい。ペネロペは今の公爵を必ず思い出し続けるだろう。この世に生きている限りずっと。

16

「スコットランドに着いたら、まずどうしたいですか？」

ロンドン郊外をひた走る馬車のなか、ペネロペは尋ねた。まだ正午にもなっていない。あの手紙がデスクまで届けられた経緯を使用人たちに尋ねたが、なんの情報も得られず、落胆している。その事実を伝えたところ、馬車の向かい側に座っている公爵が緊張に体をこわばらせたのがはっきりとわかった。キングスランドは通り過ぎる景色を眺め続けたままだ。あるいは少なくとも、そう見えるようにしているのだろう。でも実際のところ、今彼のなかでは自制心と懸念が激しく闘っているのではないだろうか？

「父がまだあそこにいるかどうか確かめたい」

「もしいらっしゃらないなら、なぜ彼はすぐ自分の屋敷に駆け込んでこないのでしょう？」

「父がどんな行動を取るかなど、僕にはわからない」キングスランドの一言一言に果てしない絶望が聞き取れる。

今ペネロペはキングスランドの秘書としての役割にしっかり戻っている。それが一番いいことだとわかっているから。とはいえ、公爵の人生において今、自分がどういう立場にあるかを思い出させてほしい。これまで長いこと、公爵のことを雇い主として考えようと必死に努力してきただけに、今のわたしがキングスランドにとって――たとえひとときであっても――単なる使用人以上の存在であることを態度で示してほしい。

「本当にすまない、ペネロペ。きみを一緒に連れてくるべきではなかった」

ああ、彼から名前で呼ばれるたびに、この非現実的なハートがこんなにときめかなければいいのに。でもキングスランドは本当に愛おしそうに呼びかけてくれる。こちらの名前を呼ぶときだけ、声が少し低く優しくなる。公爵はその名前を長すぎると考えているようだが、ペネロペには彼が発音してくれる一音一音がかけがえのないものに感じられる。公爵はたった一言呼びかけるだけで、ペネロペの感傷的な思いを吹き飛ばしてしまえるのだ。

ペネロペはどうにか励ますような笑みを浮かべた。「これまでもっとひどい様子のあなたを何度も見てきました」

「だがそのときと今とでは、僕らの関係が変わっている」

その瞬間、ペネロペはあやうく〝この馬車に棚を作り、アルコール類を置くべきです〟と意見しそうになった。お酒をいっきにあおりたい気分になっている。自分にも公爵にももっと口を軽くするものが必要だ。そうすれば、以前と今の二人の関係がどう違っているのか、自由に話し合えるだろう。

ペネロペは窓の外を流れる景色を見つめた。「今はまだ日中のようですね。わたしたちの関係が変わったのは夜だけのはずです」

キングスランドは長い両脚を伸ばし、ドレスの両脇を磨かれたブーツで挟み込んだ。

「僕は判断を誤っていた。きみも気づいていたと思うが、あれは僕にとってめったにないことだったんだ」

目の前にいる彼の表情には、謙虚さと傲慢さが同時に見え隠れしている。「あなたはなんの判断を間違っていたんです？」

「きみが僕にあんなに触れてくるとは思わなかった」

ふいに脳裏にさまざまなイメージが呼び起こされ、ペネロペの全身は業火に包まれた。自分が何度も何度も彼に触れていたのを思い出したからだけではない。この指先で触れた公爵のありとあらゆる部分――文字どおり一ミリ単位まで――がありありとよみがえってきたせいもある。困惑がたちまち決まり悪さに取って代わった。

「ああいう行為をするとき、レディはそんなに何度も触れないものなのですか？」

キングスランドは低く含み笑いをした。「僕が言っているのは体の触れ合いについてではなく、それ以上にもっと奥深いものについてだ。言葉ではうまく説明できない。きみのことはこれまでも大切に思ってきたが、今回そんな思いの奥底に、不思議な流れが加わったんだ。今ではきみがより重要で、僕の人生の一部であるかのように感じている。これまで人生はずっと一人で歩んできた。だが今朝、きみなしで歩んでいる自分の姿が想像できなくなったんだ」そして手袋をはめた手を太ももの上で握りしめ、窓の外を眺めた。

ペネロペは手を伸ばし、てのひらで彼の手をそっと包み込んだ。固く握られた拳のあらゆる部分から紛れもない緊張が伝わってくる。それだけ今のキングスランドはもろい状態にあるのだろう。もし力で押さえつけようとしたり、間違った言葉をかけたりしたら、すぐに粉々に砕け散ってしまいそうだ。

「わたしもわたしなしで歩んでいるあなたの姿なんて想像できません」

キングスランドはペネロペのほうを向くと、拳を解いて指を手首に巻きつけ、てのひらを重ね合わせた。「僕たちは二人の関係を複雑でややこしいものにしているのかもしれないな」

「仮にそうだとしても、これ以上すばらしいやり方は思いつきません」

キングはペネロペと手を重ね合わせながら心のなかでつぶやいていた。なんとしっくりくる手触りだろう。彼女の手は僕の手のなかに完全におさまっている。今すぐペネロペの手を引っ張り、彼女を膝上にのせ、唇を奪いたい。男をだめにするような言葉がなめらかに、よどみなく流れてくるあの唇を。だが昨夜はペネロペのすべてを味わったとはいえ、もしここでキスをしたら、もっとごちそうを味わいたくなるだろう。そうなればペネロペがあげる悦びの声が、馬車の御者と従者の耳にも届くはずだ。自分の口でペネロペの口をふさいで、悦びの声を抑えさせることはしたくない。彼女のあげる悦びの悲鳴や泣き声を、僕も思う存分楽しみたい。

二人の間は何も変わることがないようにしよう――そう自分に約束した。実際そうできると信じていた。だがどうだ。実際はすべてががらりと変わってしまった。そのせいでキングは英国で一番――いや、おそらく世界で一番優秀な秘書を失う危険にさらされている。ペネロペは境界線があるのを承知で、それでも自分と深い関係になった。最終的には、もっと多くを求めずにはいられなくなるに違いない。どんな女性もそうだ。今ここで、彼女にそういう希望を与えるわけにはいかない。だからキングはペネロペの手から自分の手を引き抜いた。それなのに、彼女が自分の座席に落ち着くのを眺めながらも、何か大切なものを失ったような喪失感を覚えずにはいられない。

「使用人の誰かがあの手紙を送った可能性は考えていますか？」

声を聞く限り、ペネロペは傷ついた様子を見せていない。そのことをありがたく思うべきなのだろう。二人で親しく睦み合うのは、月が輝く時間だけにとどめておく必要がある。とびきり優秀で現実的な彼女は、その事実をちゃんと理解しているのだ。

「そうは思えない」

「もしかすると、今までにあなたをスコットランドまで連れていった馬車の御者か従者が、あなたにつけ込もうと考えたのかもしれません」

「いや、公爵家の狩猟用ロッジに到着すると、僕は一人で馬に乗って目的地へ向かうようにしている。ずっと田舎道だし、誰かがこっそり隠れられる場所も見当たらない。念には念を入れて、何者かにつけられていないか、常に警戒している。危険は百も承知だから、とにかくすべてに注意を払うようにしているんだ」

「狩猟用ロッジの使用人たちはどうです？」

「いや、ありえない。本当に少ない人数でやっている。執事、家政婦、メイド、従者、料理人。あとは家畜の世話をしている男と、猟犬と土地の管理をしている男だ」

「なるほど」ペネロペはポケットに手を伸ばし、おなじみの革の手帳と鉛筆を取り出した。キングはどうしても笑わずにはいられなかった。「きみはどこへ行くにもその二つを手放すことがないのか？」

彼女はふいに熱っぽく蠱惑的な表情を浮かべた。馬車のなかの温度が突然跳ねあがったように感じられる。「あなたの寝室だけは別です」

キングは目をきつく閉じ、ののしり言葉をつぶやいた。「きみのせいでもう死にそうだ」

「ちょっと前に、わたしにキスしたいと思っていましたね」

「ああ」目を開けたキングは、ペネロペが自分のほうをじっと見ているのに気づいた。満足感と思いやりが感じられるまなざしだ。「それ以上のこともだ」

「わたしたち二人とも、恐ろしいほどの自制心がありますから」

「もしきみに自制心があるなら、キスしようとしても僕を止めただろうか？」

ペネロペはつと視線を落とし、革張りの座席にはわせている自分の指先を見た。キングには、彼女が別のものを愛撫しているように思えてしかたない。「本当にそうかどうか、あなたがわたしを試そうとしなくてよかったです」視線をあげて続けた。「あの手紙を送ってきたのが男性であれ、女性であれ――わたしは相手が女性である可能性を無視するべきではないと思います――あなたに手書き文字を見られたら、正体がばれると考えたに違いありません。そうでなければ、なぜあんなふうに新聞記事を一文字ずつ切り取って、紙に貼りつけるなんていう面倒なことをしたのでしょう？　あなたがその手書き文字をよく知る人たち全員をリストアップするべきです」

ペネロペが出した結論は理にかなっている。とはいえ、その考えがどうにも気に入らなかった。あの手紙を送ってきたのは、僕が親しくしている誰かなのだろうか？　僕が手書き文字を見たらすぐに誰かわかる相手は、何人くらいいるだろう？　きわめて少ない。

「あるいは、その人物はきみに手書き文字を見られたら正体がばれるのではと恐れたのかもしれない。僕宛ての手紙は、僕よりもきみのほうがよく読んでいる」

がたがたと揺れる馬車のなかにもかかわらず、ペネロペは微動だにしていない。驚くほどじっとしたままだ。「ええ……わたしもそう思います」

彼女は窓へ視線を向け、ふいに遠い目になった。見間違いでなければ、キングも追いかけられないような、どこか遠い世界へ旅をしているかのようだ。これほど心ここにあらずの状態になるなど彼女らしくない。

「ペネロペ？」

彼女は弾《はじ》かれたようにキングに視線を戻した。「ええ、もちろん、あなたのおっしゃるとおりです。どちらかが可能性のあると思う人たちを全員、リストアップしましょう。ただその相手が誰であれ、あなたを不安にさせたかっただけという可能性も考えられます」

「ああ、その可能性のほうが高いと思う。僕のよく知る誰かが、面と向かってではなく手紙を使って僕を脅しつけるとは考えにくい。だがとりあえずリストアップしてみよう。そうすれば、少なくとも時間が経つのは今より早く感じられるはずだ」

もしわたしが間違っていたらどうしよう？　あの手紙はキングスランドではなく、わたしに宛てて届けられたものだったら？

公爵があげる名前を一人ずつ書きとめている間も、その考えがペネロペの頭から離れなかった。できあがったリストから、あんな不気味な手紙をわざわざ届けさせるとは思えない人物を外す作業に取りかかっても。やがて暗くなり、文字がまったく見えなくなっても、ペネロペの心配は止まらない。巣を一つ作っただけでは満足できないクモのように、想像の糸がどんどん絡まり、不吉なシナリオが次から次へと思い浮かんできて、混乱は深まるいっぽうだ。

旅の途中、馬たちを交換し、食事をとるために二度休憩を取った。キングスランドは夜どおし旅を続けるつもりでいる。そうすれば明日の夕方遅くには、目的地である狩猟用ロッジにたどり着けるからだ。ただ、ペネロペは危ぶみ始めていた。もしかしてすべてが無駄足になるのでは？　今回このような旅に出たのは、そもそも自分があらゆる可能性を考えていなかったせいなのではないだろうか？

ペネロペは自らの過去を捨て去った。名前を変え、ロンドンのなかでも、若い頃の知り合いがめったに訪れることのない地域へ移り住んだのだ。それ以来、手紙のたぐいを受け取ったことは一度もない。誰もペネロペの居場所を知らないからだ。だからあの手紙が自分宛てかもしれないなどとは思いつきもしなかった。けれど、もし何者かがどうにかして今の居場所を突き止めたとしたら？　そこで何をしているか知ったとしたら？　もし誰かに見つかったとしたらどうだろう？

これまでキングスランドの仕事関係者には数えきれないほど会っている。事務弁護士やロンドン証券取引所の投資家、実業家、小売り商人、貿易商人たちなどだ。それにペネロペ自身が投資している事業の関係者たちともおおぜい顔を合わせている。思えば、いつだって正体を見破られる危険と背中合わせだったのだ。最近になって、また多くの人と新たに出会うことになった。〈ザ・フェア・アンド・スペア〉で顔を合わせた人たち、あの舞踏会で紹介された招待客たち、〈テイラー&テイラー〉のミスター・ビンガム。特にミスター・ビンガムとは一緒にいても落ち着けなかった。こうなると、キングスランドの屋敷に新しく雇われた使用人たちでさえ疑わしく思えてくる。特に従者のジェラルドだ。ペネロペがチェスメンたちとディナーをとったあの夜、ジェラルドはハリーと一緒に立っていたが、やけに熱心に自分のほうを見つめていなかっただろうか？　それにジェラルドなら仕事柄、いつでも自分のデスクに近づき、何かを置くことができる。とはいえ、それはジェラルド以外の使用人全員に言えることだ。

油断しすぎていた。もう安全だといい気になっていたのだ。本当は誰にも見つからずに安心できるはずもなかったのに。自分が過去に何をやらかしたか、どうして母に縁を切られたのか思い返しもしないまま、長い歳月を過ごしてきた。娘の所業によって恥をかかされるくらいなら死を選んだほうがまし——そう思わせるまで、母を追いつめてしまったのに。

すぐに逃げ出さなくては。わたしの正体を知って、落胆するキングスランドの姿を見るのは耐えられない。

とはいえ、慌てるにはまだ早すぎるかもしれない。あの手紙はキングスランド宛ての可能性もある。実際、彼はそうだと信じきっているようだ。

「最後に休憩してからずっと黙ったままだね」公爵がひっそりと口を開いた。「何か不都合なことでもあるのか？」

「あの手紙について考えずにはいられないんです。何かがおかしいという不安が拭えません」

「それについては、もうすでにたっぷり時間を費やして考えたはずだ」

馬車の外に吊《つ》るされたランタンの灯りが、かすかな月明かりと星明かりとともに差し込んでいるせいで、公爵のがっちりした体の輪郭が浮き出て見える。今、彼は前かがみになってペネロペの隣へ移ろうとしていた。「何をしようとしているんです？」

「もう夜だ。昼間の役割から解放され、自由に振る舞ってもいい時間だ」キングスランドは片方の腕をペネロペの体に巻きつけて引き寄せると、肩のくぼみに頭を休めさせた。

「ほら、きみがゆっくり休めるよう、僕に枕を提供させてくれ」

「わたしが眠れると本気で思っているんですか？」

「少なくとも試してみるべきだと思う。一日じゅう馬車に揺られていると、驚くほど疲れるものだ。しかもあと一日、馬車に乗っていなければならない」

もっと居心地のいい角度になるよう頭を公爵の肩にすり寄せながら、ペネロペはふと思う。社交界の厳しいしきたりのなかに、仕事する女性へ付き添い役を求める習慣がなくてよかった。もともと中流階級の出身のため、付き添い役が必要だったことは一度もない。それもまた、キングスランドへの恋心をいくら募らせても愚かなだけという理由の一つだ。貴族が、若い頃から付き添い役に守られてこなかった女と結婚するなどありえない。でもいっぽうで、常に誰かに監視されて息苦しい思いをする必要がなくてよかったとも思う。

「きみが行ったあのクラブについて話を聞かせてほしい」

ペネロペは思わず頬を緩めた。「あそこでの話は誰にもしてはいけない規則です」

「あのクラブにひんぱんに通っている者たちについては他言無用だろう。ただ、内部で起きていることに関しては同じルールは適用されないはずだ」

「あのクラブについて、すでに多くのことをご存じのようですね」

「当然だろう。昨年僕が花嫁候補に選んだ女性が、あのクラブの経営者と結婚したんだ」

もちろん、ペネロペもそのことは知っている。「一度立ち寄ってみたが、玄関広間より先は入ることが許されなかった。噂どおりの破廉恥な場所なのか？　乱痴気騒ぎのようなものが行われているとか？」

「いいえ、わたしが見た限りそんなことはなかったです。会員たちはみんな、とても穏やかに振る舞っていました。ダンスをしたり、お酒を飲んだり、ダーツをしたり」もしあの夜、ミスター・グリーンヴィルと一緒に階上へあがっていたら、まったく別の印象を抱いていたかもしれないけれど。「紳士クラブでチェスメンたちとディナーをとったあと、あなたが会いに行った女性の話を聞かせてください」

体を寄り添わせていたため、ペネロペには公爵が一瞬体を硬くし、力を抜いたのがわかった。もしかして彼は嘘をつこうとしているのだろうか？

「彼女の名前はマーガレットという。ときどき会っている……気が向いたときに。だがあの夜は何もなかった。しばらく何もないままで、久しぶりに会ったのに」

その女性はキングスランドの愛人だったのだ……いや、今もそうかもしれない。こんなことを尋ねなければよかった。そうすれば、今もあの夜に公爵がどこへ向かったか真実を知らずにいられたのに。

「彼女はわたしのようにすぐ会える女性ではないんですね」

「だが彼女は、きみのようには僕の興味をかき立てない」キングスランドは少し体を離し、ペネロペをじっと見つめてから、温かな手で顔を包み込んだ。「僕と彼女は衝動的な欲求でつながっていた。僕がそういう衝動を持つと、彼女が満たしてくれた。彼女がそういう衝動を持つと、僕が満たしてあげた。だがあの夜は、そういった衝動に特殊な性質があると気づかずに彼女のところへ行ってしまった。僕は誰でもいいから女を求めていたんじゃない。僕が欲しかったのはきみだったんだ」

公爵が口づけてきた。今までのなかで一番優しさと思いやりの感じられるキスだ。彼と一緒にいると、この夜の時間が恋しくてたまらなくなる。自分がペティピースでなくなるひとときを乞い願うようになる。自分がキングスランドの秘書ではなく、もっとそれ以上の存在に、何者かになれるひとときを。

〝僕は誰でもいいから女を求めていたんじゃない。僕が欲しかったのはきみだったんだ〟

今やペネロペにはもう一つの任務が課せられたことになる。公爵のための妻選びという仕事に〝公爵がもはや自分を求めなくなるような女性を見つけ出す〟という新たな条件が加わったのだ。毎日過ぎるたびに、毎時間経つごとに、キングスランドの妻選びという仕事がどんどん耐えがたいものになっていく。

だがそれはまた別のときに考えればいい。この旅行が終わり、ロンドンに戻ったあとからで。今この瞬間、ペネロペが求めているのはキングスランドのキスに、彼の愛撫に溺れることだけだ。思いきり息を吸い込み、長く深い呼吸をしながら公爵の味わいを存分に楽しむ。太古の昔から営まれてきたように、二人も舌を絡め合う。古代ケルトに生きたドルイド僧も、二つの口が重なり合った瞬間に情熱が紡ぎ出される魔法について知っていたに違いない。

公爵は両腕をペネロペの体の下に滑らせて巻きつけると、その両脚を軽々と椅子の上にあげさせた。ペネロペは半分横向きになりながら体を押しつけるように座ったため、大柄な公爵が座れるだけの十分な余裕ができた。これで揺れ動く馬車のなかでも、キングスランドが床に放り出されることはない。ペネロペは彼のほうを向き、片肘を突いて体を支えながら、喜んでキスを深めた。キングスランドがあげる満足げなうめき声は、馬車の御者に聞こえているだろう。だとしても気にしない。まったくかまわない。

キングスランドはペネロペの頬から耳元へキスの雨を降らせ続け、柔らかな耳たぶに軽く歯を立てた。「永遠に暗くならないのかと思ったよ」

欲望にかすれた声、切羽詰まった調子に、全身がかっと熱くなる。身につけたドレスが一瞬で灰になってしまいそうだ。

これから先の季節に思いを巡らせてみる。今後数カ月は日が落ちて暗くなる時間が早くなり、日がのぼって明るくなる時間が遅くなる。それだけキングスランドといられる時間が長くなる。一分でも、一秒でも長く彼といたい。

キングスランドは手をスカートのなかへ滑らせ、指先をふくらはぎにはわせた。いつの間にか公爵は手袋を外していたらしい。肌と肌が触れ合う親密な感触がたまらなく心地よかった。

「僕はずっときみにこうしたかったんだ」

笑みを向けながらペネロペは思った。彼にもこのほほ笑みが見えていたらいいのに。

「わたしもずっとあなたにこうしてほしかったです」

「僕が知るレディたちは、動く馬車のなかでこんな行為をするなんて破廉恥だと考えるだろう」

「まず、わたしはレディではありません。次に、どんな場所でもあなたとこういう行為をすると考えるだけで情熱をかき立てられます」

「このなかで叫び声をあげるのは許されない」

「叫び声をあげたくなっても我慢できます。前にロンドンから戻る馬車のなかで経験ずみです」

キングスランドは指をペネロペのふくらはぎにはわせているが、それ以外の体の動きをいっさい止めた。「なんてことだ、ペネロペ、きみは……馬車のなかで自分の欲望の処理をしたことがあるのか？」

「ええ、まさにこの馬車のなかで」暗闇のなかでも、彼が息を深く吸い込んで大きく吐き出したのがわかった。それに、こちらをまじまじと見つめていることも。「ショックですか？」

「いつだ？」質問というよりも、答えを要求する命令に近い。

「あなたがマーガレットに会うために、わたしを置き去りにした夜です」

「ビショップのせいだろう？　彼からあのいまいましいウィンクをされたからじゃないのか？」

声に嫉妬が混じっていないだろうか？「いいえ、わからないんですか？　あなたのせいです。あの夜、あなたがわたしのことを、あなたのワインと同じくらい満足できる味わいかどうか知りたそうな目つきで眺めていたから」

　彼の低いうめきは道をひた走る馬たちのひづめの音にかき消されたが、それは紛れもなく交わりを求める野獣のごとき声だった。キングスランドは荒々しく口づけをしながら、片手をペネロペの太ももの間に当てると、下着《ドロワーズ》の切れ目から指先を滑り込ませてきた。彼が上着を着ていなければいいのに。ベストも、シャツも。でも狭い馬車のなかでは服を脱ぐ空間の余裕なんてない。しかも突然車輪が壊れたり、馬の脚の調子が悪くなったりした場合、彼は服を着ていないことをどう説明すればいい？　説明できるわけがない。

　だからキングスランドの顎を両方のてのひらで包み込むようにした。たちまち伝わってきたのは、ちくちくと刺すような感触だ。やはり前夜の自分の推測は正しかったのだろう。わたしが寝室の扉をノックする前に、公爵は自分で髭を剃っていたのだ。

　彼は指先で器用に茂みをかき分け、さらに襞をかき分けると、すでに濡れているところを刺激し始めた。その間、かたときもペネロペの口から唇を離そうとはしない。高まる興奮のなか、ついに解放のときを迎えた瞬間、ペネロペは自分の間違いに気づいた。どうしても悦びの叫びを抑えきれない。弓なりにした体をなすすべもなく震わせている間ずっと、公爵は口をふさいだまま、叫び声がもれないようにしてくれた。

　キングスランドはやがて体を引き、ペネロペをじっと見つめた。ランタンの光が欲しい。そうすれば、こちらを見つめている彼の顔がもっとはっきり見えるのに。「きみの体はすばらしい。こんなにすぐに反応するとは」

それはもう何年も前から、こういう場面をありありと想像していたから。そして今、現実は想像をはるかに超えた気持ちよさだと気づかされたから。「わたしはみだらな女なんです」

暗闇のなかでも、彼がにやりとしたのがわかった。「もちろん文句を言うつもりはない。それにきみが何を望んでいるのか、きみには何がふさわしいのかを知ったからと言って、きみをとがめるつもりもさらさらない」

「あなたにもふさわしいものがあるはずです。今度は二人であなたの悦びを高めるべきだと思います」

キングスランドはペネロペの体を強く引き寄せた。「きみの反応を見ているだけで、信じられないほどの悦びを感じたんだ。今この瞬間はその悦びだけで満足できる」

ペネロペは眉根を寄せて彼を見た。「あなたって本当に寝心地のいいベッドのよう」

「さあ、ゆっくりおやすみ、ペネロペ」

もちろんゆっくり休めるはずだ。最愛の男性の腕のなかに抱きしめられているのだから。

17

「僕たち二人で観劇に行くべきだ」キングスランドは言った。「そうすればきみは劇場で、きみが候補として考えているレディたちの何人かと顔を合わせるだろう。まったく違う雰囲気のなかで彼女たちを観察できる機会が与えられるんだ。彼女たちが公爵夫人にふさわしいかどうか、もっとはっきりとわかるに違いない」

ペネロペはあやうく指摘しそうになった。〝彼女たちが公爵夫人としてふさわしいかどうか、ありとあらゆる面を考えるべきなのはあなたのはずです〟

とはいえ、その仕事を引き受ければ、彼と一緒にまったく違う雰囲気を楽しむ機会が与えられる。それを断るほど自分は愚か者ではない。

その日の朝、キングスランドの腕のなかで目覚めたあとすぐに、彼と一緒に馬車からおりて、一時間ほど宿屋で休憩を取った。公爵が二人分の部屋を確保してくれたおかげで、旅の汚れを洗い流し、身なりも整えることができたのだ。でもどういうわけか、最終的には二人とも同じ部屋で、同じ風呂に入り、同じベッドに横たわることになった。

かった。朝食をとるために宿屋のダイニングルームに入ったとき、ペネロペは不安でしかたがなかった。つい先ほどまでめくるめく愛の営みに夢中だったことが、その場にいるみんなにわかってしまうのではないだろうか？　太陽はまだ地平線からのぼったばかりだが、すでに顔を出していることに変わりはない。でも明るい時間のこの交わりについて、あまり深読みしないようにと自分に言い聞かせることにした。キングスランドはのしかかる不安から一時的に逃げ出すために、自分を抱いたのかもしれない。

朝食をとって、馬たちの交換を終えた馬車に戻ると、キングスランドは向かい側の座席に腰をおろした。ペネロペがまた〝ペティピース〟に戻ったことを伝えるのにこれ以上効果的なやり方はない。こちらにしてみれば、一番居心地よくいられる役割だ。〝ペティピース〟は自分の任務をきちんと理解し、自らの責任を果たして公爵のビジネスを円滑に進めるのに長《た》けているし、ずっと心を押し隠したままだ。ところが夜になると、別の一部が鳥かごに閉じ込められたカナリアのように羽をばたつかせ、かごの格子枠を折り曲げ、その隙間から外へ羽ばたこうとする。

「〝物静か〟という以外に、あなたが妻に望む条件をもう少し教えてくれると助かります」

キングスランドは陽光に目を細めながら、通り過ぎる緑の光景に目を向けた。「彼女にはほかの男を愛さないでほしい」

「でもあなたは彼女にご自分を愛してほしくないんですよね？」

キングスランドはため息をつき、革張りの座席の上で身じろぎをした。「きみはこれまで誰かを愛したことがあるのか、ペティピース？」

「ええ、あります」

公爵は顎に力を込めた。「その男はきみを捨てたのか？」

彼はわたしのために本気で怒っている様子だ。「彼はそのことを知りませんでした。一度も想いを告げたことがなかったんです。自分の気持ちを告白しても、何もいいことはないと思ったから」

「片想いか。一番最悪なパターンだな」

「一度も片想いしたことがないほうが最悪だと思います。あるいは、一度も愛を知らずに……」

ペネロペはかぶりを振り、そのまま口を閉ざした。彼を愛さないままよりも、愛したほうがはるかによかったと、どうしてキングスランド本人に告げられるだろう？　こちらがキングスランドに深い愛情を抱いていることに、彼自身はまったく気づいていない。だからなおさら口にすることなどできない。

公爵は胸の前で両腕を組んだ。「きみはどんな体験をしたんだ？　その男を愛しているとどうしてわかった？」

「あなたは誰かを愛したことが一度もないんですか？」

「前にも言ったとおり、僕には心というものがないからね。きみは彼の何を愛していた？ハンサムな顔か、男らしい体つきか、それとも彼の目の色なのか？」

「たとえ彼が悪魔や小鬼のような見た目であっても、わたしにはどうでもいいことです。彼がわたしを扱ってくれるやり方が好きでした。社交界のほかの人たちとは違い、意見を尊重してくれて、わたしを対等の存在とみなしてくれたんです。それに彼は、わたしの顔立ちや体つきや目の色を基準に、わたしの価値を測ろうとはしませんでした。そういう点も好きだったんです」

思った以上にやや激しい口調で答えてしまった。一介の秘書に許される口のきき方ではない。相手は公爵なのだ。ただ、キングスランドは何も答えようとせず、ペネロペをじっと見つめたままだ。突然相手が解けないパズルになったかのように。

公爵は手袋をはめた片手をゆっくりと曲げ、革の手袋を引っ張ってから口を開いた。

「きみは彼と結婚しなかったんだな」

「ええ。彼は別の人と結婚しました」というか、じきにそうなる予定だ。公爵はわたしが選んだ女性と結婚することになる。

「きみがその相手のことを好きだったのは、僕の秘書になる前なんだな」公爵ははっきりと言いきった。質問ではない。

「なぜこんなことを話し合っているのかわかりません」

「僕はきみをずっと忙しくさせてきた。そういったつき合いを楽しむ余裕もなかったはずだ。だからきっと僕の秘書になる前に違いない。ということは、きみがその相手を愛していると考えていたのは、きみが十六のときか？　十七、それとも十八のときなのか？」

「わたしは考えていたのではありません。ただそうだとわかっていたんです」

公爵には、そのときの自分がまだ子どもだったと思わせたい。これまでに愛した相手が彼自身なのではないかと疑われたくない。わたしの愛情に応えられないせいで、公爵の目に後悔の色が浮かぶのを見たくない。

「そのうえ、わたしのリストに名前があがったレディたちは……あなたは彼女たちがいったい何歳だと思っているんです？　なかにはまだ花嫁学校を出たばかりの女の子もいるんですよ」

「だったら、そのリストから選ばないでくれ。僕が妻に求めているのは、ある程度世慣れていることなんだ」

なんていらだたしい人。「だったら、あなたの条件をすべて書き出した完全なリストをわたしにください。お金をちびちびと与える吝嗇家《りんしょくか》のように、こんなふうに条件を小出しにするよりも話が早いと思いませんか？」

キングスランドはにやりと笑った。実際、歯を見せて笑っている。「怒ったきみがかっかするのを見るのが好きだ」

「怒ってなんかいません」歯を食いしばるようにして答えてしまった。これでは、それが真実のようには聞こえないだろう。「ただ不満なだけです。完璧な女性を探そうと必死に努力しているのに――」

「完璧な女性などいないよ、ペティピース」

「わたしはその女性と一緒になることで、あなたに幸せになってほしいんです。前回の候補者のように、あなたを笑い物にしてほしくありません。まさしくあなたが必要としている女性を妻にしてほしいんです。そう、いずれあなたが彼女を愛するようになることを望んでいます。たとえ愛する気持ちが続かなかったとしても、ほんのわずかな間だけだったとしても、愛がない人生なんて……。愛とは、あなた自身を与える喜びを見つけることです。その相手がいるから一日の始まりが楽しくなることなんです。愛とは、自分の考えを分かち合っても、相手からその考えを勝手に判断されないことです。それに、相手と考えが違うときは反対意見をはっきり言うことができて、しかも相手があなたの反論に耳を傾け、違う考えだからといってけっしてあなたのことを軽く見たりしないことです。愛とは、その人物に出会う前よりも、人生がはるかに楽しくなったと感じられることです。そしてその愛を失ったとき、涙せずにはいられないことです」

「きみは失恋して涙したのか？」

もちろん涙するだろう。すぐにそうなるはずだ。

ペネロペは悲しげな笑みを浮かべた。「ええ、バケツ何杯分もの涙を流しました」

「ずいぶんひどい状態に聞こえるな。それでも、きみは僕が愛情を持つよう望んでいるのか?」

「言葉ではうまく説明できません。わたしの人生に彼が関わっていた間、そのこと自体がわたしの魂の栄養になっているように感じていました。自分のなかに太陽、月、星がすべて存在しているような」ペネロペはため息をつき、決まり悪さにぐるりと目玉を回した。「今わたしはばかみたいなことを口走ってしまいましたね。とにかくとても複雑で、言葉で表現することができないんです。詩人たちは愛を表現しようとしているけれど、ほんの一部しかとらえられていません。愛とはあまりに大きすぎて、崇高すぎるものです。わたしたち人間がいくら明らかにしようとしてもしきれないものなんです」そこでポケットから手帳を取り出した。「さあ、一から始めましょう。あなたはあまりおしゃべりではなくて、世慣れている女性を望んでいます。このほかにどんな条件を求めているんですか?」


愛。キングは今の今まで、そんなものはなくても満足できると考えていた。だが情熱的に語るペネロペの話を聞いているうちに、そのような奥深い感情を体験したいという憧れの気持ちが芽生えてきた。かつてペネロペが愛したという若者の話を聞き、むしろそいつは気の毒だなと思う。なぜなら、そいつは知るよしもないからだ――ペネロペの注目を浴びるのがどれほどすばらしいことなのかを。

とはいえ、人はどうやって自分が誰かを愛していると知るのだろう？　それこそキングがペネロペに問うていることであり、自身が探し求めている答えにほかならない。もうずいぶん前、ランカスターと面会した日の朝、ペネロペのほつれ毛を耳にかけたとき以来、彼女に対しては自分でも理解しがたい感情を抱いている。社交界のうるさがたである既婚婦人たちに眉を吊りあげられても、ペネロペとワルツを踊るのが正しいと思えた。初めから彼女の居場所は僕の寝室であり、そこに彼女がいることが当たり前のように感じられた。ペネロペと愛し合うこともだ——女と体を重ね合ったのは、いったいいつ以来だろう？　このうえない興奮と快感が感じられる交わりだったが、ペネロペが相手だと、それ以上の行為に思えてしかたない。そのうえ事態をいっそう混乱させているのは、どうしてもこの旅にペネロペを連れてきたくなったことだ。彼女なしでは出かけたくなかった。

〝このほかにどんな条件を求めているんですか？〟

その問いには〝きみだ〟という言葉が口をついて出そうになった。だがそうすることによって今後どんな事態になるのか理解できないうちは、その言葉を声に出すわけにはいかない。

妻に求める条件よりも、秘書に求める条件を熱心に考えているのはどうにも不自然だ。だからキングは、将来の公爵夫人が今、自分の正面に座っているところを想像しようとした。前にも、妻となる女性はどんなレディだろうかと想像したことがある。きちんとして洗練されているのは間違いない。膝上に両手を重ね、車窓を流れる郊外の風景に目を走らせて、ほとんど何もしゃべらないはずだ。ビジネスについてあれこれ考えている間、妻のおしゃべりで自分の思考を邪魔されたくない。

言うまでもなく、矢のごとく鋭い緑色の瞳で、挑みかかるようにこちらをにらみつけたりはしない。それに自分の求めるものをちゃんと与えよなどと、要求したりもしない。キングの前に出ると、たいていの男たちはもごもごと口ごもり、落ち着きなく足を動かし、その間ずっと目を合わせようとしないものだ。だがペネロペは違う。自分を前にしてもびくびくした様子を見せたことが一度もない。

この長い歳月の間に――最近になって特に――二人の関係ははるかに進んだものに変わりつつある。具体的にどう変わっているのか表現できない。ただ、ひしひしとそう感じるのだ。おそらく友情だろう。そう――きっとそうだ。とはいえ、チェスメンたちとの関係とは少し違う。それも当然だろう。結局ペネロペは女性なのだから。たとえビショップににらみつけられたとしても、今すぐ口づけをして、彼のにらみ顔を情熱的な表情に変えたいとは思えない。

「僕が妻に求めているのは、きみが夫に求めていることだ」

「夫を持つつもりはありません。だからそんなことを考えたこともありません。つまり、その答えではまったく助けになりません」

「かつてきみが愛していたというその男はどうだった?」

「わたしたちに結婚する道はありませんでした。最初からそうできないとわかっていたため、わざわざ時間をかけて、彼の将来の役割について考えたりもしませんでした。そのうえ、すでに説明したとおり、わたしは夫を望んでいないんです」

「だったら、僕も妻を望んでいない」

「それならどうして探しているんです? 今こうやって?」

「世継ぎが必要だからだ。僕ももはや若くない。それに女性を見る目は、僕よりきみのほうがあるはずだ。きみの直感を信じているんだよ」

ペネロペは手帳に鉛筆を軽く打ちつけた。「これからまだ長い時間、旅を続けなければいけません。あなたが妻に求めるものは何か、よく考えてください。あなたの条件をおっしゃってくだされば、すぐにここに書きとめます」

もしかすると、自分が必要としているのは物静かな妻ではないのかもしれない。むしろ自身の意見をはっきりと口にして、こちらに挑みかかってくるような妻なのかも。

ペネロペは何かを殴り書きし始めた。きっと、キングスランド公爵にいらだっている理由を一つ残らず書き連ねているのだろう。いや、公爵が妻に求めるはずだとペネロペが思う条件を書きとめているのだ。

待てよ、違う。ロンドンじゅうのレディたちから手紙が送られ、それらを開封する以前から、ペネロペはそうしていたはずだ。優秀な秘書である彼女ならば、当然キングスランド公爵家の女主人としてふさわしい誰かを選ぼうと考えたに違いない。優しくて愛想のいい誰かを。夫の秘書の寝室が使用人用エリアになくても気にしない誰かを。

とはいえ、そのことを気にしない公爵夫人がいるとは思えない。ひとたびキングが結婚したら、ペネロペが廊下を越えて寝室までやってくることは許されなくなる。二人の親密な関係は突然終わることになる。その事実について具体的に話し合ったことはないが、ペネロペは既婚男性といちゃつくような女性ではない。それに自分も、妻を裏切るような行為をする男ではない。

キングが公爵夫人をめとれば、ペネロペが誰かほかの男と……深い関係になることもあるだろう。今のペネロペに愛人がいないのは、仕事に懸命に打ち込んでいるからだ。とはいえ、彼女は持てあますほどの情熱と、火のように熱い想いの持ち主だ。頭が切れるし、有能なうえ、奔放で大胆なところもある。そういう女性が好みの男ならば、追いかけずにはいられないタイプだ。それなのに、いまだにペネロペに結婚を申し込もうとする紳士がいないのが驚きだ。あの舞踏会でも数人が彼女の存在に目をとめていた。公爵の秘書と踊ったと非難されるのもかまわずにダンスを申し込んだのは、彼らがそれだけペネロペに惹かれていた証拠だろう。もし彼らのうち一人もペネロペを訪ねてこないならば、彼女はまたあのいまいましいクラブに出かけ、そこで別の男たちと知り合うかもしれない。

キングはふいに体を引き裂かれるような、強烈な嫉妬を感じた。あの舞踏会で感じたのとは比べものにならない、はるかに強い感情だ。これはやきもちではないと否定することなど、もはやできない。ペネロペがほかの男と一緒にいると考えただけで耐えがたい。とはいえ、彼女にふさわしい賞賛を与えてくれる男を探してほしくない、と考えるのはあまりに身勝手だろう。ペネロペには結婚する意思がないかもしれないが、一人ぼっちで一生を過ごさなければならないわけでもない。愛人を作っても、自立した生活を保つことはいくらでもできるはずだ。

二日前の夜を境に、二人の関係は大きく変わった。それと同じように、キングが教会で書類に署名をした時点で、二人の関係はまた大きく変わるだろう。ペネロペは使用人たちが暮らす空間に戻るはずだ。そして二人はふたたび仕事上だけの関係に戻ることになる。しかも、その関係がいつまでも続くわけではない。どこぞの男がペネロペに夢中になり、彼女もその男に熱をあげ、今は満足感を得られている仕事よりその男のほうが大切だと考えるようになったら終わることになる。

公爵夫人候補を探す新聞広告を、あんなに早く出さなければよかった。今となっては、レディ・キャサリンから求婚を断られたあとすぐに、ふたたび掲載したのが悔やまれる。だが周囲から〝振られたかわいそうな公爵〟として見られたくなかったのだ。まったく、自分のくだらないプライドが嫌になる。あと一年、求婚も妻探しもしないままで過ごしたい。ペネロペと一緒に。

花嫁候補を発表する舞踏会の夜が、ペネロペと過ごす最後の夜になるだろう。あの奇妙な手紙よりも、その事実のほうがキングの心をざわつかせる。その夜を境に、ペネロペは彼の秘書に戻り、もはや愛人ではなくなる。だからこそ、今こうして彼女とともにいられる時間を精一杯楽しみたい。

18

狩猟用ロッジに到着したのは、夜遅い時間だった。あたりはすでに真っ暗になっている。ペネロペはこれまで公爵が所有するほかの領地や不動産、邸宅を訪れたことはあったが、ここは初めてだ。玄関広間に立っている間も、足元から冷気が忍び寄ってくる。眠っていたところを起こされた高齢の執事が、ろうそくやランプを灯し始めた。キングスランドは、このロッジの使用人たちはあの手紙に関係ないだろうと言っていたが、ペネロペはまだ疑いを捨てきれていない。とはいえ、執事の指先がわずかに震えていることからすると、彼が新聞の字を器用に切り取り、手紙を汚すことなく糊《のり》づけしたとは思えない。

「閣下、こんなにだらしない状態で申し訳ありません。ですが、あなたは十一月までいらっしゃらないものと思っておりました。すぐにミセス・バドモアを起こして食事の支度をさせます」

「スピタルズ、その必要はない。食事ならもうすませてきた。ただ、風呂に入れるとありがたい」

「ではジョニーにさっそく用意させますので」

階段の一番上にかすかな灯りが見えた。きっとメイドが裏階段を使って部屋を整えているのだろう。ともに旅をしてきた従者ハリーが二人の荷物を運び始めた。

ロッジという呼び方から、ペネロペはもっとこぢんまりした建物を想像していた。まさか四階建ての、こんな堂々たる建物だとは思いもしなかった。部屋数は少なくとも五十室はあるだろう。キングスランドはオイルランプを掲げて近づいてくると、ペネロペの背中に手を当てた。

「さあ、階上へ行こうか？」

もっと屋敷のなかを見てまわりたかったが、長旅だったたし、常に心配が頭から離れなかったせいで信じられないほどくたびれている。だからペネロペは無言のままうなずき、階段をのぼり始めた。背中に当てられた、てのひらの力強い感触がなんとも心地いい。ゆく手にいくつもの影がゆらゆらと現れては消えていくなか、狩りの場を描いた絵画が階段に沿って飾られているのが見えた。飛んでいる鳥たちにショットガンで狙いをつけている男たちや、慌てて逃げようとしているキツネたちを馬にまたがって追いかけている男たちの姿が描かれている。

「狩りをテーマにした絵を飾っているのですか？」ペネロペは尋ねた。

「いや、たまたま見つけた作品や、依頼して描かせた作品を壁に飾ってあるだけだ」

「家族の肖像画はないんですか？」

「一枚か二枚はあったと思う。だが今までここに長居をしたことはほとんどない。きみにもそのうちわかると思うが、特に居心地がいい場所というわけではないんだ」

階段の踊り場へたどり着くと、目の前に長い廊下が延びていて、両脇に部屋がずらりと並んでいた。全部で十二部屋だが、そのうち扉が開いているのは二部屋だけだ。キングスランドに案内され、一部屋に足を踏み入れたが、寝室がことのほか肌寒く感じられる。それはきっとヒューヒューとうなるような風の音が聞こえているからだろう。暖炉では火が爆《は》ぜているが、十分な暖かさとは言えない。ペネロペは公爵から離れ、巨大な石造りの暖炉のそばに近づき、両腕をこすった。

「メイドを呼んで、きみの寝支度を手伝わせよう」

ペネロペは笑みを浮かべ、彼をちらりと見た。「手伝いは必要ありません。侍女を持ったことなんて一度もないんです。わたしのドレスは凝ったデザインではありませんから、自分で簡単に脱ぎ着することができるんです」

キングスランドはベッドの足元にある支柱に体をもたせかけた。「僕が手伝ってあげられるよ」

「お行儀が悪いことになるかもしれません」

「迷惑かな？」

〝いいえ、ちっとも。迷惑なわけがありません〟

そう答えたかったが、声には出さず、ただ首を振るだけにした。公爵がこちらに一歩近づいてきて――

戸口に従者ハリーがぬっと現れた。物音一つ立てなかったが、キングスランドは気配で気づいたに違いない。すぐに歩みを止め、肩越しに彼を一瞥した。

「ミス・ペティピースのために浴槽をお持ちしました」ハリーが言う。

公爵はペネロペに短い笑みを浮かべた。「では僕はそろそろ失礼する。温かな風呂を楽しんでくれ」そう言うと、銅製の浴槽を室内に運び込んでいるハリーともう一人の従者――きっと彼がジョニーだろう――のすぐ近くを大股で通り過ぎた。

彼らが暖炉の前に浴槽を置いて、水をどんどん汲《く》んでいる間、ペネロペは垂直の仕切りがある窓から外の景色を眺めた。公爵と二人で、この地域の景色を眺める時間はあるだろうか？　おそらくないだろう。ここへやってきたのは目的があるから。その目的を果たしたら、すぐにロンドンへ戻らなければならない。

翌日の朝、ペネロペが小さなダイニングルームにやってきたとき、キングはすでに丸テーブルへ着席していた。いつもの濃紺のドレス姿の彼女は、昨夜彼の寝室をノックしたときよりもはるかにくつろいだ様子に見える。

「風が窓に吹きつける音がして、少し不安になりますね」昨夜は寝室の戸口に立つなり、ペネロペはそう言った。

「父は、窓がかたがた揺れるのは、先祖たちの亡霊が僕らの注意を引こうとしているせいだと話していたものだ。でも、このロッジを買ったのは父自身だった。だから、どうして先祖たちの魂がここまでたどり着けたのかいつも不思議に思っていたんだ」

そう答えて寝室にペネロペを引き入れたあと、キングはありとあらゆる手を尽くし、彼女が感じている不安を忘れさせ、悦びの叫び声をあげさせた。とはいえ、この場所には常に生者よりも死者にふさわしい雰囲気が漂っているように思える。

そして今、キングは椅子から立ちあがって挨拶した。「おはよう、ペネロペ」

彼女はよろめいて突然足を止めると、キングの向こう側にある窓に視線を向けた。こちらが恥ずかしげもなく、名前で呼びかけたせいだろう。ロンドンでは、彼女が秘書としての役割を果たす時間帯はペティピースと呼ぶのが習慣になっている。

「太陽はまだ顔を出していないんですか?」

「いや、もう顔を出している。だが――」どう説明すればいいだろう? 僕がこの瞬間に必要としているのは秘書ではなく、友人であることを? いや、友人以上の存在であることを?

言葉を探しあぐねている間に、ペネロペはキングの隣にある椅子に近づくと、にっこりとほほ笑んだ。「わかります。ロンドンの関係のままでいることが、ここでは居心地悪く感じられるんですね。少なくとも、この瞬間は」

「ああ、そのとおりだ。きみは僕よりはるかに説明がうまいな」キングは彼女のために椅子を引き、二人とも着席した。それからペネロペは自分のカップに紅茶を注《つ》ぎ、キングのカップにも温かな紅茶を注ぎ足した。

従者がペネロペのための皿を取りに部屋から出ていくと、キングは口を開いた。「ここはロンドンよりも物事がシンプルに運ぶように思える。ただし狩猟シーズンの間、ここで何度か招待客を迎えるときは例外だ」

「あなたは狩りがお好きなんですか?」

「いや、そうでもない。このロッジに必要最低限の使用人しか雇っていない理由の一つはそこにある。そう考えると、ここは売却するべきなんだろう。きっと将来的にそうするはずだ」

いまわしい記憶があるスコットランドのこの地に、わざわざ戻ってくる理由はない。とはいえ、今ではペネロペをここに迎えた思い出が新たに加わった。それだけで、ほかの記憶の重苦しさが和らいだ気がする。

従者が戻ってきて、ペネロペの前にスクランブルエッグとトマト、トースト、ハムが盛りつけられた皿を置いた。フォークに手を伸ばしながら彼女が言う。「今日は何時に出発の予定ですか？」

　あまりに落ち着いていて静かな声だったため、ペネロペが何を質問したか気づくのにしばし時間がかかった。彼女は病院へ出向く時間を尋ねているのだ。

「朝食を食べ終えたらすぐにここを出発する予定だ」

「では、わたしもお供します」

「いや、僕一人で行こうと思っている」

「だったら、わたしはなんのためにここまでやってきたんです？」

〝ここにいてもらうためだ〟

シンプルなようで複雑な、しかもばかげた答えに思える。これまで何かをするときに、自分が誰かを必要としたことがあっただろうか？　ただ、ペネロペをあの病院へ連れていくつもりは最初からなかった。あそこに出かけたら、間違いなく彼女は衝撃を受け、悪夢にうなされることになるだろう。彼自身、病院を立ち去るときはいつも、あの建物のなかに自分の魂の一部を置き忘れたような、妙な気分になるのだ。

「記録を取る者がいたほうがいいと思うんです」ペネロペが続ける。「あなたについていきます」

「だったら二頭立て二輪馬車で出かけよう」

彼女の勝ち誇ったような笑みを目の当たりにして、キングは息をのみ、心のなかでひとりごちた。公爵夫人に求める条件リストのなかにもう一つつけ加えるよう、彼女に伝えなければ。

〝僕に世界征服を果たした気分を味わわせてくれるような笑みを浮かべられる女性であること〟

「料理人に頼んで、小さなバスケットを用意してもらいます。旅の途中、どこかで馬車を停めて散策できるかもしれません」

ペネロペがごく自然に、使用人たちにいろいろな要求を始めている姿を見ても驚きはしなかった。僕の妻になるレディは、こんなふうに屋敷を適切に取りしきれるだろうか？　ペネロペにはその才能が備わっている――しかも生まれながらに。

結婚したくないという彼女の考えは正しいのかもしれない。ほとんどの男は控えめな妻を望むものだ。自立心が旺盛な、心の強い妻は望んでいない。もしそういった愚か者がペネロペと結婚したら、彼女を言いなりにしようと大変な苦労をすることになるだろう。

「ああ、すばらしい考えだね」

しかも、そうすれば使用人たちにある程度、二人がこれから馬車でピクニックに出かけるのだと推測させられるだろう。彼らの誰も、これから二人がどこへ行く予定なのか、なぜ行くのかを尋ねたりはしないが、それでもピクニック用バスケットを持って二頭立て二輪馬車で出かければ、それが二人にとってごく自然なことであり、個人的な関係を特に隠そうとしていないという印象を与えられる。どのみち、ここでの噂話がロンドンまで届くことはない。

一時間後、キングは手綱を手に二頭の灰色の馬たちを急かし、馬車を猛スピードで走らせていた。

「ここは本当に美しいですね。ヘザーの花が満開です」ペネロペが言う。

あと一カ月経てば、この土地全体がさらにたくさんのヘザーの花で覆われることになるだろう。とはいえ、これまでキングは花に注意を払ったことなど一度もない。ゆっくりと時間を取って、遠くに見える湖や、ところどころに羊の群れがいる緩やかな丘陵地帯の美しさを楽しんだこともない。

ここにやってくるのはとにかく苦痛だった。来るたびに、実際は死んだわけでもない父親を、この手で葬った苦い記憶を思い出すからだ。当時は十九歳。自分のしでかしたことが顔にはっきり表れているのではないかと不安でたまらなかった。家族や友人、それに見知らぬ人たちから一目見られた瞬間、盗《ぬす》っ人《と》呼ばわりされるのではないかと恐ろしかった。

結果的に、社交界からはできる限り遠ざかり、公爵領の立て直しに没頭するようになった。仮にキング自身が爵位を奪われ、処刑台に立つことになっても、次の世代の公爵は何も心配する必要がないようにしたかったのだ。

だが今こうしてあたりを見回してみると、いまわしい記憶のせいで、この土地に厳しすぎる判断を下していたことがわかった。ペネロペはいつだって自分に、物事を異なる視点からとらえるよううながしてくれる。それこそキングがペネロペの意見を尊重する理由でもある。

結局、彼女の意見は正しかった。あのロッジにペネロペを一人残しても、なんの意味もなかっただろう。いっぽう彼女をこうして一緒に連れてきたことで、思いがけない成果を手にできるかもしれない。今まで自分が見過ごしてきたことも、彼女なら気づくかもしれない。たとえば病院のなかで怪しいそぶりをする者や、罪の意識が顔にありありと表れている者がいないかといったことだ。いくつかの点において、ペネロペはキングよりもはるかに観察力が鋭く、めざとい。キングは大事に意識を集中させるが、ペネロペは小事に意識を集中させる。

キングは細い道をいっきにくだった。道の先に錬鉄製のフェンスが見える。ただ、門が開け放たれているため、あたりをぐるりと囲むフェンスの本当の目的が知られることはない。

「ここは患者をなかに閉じ込めようとはしないのかしら?」ペネロペが考え込むように言う。

「ここでは、職員たちが患者を監視できない夜になると門を閉めるんだ」

前方に立ちはだかるのは、黒れんが造りの巨大な建物〈グレイソーン・マナー〉だ。尖《せん》塔《とう》が何本か空に向かって突き出ている。

「なんだか不気味な建物ですね？」ペネロペが言う。

「僕ならここには住みたくない」

「どうやってここを見つけたんです？」

「父が〝〈グレイソーン・マナー〉に入れるぞ〟と母を脅しているのを聞いたことがあったんだ。そのあと自分で調べて探し出した」

「そんな彼がここに入ることになったのは当然といえば当然ですが、皮肉なことにも思えます」

「ああ、僕もそのときはそう考えた」

ペネロペは手をそっとキングの腕にかけた。慰めるような優しい感触に、ふと思う。今の自分はペネロペに触れられることを心から求めている。いつかそうではなくなるときが本当にやってくるのだろうか？

「あなたがしたことは、ほかの人たちの人生を守るために必要なことだったんです」

「僕もここに来るたびに、自分にそう言い聞かせている。だがその言葉がいつもむなしく響いてしまうんだ。とはいえ、一度やったことはもう取り消せない。無理にそうしようとすれば、大惨事を招くことになる」

キングは馬たちの歩みを止め、馬車の座席から飛びおりると、馬たちをしっかりつなぎ、馬車を回り込んで、ペネロペがおりる手助けをした。

「ここでは、やってくる患者たちを出迎える職員はいるでしょう。でも彼らも訪問客は期待していないはずです」

「僕はここで職員と患者以外誰も見たことがない」

この場所がぽつんと孤立しているところが気に入った。何キロにもわたって何もないし、何者も見当たらない。だから安全に思えたのだ。激しい感情に駆られ、無謀な行動を取った十五年前には少なくともそう考えていた。でも結局気づかされた――僕は、逃亡する機会を父親から奪っただけでなく、自分自身からも機会を奪ったのだと。ありとあらゆることを考慮しないまま、自らの人生を決めてしまったのだ。そのとき以来、キングはいかなることを考慮しないまま、慌てて決断を下したことは一度もない。さまざまな角度から考慮することの大切さを学んだのだ。


ペネロペから肘のくぼみに手をかけられ、二人で階段をのぼって巨大なオーク材の扉の前にたどり着いた。いかにもきしみ音がしそうな扉に見えたが、キングが掛け金を外して扉を押し開けても、なんの音もしなかった。

広々とした玄関広間にあるデスクの背後に、一人の女性が座っている。キングの母親よりも少し若い年齢だろう。

「ミスター・ウィルソン、グレイソーンへようこそ。すぐにドクター・アンダーソンを呼んできます」彼女は慌てて走り去り、角を曲がって姿を消した。

ここからは見えない各部屋から、うめきや叫びが響いてくる。だがそれらに不安を感じていたとしても、ペネロペはそんなそぶりを見せていない。玄関広間から見えるのは二本のらせん階段と高い位置にある窓だけだ。

キングは心のなかでひとりごちた。ああいう悲鳴や叫び声を聞き続けることで、父も何かしらの影響を受けるのではないだろうか？

「あまり感じのいい場所とは言えませんね」ペネロペが低い声で言う。声を抑えているのは、この建物の雰囲気のせいだろう。

「ああ。だが前に見たとき、職員たちは患者に優しく接していたんだ」

とはいえ、キングの父は暴力的な傾向が強い。だからときには、職員たちもあまり優しいとは言えないやり方で父に対処する必要があった。

背の低い痩せた男性が角を曲がってやってきた。ドクター・アンダーソンだ。キングが父を初めてこの病院に連れてきたとき、この精神科医の頭髪は黒々としていたが、今では髪も髭も白くなり、もはや黒髪は頭のごく一部に残るだけだ。医師に手を差し出しながら、キングはふと考えた。おそらく彼は自分と十歳くらいしか離れていないはずだ。

「ミスター・ウィルソン、訪ねてきてくださって嬉しいです」

医師はがっちりと握手を交わした。キングと同じくらい、力強い握り方だった。

「ドクター・アンダーソン、紹介させてほしい。こちらは――」

「ミセス・ウィルソンです」ペネロペはごく自然にキングをさえぎると、上品なお辞儀をしてみせた。

革の手袋をはめているせいで、結婚指輪をしているかどうか判断するのは難しいはずだ。とはいえ、彼女は用心深く左手をドレスのポケットへ滑らせた。大切にしている革の手帳がおさめられている場所だ。やはりキングの思ったとおりだった。もし自分のためにペネロペに嘘をつかせる必要がある場合、彼女にはすでに十分その才能がある。現にこうして顔を少しも赤らめることなく、妻のふりができるのだから。

「ミセス・ウィルソン、お会いできて光栄です」医師は澄んだブルーの瞳をキングに戻した。「我々はあなたから十分な情報を聞いていなかったようです。もはやあなたのお父上はここにはいません。そのことを伝える手紙をどこに出せばいいかわかりませんでした」

キングは身も凍るような冷水を浴びせかけられたように感じた。「父は逃げ出したのか？」

「いいえ、そうではありません。はっきり説明せず、申し訳ありません。ですが、お父上は亡くなられました。あれからまだ一カ月も経っていません」

あの父が死んだ――予期せぬ訃報に、キングは拳をいきなり見舞われたような驚きを覚えた。もしペネロペが励ますように手を握りしめてくれなかったら、この場でよろめいていたかもしれない。これほど長い歳月が経ったあとなのだ。重荷から解放された喜びに近い感情を覚えるべきだろう。それなのにどうだ。今の自分は予想だにしない感情に襲われている。魂が粉々に打ち砕かれるような寂しさ、それに悲しみに。

「どうして？　父はどうして死んだんだ？」

自分の声なのに、はるか遠くで聞こえた。暗い洞窟の奥底に立っているかのように、あたりにむなしく響いている。

「心臓です。ただ心臓が動きを止めたのです。残念ながら、彼の突発的な行動や感情の爆発によって、心臓に負担がかかっていたのは明らかです。彼の妄想は本当に根深くて、正直に言えば、手の施しようがありませんでした。彼は最後の最後まで自分が公爵だと言い続けていたんです」

当然だろう。本当にそうなのだから。

「あなたの連絡先を捜したのですが、どこにも見当たらないことに気づきました。そこで我々にできる最善のやり方でお父上を見送りました」

「というと、つまり？」

「ここの庭園の背後にある我々の墓地に、彼を埋葬しました。適切な祈りを捧げたあとにです。申し訳ありませんが、棺代は請求させていただくことになります」

「もちろんだ」

「さぞ驚かれたことでしょう。ですが少なくとも、お父上の苦しみは終わりました。今はすでにはるかに心安らげる世界にいらっしゃるはずです」

それはどうだろうか。地獄がはるかに心安らげる場所とは言いがたい。

「お父上が埋葬されている場所に行かれますか？」


もしキングスランドが手を離したら、ペネロペは彼を一人で行かせ、先代公爵を弔わせただろう。だが彼は手を離すどころか、指先に力を込めてきた。だからペネロペは、キングスランドと医師とともに庭園に向かった。とても穏やかで心安らぐ庭園だ。かぐわしいスイカズラで覆われたつる棚の下を通り過ぎ、石造りの墓所へ足を踏み入れる。ペネロペが思っていたよりも広々としていた。

ドクター・アンダーソンに案内され、長々と続く小さな土山を眺めながら奥へと進んでいく。そのほとんどが草に覆われていて、草むしりもされていない。目指す場所には、簡素な木製の十字架が立てられ、その十字架にウィリアム・ウィルソンという名前が刻みつけられていた。

「もしちゃんとした墓石をご希望なら、ここに送ってください。あるいは、近くの村にいる職人の名前と住所をお教えすることもできます」

「ありがとう」キングスランドの声は、わずか三十分前と比べてもずっとかすれていた。

「お身内だけにしたいと思います。故人を悼んであげてください。そのあとわたしの事務室にいらしていただければ、これまでの精算をします」

医師が立ち去ったが、キングスランドはその場に突っ立ったままだ。一分、二分と時間が過ぎゆくなか、彼は一瞬たりともあたりを見回したりせず、黒い瞳で、今は父が眠る場所をじっと見つめている。

「父のことを軽蔑していた」とうとう彼は喉の奥から絞り出すような声で言った。「父はほかの人たち――僕の母や弟、父の友人たち――を虐げることで自分の強さを証明できると考えていた。だが僕は、それこそが父の弱さを示していると知っていたんだ」

キングスランドは一度も口にしていないが、ペネロペにはわかっている。キングスランド自身も父親から虐待されていたのだろう。

「父がどんなふうにローレンスを罰していたか、前に話したよね」

「ええ」

「僕がオックスフォード大学に通っていた、十八歳のときのことだ。クリスマス休暇で実家に戻っていたんだが、ちょうどある投資で大儲けをしていた頃で、ひどくうぬぼれていい気になっていた。父から何かするよう言いつけられたんだが――それがなんだったかも思い出せないほどささいなことだ――〝自分はもう大人の男だ、一方的に命令することなどできない〟と言い返した。すると父は、わたしが法律だと言い放ち、僕に膝を突いて謝れと言った。僕が父の力に支配されていることを認めさせ、それを態度で示させようとしたんだ。中世の国王みたいに傲慢な物言いだったから、即座に断った。そうやって自分の立場を貫いたら、父も僕を一人前の男として認め、幼稚ないじめをやめるだろうと考えたんだ」

キングスランドはペネロペのほうを一度も見ようとしない。まばたきもしないまま、目の前にある小さな土山を一心に見つめている。その下の大地に眠るものを見通すかのごとく真剣なまなざしだ。

「だが父はローレンスを呼びつけた。やってきた弟の目を見た瞬間、なぜその場に呼ばれたのか、弟が完全に理解しているのがわかった。ローレンスは僕を見ると、自ら父親の前に進み出て、顔面に渾身《こんしん》の拳を食らった。それこそ、ローレンスの体が吹っ飛ぶほど強烈なパンチだったんだ。僕はすぐに両膝を突いた。父のたった一度のパンチで、その場にくずおれた」

ペネロペは涙をこらえるので必死だった。キングスランドの告白によって、どれほど自分が心を痛めているか、彼には見られたくない。

「たった一度のパンチで、あなたが慈悲の心を見せたということです」

「僕の頑固な態度のせいでローレンスに代償を払わせる前に、慈悲の心を見せるべきだったんだ。だがそのとき、誰の前であろうと、もう二度と膝を突いたりしないと心に誓った」彼は自嘲するように笑った。「きみは知っているだろうか？　レディ・キャサリンに結婚を申し込んだとき、僕は彼女の前にひざまずかなかった。彼女はそのことに気分を害して、僕とは結婚すべきではないと心を決めた」

「彼女がほかの男性を愛したせいで断ったんだと思っていました」

キングスランドは首を振った。「公爵夫人に求める条件リストに、〝僕に自身の前でひざまずくよう求めないこと〟という条件をつけ加えておいてほしい。今後も絶対にそうする気はないからね」

「ええ、そうしておきます」

「きみは、父のために涙一滴こぼさない僕を、心ない、嫌な奴だと考えているに違いない。こうなる前に二、三度面会したとき、父は猛烈な怒りのせいで、僕が誰かもわからないようだった。最後の数年間、父に恐怖を味わわせたことを後悔すべきなんだろう。でも、そんな気持ちにはなれないんだ」

「あなたはご自分のお母様と弟さんを守ったんです。そうしなければ、彼らはお父様の手によってさらに傷つけられていたでしょう。そのことを忘れてはいけません。しかも、あなたはその重い秘密をたった一人で背負い続けていました。だから、わたしはそんなあなたのことを、心ない、嫌な奴だなどとは思いません」

キングスランドは握ったままのペネロペの手を掲げると、手袋の上から指先に唇を押し当てた。「こんなことにつき合わせ、不愉快な思いをさせてすまない。だが、きみがここにいてくれることに、信じられないほど深く感謝しているんだ」

ペネロペはうっかり口走りそうになった。

〝わたしはあなたのそば以外、どこにもいたくありません。あなたがわたしを必要としている限り、ずっとあなたの横にいます〟

でも、それは自分の気持ちをさらけ出しすぎた言葉のように思える。キングスランドのほうが、わたしたちの間に欲望を満たす以外に深いつながりなどないと考えているからなおのこと。

「少しの時間、一人になりたいのでは？」

公爵は悲しみと後悔が入り混じった、小さな笑みを浮かべた。「いや、この地獄から一刻も早く立ち去りたい」

キングスランドはドクター・アンダーソンに支払いをすませたあと、ペネロペを連れて一番近くにある村へ向かい、石工職人に代金を支払って、ウィリアム・ウィルソンという名前、生まれた日と亡くなった日のみを刻んだ墓石を作るよう依頼した。それからロッジに戻る途中で、勢いよく流れる小川とヘザーの花が広がる場所に立ち寄り、キルトを広げた。ちょうどあちこちに巨大な木がある場所だったため、大ぶりの枝を広げた一本の下で、料理人が用意してくれたバスケットの中身を味わった。といっても、バスケットに詰められた食事はもっぱらペネロペが食べ、ワインの大半をキングスランドが飲んでいる。

「ところで、わたしは二頭立て二輪馬車を御したことが一度もありません」ペネロペは軽い口調で話しかけた。

キルトの上に体を横たえ、流れる川の水を見ていたキングスランドは片肘を突いて上半身を起こした。「御してみたいのか？」

「いいえ、でもあなたが飲みすぎたら、わたしがやるしかないと思っています」

「大丈夫。僕が酔っ払うには、ボトルがあと一本以上必要だ」彼は手を伸ばし、ペネロペの膝の近くに置いてあるグラスにワインを注いだ。「でもきみも飲んでくれたら、僕の飲む量も少なくなる」

ペネロペは注がれたワインを一口すすった。午前中にグレイソーンを訪れたことで、物悲しい気分になっている。でもそのことを除けば、雨を告げる黒雲が空にわずかにかかっているものの、本当に美しい一日だ。あたり一面にのどかな田園風景が広がり、通りかかる人も誰もいない。というか、どこを見回しても人っ子一人いない。この旅を通して、誰もキングスランドを尾行していないというたしかな証拠だろう。

「今日は……本当に大変な一日になりましたね」

「ああ。だが、いつかこういう日が来ると予想もしていた。とうとう正式にキングスランド公爵になれたことに、今は本当にほっとしているんだ」

ペネロペは両脚を折って座ったまま、公爵ともっと真正面から向き合えるよう体の向きを変えた。

「ずっとあのことについて――あの手紙について考えているんです。〝黙っていてほしければ金を払え。支払いの準備をしろ〟と書いてありました。つまり、あの手紙を書いた人物はお金を要求しています。でもあなたのお父様が亡くなった今、手紙を書いた男が――女かもしれませんが――あなたが過去にやったことを証明できるとは思いません。本当に正しいことを言っているのが手紙の送り主かあなたかなんて、誰にもわからないはずです。送り主がよほど信用のある人物でない限り、世間が公爵であるあなたの言葉より相手の言葉を信じるとは思えません。この相手が言っているのが、あなたのお父様に関することだと仮定しての話ですが」

「それ以外のことであるはずがない。ほかには何も思いつかないんだ。だが、たしかに手紙を書いた男――または女――がその事実をどう証明するつもりだったのかがわからない。考えられる手段は二つ。そいつが僕の父の逃亡を手助けしてロンドンに連れてくるか、父本人だと見分けられる親しい間柄の誰かをここに連れてくるかのどちらかだ」

「たとえばあなたのお母様とか？」

「ああ。だがあの母が僕に何も警告せずに、しかも僕が今していることをやめさせるために、見知らぬ誰かのあとをのこのこついていくとは考えにくい。とはいえ、もし母が僕に気づかれないままここにやってきて、父の姿を見たらさぞ仰天しただろう。それでも母のことだ。すぐに僕がどういう意図で嘘をついたかに気づき、話を合わせたに違いない。それにしても、きみがとっさにミセス・ウィルソンだと自己紹介したときは、僕も仰天したよ」

「あの医師には、わたしがあなたの妻だと思わせたほうが話がややこしくなくなると思ったんです」

「なんて頭がいいんだ。今夜僕は夫としての権利を振るわないといけないな」

ペネロペは頬が染まるのを感じた。彼が言葉どおりにしてくれることを心待ちにしている。

「わたしが言いたいのは、あの脅し文句をこれ以上心配する必要はないということです。もはや証拠がありません」

「手紙を送ってきた人物がドクター・アンダーソンをロンドンに連れてきて、僕に引き合わせない限りはね。もしそうなれば、事態がややこしくなる。もし僕の正体を知ったら、アンダーソンは真相を見抜くに違いない。ということは、僕はまだ困難を完全に脱してはいないということだ」

「あなたが墓石を買ったのにはちょっと驚きました」

「父が眠る場所を示す目印が必要だったんだ。僕は世継ぎとなる息子に、父をあの場所から公爵家の霊廟《れいびょう》に移すよう指示を残すつもりでいる。ただし、その指示は僕が死ぬまで開封されることはない。あの父が眠るにはもったいない墓だが、それでも彼が僕の父親であることに変わりはないからね」

ペネロペはふいに胸が苦しくなった。喉に熱いかたまりが込みあげてきて、涙があふれそうになる。

「あなたは、彼の息子にはもったいない人です」

キングスランドは乾いた笑い声をあげた。「父がこの十五年間、同じことを考えていたとは思えない」

思わず公爵めがけてパンを一切れ投げつけた。「わたしは真面目に言っているんです。あなたは本当にいい人です」

「そんなに善人じゃない。これほど不道徳なことを考えているのだから」キングスランドはペネロペの足首をつかみ、自分のほうへ強く引き寄せた。ペネロペは体のバランスを失い、仰向けに倒れ込んだが、慌てて体を起こそうとしたところ、公爵に上からのしかかられた。「そのドレスのボタンを見るたびに、頭がおかしくなりそうなんだ。一つ一つ外して、そのなかにあるものをこの目で見たくてたまらない」

「あなたはわたしの普段着よりも、舞踏会用のドレスが好みなのかと思っていました」

「ああ、僕もそう思っていた。だがきみという存在を覆い隠すものはどんなものでも誘惑的に見えてくる」

ペネロペは公爵の髪に指を差し入れた。「わたしは今、あなたを誘惑しているのかしら？」

「ああ、まさに」

「邪魔しようとする人は誰もいません」

キングスランドは視線をあげてあたりを見回し、瞳を煙らせた。「僕ら二人きりだ」ふたたび頭を下げるとペネロペの顎先に軽く歯を立てる。「いくつ外そうか？」

「全部お願いします」

彼があげた低いうなり声がペネロペの体にも響いてくる。キングスランドはさっそく仕事に取りかかり、最後のボタンを外し終えると、ボディスの生地を大きく広げ、あらわになった鎖骨の下に舌をはわせ始めた。たちまちみぞおちのあたりがうずき出し、ペネロペは悦びの吐息をどうしても止められない。

「あなたって本当に不道徳な人」

「きみがそうさせているんだ」

「それはどうでしょう？　わたしとこうなる前も、あなたは不道徳だったはずです」

「いや、外でこんなことはしなかった。天から神々に見守られているような場所ではね」

キングスランドはシュミーズとコルセットの下に指を一本滑らせ、ペネロペの胸を拘束から解放すると、愛撫を求めてすでにつんと固くなっている頂をしゃぶり始めた。

「わたしたちには誰の姿も見えないけれど、あなたはわたしたちが見られていると考えているんですか？」

「ああ。鳥や羊、ウサギたちにね」川の水が跳ねる音がした瞬間、ペネロペは自分の胸に向かって公爵がにやりとしたのがわかった。「それに魚も僕らを熱心に見ているようだ」

「わたしたち、ロッジに戻るべきかもしれません」

「きみが僕の名前を叫ぶまで戻る必要はない」

だがペネロペは名前以外を叫ばずにはいられなかった。空が突然暗転し、大粒の雨が降り出したせいだ。どうにかキングスランドの手から抜け出してよろよろと立ちあがる。

だがすぐに公爵からドレスの裾をつかまれた。「どこに行くつもりだ？」

「雨が降ってきました」

「ペネロペ、きみは本当に可愛い《スイート》。だが甘い《スイート》砂糖とは違って、きみが溶けることはない」

このわたしが可愛い《スイート》？　もう何年も自分をそんなふうに考えたことはなかった。「あなたはわたしを〝辛口〟と考えていると思っていました」

公爵はドレスのスカートを軽く引っ張った。「さあ、ここへ戻っておいで。そうしたらもう片方の胸も同じように味わえる」

ペネロペは指でドレスの生地を強く持ちあげ、公爵の手から裾を引き抜いた。「もし味わいたいなら、わたしを捕まえないといけません」

「僕に捕まえられないとでも？」

キングスランドはさらに瞳を煙らせ、その奥に挑むような光をたたえて、ペネロペの背中をつかもうとした。でも捕まえられる前にペネロペは二歩跳びすさっていた。あえて彼の挑戦を受けたい。いつもとは違う形で、彼に捕まえられたい。

「あなたはわたしの身軽さを見くびっていたようですね」

ところがペネロペのほうも公爵の身軽さを見くびっていた。その瞬間、彼は文字どおり空中に飛び出し、こちらに向かってきたのだ。ペネロペは叫び声をあげながら体の向きを変え、ドレスのスカートを持ちあげると、木のまわりをぐるぐると回り始めた。二人の間に太い幹を挟むことで、どうにか捕まえられずにすんでいる。激しく打ちつける雨のせいで、結いあげていた髪の毛がだらりと脇へ垂れていた。髪をとめていたピンが気づかないうちに外れたらしく、巻き毛が跳ねている。

「こんなちっぽけな木に邪魔などさせない。きみを必ず捕まえてやる！」雷が鳴り響くなか、キングスランドが叫んでいる。

ちっぽけな木？　いや、とても大きな樫《かし》の木だ。あまりに幹が太いため、ペネロペには幹の陰からキングスランドの片方の肩しか見えない。今は左側に公爵の肩が見えている。

つまりキングスランドの肩幅が広い分、自分に有利な展開ということだ。彼が左右どちら側から追いかけてくるつもりかが、瞬時にわかる。笑い声をあげながら木の反対側へ回り込み、公爵が伸ばしてきた手をどうにかかわした。あと少しのところで肘をつかまれるところだった。キングスランドがぴたりと動きを止め、ペネロペも動きを止めた。太い幹の陰から公爵の肩が見えたと思ったら、すぐに見えなくなった。今度はもう片方の肩が見えたと思ったら、また見えなくなった。

もうここから逃げ出すべきだ。馬車に向かって一目散に駆け出さなければ。とはいえ、あの馬車には雨をしのぐ屋根がない。樫の木の大ぶりな枝の下にいれば、ある程度は雨をしのげる。それでもなお、雨粒が顔に、髪に、服に降りかかり、全身びしょ濡れだ。

そのときキングスランドの片方の肩が見えた。ペネロペが反対方向へ駆け出したとたん——

公爵の広い胸にまともにぶつかった。彼が体にしっかりと両腕を巻きつけてくる。あたりに響き渡るのは、大きくて低い笑い声だ。キングスランドはわざと片方の肩を幹の陰から出し、そちらから追いかけてくると見せかけたのだ。ペネロペはまんまと彼にだまされてしまった。

彼は勝ち誇ったようににやりとすると、ペネロペの背中を木の幹に押しつけた。

手を伸ばし、公爵の唇の輪郭をなぞらずにはいられない。「あなたの笑い声が大好きです」

それにあなたの笑顔も、ほほ笑んでいるときの瞳も。この瞬間、あなたの全身からにじみ出ている紛れもない幸福感も。

ペネロペと同じく、キングスランドの呼吸も荒くなっている。公爵はふと笑みを消し、熱っぽいまなざしになると、両手を長くてつややかな髪に差し入れ、最後まで残っていたピン数本を引き抜き、濡れた巻き毛を完全に垂らした。それから唇を重ね、情熱的で約束に満ちたキスをし始めた。彼のもらす低いうめきが唇を通じて伝わってきて、ペネロペの全身をいやおうなくうずかせる。そのうずきを追いかけるように、純粋な喜びが高まっていった。

キングスランドはわたしを求めてくれている。必要としてくれている。今この瞬間の二人に理性が入り込む隙間はない。二人の間にあるのは、今まさに大地を揺るがし、天を鳴り響かせる強烈な嵐にも負けない激情だ。激しい雨が強く降りつけても、樫の木の葉が二人を守ってくれる。とはいえ、嵐も雨も問題ではない。ペネロペの意識が向けられているのはキングスランドだけ――むさぼるように口づけをし、口のなかをこれ以上ないほど熱心に味わっている彼のことしか考えられない。なすすべもなく興奮をあおられ、彼を求める気持ちは高まるいっぽうだ。

指先で公爵の首に浮き出た血管をなぞり、そのまま上着の襟の下へ手を滑らせて、がっちりした肩にはわせる。キングスランドは突然体を離すと、上着とベストを脱ぎ捨てた。ペネロペもコルセットのフックを外し始める。公爵が微動だにせず、うっとりとその様子を見つめているのがたまらない。まるでこちらの一糸まとわぬ姿をまだ一度も見たことがないかのような熱心さだ。ようやく固いコルセットを外し、シュミーズのリボンを解いて前ボタンを外した。キングスランドが両手を布地の内側に差し入れ、胸の膨らみを包み込む。吹きつける風で冷たくなった素肌に、手の温もりがことのほか心地いい。そのなんともいえない感触のせいで、胸の頂がさらに固くなる。

公爵は頭を下げると、尖りきった片方の頂を口に含んでしゃぶった。全身がばらばらになりそうな快感に、思わず低くうめく。きっと、これは好ましくないことなのだろう。森の精《ニンフ》であるかのように、こんな屋外で、こんな行為をして快感を高め合うなんて。でも、頭がおかしくなるほど欲望に翻弄されている。

ペネロペは公爵のネッククロスをどうにか脇へ押しやり、シャツのボタンを外した。むき出された広い胸板に指をはわせ、極上の感触を楽しむ。なんて温かいの――キングスランドは炎のよう。それが愛おしくてたまらない。彼を心から愛している。いくら体に触れてもけっして満足できないほどに。

「僕にしっかりしがみつくんだ」公爵は低くうなり、ドレスのスカートをたくしあげ、手でペネロペのヒップを包み込むと、目と目が合う高さまで体を持ちあげた。

両脚を公爵の腰に巻きつけ、両腕で公爵の肩をしっかりとつかんだ瞬間、ペネロペはキングスランドの腰の動きを感じた。欲望の証がゆっくりと少しずつ挿入されていく。押し広げられる感じがたまらない。そして、やがて完全に満たされた。

涙が目を刺すのを感じたとき、公爵から唇を重ねられた。飢えたような、徹底的にむさぼるようなキス。公爵がペネロペの体にのり、ペネロペも公爵の体にのっている。突かれるたびに喜んでその動きを受けとめ、二人だけのリズムを作り出す。その間も、いっこうにやまない雨が枝葉の間から降り注いでいる。

いつ体のバランスを失い、転げ落ちてもおかしくなかった。それなのに何も怖くない。キングスランドがしっかりと支えてくれているから。今や腰のリズムもどんどん速まっている。ペネロペはキスを中断し、彼の表情がさまざまに変化していく様子を見つめた。険しさがどんどん増し、快感が高まるにつれ、しだいに恍惚《こうこつ》へと変わりつつある。男らしさ、力強さ、有無を言わせぬ勢いを見せつけられ、ペネロペ自身の悦びも高まっていく。そのとき興奮のきわみに押しあげられ、全身を貫く快感に満足の叫び声をあげていた。それに合わせるかのようにキングスランドもクライマックスに達し、野獣のごとき咆哮《ほうこう》をあげている。驚いた鳥たちが飛び立つほどの凄《すさ》まじい叫び声だった。

ペネロペは今この瞬間ほど美しい彼の姿を見たことがない。それに、これほど満たされた気持ちを味わったこともない。いきなり見舞われた嵐に巻き込まれている間、二人に起きたことは、とても言葉では言い表せない。

体のほてりが冷め、荒い呼吸が落ち着き、全身の震えがおさまるまで、二人はしっかりと互いにしがみついたままだった。

雨はいつしかやんでいた。今ではときどき雨粒がまつげや鼻、頬に落ちてくるだけだ。キングスランドの額にほつれかかる前髪を払いながら、ペネロペはささやく。「スコットランドが大好きになりました」

キングスランドは笑い声をあげると、首元に顔を埋《うず》め、濡れた肌に唇を押し当てた。

「実は、僕もそうなりつつある」

ペネロペは彼を強く抱きしめ、強く確信した。雨の降るなか、二人はダンスこそしなかったが、それよりもはるかにすてきな行為を大いに楽しんだのだ、と。

キングは炉棚に腕を押しつけながら、炉床で躍る炎をじっと見つめた。あれから雨がまた降り出し、身も凍るような冷気を追い払うために暖炉に火を入れた。雨のせいで、すぐにロンドンへは戻れない。とはいえ、もう一晩ここでペネロペと過ごすのはなんの問題もない。父親にあんな仕打ちをして以来、ずっと長いこと、誰にも言えない重荷を背負ってきた。自分が詐欺師のように感じられてしかたなかった。だが今や、名実ともに僕はキングスランド公爵になった。それに……なんともいえない自由を感じている。いっきに体が軽くなったような感じだ。自分も喜びを感じていい――それに値する存在なのだと思える。

今日の午後、ペネロペのあとを追いかけ、野外で彼女を抱いた――

〝あなたの笑い声が大好きです〟

あれほど自由奔放になれたのはいつ以来だろう？　かつて一度でもそんなことがあったかどうか。もっと若い時分でさえ、常に父親の存在が重たくのしかかっていた。従順な態度を取り続けていないと、いつなんどき父の逆鱗《げきりん》に触れるかわからず、いつもそのことを意識して生きていたのだ。

初めて母親の笑い声を聞いた日のことは今でも忘れられない。あれは父を病院に入れてから半年が過ぎた頃だ。母は友人のレディ・シビルと屋敷の庭園で紅茶を飲んでいたのだが、そのとき母があげた朗らかな笑い声が、開かれたテラスの扉から執務室まで聞こえてきたのだ。明るい母の笑い声にしばしうっとりとしたが、同時に、父を心の底から憎まずにはいられなかった。あの男はずっと、あれほど朗らかで喜ばしい笑い声を封じる環境を作り出してきたのだ。父に対してあんな仕打ちをしたのは、母と弟ローレンスを守るためだった。だがその瞬間、もっと広い視点を持てた気がする。結局、あの行動によって、母と弟は父から守られただけでなく、永遠に自由になれたのだ。

そして今、この自分もようやく自由になれた。

扉の脇柱を軽く叩く音が聞こえ、キングは肩越しに振り返り、戸口に立つペネロペに笑みを向けた。

「扉が開いていますよ」

「きみが来るのを待っていたんだ。さあ、なかに入って扉を閉めて」

キングは椅子の脇にあるテーブルからブランデーボトルを手に取ってグラスを満たすと、そのボトルをペネロペの脇にあるテーブルに置いた。座った彼女のナイトドレスの裾からつま先が見えている。キングはペネロペの正面にある袖椅子にどっかりと腰をおろした。

「あなたはなんだか……明るくなりましたね」ペネロペが言う。「ディナーのときに気づいたんです」

ディナーといっても、ダイニングルームで二人きりで簡単な食事をとっただけだ。

「ずっと長いこと公爵のふりをしていたが、とうとう本当の公爵になれたというだけだ」

「あなたはふりをしていたのではありません。公爵という役割をしっかり受けとめ、完全に自分のものにしていました」

「それでも、その役割がまだ自分のものではない事実を完全に忘れることはできなかった。でもようやく忘れていいときがやってきたんだ。今は、また別の手紙が届くのを待つべきなのか、それとも誰か雇って最初の手紙を送りつけてきた相手を捜し出すべきなのか、頭を悩ませている」

ペネロペは暖炉の火を見つめ、ブランデーをすすった。「わたしは待つべきだと思います。きっと相手は勇気が出せずに二通めを送ってこないでしょう。あるいは、初めから悪ふざけだったのかもしれません」

「だとしたら、ひどい悪ふざけだな。脅されるのには我慢ならない」

ロンドンに戻りしだい、探偵を雇って真相を調べさせるつもりだ。キングは両脚を伸ばし、むき出しのつま先をペネロペの裸足のつま先と触れ合わせた。

「然るべきときが来て、このロッジがもはや必要なくなったら売却しようといつも考えていた。だが今、ここはきみとの思い出の場所になった。かつてないほど強烈な思い出の」

ペネロペがつま先で触れ返してきた。彼女の足は本当に小さい。

「父から、過去から逃げるときはいっさいのしがらみを断ち切らなければいけないと教わりました。もしこのロッジを持ち続けた場合、あなたはこれまでの過去にとらわれ、悩まされ続ける危険を背負うことになると思うんです」

「きみはすべてのしがらみを断ち切ってきたのか？」

「ええ、そう思います。それでも自分の手ではどうにもできないことが常にあるものです。ドクター・アンダーソンがいつか、自分の病院から一時間ほど馬車を走らせたところに、キングスランド公爵の狩猟用ロッジがあることに気づくかもしれません。そんなことは絶対にないと、誰に言いきれるでしょう？　そうなれば、おそらくあの医者は好奇心に駆られてここへ訪ねてくる。この状況は、リスクが大きければ大きいほど返ってくるものも大きい投資話とはまったく違うんです」

「きみの言うとおりだな」キングは立ちあがり、彼女に手を差し出した。「明日の朝にはここを発《た》つ。その前にもう一つ、二人で思い出作りをしないか?」

ペネロペの指が自分の指に絡められた直後、キングは思った。いつの日か、彼女と新たな思い出を作るひとときを必要としない瞬間がやってくるのだろうか?

19

キングスランド家の舞踏会まであと三週間

ロンドンに戻ってきてから、毎朝ペネロペは自分の机に近づく瞬間、不安を覚えずにはいられなかった。さまざまな文書が積み重ねられた山のなかに、自分の命を狙う毒蛇が隠されていないか確かめるような気分だ。

三日めの朝、とうとう不安が現実となった。

椅子にたどり着く前――これから目を通すべき文書の山を前に引き寄せる前に、山の一番上にのせられた宛名のない封筒に目がとまった。きっとあの封筒の裏側にも何も書かれていないだろう。本能的に、そうわかった。あの封筒は郵送されたものではなく、誰かの手によってこの屋敷に届けられたものだ。あるいは、この屋敷のなかにいる使用人のうち、忠誠心を持たない何者かによって手がけられたものかもしれない。

胸が苦しくなるほどの心の震えを感じながらも、両手でしっかりその封筒とレターナイフを手に取った。開封する音がこれほど不吉に、神経を逆撫でするほど大きく聞こえたことはない。封筒のなかから羊皮紙を取り出し、開いてみる。新聞から切り取られた文字で、こう記されていた。

今夜クレモルネ・ガーデン、よこしまな行為が行われる時刻に。

これで、一通めはキングスランドに宛てられた手紙だとは考えられなくなった。彼がやったことはよこしまな行為ではない。不正直な行為ではあるが、よこしまとは言いきれない。いっぽうで、ペネロペが過去にしでかしたことは、英国じゅうの誰もからよこしまな行為だと非難されるだろう。そのうえ、ふしだらな行為なのだ。もし本当のことがばれたら、礼儀を重んじる社会に身を置くことは許されない。というか、いかなる社会においてもつまはじきにされるだろう。

間違いない。これはわたしに宛てられた手紙だ。金を支払うべきはこのわたしなのだ。

これまでお金をこつこつ貯めてきて本当によかった。罪の代償として支払うだけの十分な貯金がある。

それでも、この手紙では情報が少なすぎる。待ち合わせ場所がクレモルネ・ガーデンのどの部分なのかは書かれていないし、相手を見分ける服装の手がかりさえ記されていない。

悪魔の角でもつけてくるつもりだろうか？

相手が男であれ、女であれ、この手紙を送ってきた人物に軽蔑と嫌悪感を覚える。こちらから金を引き出そうとするこのやり方自体に底意地の悪さが感じられ、虫酸《むしず》が走る。

ペネロペは窓辺に近寄り、フラシ天の椅子に沈み込んだ。事務仕事に疲れると、いつもこの椅子に座って仕事の続きをやるようにしている。

この人物がキングスランドと面会したがっている可能性もまだ残されているが、キングスランドから〝この人物はペネロペに手書き文字を知られているのではないか〟と指摘されて以来、懸念が頭から離れない。

キングスランドは自分の罪を隠すために細心の注意を払ってきた。ペネロペもそうだ。とはいえ、こちらの場合、自分の手ではどうにもできない要素がいくつかあった。よこしまな行為が好きな者は誰しも、同類を見分ける鋭い目を持っているものだ。前からの知り合いであれ、通りすがりの者であれ、彼らの鋭い目を持ってすれば、わたしの秘密が明らかになる可能性がある。

何年間もそんな不安におののいて暮らし、何も秘密を暴かれないまま歳月が過ぎるにつれ、自分はもう安全だと考えるようになった。でも現実は違ったのだ。このわたしが永遠に安心していられるなんてただの夢。むなしい妄想にすぎない。

現に、ある店の売り子として働いていたときに、過去の秘密を見つけられたことがある。

相手は店の客で、体の関係を迫ってきた。もし応じなければ、雇い主に秘密をばらすと脅されたのだ。だからその日の晩、その客の屋敷を訪ねる約束をした。でもこっそりその街を離れ、ホワイトチャペルに逃げ込み、姿をくらましたのだ。

成功した小売り商人の屋敷で、なんの仕事でもこなすメイドとして雇われたときには、雇い主である商人本人に過去の秘密がばれてしまった。やはり体の関係を迫られたが断ったところ、その雇い主は無理に自分のものにしようとした。どうにかその場から逃げ出し、結局は人だかりの街路に姿を隠した。

なぜもう二度と見つからないなどと言えるだろう？　特に最近は大胆になりすぎていた。物陰に隠れるのではなく、〈ザ・フェア・アンド・スペア〉に出かけたり、舞踏会に出席して注目を浴びたり……。

もし考えが正しければ、この手紙の狙いはわたしだろう。となると、キングスランドの秘書兼ヒューの愛人としていられる時間には限りがあることになる。わたしにとって、キングスランドはあまりに大切な存在になっている。そんな男性に、自分のせいで恥をかかせるようなことは絶対にしたくない。

何かがおかしい。ハイドパークをそぞろ歩きながら、キングはそう感じていた。スコットランドに出発する前に提案していた計画を、とうとう実行しにやってきた。だがペネロぺは心ここにあらずの様子だ。いつもの革手帳ではなく、彼女の心のなかにひっきりなしに何かを書きつけているように見える。

「あそこにレディ・ロイナがいる。たくさんの紳士たちに取り囲まれているな」

「ええ……」ペネロペはキングを見あげたが、混乱したような表情だ。こんな困惑顔の彼女は今まで見たことがない。「何かおっしゃいましたか？」

「レディ・ロイナだ。彼女はきみのリストにのっていただろう？」

「え、ええ、そうです。どの女性が彼女でしょうか？」

「燃えるような赤い髪のレディだ。彼女の気を引こうとする四人の紳士たちに取り囲まれている」

ペネロペはキングの背後に視線を向け、鮮やかなピンク色のパラソルを回している女性を見つめた。

「とても美しい方ですね」

「けたたましい笑い声がここまで聞こえている」

「ということは、彼女はお気に召さないということでしょうか？」

自分のお気に召すレディなど誰一人いないのではないか？　キングは今そう考え始めている。ペネロペと過ごす情熱的な夜をあきらめてまで誰かをめとる気になれない。もし主催する舞踏会で、将来の公爵夫人となる候補者の名前は発表しないと宣言したら、自分は大まぬけに見えるだろうか？　あるいは、あの新聞記事そのものを取り消したいと宣言したら？『タイムズ』に広告を出す手もある。候補者があまりに多くて決められず、重大な決断を下すためにもう少し時間が必要だと発表すればいい。それを誰が気にするだろう？　いや、いまいましい手紙を書いてきたレディたちは気にするはずだ。

「ああ、そうだな」

「それでもわたしは彼女と話すべきだと思います。ただし、殿方にあんなにちやほやされているところを邪魔するのはぶしつけですよね」

「なんだかちょっと怒ったような言い方だね？」

「あんなに崇拝者がたくさんいるのに、彼女が手紙を送ってきた理由がわかりません」

「彼らのなかに公爵は一人もいないからだ」

「あなたは肩書き以上にすばらしい方です。あえて言わせてもらうなら、あなたに爵位がなくても、彼女たちはあなたとの結婚を望むべきではないでしょうか？」

その言葉を聞き、キングは不思議なほど心が安らぐのを感じた。「それを手帳に書きとめなくていいのか？」

「ちゃんと覚えておきます。あとはレディ・エマ・ウェストンを残すのみです。彼女がどこにいるかわかりますか？」

「いや、わからない」

だが、トラブルが迫りつつあるのはわかる。真っ赤な乗馬服姿の、鹿毛の馬に乗った女性が近づいてきた。

「こんにちは、キング」

「マーガレット、すばらしい日和だね。元気にやっているだろうか？」

「とても元気よ、ありがとうございます。彼女に紹介していただけますか？」

そんなことをするくらいなら、歯を一本引っこ抜かれたほうがまだましだ。だがどちらのレディにも〝公爵は自分といることを恥ずかしがっている〟と感じさせたくない。

「ペティピース、こちらはミス・バレットだ」

「お会いできて嬉しいです、ミス・バレット」

キングは、ペネロペの声が普段誰かを紹介されたときよりもそっけないことに気づいた。顔に浮かんでいるのもおざなりの笑みだ。間違いない。彼女は相手があのマーガレットだと気づいたのだ。

「ミス・ペティピース、わたしもあなたに会えて本当に嬉しいわ。あなたはよく話題にのぼるから。キングとわたしが……紅茶を楽しんでいるときに。彼はあなたの能力をとにかく褒めているの。彼を幸せにし続けることにかけて、あなたの右に出る人はいないんでしょうね」

「マーガレット」キングは低い声で警告するように言った。

「あら、ダーリン、何かしら？　だって本当のことでしょう？」

キングはペネロペの小さな背中に手を当てた。「サーペンタイン・レイクの近くにいるのがレディ・エマだと思う。先に行っていてくれないか？　僕はあとからきみに追いつくから」

「わかりました」彼女はマーガレットに別れの挨拶をし、湖に向かって歩き出した。

キングは馬に乗ったマーガレットの近くへ歩み寄った。「いったいきみは何をしているんだ？　ペティピースについてきみに話したことなど一度もないはずだぞ」

マーガレットは頭をのけぞらせ、しゃがれた笑い声をあげた。「冗談でしょう、キング。あなたはいつだって彼女のことしか話していなかったわ」

思わず眉根を寄せた。そんなはずはない。そうだろう？

「かわいそうな人。自分がしていることにさえ気づけないのね？」

「僕はきみに何を話したんだ？」

マーガレットはため息をついた。明らかにこちらに対していらだっているようだ。「彼女は能力がある、頭が切れる、賢い……全部なんて覚えてないわ。半分聞き流していたから。わたしがあなたと話したかったのは、そんなことじゃなかったのに」

「だとしたら、きみに謝らないといけないな」

「いいの。あなただって、わたしがバーディーのつまらない話をするのを許してくれたから。彼女を逃してはだめよ」

「彼女を辞めさせるつもりはない」

「あなた、自分が結婚したあとも彼女が残ると考えているの？」

〝そうだ。どこかの紳士が現れて、ペネロペの気が変わるまで〟

「彼女が立ち去る理由はどこにもない」

「まあ、キング、あなたは女の体の扱いには慣れているのに、どうしてレディの心の扱いとなると、そんなに未熟になってしまうの？」

「きみがなんのことを言っているのか、僕にはわからない」

いや、本当はわかっているのかもしれない。だがペネロペが今まで僕に心を捧げたことなどあっただろうか？　いや、絶対にない。彼女はあまりに現実的だからそんなことはしない。僕らがこれほどうまくやっていける理由の一つはそこにある。どちらも二人の関係に不都合な感情を入り込ませない。

マーガレットは親が子を甘やかすような笑みを浮かべながら、肩越しに背後を一瞥した。

「彼女はレディ・エマを見つけ出すのに苦労しているみたいよ」

キングはサーペンタイン・レイクのほうを見てみた。ペネロペがぼんやり遠くを眺めながら立ち尽くしている。何か様子がおかしい。「彼女のところへ行かないと」

「あなたはもう二度とわたしを訪ねてこないつもりなのね？」

キングはかぶりを振った。「ああ。だがあの最後の夜、きみもそうわかっているだろうと思っていた」

「そうわかっていることが、必ずしも自分の望んでいることと一致するとは限らないものよ。キング、どうかお幸せに」

「ああ、きみもだ、マーガレット」

彼女が馬を急かして立ち去ると、キングは大股でペネロペのもとへ向かった。自身の秘書ではあるが、今や秘書以上の大きな存在だ。あらゆる感情がかき立てられ、自分でもどうしていいのかわからない。どうしてマーガレットとはあれほど簡潔な、複雑さとは無縁の関係を築けたのだろう？　欲望が高まると、マーガレットの寝室を訪ねることで互いを満足させていた。ペネロペが相手の場合も、同じ関係――欲望が高まると、僕の寝室に彼女を迎え入れることで互いを満足させる関係を期待していた。だがペネロペが相手だと、そう単純にはいかない。僕の秘書であるときと愛人であるときの境目がどんどんあいまいになりつつある。ペティピースとペネロペの区別がつけられなくなってきている。

今のペネロペはひどく心細そうに見える。その姿を見て胸を突かれた。まさに心臓にナイフを突き立てられたような衝撃だ。

「何があったか、僕に話すんだ」なんの前置きもせず、彼女に近づいて話しかけた。「どう見ても、何かがあったのははっきりしている」

僕の最強のペネロペが、今はかぶりを振りながら泣き出しそうな顔をしている。

「恥ずかしすぎてお話しできません」

「絶対に赤面しないと約束する」

「月のものが来たんです」

くそっ、彼女は月経の話をしているのか？　そんなことは今まで誰とも話したことがない。キングはふと不安になった。はたして本当に自分は赤面していないだろうか？

「それで調子が悪いんです」ペネロペが続けた。

「何か言ってくれたらよかったのに。そうしたら公園にやってくる日を遅らせることもできたはずだ」

「大っぴらに話すようなことではありません。でもこれで、今夜わたしがあなたの寝室を訪ねられない理由がわかっていただけたと思います」

「もちろんだ。どうしてもやってくる必要はないんだ、愛しい人。それに、僕の部屋に来られない理由を説明する必要もない」

ペネロペは頬を平手打ちにされたような表情を浮かべた。〝愛しい人〟と呼びかけたからだろうか？　意識する間もなく、口をついて出ていた。だが実際口にしてみると、その呼び方をするのが呼吸と同じくらい自然に感じられる。

「わたしたちの関係は混乱しつつあります……ヒュー」

「ああ、僕もそう思う」

「二人で話し合って、正しい状態を保つためのルールと条件を決めるべきかもしれません。すべて文書にして署名をするべきなのかも」

「もしそうしても、助けになるかどうかわからない」いや、助けにはならないだろう。「きみの体調を考えて、そろそろ屋敷へ戻ろうか？」

「レディ・エマはどうするんです？」

最初からレディ・エマなどどこにもいない。先ほどはマーガレットの辛辣な物言いからペネロペを守るために、あたかも彼女が近くにいるような言い方をしたまでだ。「どうやら彼女の姿を見失ったらしい」ペネロペに腕を差し出すと、彼女は肘のくぼみに小さな手をかけた。

二人でゆっくり歩き始めると、ペネロペが言った。「わたしの最初の計画に戻るべきだと思うんです。レディ・エマには、ご自宅へ訪問して話を聞こうと思います。もうあまり時間がありませんので」

「観劇に行くという、僕の計画のほうが楽しそうだ」

「劇場だと、ほかの方たちの邪魔にならないよう静かにしていなければいけません。俳優たちのセリフが聞こえにくくなりますから」

「そのとおり。そのレディにじっと黙っていられる能力がどの程度あるか、判断するのにうってつけの場所だ」

「ミス・バレットは物静かな方なんですか？」

「いや、そうでもない」キングはペネロペを見おろした。「まさかやきもちを焼いているんじゃないよな？」

「どうしてわたしがやきもちを？　わたしはあなたに何かを要求する立場にはありません」

「マーガレットもそうだ」

「あなたの奥様のことは、それとはまったくの別問題です。あなたが結婚されたら、わたしは使用人たちが暮らす空間に戻りますので」

「とはいえ、それまでには時間がしばらくかかるはずだ。まず僕からそのレディに求婚し、彼女が公爵夫人にふさわしいか確認するつもりだ」

「彼女は公爵夫人にふさわしいレディです。わたしが保証します」

キングはふと考えずにはいられなかった。なぜペネロペの言葉が約束ではなく脅しのように聞こえるのだろう？

20

〝よこしまな行為が行われる時刻に〟

ペネロペには、正確にはその時刻が何時なのかさっぱりわからなかった。でも待ち合わせ場所に指定されたクレモルネ・ガーデンは、常識ある人たちが立ち去ったあとにいかがわしい行為が行われることで評判を落としている。そんな場所へたった一人で、身を守ってくれる人を誰も伴わないまま出かけるのは明らかに無謀だろう。とはいえ、かなり若い頃から自分の身は自分で守るすべを学んできた。あまり誇らしいとは言えない手段に訴えたこともある。でもそういった経験から学んだのだ。たとえ心が折れそうになっても、完全にぼろぼろになることはないのだと。

ただし、もし恐れていることが今夜現実となり、キングスランドのもとを離れなければいけなくなったとしたら、身も心も確実に打ちのめされるだろう。今日の午後、必要に迫られてキングスランドに嘘をついたとき――本当は来てもいない生理が来たと告げたとき――は身を切られるようにつらかった。思えば、以前は他人にすらすらと嘘をついていたものだ。初めはキングスランドにさえ嘘をついた。でも今日の午後、彼に嘘をついたときは、鋭いかぎ爪で魂をばらばらに引き裂かれるようだった。とはいえ、今夜はそれぞれの部屋へ戻ったあと、すぐに公爵の寝室を訪れることはできない。どうしてもその理由が必要だったのだ。ただ結局、嘘をつく必要はなかったことがわかった。今夜キングスランドにはチェスメンたちと会う約束があったのだ。だからペネロペも屋敷をこっそり抜け出す必要がなくなった。

ハンサム馬車を拾い、今、ペネロペは待ち合わせ場所にいる。本当はこんな場所になどいたくない。抜け目なくあたりを警戒しつつ、ここにやってきたのはいかがわしい目的のためではないという雰囲気を全身から漂わせながら進んでいく。不必要なちょっかいを避けるために一番いいのは、足を止めることなく歩き続けることだろう。そのうち、あの手紙を送ってきた相手が近づいてくるはずだ。

一人であたりをうろついている女たちが好奇心むき出しでペネロペを見ている。きっとドレスのボタンを顎まできっちりとめているからだろう。襟ぐりが深く開いた、胸がこぼれそうなドレス姿の彼女たちとは対照的だ。紳士たちの腕にしがみついている売春婦もいれば、ふらふらとした足取りの酔っ払いもいる。そのほかの者たちは物珍しげにペネロペをじろじろと見つめているが、にらみつけられると慌てて逃げ出していく。わたしはうぶではない。必要とあらばプライドをかなぐり捨てることもできる。誰かに易々とあやつられたり、つけ込まれたりしない。今夜ここへやってきたのは、あの手紙を送りつけてきたろくでなしと会い、そして――

「ミス・ペティピース？」

驚いて声のするほうを振り返った。「ミスター・グリーンヴィル」いったい彼はここで何をしているの？

ミスター・グリーンヴィルは温かな笑みを浮かべた。「ここできみに会うとは驚きだな。特にこんな遅い時間に。きみも今が散歩時間《ファッショナブル・アワー》ではないことに気づいているはずだ」

ペネロペは、ミスター・グリーンヴィルから〝前に会ったことがないか〟と尋ねられたのを思い出した。とはいえ、今の彼はここにペネロペがいることに驚いているようだ。もちろん、彼があの手紙を送った張本人であるはずがない。ミスター・グリーンヴィルの態度には脅しめいた点や悪意などはいっさい感じられない。

「実は好奇心に駆られてここへやってきたんです。最近ここでは常識のある人たちが自宅へ戻ったあと、問題のある行為が行われているという新聞記事をあちこちで目にして。ただちょっと様子を見たいと思ってやってきたんです」

「一人きりで？」彼はいかにも心配そうな声だ。

「ええ、そうです。でも心配する必要はありません。そんなに長くいるつもりはありませんから」ふと心配になり、ペネロペはあたりを見回した。彼がこんなに近くにいたら、あの手紙の差出人が近寄ってこないのでは？

「キングスランドがきみを一人きりで外出させるとは驚きだな」

「わたしは彼の所有物ではありません。なんでも自分の好きにしています」

「彼は本当にどこかに隠れたりしていないのかな？」

今この瞬間にも、物陰から誰かが見張っているかもしれない。ペネロペは気もそぞろに答えた。「公爵には今夜お約束があります。今頃はお友だちと楽しいひとときを過ごされているはずです」

「公爵以外に、誰か連れてきていないのかな？」

ミスター・グリーンヴィルにはそろそろ立ち去ってもらわなければならない。彼のせいで今夜の計画がめちゃくちゃになりつつある。「自分の面倒は自分で見られますから。ありがとうございます」

「本当に？」

「ええ、本当に」

「それはすばらしい」彼は片方の腕をペネロペの腕に巻きつけた。「だったらしばらく散歩でもどうだろう？」

ペネロペは地面に足を踏ん張り、彼の腕を振り払った。「なれなれしくするのはやめてください。ではごきげんよう、ミスター・グリーンヴィル――」

「ジョージだ。きみは僕をジョージと呼ばなくてはいけないよ。僕たちはとてもいい友だちになれそうだ」

「ミスター・グリーンヴィル、わたしは本当に一人で歩きたいんです」

「だったらきみは、どうやって僕を黙らせるための金を支払うつもりだ、ミス・ペティピース？」

愛想のいい口調が、噛みつくような口調に取って代わられた。瞳も突然冷ややかになり、ペネロペは背筋に冷たいものが走るのを感じた。

「あなたがなんの話をしているのかわかりません」

「いや、きみならわかっているはずだ。きみを前に見たのがどこだったのか、とうとう思い出したんだよ。僕が集めているいやらしい写真のなかだ。だが心配することはない。きみが金を支払い続ける限り、きみの秘密は守る」

なんてこと。つまり、この男はわたしの秘密を本当に知っていた。実際のところ、かつて十回ほど写真家の前でポーズを取っただけだ。でも当時はあまりに若くて世間知らずだったため、その写真が複製され、何度も印刷されることになるなんて知りもしなかった――そういった作業の繰り返しが、ある産業がロンドンの裏路地で活況を呈する要因の一つになっていたことも。最近では、そのように露骨に性的な写真が〝ポルノ写真〟と呼ばれ始めている。

「だったら、なぜ先ほどあんな質問をしたんです?」

「きみが本当に一人きりかどうか、キングスランドがどこかに隠れてやしないか確かめるためだ。きみが彼に話すとは思わなかったが、念には念を入れないとな。きみは彼に知られたくないに違いない。彼の気高いペティピースがこんなにみだらな女の子だなんてね。いや、女の子だった、と言うべきかな。きみはいくつになったんだ?」

当時はあまりに若すぎた。父親が死に、ペネロペは自分を責めずにはいられなかった。〝もし逃げ出そうとしている日に、自分がちゃんと家に戻っていれば〟〝もしあの日、約束の時間に遅れなければ〟〝もし父がわたしを待っていなければ〟そうすれば家族は逃げ出して、どこか新しい場所でやり直せたのに。それなのに、わたしは約束の時間に遅れた。そのせいで父は債務者監獄に入れられた。生き延びる手段もなかったため、当時の習慣に従い、ペネロペは母親と妹とともに父のいる監獄に住み続けていたのだが、父が病気になって死んだあとは監獄から追い出された。同じような境遇の人たちと寒さと飢えに耐えながら、裏路地で眠るようになったのだ。

ある日、ペネロペは近づいてきた一人の男から写真のモデルにならないかと誘われた。仕事はわずかな衣類をまとって、あるいはまったく衣類を身につけないままポーズを取ることだけ。じっと立っているか、じっと座っているか、じっと横たわっているかだけでいい。男はそれだけで金をくれるというのだ。

最初は、体をさらけ出してポーズを取るのが難しく感じられた。でもしだいに簡単にできるようになり……実際そうやってポーズを取ることを楽しみ始めるまでになった。そう気づいたとき、みだらなポーズを取るより恥ずかしくなったのを今でも覚えている。

「手書き文字を見ても、わたしにはあなたの字だとはわからなかったはず。それなのに、どうしてあんな手の込んだことをしたの？」

「ああしたほうが不気味だろうと思ったからだ。きみも僕からの呼び出しを無視せず、真剣に考えるだろうと思った」

彼の計画にまんまとのせられたわけだ。「いくら欲しいの？」

グリーンヴィルは耳ざわりな笑い声をあげた。「僕が金をせびるような下品な男だと思っているのか？　いや、そうじゃない。僕はあの〝堕天使〟が大人の女になった姿を見たくてたまらないんだ。かつてのきみと今のきみがどう違うのか比べてみたい。自分がそう呼ばれていたのは知っていただろう？　僕のような収集家たちの間で、きみは〝堕天使〟として有名だった。写真のなかのきみは天使のように純真だった。ほとんどこの世のものとは思えないほどにね」

彼らからなんと呼ばれていたか、グリーンヴィルがあの写真をどんなふうにとらえていたかなんてどうでもいい。つい先ほど、彼が口にした言葉が引っかかっている。グリーンヴィルが考えていることは、今自分が危ぶんでいることと同じだろうか？　目の前で服を脱ぐのを期待している?

「あなたは頭がどうかしている」

「ああ、ミス・ペティピース、そんなふうに言わないでくれ。僕はきみの写真を何枚か持っている。そのうちの一枚をキングスランドの机に届けるのはどうにも口惜しいよ。上流階級でこういう趣味を持っている男は僕一人じゃないからね」

「あなたはそういう写真を自分で買って、眺めて楽しんでいた」それ以外に、その写真を使ってグリーンヴィルがどんな行為に及んでいたかは考えたくない。「それなのに自分のことは棚にあげて、写真のモデルになったわたしだけを非難するつもり?」

「もしきみがあれほどみだらな写真を撮らせなければ、僕だってあんなものを見る罪は犯さなかったはずだ」

「言いがかりもはなはだしい。あなた、とんでもない偽善者ね」

「そうかもしれない。だがきみだって社交界がどういう場所かよく知っているはずだ。このことがばれても、僕は軽いお仕置きですむが、きみは間違いなく石を投げつけられるだろう。それに仕事も失うはずだ。きみの正体を知っても、キングスランドがきみを手元に置いておくと本気で信じているのか?」

そんなことはありえない。公爵はわたしを解雇するだろう。それしか選択肢がないのだ。

「郵便を使わずに、どうやってあの手紙をわたしの机に届けさせたの?」

「僕にだって守らなければいけない秘密がある」

「使用人の誰かを買収したのね」きっとグリーンヴィルは報酬をたんまりはずんだに違いない。手紙を届けさせるだけでなく、今後も絶対に口外させないために。

「今さら細かいことをあれこれ聞き出そうとしても、なんの意味もない。そこで僕からの提案だ。僕が借りている家に一緒に来て、昔のきみがやっていたように、僕のためにポーズを取ってほしい」

「あなたの要求はそれだけ？　あなたのためにポーズを取るだけ？」

「僕はあの堕天使をもっとよく知りたくてたまらない。きみならば、そんな僕の妄想を十分に満たしてくれるだろう。きみが他人に身を任せているところなど、僕には想像もできないんだ」

「だったら、あなたはずいぶん想像力に欠けた人なのね」

そしてそれこそ、グリーンヴィルが写真に頼ることでしか満足感を得られない理由に違いない。

その答えはグリーンヴィルのお気に召さなかったようだ。「ここで話していても時間の無駄だ。さあ、行こう」

「お断りします」

グリーンヴィルはすでにペネロペに手を伸ばしていたが、ようやくその答えの意味を理解したらしい。たちまち体をこわばらせ、衝撃の表情を浮かべた。もし彼の本当の望みを聞いて愕然としていなければ、ペネロペはその様子を目の当たりにして笑い出していたかもしれない。

「なんだと？」

「あなたと一緒に行くつもりはない。あなたの妄想を満たすつもりもない」

「だったらきみの評判を台無しにしてやる。いや、きみだけじゃなく、きみの大切な公爵もだ」

キングスランドのことを言われたとたん、ペネロペの胸の鼓動は速まった。ひどく息苦しい。

「自分の下半身を恥ずかしげもなく世にさらした女と一緒に屋敷に住んでいたと知られたら、公爵は世間からなんと言われるだろうな？　いいか、ミス・ペティピース、僕はあの写真を持っているんだ。もし言うことを聞かないなら、あの写真を至るところで公開してやる。きみが顔をあげられなくなるまで——いや、きみだけじゃなくキングスランドもだ」

「いや、きみがそんなことをするとは思わない」暗闇から低い声が聞こえた。

次の瞬間、グリーンヴィルは顎に強烈なパンチを見舞われ、空中に舞いあがると、背後の地面に仰向けに叩きつけられた。骨が折れる嫌な音があたりに響く。背が高く、肩幅の広い男がぬっと姿を現し、グリーンヴィルの上からのしかかった。キングスランド。

「これからただちにきみの屋敷へ行き、その写真を取り返す。もしミス・ペティピースを脅したら、僕がきみを破滅させてやる」

　キングスランドは手を下へ伸ばし、グリーンヴィルの下襟を引っつかむと、彼を無理やり立たせ、襟を強くつかんだまま上からにらみおろした。身長も体格も、公爵のほうがグリーンヴィルをはるかに上回っている。彼はろくでなしをずるずると引きずり、ペネロペのほうへやってきた。あたりはほとんど灯りがないため、こちらにはキングスランドの顔の表情が見えない。彼の瞳をのぞき込み、何を考えているか――さらに重要なことに、何を感じているか――知ることもできない。

「僕の馬車を待たせてある」

　ややとげのある声だ。でもペネロペはそんな彼を責められない。彼の秘書――そして愛人――の破廉恥な過去を知らされたばかりなのだ。そのとき、ふいにまったく別の疑問が思い浮かんだ。キングスランドはここで何をしていたのだろう？　偶然ここを通りかかったのだろうか？　チェスメンたちと一緒に？　でもあたりを見回しても、彼らの姿はどこにも見当たらない。

「ペティピース、行くぞ」

　現実に引き戻され、声のするほうを見た。公爵が数メートル先に立っている。グリーンヴィルの首根っこをしっかり捕まえてはいるが、ろくでなしはまだ逃れようと暴れていた。慌てて駆け寄り、グリーンヴィルを挟むように公爵とは反対側に立った。

キングスランドがグリーンヴィルの体を激しく揺さぶる「じっとしていろ。さもないともう一度拳を見舞うぞ」

「きみは彼女が何をしているのか――何をしてきたか、知っているのか?」

「静かにしろ。ああ、きみが偉そうに話す声が聞こえた。とにかくおとなしくするんだ。そうしないと、きみの父上にとんでもない趣味をばらすぞ」

「なんだって? きみは一度もいやらしい写真を見たり、官能的な本を読んだりしたことがないのか? きみも知ってのとおり、今ではそういう娯楽は大人気なんだ」

そういったわいせつなものの販売は法律で禁じられているものの、現実はグリーンヴィルの言うとおりなのだ。むしろ、法律で禁じられていることも人気の理由の一つではないだろうか? ペネロペはそう考えている。ただ、モデルとなった当時は、ああいった写真がわいせつだとは思えなかった。その写真家はペネロペに、これが新しい芸術の形であり、きみはその先駆者として新たな道を切り開いていくのだと教えたのだ。

グリーンヴィルが続けた。「今やきみは彼女を舞踏会やらなんやらに連れていっている。ほかの者たちが僕と同じように彼女の正体に気づくまで、もうそんなにかからないんじゃないのか? きみの知り合いで彼女の写真を持っている者は、僕だけじゃないはずだ」

キングスランドは突然体の向きを変え、片手でグリーンヴィルの喉元を締めあげて、彼の頭をうしろに傾けさせた。「きみは僕の知り合いではない。だがこれだけは言っておこう。僕には、きみが顔を合わせたくないような知り合いがいる。今すぐ口を閉ざしてミス・ペティピースに関するすべての情報を忘れるんだ。そうしないと、僕の知り合いの一人がきみに会いに行くだろう。なんの手がかりも残さず、見事に誰かを消し去ることができる知り合いだ。わかったか？」

グリーンヴィルはうなずいた。といっても、キングスランドに襟首を締めあげられているため、許される限り頭を上下に動かしただけだ。

「よし」公爵はグリーンヴィルの首から手を離した。「さあ、計画を進めるぞ」

グリーンヴィルは待たせてあった公爵の馬車までおとなしく歩いた。ペネロペが先に馬車へ乗り込む際、キングスランドが手を貸したが、握った手にはなんの優しさも感じられない。慰めるように強く握りしめられることもない。それに、瞳には温かな光がいっさい宿っておらず、笑みもない。

ペネロペは心のなかでつぶやいた。自分の父親を病院へ引きずっていったとき、キングスランドはこんな顔をしていたのではないだろうか？　公爵は今夜わたしをくびにするだろう。紹介状を渡してもらえるかどうかも疑問だ。

外から誰かの声が聞こえたが、内容までは聞き取れない。きっと御者に行き先を告げたのだろう。戸口にグリーンヴィルが姿を現した。背後からキングスランドによって馬車のなかへ押し込まれ、よろめきながら長椅子に腰をおろす。いっぽう公爵はそのろくでなしの隣に颯爽《さっそう》と腰をおろした。公爵の全身から、鍛え抜かれた兵士のような気品と落ち着きが感じられる。そして手を伸ばし、天井を叩いたのを合図に、馬車は出発した。

ペネロペは彼に言いたいことがたくさんあった。すべて説明したい。こちらの言い分も聞いてほしい。でもグリーンヴィルの前では何も話したくなかった。きっとキングスランドも同じ気持ちなのだろう。無言のまま、微動だにせず、無表情のまま座っている。それでもなお、ペネロペは向けられた彼の視線をありありと感じ取っていた。

「この売女《ばいた》、嘘をつきやがった。きみがいないと僕に言ったんだ」グリーンヴィルが不満げに言う。

「もしこのまま歯を一本も折られることなく自分の屋敷へ戻りたいなら、目的地に着くまでその口を閉じたままにするんだ」キングスランドの声は今にも爆発しそうだった。

グリーンヴィルが胸の前で腕を組み、座席にもたれてふくれっ面をする。

ペネロペは心のなかでひとりごちた。そんな顔をしたいのはこちらのほうだ。彼が失うのは写真数枚だけだが、わたしはまさにすべてを失う寸前なのだ。

車内は緊迫感に満ち満ちている。ペネロペには耐えがたいほどのぴりぴりとした空気だ。激怒している男が二人。しかも、どちらも心に傷を負い、感情も傷つけられている。ただし、ペネロペが心配なのはそのうちの一人だけ。

キングスランドは間違いなく裏切られた気分だろう。今はすでに、ペネロペがどれほど醜い過去を持っているのか知っている。わたしはきちんとした礼儀正しい女の子なら絶対にしないことをしてしまった。あのとき、生活費を稼ぐための別の方法を探すべきだったのだ。でも当時はとにかく日々の食事にも困っていた。母と妹、そして自身に食料を得ることが最優先事項だったのだ。

馬車が速度を落とし、やがて完全に停まった。

「ここで待っていてくれ」キングスランドはペネロペに命じると、扉を開けて外へ飛びおりた。それから手を伸ばしてグリーンヴィルを引っつかむと、馬車から引きずりおろした。

このまま逃げようか？　一瞬ペネロペの脳裏にそんな考えがよぎった。馬車から飛び出し、どこか遠くへ行く――今まで築きあげてきた人生から、ロンドンから……ヒューからも離れて。それは一番簡単なことであり、一番難しいことでもある。でも、もしこのまま馬車に残り続けても同じことが言えるだろう。今やキングスランドは自分の正体を知っている。彼から嫌悪のまなざしを向けられると考えただけで耐えられない。

けれど、もしこのまま立ち去れば、あのいまわしい写真を取り戻せないだろう。キングスランドはあの写真を返してくれるに決まっている。でもここから逃げ去ったら、あの写真が完全に破棄される現場をこの目で見届けることができない。それは絶対に自分の目で確認しなければならない。あの写真にこの手で火をつけて、灰になるところまで見届けなくては。

ホリウェル・ストリートには、みだらな本や写真を販売する店が何軒かある。ペネロペはもう何年も、黒いベールで顔を隠した喪服姿でできる限りの変装をし、展示されたなかに自分の恥ずべき写真がないか捜し続けてきた。目当ての写真を数枚見つけるとすべて購入し、自らの手で焼き払ってきたのだ。そういった店の奥に立ち、展示されたいかがわしい写真に目を通しながら、自分の若かりし頃の姿を捜すのはひどく居心地が悪かった。でも今ならわかる。店員に〝堕天使の写真はあるか〟と一言尋ねるだけでよかったのだ。堕天使。なんてぴったりの名前だろう。かつての愚かな自分を思い、さめざめと泣きたい。

そのとき馬車の扉が乱暴に開かれた。扉が蝶番《ちょうつがい》ごと取れなかったのが驚きだ。キングスランドは扉を叩きつけるように閉めると、ペネロペの反対側に座り、天井を強く叩いた。その勢いに馬も驚いたかのように、馬車はいったんつんのめってから走り出した。

窓から差し込む街灯の灯りで、ペネロペには、公爵が小さな紙包みを差し出しているのが見えた。冷えた指先でぎこちなく受け取り、その紙包みをおなかに押し当て、両腕で抱きしめる。小さな包みを守るためではない。隠すためだ。

「なかを見たんですか?」

「見ていない」

「でも先ほどの話から、あなたにはこの中身が何かわかっているはずです」

公爵は何も言おうとしない。馬車のなかには、息苦しいほどの緊張が渦巻いていた。

「ヒュー――」

「きみはある男の前で服を脱ぎ、その男に自分の写真を撮らせた」食いしばった歯の間から絞り出すような声だ。キングスランドは激怒している。怒りのあまり、顔が土気色になっているに違いない。

「事実だけ言えば、そうです」

「事実だけ？」

「あなたはそれがぞっとするようなことであるかのような言い方をしました。でも、あの当時のわたしにはそう思えなかったんです」

公爵は乾いた笑いをもらした。「面接で初めて会ったとき、きみは物怖じしなかった。てっきり僕は……くそっ、当然だよな。きみは男たちの前で服を脱ぐのに慣れていたのだから」

「いいえ、一人だけ、その写真家の前でだけです！　ほかには誰もいませんでした。ああ、ほかの女の子はいたかもしれません。でも男の人はいませんでした」

「その写真家はきみに触ったりしたのか？」

「ときどきは。でも腕をどんな位置に置いてほしいとか、頭をどんなふうに傾けたらいいかとか教えるときだけです。不愉快なことは何もされませんでした」

「そいつはきみの裸の写真を撮っていた。それ以上に不愉快なことがあるとでも？」

「それ以上大声を出されたら、御者と従者に聞こえてしまいます。今夜、屋敷にいる使用人たち全員が、その二人から聞いた噂話に夢中になるはずです」

ペネロペには公爵が深く息を吸い込み、吐き出すのが聞こえた。次に口を開いたとき、彼は先ほどよりも静かで落ち着いた声になっていた。「きみが何をしたのか、考えるだけでも我慢ならない」

もしキングスランドから心臓めがけてまっすぐ矢を放たれたとしても、これほどまでには傷つかなかっただろう。でも同時に、その言葉を聞いて、体のなかに怒りがふつふつとたぎり始めた。すべてが不公平に思えてしかたない。

「あなたにとっては意外かもしれませんが、当時わたしも美術館や画廊、展示会に行って、裸の男女を描いた絵を見つめていたことがあります。その写真家の提案を聞いて思い浮かべたのは、ジョルジョーネの名作『眠れるヴィーナス』でした。何をもって芸術というのでしょう？　わたしはあの絵と同じようなポーズを取りました。でもその写真はわいせつだと言われ、暗い裏路地や本屋の秘密の部屋でこそこそ売られているんです」

しかも、写真のためにポーズを取っていたことを知った母親からは、恐ろしい伝染病にかかった患者を見るような目を向けられたのだ。

「その質問になんと答えたらいいのか、僕にはわからない」キングスランドはひっそりと答えた。ペネロペにはほとんど聞き取れない声だ。

でもその声に、意見を受け入れるような降参の響きを聞き取り、静かに涙を流したくなった。きっと心の奥底では、過去がどうであれ、キングスランドが今の自分に対して変わらぬ思いを持ち続けてくれることを切望していたのだろう。でも今までも、公爵はこちらが正しい意見を言えば聞き入れてくれた。いつもそうだったのだ。

「そういった写真はロンドンじゅうで買えるものなのか？」

「たぶん、ロンドン以外の場所にも広まっているはずです」

「二通めの手紙を受け取ったとき、なぜ僕のところへ来なかった？」

一瞬そうしようかと考えたが、そうする踏ん切りがつかなかったのだ。すべての事情を公爵に説明すべきだったのだろうか？　そうすれば、今彼の声ににじむ心の痛みを少しは和らげられたの？　もし思いきってそうしても、事態がいっそう悪くなるだけだったのでは？

「二通めの手紙が届いたことを、どうやって知ったんです？」

「あのルーシーというメイドから聞いた。奴から金を受け取り、きみのデスクに封書を置いたのは自分だと名乗り出たんだ。一通めの手紙も彼女が置いた。ただ彼女は今朝、二通めの手紙を開封したらしい」

「でも封はされたままでした」

「彼女は誰にも気づかれずに蝋を剥がして封書を開け、もとどおりにできるんだろう。彼女は僕に、二通めの手紙に書かれていた内容を話してくれた。それできみの居場所がわかったんだ。ただクレモルネはとにかく広いから、きみを捜し出すのに苦労した」

「夜にチェスメンたちと約束があるというのは嘘だったんですね？」

公爵は皮肉っぽく笑った。「いらだったような声だな？」

自分が腹を立てるのは理屈に合わない。ペネロペにもそうわかっている。でもどういうわけか腹立たしい。「わたしがクレモルネであの男を捜し出そうとしていると知った時点で、なぜそのことを教えてくれなかったんですか？」

公爵は窓の外を眺めた。がたがたと音を立てている何台かの馬車と駆け足の馬たちが行き交うなか、数人がゆっくりと歩いている。

「きみのほうから僕のところへ来てほしかったからだと思う。僕はきみに、絞首刑になってもおかしくないような自分の秘密を打ち明けたんだ」公爵は視線をペネロペに戻した。

「だがきみは自分の秘密を打ち明けるほど、僕を信用していなかった」

わたしがどれほどの恥辱感と屈辱にさいなまれているか、キングスランドにはわからないのだろうか？　法で禁じられている行いをしたことを、なぜ彼に易々と告白できる？

「信用の問題ではありません」

「だったらなんなんだ？」

キングスランドの声には怒り、失望、心の痛みが聞き取れる。彼は自分の今の気持ちになんとか理由をつけようとしているのかもしれない。ある意味、ペネロペは彼を裏切ったも同然だ。これまで長い歳月、朝食を一緒にとり、お互いのアイデアや意見を交換してきた。つい最近ではダンスやキス、それにベッドも分かち合うようになった。そんななか、最後の最後で、二人の関係ががらりと変わってしまったのだ。

でも、言えなかった理由はそれだけではない。自分の秘密を打ち明けなかったのは、キングスランドのために仕事をすることで、ペネロペ自身が周囲から尊敬を集められていたから。その尊敬の念を失うのを恐れていたから。そして、それはすなわち、キングスランドを失うことを意味していたから。

とはいえ、彼がペネロペのものだったことなんて一度もない。今までずっと公爵の打ち合わせの記録を取り、仕事が円滑に進むように気を配ってきた。それに彼の欲望を満たしてもきた。けれどキングスランドは自分を愛していない。今夜駆けつけてくれたのもペネロペのためではない。ペティピースのためだ。公爵がやってきたのは彼の秘書のためであり、彼の愛人のためではない。

ペネロペはふいにとてつもないむなしさに襲われた。ペティピースでいるのはもううんざり。そもそもペティピースは――キングスランドがよく知るペティピースは――あの面接の日の午後、彼のオフィスの戸口をまたぐまで存在していなかった。あのとき、公爵を前にペネロペとして自己紹介するのがどうしても怖かったのだ。

小刻みに震える指先を小さな紙包みにかけ、自分のおなかに強く押しつけると、一度深呼吸をしてから包みをつかんだ。中に入った写真が音を立てている。ペネロペは難攻不落の高山をのぼるように慎重に、ゆっくりと体を公爵のほうへ傾けた。目の前にいるのは、絶対にたどり着けない山頂のごとく、まるで手の届かない人物だ。それでもうつむき、思いきって小さな紙包みを彼の膝上に置いた。

「その包みを開けて、なかを見てください。そしてすべて焼いてください。あなたなら絶対に焼いてくれると信じています」

21

キングスランドは一言も話さなかった。あの紙包みに触れようとさえしなかった。馬車が屋敷の車寄せに入っても、彼の太ももの上に置かれた紙包みはそのままだった。やがて馬車が停まっても、キングスランドは微動だにしない。従者が馬車の扉を開けても、ペネロペがお仕着せ姿の使用人の手を借りて馬車からおりても。

ペネロペは小道を歩いて屋敷前の階段にたどり着き、階段をのぼった。正面玄関の前でちらりと背後を振り返ってみる。でもキングスランドの姿はまだ見えない。もしかすると、これでよかったのかもしれない。今までずっと防御の壁を張り巡らせ、あふれ出そうな感情をすべてかき集め、一つの箱に閉じ込めてきた。ある意味、それはパンドラの箱だったのだろう。なかに入ったものが飛び出さないように、箱を開けることは絶対許されなかった。でもなかに入っていたものは外に出たがり、もうこれ以上押さえつけておくのが難しくなったのだ。

正面玄関から屋敷に入ると、使用人たちの寝室があるほうへ向かった。その途中、すれ違ったのはキーティングとハリーだけだ。もう夜遅い時間なので、使用人たちのほとんどは自分の仕事を終え、明日の朝に備えてすでに寝室で休んでいる。いつもと変わらない仕事を繰り返すために。

ペネロペも今夜は以前使っていた寝室で眠るつもりだ。いや、その言い方だと嘘になる。今夜、自分が眠れるとは思えない。

目当ての部屋の前にたどり着くと、扉を軽くノックした。ルーシーの部屋だ。彼女を起こすのは忍びないが、それでも友との関係をもとどおりにするために二人で話し合わなければならない。

開かれた扉からルーシーが顔をのぞかせた。目を大きく見開いている。「ああ、ペン！無事だったのね。すごく心配していたの」

ルーシーの言葉のほとんどは、ペネロペの耳に向かってささやかれた。というのも、彼女がすぐに両腕をペネロペに巻きつけ、しっかりと抱きついてきたからだ。あやすように体を揺さぶりながら続ける。「あなた、わたしに怒っているんでしょうね」

「いいえ、そんなことないわ」ペネロペは体を引いた。「でも、もしあなたがくたびれていなければ少し話したいと思ってやってきたの」

「もちろんよ。さあ、入って」ルーシーはペネロペの手をつかみ、寝室に引き入れると扉を閉めた。

二人でベッドに向かうと、ルーシーが自分の枕をつかんでペネロペに放り投げ、ベッドの頭のほうへ腰をおろした。ペネロペはベッドの足元に座り、受け取った枕を自分の背中と真鍮のベッドフレームの間に挟み込む。二人で夜のおしゃべりをするたびに、これまで幾度となく繰り返した動きだ。ペネロペは今まで何度もルーシーに〝枕を渡す必要はない〟と言ったのだが、そのたびに彼女は〝訪ねてきてくれたお客様に居心地の悪さを感じさせたくない〟と言い張った。寝室は小さいにもかかわらず、ルーシーは壮大な屋敷の贅を凝らした応接室であるかのように、いつだって精一杯ペネロペをもてなそうとしてくれる。

「すべて片はついたの？」ルーシーは心配そうに尋ねた。

すべてとは言えない。「ええ」それでもペネロペはそう答えて体を前のめりにした。「ねえルーシー、わたしが使用人たち全員を集めたあの朝、どうしてわたしのデスクに封筒を置いたのは自分だと名乗り出てくれなかったの？　もしそうしても、わたしならあなたをかばったし、あなたが叱られないように守ったわ。あなただってわかっていたはずよ」

ルーシーは手を組み合わせた。「あのときはあなたがとても真剣だったし、ものすごく心配そうに見えた。それに封筒は公爵宛てだったと話していたから……。まさか、あの男性から届けるよう頼まれたのが公爵宛ての手紙だなんて思いもしなかったの。もし公爵に関わることなら、正直に打ち明けたらくびになるだろうって怖くなった。一通めを届けたのは、彼のことをいつかの舞踏会であなたに心惹かれた殿方だろうと思ったから。だって彼、上等の仕立ての衣服を身につけていたから、絶対に貴族だと思ったの」

「その予想はほとんど当たってるわ。彼の父親が子爵なの。だったら、なぜ今朝彼から頼まれた二通めの手紙を開けようと考えたの？」

「あなたが一通めのことをとても心配していたから。折を見計らって、最初の手紙に何が書いてあったのかあなたに確かめて、その男性に話をしようと考えていたの。でもあいにくその機会がないまま、今朝またあの男性が現れて、わたしに一ポンド握らせて、二通めの手紙をあなたの机に置いてほしいと言ってきた。彼にはそうしますと答えたけれど、なかに何が書いてあるのかどうしても知りたくなって。でも手紙を読んだとたん、ちょっと怖くなった。〝よこしまな行為が行われる時刻に〟？　よからぬことを企んでいるように読めるけれど、彼を怒らせたくない。だからそのまま封をして、約束どおりにあなたの机の上に届けた。それが彼なりのちょっと変わった求愛方法で、あなたが夢中になっている相手なんだと思ったから」ルーシーはかぶりを振った。「でもそのあとも気になって……一日じゅう心配してた。何度かあなたの姿を見かけたけれど、ぼんやり窓の外を眺めているだけで、何か様子がおかしいと思ったの。公爵の近侍がミスター・キーティングに、今夜七時半に公爵が馬車で外出されると話しているのが聞こえて、恐ろしくてたまらなくなった。もし何かがおかしくなっているなら、いくらキングスランド公爵でも正しい状態には戻せないかもしれない、止めなくちゃって――だから玄関広間で公爵を待ち伏せして、自分がやったことをすべて告白した。それでも公爵は出かけてしまったけれど、わたしにはなんとかするから大丈夫だと言ってくれた。ああ、本当にごめんね、ペン。初めからあなたに話すべきだった。きっと公爵に話すべきではなかったんだわ」

「いいえ、あなたがそうしてくれて感謝してる。事態をなんとかする必要があったし、公爵は……そうできるだけのたくましさと影響力、決断力を持った方だから」ペネロペはベッドの真ん中へ少し体を移し、ルーシーの両手を取って握りしめた。「ねえ、ルーシー、あなたに知っておいてほしいの。わたしにとって、あなたは一番かけがえのない、すばらしい親友よ。これからもあなたとの思い出を宝物のように大切にするわ」

ルーシーは眉をひそめた。「わたしもあなたが大好きよ、ペン。ねえ、本当にすべて大丈夫になったのよね？」

「ええ、これ以上ないほど完璧にね」というか、あと少しでそうなるはずだ。「さあ、あなたの話を聞かせて。またハリーとはキスしたの？」

キングは暖炉近くにある袖椅子に座り、デスクの端に置かれた紙包みをにらみつけた。彼をあざ笑い、愚弄し、挑みかけているかのように思える。炉床に火はない。季節柄、まだ火をくべる必要がないのだ。それなのにキングは薄ら寒さを感じていた。あれからスコッチを浴びるように飲んだにもかかわらず、体はまったく温まらない。

椅子の脇の床に置いてあったボトルに手を伸ばし、グラスにおかわりを注《つ》いで、ゆっくりともう一杯飲み干した。馬車から出ていって以来、ペティピースの姿は見ていない。膝上に置かれた彼女の過去の残骸を手に取るのに、しばらく時間がかかった。グリーンヴィルと彼女の会話をすべて聞いたわけではない。だが彼らの話から、この写真に何が写っているかははっきりとわかった。

道徳心のかけらもない女だ。見も知らない男たちの目を楽しませるために、自分のすべてをさらけ出した女。彼女が名前を変えて新たな生活を始めようとしたのも無理はないだろう。グリーンヴィルは正しい。これらの写真を使えば、彼はペネロペが破滅する姿を目の当たりにできた。そして彼女を破滅に追い込むことで、キング自身の評判もめちゃくちゃにできたのだ。

だが写真に写っているもの以上に、キングを悩ませ苦しめているものがある。募るいっぽうの欲求不満と、怒りに叫び出したい気持ちだ。ペネロペは僕を信用していなかった。だから自らの過去の真実を明かそうとしなかった。二通めの手紙が届いたことも、今夜あのろくでなしに会いに行くことも話そうとはしなかった。彼女が一番必要としているときに相談しに来なかったのは、問題の処理を任せて守らせるほどには、この自分を信頼していなかったということ。その事実にいたく傷ついていた。

それとも、これほど悩み苦しんでいるのは、ペネロペが自分を必要としていなかった事実のせいかもしれない。彼女は僕を必要としていなかった――僕が彼女を必要としたようには。

キングの人生において、ペネロペはそれほどまでに必要不可欠な存在になっていた。過去と対峙《たいじ》しなければならなかったとき、ペネロペがそばにいて、支えてくれたことで、どれだけ心が慰められただろう。生まれて初めて、本当の意味で自分は一人ぼっちではないと感じられたのだ。

もちろん、キングにはチェスメンたち、それに母と弟もいる。だがどういうわけか、ペネロペが彼ら以上の存在に思える。もっと重要で、大切で……決定的な存在に。

自分もペネロペにとって必要不可欠な存在になりたかった――単に仕事の報酬や、雨露をしのぐ家や、腹を満たす食べ物、それに最高の快楽を与えるだけではない存在に。ペネロペには、彼女の人生のあらゆる面を分かち合ってほしかった。彼女を喜ばせるものや涙させるもの、安らぎを与えてくれるもの、恐れを与えるもの……とにかくすべてを共有してほしかったのだ。

ただ奇妙にも、キングが一番尊敬してやまないのは、誰かを必要としないペネロペの心の強さ、決断力、勇気でもある。ペネロペはこの魂に、人生に、栄養を与えてくれる。でもキングは彼女に同じものを与えられていなかった。

グラスの酒を飲み干し、さらにスコッチのおかわりを注いだ。せめてペネロペが自分を信頼して任せてくれた仕事をやり終えるべきだろう。暖炉に火をくべて、この紙包みを放り込めばいい。そうすれば、ペネロペ自身が与えてくれた、過去の彼女を知るチャンスを葬ることになる。正直に言えば、もっと知りたくてたまらなかったとしても。

あの馬車のなかでは怒り心頭に発していた。脅迫してきたグリーンヴィルにも、彼があの写真を持っていた事実にも、彼がペネロペの体の秘めやかな部分までよく知っていた事実にも激しい怒りを覚えた。それに、ペネロペがそんなしどけないポーズを取っていた事実にも。

あのときは、彼女がむき出しの自分をほかの男の前でさらしていたという話を聞かされ、ひどく動揺した。でも、何より動揺したのは、自分がペネロペにとって単なる雇い主以上の存在に、彼女の人生の一部であるかのような存在になりたいと強く願っているのに気づいたことだ。ああ、なんとばかげた話だ。そんなことを言い出せば、レディ・キャサリンに振られたとき以上に愚か者と思われ、冷笑されるはず。

何しろ、ペネロペはあれほど破廉恥な過去を持ち、もしかするとそれ以上の秘密を持っているかもしれない女だ。どうしてそんな女を愛せるだろう？

キングは自分のスコッチくさい息で目覚めた。体のあちこちが痛い。本来なら痛くないはずの部分まで痛みを感じているのは、あのまま椅子で眠り込んだせいだろう。頭のなかは割れるようで、目の奥はずきずきしている。スコッチのボトルを空けたことをひたすら悔やむ。体のあちこちを伸ばしたりひねったりして筋肉を緩めたあと、勢いよく椅子から立ちあがった。

炉棚の上の置き時計を見て、寝坊したのではないかという疑いが確信に変わった。すでに正午近い。朝食をとるには遅すぎる。彼が朝食をとり忘れているのではないかと心配し、ペネロペが捜しにやってこなかったのが驚きだ。そう考えたとたん、机の上に置かれたままの紙包みに目が行き、昨夜の記憶がありありとよみがえってきた。ペネロペとの関係をもとどおりにする必要がある。だがどこから手をつけたらいいのかわからない。

大股で机の前に行き、いまいましい紙包みを引き出しのなかへ放り込むと、力任せに閉めたが、その音が頭に響いて思わず顔をしかめた。まず取りかかるべきは、自分自身をしゃんとさせることだろう。

図書室から寝室へ戻る途中、ありがたいことにペネロペと顔を合わさずにすんだ。彼女の寝室の扉は開け放たれている。そっとのぞき込んで、室内にかすかに漂うジャスミンの香りを思いきり吸い込んだところ、心が和んだ。すべてがきっちりと整えられている。すでにあのメイドがすべての部屋を整え終えている時間帯だが、ペネロペが友だちの手をわずらわせているとは思えない。

一時間後、温かい湯に浸かって髭を剃り、着替えをすませると、キングは階段をおりて一階に戻り、ゆっくりと廊下を歩いた。図書室に近づき、前に立っていた従者に短くうなずくと、そのままペネロペの事務室に向かった。だが驚いたことに、そこに彼女の姿はなかった。これは妙だ。何かの使いで出かけているのだろうか？　思い出す限り、今日は誰との打ち合わせも予定に入っていなかったはずだ。

図書室まで戻り、立っていた従者に話しかけた。「ペティピースがどこにいるか知っているか？」

「いいえ、閣下。今朝は彼女の姿を見ておりません」

「そうか」ということは、彼女はどこか近くにいるのだろう。あるいは本当に出かける用ができたのかもしれない。「とびきり濃いコーヒーと、バターを塗っていないトーストを届けさせてくれ」今は胃がそれくらいしか受けつけそうにない。

「かしこまりました、閣下」

彼は図書室の机に座ると、両肘を机の上に突いてこめかみを揉みほぐし始めた。これほどまで酒を飲んだのは、オックスフォード時代以来だ。飲みすぎるとどれほどみじめな気分になるか、すっかり忘れていた。いくら飲んでも、飲まずにいられなくなった理由を忘れることなどできない。むしろ大きくのしかかってくるだけだ。浴びるように飲んでも、酒に逃げようとした理由が気にならなくなったり、消え去ったりすることは絶対にない。

「閣下？」

キングは目を細め、声のするほうを見あげた。キーティングだ。この執事は生霊のごとくほとんど音を立てずに歩き回ることができる。彼は銀製のトレイを掲げていた。上に一枚のカードがのせられている。

「ミス・テイラーが面会にいらしています。彼女はミス・ペティピースの使いだと言っています」

見知らぬ他人と話をする気分ではない。というか、よく知る相手とも会話をする気分ではない。

「用件は？」

「さあ、わたしにはわかりかねます、閣下。ただ、彼女はあなたと直接話し合いたいことがあるのではないかと」

キングは椅子の背にもたれた。「それならその女性をここへ連れてきてくれ。あと、ペティピースにもここへ来るよう伝えるんだ」

「ミス・ペティピースがどこにいるのかも存じあげません。今日は姿を一度も見かけていないのです」

ふいに胸騒ぎがし、鳥肌が立った。「姿を一度も見かけていないとはどういう意味だ？彼女は朝食をとっただろう？」

キーティングは咳払いをした。「いいえ、閣下、彼女は朝食をとりませんでした」キングは慌てて椅子から立ちあがった。あまりの勢いに、頑丈でどっしりした椅子が倒れそうになっている。「僕をその女性のところへ案内しろ」

女性は玄関広間に立っていた。つつましやかで上品な、淡いブルーのドレス姿だ。見たところ、ペネロペより少し年上なだけだろう。

「ミス・テイラー、僕がキングスランドだ」

彼女は明るい笑みを浮かべ、お辞儀をした。「お目にかかれて光栄です、閣下」

「ミス・ペティピースの使いでここへ来たと聞いたが？」

「はい、閣下。わたしの仕事は舞踏会のさまざまな手配です。あなたが今度主催される舞踏会に関しても、少しだけ彼女のお手伝いをしております。オーケストラの手配などの細かな仕事です。今朝早くにやってきた彼女から、あなたが今度の舞踏会の監督役を必要としていると説明されました。だからこうして――」

「なぜ僕が舞踏会の監督役を必要としているんだ？」

ミス・テイラーは口をわずかに開き、目を見開いてまばたきをして、それから小さな咳払いをした。咳払いをする間に、その質問の答えを探し求めるかのように。「監督役がいれば、あなたはなんの心配をする必要もなく舞踏会を楽しめるからです」

キングは首を振った。「そんなことはわかっている。ペティピースがすべて取りしきっているんだ」

ミス・テイラーはまた何回かまばたきをした。「はい、閣下、彼女がすべて取りしきっています。そのためにわたしを雇われたのです。そのための費用を全額支払い、このかばんをわたしに手渡していきました」彼女は柔らかな革製の書類かばんを掲げた。昨年、キングがペティピースの誕生日祝いに贈った品だ。「このかばんのなかに、彼女がていねいにまとめたノートと指示がすべて入っています。全部に目を通すのに三時間かかりました。彼女の立案能力のすばらしさ、用意周到さには本当に感動しました。これほど見事な計画書は見たことがありません。あらゆる不測の事態もちゃんと考慮されています。何事が起きても解決できるように、すでに答えを――」

ペネロペへの賞賛の言葉の続きは聞かないまま、キングは突然体の向きを変え、階段を二段飛ばしで駆けあがり始めた。三段飛ばしができない自分の足に悪態をつきながらのぼりきり、彼女の寝室に駆け込むと、衣装だんすの扉を開けた。ペネロペの衣服はそこにかけられたままだ。濃紺のドレスも、舞踏会用のドレスも。

ペネロペはどこかへ行ってしまったわけではない。今朝は誰も彼女の姿を見ていないことも、彼女がキングの舞踏会を監督する女性を雇ったことも、なんの証拠にもならない。あたりを見回したとき、ベルベットの小さなケースが目に入った。開ける必要もない。ネックレスはあのなかにあるとわかっている。それでも開けずにはいられなかった。指を滑らせ、トップの雫に触れてみる。ちょうどペネロペの喉の下のくぼみにおさまる部分だ。温もりまでありありと想像できる。唇を押し当て、舌先で味わった、あのほっそりとした喉。

キングは衣装だんすにケースを入れ、部屋の残りの部分をじっくり観察してみた。あのネコはどこだ？　床に伏せてベッドの下をのぞいてみる。ちり一つ見当たらない。立ちあがって彼女の寝室から出ると、階段をおりた。キーティングが静かな声でミス・テイラーに何か話している。おそらく、普段の公爵はなんの理由もなしにいきなりその場から駆け出したりする人ではない、と彼女に説明しようとしているのだろう。キングがふたたび玄関広間へ近づいていくと、執事は口を閉じた。

「すぐに使用人たち全員を集め、サー・パーシヴァルの行方を捜させるんだ」

「閣下、今なんとおっしゃいましたか？　サー・パーシヴァルとは？」

「彼女のネコ、ペティピースの飼いネコだ」彼女があのネコを置いて立ち去るはずがない。

執事は頭がおかしくなった男を見るような目で、キングをまじまじと見つめた。だが〝大丈夫だ、すべて順調だ〟と告げて、執事を安心させる気にはなれない。なぜなら本気で疑い始めているからだ。すべてがふたたび大丈夫になることなど、もう二度とないのではないか？

ペネロペの事務室へ大股で入り、彼女のデスクに向かい、自分の最悪の恐れが現実になったことを示す手がかりがないか一心に探してみる。この八年間に贈った品々が一つ残らず、デスクの上にきちんと並べられていた。そのかたわらに、彼女は一通の封筒を残していた。手に取って、優雅な手書き文字で書かれた封筒の言葉を読んでみる。

あなたの将来の公爵夫人

ペネロペは立ち去った。そう確信した瞬間、キングは泣きわめきたくなった。なんという心の痛みだろう。今朝起きたときに感じた痛みなど、今感じている苦痛に比べればどうということはない。

ペネロペは僕を置き去りにした。

使用人たちがいくら捜しても、あのネコは見つからないだろう。ペネロペは自分の服を持っていかなかった。それはあの服が——今度彼女がどんな人物になるつもりであれ——その人物に似つかわしくないからだ。彼女は名前を変え、職業を変え、英国のどこかで暮らすのだろう。周囲に溶け込むように、見事に姿を消してしまった。かつてキングが彼女をなぞらえたカメレオンのように。もはや見つけることは不可能だ。

キングは封筒をひっくり返し、悲しげな笑みを浮かべた。彼女がよく使っていた赤い封蝋が押されている。マナー上、赤い封蝋を使えるのは男性だけだ。女性はそのほかの色、たとえば青や緑、黄色を使うのがエチケットだとされている。だがペネロペはそのマナーに抗《あらが》い、いつも公爵秘書として赤い封蝋を使っていた。どんな男に対しても対等の立場でいたいという気持ちの表れだろう。彼女は気づいていなかったのだろうか？　ほとんどの男よりも彼女のほうがずっと優れていることに。

ペネロペの反骨精神の象徴を傷つけたくなくて、キングはレターナイフを手に取った。ナイフにはエメラルド色をした大理石の柄がついている。その色が彼女の瞳を思い出させるからという理由で、このレターナイフを選んで贈ったのだ。封筒にナイフを差し入れて開封し、なかから羊皮紙を取り出した。ペネロペはそこに、ある一人の女性の名前を記していた。その名前を見たとたん、一つの真実に気づかされ、大きな衝撃を受けた。後悔と反省がとめどなく込みあげてきて、あやうくその場に倒れそうになる。

ペネロペは間違った女性を選んでいた。

22

その日の夜、キングは新たなスコッチのボトルに手を伸ばした。ボトルを開け、暖炉脇の椅子にどさりと腰をおろし、デスクを見つめて、じっくりと考える。引き出しから、あのいまわしい紙包みを取り出し、ペネロペから言われたとおりにするべきだろうか？　自分をあざ笑っているかのような、あの紙包みを開けるべきか？

ペネロペが去ったことに気づいてから、彼女を捜し出そうとした。見つけ出すのは不可能だとわかっていてもだ。すぐに馬の支度をさせ、ロンドンじゅうを回って、どこかの通りを彼女が歩いていないか目を光らせた。あたりにいた少年たちに金をやり、自分の馬を見張らせている間、鉄道の駅のホームもくまなく捜してみた。波止場にも行ったし、あらゆる馬車のなかものぞき込んでみた。ハンサム馬車の御者にペネロペの特徴を伝え、それによく似た女をどこかへ連れていかなかったか尋ねてみたりもした。

向かった先で、彼女は待っているかもしれない。キングがその場所を捜し当てられたら、ふたたび自分のもとへ戻ってくるよう説得できるかもしれない。たとえ立場上、かつてあんなことをしていたペネロペと関わりを持つべきではないとわかっていたとしてもだ。仕事を手伝わせたり、ディナーや舞踏会に連れていったりするべきでもない。ペネロペの醜聞が広まれば、公爵としての立場も悪くなる。ひいてはキング自身も、彼の家族もおとしめられることになるだろう。

ペネロペをこの人生に取り戻すのはリスクが大きすぎる。彼女のことはこのまま放っておけ。キングはそう自分に言い聞かせようとした。明日、新聞や雑誌に求人広告を出せばいい。そうすれば今週末には、別の秘書を雇えるだろう。もはやペネロペは必要なくなる。だが、僕にはどうしてもペネロペが必要だ。

突然椅子から立ちあがり、早足でデスクの前に向かうと、引き出しを力任せに開けた。勢い余って引き出しが外れ、あっという間に中身がすべて床に落ちてしまった。引き出しを脇へ放り投げ、その場にかがみ込み、こぼれ落ちた品々をよけながら紙包みをつかむ。そのとき、突然頭を殴られたような衝撃を覚えた。自分はこの紙包みをなんと無造作に保管していたのだろう。グリーンヴィルはこれらの写真が貴重な宝物であるかのように、美しいローズウッドの箱に大切にしまっていたのに。

椅子に戻って太ももに肘を突きながら、その紙包みを両手で包み込むと、茶色い包み紙と麻紐をじっと見つめてみた。中身を隠すには、あまりに薄っぺらでお粗末な梱包《こんぽう》だ。暖炉に火をくべ、この紙包みごと放り込むべきなのだろう。だがそうする代わりに、麻紐の端に指をかけた。

本気か？　グリーンヴィルが話していたようなポーズを取るペネロペの姿を本気で見たいと思っているのか？　他人の目の前で彼女自身をさらけ出している姿を？

僕は彼女の裸身を目にした男たちに嫉妬しているのだろうか？　自分だってほかの女たちと裸で睦み合ってきた。それなのに彼らに嫉妬するのは身勝手なのでは？　とはいえ、こちらの場合は閉ざされた室内での行為だ。誰も彼もが見ている前でポーズを取ったわけではない。しかも彼らは全員赤の他人なのだ。それなりの金を払ったら、誰でも彼女の写真が見られる。

ペネロペを厚かましくて図太い女だとみなし、今後いっさい関わらないようにする方法はただ一つ。〝悪魔祓《ばら》い〟しかない。彼女にどうしようもなく惹かれているこの気持ちを捨てて、思いきって中身を確かめろ。そうすればきっと、全力を尽くしてペネロペを捜す必要などないと自分を納得させられる。保管された写真に写っているのは、艶然たる笑みを浮かべ、色気たっぷりの流し目を送り、すねたように唇を尖らせている姿に違いない。それこそ彼女が堕落した女であるという証拠だ。キングは麻紐を強く引っ張って解き、茶色の薄紙を開けて――

最初の写真をじっと見つめた。想像していたのとまるで違う。ペネロペはとても純真で、怖がっているように見える。このとき、彼女はいったい何歳だったのだろう？　十四歳か十五歳といったところか？

見る者の注意を引き、想像力をかき立てるのは、透き通った布に包まれた彼女の肢体ではない。彼女の顔だ。目を伏せて、不安そうにほほ笑んでいる。その表情からなんともいえない内気さが伝わってくる。彼のペネロペはかつてこれほどの内気さ、控えめさを持った少女だったのだ。

そのとき、胸に激痛が走った。このまま苦しんで死ぬかもしれないと覚悟したほど、急激で強烈な痛みだ。自分のなかの何かがいったん粉々に破壊され、再生されたようだった。

堕天使。たしかペネロペはそう呼ばれていた。グリーンヴィルが彼女にそう話していた。今ようやくその理由がわかった気がする。写真に写ったペネロペは純真と驚き、無垢と美徳に満ちている。大人になるにつれて失われてしまうもの――〝善を心から信じられる力〟――を体現しているのだ。

キングは写真を紙包みのなかへ戻し、背筋を伸ばして、わずか三歩で暖炉の前に進み出た。かがみ込んで脇に紙包みをいったん置くと、暖炉に火をおこし始めた。炎が十分揺らめき出したところを見はからって、炉床の真ん中に紙包みをそっと入れ、あっという間に燃えあがるのを見守った。

常々、ペネロペはどんな過去を持っているのだろうと考えてきた。そして今は、二つの思いに引き裂かれそうになっている。〝もうこれ以上彼女の過去について何も知りたくない〟という思いと、〝彼女の過去についてすべて知り尽くしたい〟という思いに。

翌日の夜、キングはホワイトチャペルの片隅にいた。貴族はめったに訪れない街だ。真夜中ならなおさらのこと。だからこそ、ほとんどの貴族が眉をひそめるはずの相手と密会するにはちょうどいい。大股で馬屋に入っていくと、壁にもたれた男のシルエットが見えた。待ち合わせ相手だ。

その全身からなんともいえない孤独、寂寥感《せきりょうかん》がにじみ出ている。だがそれも当然だろう。この男はすべてを失い、社交界から追放されたのだ。キングがこうして彼と連絡を取り続けていることは、誰も知らない。だがこの男のようにロンドンの裏社会によく通じている知り合いがいるのは、価値あることだと考えている。「スタンウィック」

「前にも言ったが、僕のことはウルフと呼んでくれ」

彼はマーカス・スタンウィック。かつてウルフォード公爵の跡取り息子だったのだが、父親が反逆罪を犯し、すべてを取りあげられてしまった。弟は最近レディ・キャサリンと結婚したばかりだ。妹はベネディクト・トゥルーラヴと結婚している。それなのにマーカスはいまだにあきらめていない。自分の父を転落させた黒幕が誰なのか、必死に突き止めようとしている。

「きみが捜している奴らに近づけたか？」キングは尋ねた。

「いや、うまく逃げられている。ずっとこんな調子じゃないかと、最近心配になってきた」

「もうそろそろ追及をあきらめて、きみも影の世界から姿を現してもいい頃だ」

「僕は影の世界にいるのが好きみたいだ。きみだってその世界の何かを必要としなければ、僕に連絡を取ろうとは思わなかったはず。で、きみの望みはなんだ？」

「ジョージ・グリーンヴィルだ」

「グリーンヴィル子爵の息子たちの一人だな。それで、彼をどうしたい？」

「ここ以外のどこかで、もっと幸せに暮らしてほしい。アメリカでも、アフリカでも、オーストラリアでもどこでもかまわない。ただ、彼がここにいなければいい」

「彼は何をやらかしたんだ？」

「僕が気にかけている人の心の平和を乱している」

「きみの秘書だな」

彼の言葉を聞き、拳を食らったような衝撃を受けた。「なぜそう思うんだ？」

「きみが気にかけている人たちはごく少数に限られる。もし秘書以外の身内ならば、きみの家族もきみと一緒にここへやってきたはずだ」

まったく異論はない。だからキングはただため息をついて続けた。「あともう一つ、彼女を見つける手助けもしてほしい」

キングスランド家の舞踏会まであと二週間

キングはデスクの上にロンドンの地図を広げ、今夜はどの地域を回ろうかと思案を巡らせていた。ペネロペを捜すための場所が日に日に限られていく。ただし、彼女がまだロンドンにいるとは言いきれない。だから探偵を何人か雇ってロンドン付近の街も捜させているし、別の者たちにもさらに遠くの地域を捜させている。だが彼女の足取りはまったくつかめない。まだこの世に存在しているという手がかりさえ見つからない。

思えば、ペネロペは物心ついたときからずっと、新たな街でやり直し、そこからどうやって姿を消し、借金取り立て人たちから逃げるかというすべを学んできた。さらにそのあと、彼女の過去を知る者たちをどうやって避けるかというすべも学ぶようになったのだ。

二、三日前の夜には、キング自ら〈ザ・フェア・アンド・スペア〉に出向き、大恥をかくことになった。ペネロペがあのクラブで誰か――彼女が心惹かれた紳士――に会っていたら、その相手が彼女の近況を知っているに違いないと考えたのだ。あるいは、せめてペネロペがどこにいるのか手がかりを得られるかもしれないと期待していた。だがもちろん、情報をもらそうとするものは誰もいなかった。

屋敷の使用人たちには、もしペネロペから居場所を伝える連絡があれば必ず知らせるようにと命じた。彼女の信頼を裏切る報酬として五百ポンド与えようという条件までつけた。だが使用人たちにそう提案しつつ、我ながら、褒美として謝礼金を与えるとはなんと下劣な試みだろうと思う。

とはいえ、どうしてもペネロペと話す必要がある。彼女の過去についてすべてを知りたい。そして彼女の味方ができないような印象を与えてしまったことを、心から謝りたい。結局僕はペネロペの信頼を得ることができなかった。そんな自分を許せない。

そのとき足早に近づいてくる音が聞こえ、キングの胸は高鳴ったが、すぐに気づいた。廊下に響いているのはペネロペの足音ではない。ペネロペに関してそんな細かなことまで覚えているのに、彼女の多くがまだ謎のベールに包まれたままなのがつくづく不思議だ。

戸口に現れた母を見て、キングは背筋を伸ばした。「母上、お帰りは一週間先だったのでは？」

「ローレンスから、ミス・ペティピースが行方不明になったという手紙をもらったの」

キングはため息をついた。「行方不明になったというのは不吉すぎる言い方です。彼女は自分の意思でここから去りました。今どこにいるのか、僕にはわかりません」

「あなた、彼女を立ち去らせるようなことをしたの？」

〝悪いのはあなたのほう〟〝彼女が出ていった責任はあなたにある〟と考えたとしても、そんな母を責められない。実際そうなのだ。ペネロペがここから出ていった理由はこの僕自身にある。それがどうにもいらだたしい。

「彼女のスキャンダラスな過去が明らかになったんです。そのとき、僕は愚かな振る舞いをし、彼女に対してけっして許されないような態度を取ってしまいました」

「まあ、ヒュー」

「それ以上は尋ねないでください。答えるつもりはありません」

「あなた、ひどい顔をしているわ」

「率直な感想をありがとうございます」

「さっき玄関でキーティングから、あなたがほとんど何も食べていないと聞かされたの。それに目の下にクマが出ているわ。全然眠れていないんでしょう？」

自分の人生を照らしていた光が突然消えたというのに、睡眠や食事など気にしてなんになる？　こんな僕を見たら、きっとペネロペは軽蔑するだろう。だが一分一秒も無駄にしたくない。とにかくすべての時間を、彼女を見つけ出すことに費やしたい。

そこでキングは眉をひそめた。「彼女がいなくなったことを知って、母上はどうしてイタリアからの帰国を早めたんです？」

「わたしはいつだってあの娘が好きだった。本当に心配なの」

「彼女は知恵も才覚もあります。それに間違いなく資金も」銀行の支店長は詳しい情報までは明かさなかったが、ペネロペから預金を全額引き出され、口座を解約されたことが痛恨のきわみだ、と打ち明けた。「彼女は豊かな生活を送っているはずです」

「わたしが心配しているのは、彼女は雨露をしのげているかとか、ちゃんとおなかいっぱい食べられているかといったことじゃない。彼女の心、彼女の魂そのものを心配しているの。あなたなしで、彼女が生きていけるかどうか本当に心配よ」

「母上、彼女は僕など必要としていません。彼女は誰も必要としていないんです」

「まあ、ヒューったら」母はかぶりを振り、キングの頰を軽く叩いた。「わたしの愛しい息子、あなたは本当に頭がいいけれど、ときどき救いようもなく愚かになることがあるわね。あの娘を見ていて、どうして彼女があなたを愛していないなんて思えるの？　彼女があなたを必要としていない？　いいえ、あえて言わせてもらうわ。あの娘はあなたを求めている」

母の言葉を聞いて、雷に打たれたような衝撃を受けた。思わず体を二つに折りながら、デスクにがっくりと両手を突き、うなだれる。「もし彼女が僕を愛しているなら、僕を置き去りにしたりしないはずです」もし僕がペネロペを見つけられたとしたら、罵倒の言葉を浴びせかけられるに違いない。

「もしスキャンダルが関係しているなら、彼女が立ち去ったのはあなたを愛しているからだと思うわ」

たちまち希望が湧き起こり、キングは頭をあげた。「そういえば、母上はよく仲人役をされていますよね。舞踏会や催し物で」

「あなたたちは二人とも頑固すぎる。それに、二人とも自分の心が傷つくのを怖がりすぎよ。投資話ではリスクを取って利益をあげているのに、人生最大のリスク……愛というリスクを取ろうとしない。返ってくる利益も最大だというのに」

「母上……母上は愛について何を知っているんです？　あなたは僕の父親を愛していなかったはずだ」

「ええ、努力が足りなかったからよ。でも若い頃に……一度愛した人がいたの。ただそのときはあまりに若すぎて、自分にとって彼がどれほど大切な存在か、それがどれほど奇跡的な巡り合わせか気づくことができなかった。彼から一緒にアメリカに逃げようと言われたとき、恐ろしくてどうしても勇気が出せなかったの。だからあなたには、同じ思いをしてほしくない。本当に欲しいものを得るためにどんな大きな代償を払うことになっても、それを絶対に恐れないで」

「彼女を捜し出すために、金庫をすっからかんにするかもしれませんよ」

「ねえ、ヒュー、お金なんて簡単にあきらめられる。もし彼女を見つけ出したら、どんな犠牲を払う必要があっても、あの娘をしっかり捕まえておくのよ。いい？」

23

キングスランド家の舞踏会まであと三日

ペネロペはひざまずいて泥のなかへこてを差し入れ、地面を掘り返していた。こうして庭園の土を柔らかくしておくと、雑草が抜きやすくなるのだ。キングスランドの屋敷を離れた日、ひとまず〈トゥルーラヴ・ホテル〉の一室に泊まることにして、『タイムズ』に掲載された家具つきの売り家広告に目を通した。めぼしい物件を何軒か内覧したあと、この小さなコテージを訪れ、一目見た瞬間に気に入って購入を決めた。ここに移り住んできたのは二、三日前のことだ。

最終的には、家具を自分好みのものに置き換えることになるだろう。でも差し当たり、備えつけられた家具で十分生活していける。サー・パーシヴァルもすり切れたクッションの上でくつろいでいる。まだ思いきって外へ出かける気にはなれない。グリーンヴィルとの一件で、いつなんどき人生がひっくり返るようなことが起きてもおかしくないのだと思い知らされた。とはいえ、永遠に家のなかに引きこもって暮らすつもりはない。投資術を教えることで女性たちの自立を手助けしたいという夢をかなえるのだ。でもあと数週間かけて新しい環境に慣れたのち、その目標を追いかけても遅くはないだろう。手にした自由をめいっぱい謳歌《おうか》したい。心も体も休めてくつろぎ、自分の庭園をきちんと造りあげたい。ペネロペの前にこのコテージを所有していたカップルは、庭園にほとんど手を加えていなかった。だから植物はすべて伸び放題だし、見た目も悪い。でも我が家の奥にある、この小さな芝地をどうしたいかは、すでに計画を立てている。秋には球根を植え、春になったら――

「教えてほしい、ミス・ハート」

ふいに聞き慣れた声が聞こえ、思わず息をのんだ。夢のなかで何度も耳にしている声だ。慌てて振り向いて、声の持ち主を見あげてみる。背が高く、肩幅の広い、美しい顔立ちの男がペネロペの庭園に入り込んでいた。なぜ彼の姿を見て、これほど傷つかなければならないのだろう？　それなのに、なぜ同時に弾《はじ》けるような喜びを感じている？

「コッツウォルズで最近売り出されたコテージが何軒あるか、きみは知っているか？」

「ここで何をしているんです？」

「言うまでもないだろう。きみを迎えに来たんだ」

キングスランドの言葉を聞いたとたん、ペネロペの心が自由になりたいと騒ぎ出した。

つい最近、頑丈な鉄の箱に閉じ込めたばかりだというのに。

「きみは仕事をやり終えていない。僕が主催する舞踏会だ。あと三日しかない。きみに監督役を任せたはずだ」

ペネロペは目をきつく閉じ、込みあげる失望を振り払おうとした。もちろん、キングスランドがここへやってきたのは〝ペティピース〟を捜すためだ。

彼女はさっと立ちあがった。「監督役としては別の女性を雇いました」

「ミス・テイラーだな。たしかに彼女は実に熱心に仕事をこなしている。だが彼女はきみではないんだ、ペネロペ」

なんてこと。今また公爵から名前を呼ばれるなんて。彼の低い声で、こんなにもなめらかに呼びかけられるなんて。非現実的なハートが自由を求めてさらに騒ぎ出し、鉄の箱の鍵を壊して今にも飛び出てきそうだ。

「細かな指示書を残しました。なんの問題もなく、舞踏会を終えられるはずです」

「どうしてきみは……僕に何も告げずに立ち去った？　なぜ誰にも何も言わなかった？」

なぜなら、それが幼い頃から教わってきたやり方だから。さよならの挨拶もせずに、悔いなくさらりと立ち去らなければならない。〝どこを捜せば自分が見つかるかほのめかしたい〟という誘惑に負けてしまう前に。失わなければならない友情の尊さを実感し、一歩も立ち去れなくなる前に。

「あの写真を見たんですか?」

「ああ、一枚だけ。その一枚も含めて全部燃やした。それと、ほかの写真も二十一枚捜し出した」

その言葉の意味を理解するまでに、少し時間がかかった。この世からあの写真が二十一枚減ったのだ。「どうやって知ったんです? あんな……みだらな写真が手に入る場所を?」

キングスランドは得意げな目になった。「ペネロペ、きみもよく知ってのとおり、僕は非常に優秀な探偵たちを雇っている。僕が何を探しているか具体的に話さなくても、彼らならわいせつな品々を調達する者たちを見つけ出すことなど朝飯前だ。だから彼らから密売品を売る店の情報をもらうたびに、僕がそこへ出向き、目当ての写真を見つけたら買うようにした。きみはあと何枚くらい出回っていると思う?」

「数えきれないと思います。当時のわたしは、一回カメラのシャッターを押せば、その写真を好きなだけ複製できることを知りませんでした。シャッターを一回押したら、写真は一枚だけしか撮れないと思っていたんです。あんなにあっという間に出回ったことに驚きました」実際の話、撮影後ほんの数カ月のうちに、自分が写った写真をあちこちで目にするようになった。「でも、あのクレモルネの夜で思い知らされました。わたしの写真はいつ、どこにあってもおかしくない。それにグリーンヴィルの言うとおりです。こんな不道徳な女を雇っていたことが知れたら、社交界でのあなたの評判は台無しになるでしょう」

「あのとき、きみはまだ少女だった。大人になりきっていなかったんだ。まだ十代前半だったに違いない」

ペネロペは真っ赤なダリアの花をちらりと見た。「十四歳でした」顔をあげてキングスランドを見つめる。「もう十分に分別があって当然の年齢です。少なくとも、わたしの母はそう信じていました。わたしがどうやってお金を稼いでいたか知ったとき、母は本当にぞっとしていました」

「彼女はどうやってそれを知ったんだ？」

「わたしの稼ぎで、セント・ジャイルズにある下宿屋に部屋を借りられるようになったのがきっかけでした。下宿人の男性が、たまたまわたしの写真を持っていたんです。彼の奥さんがそれを見つけて、ひどく怒り出しました。彼は奥さんにはほとんどお金を与えようとしないのに、そんなひわいな写真に大金を注《つ》ぎ込んでいたからです。奥さんはその写真をわたしの母に見せました。というか、下宿屋にいる全員に見せたんです。夫をこんなだめ人間にした責任はわたしにあると責められました。そのせいで、わたしはその下宿屋から文字どおり放り出されたんです。でも少なくとも、母と妹はその週が終わるまで部屋を借りることができました」

「それでどうなったんだ？」

もしキングスランドがこれほど熱心に、本当に心配そうな声で尋ねてこなければ、ペネロペはその場から歩き去っていただろう。当時の記憶は思い出すのもつらい。

「わたしはほかの場所で部屋を借りました。その週末に母と妹が下宿屋から出てくるのを待ち伏せして、一緒に暮らそうと言ったんです。でも母はわたしを見ようとさえせず、妹の手をつかむと、引きずっていってしまいました」そのときの記憶を思い出すたびに、苦しくてたまらなくなる。ペネロペは母からごみ同然に捨てられたのだ。「せめて母にお金を渡そうとしました。でも母は頑として受け取ろうとせず、こんな罪人を娘に持つなんて恥ずかしいと言ったんです。二人を見たのはそれが最後でした」

「きみの母親は働けなかったのか？」

「父が投獄されている間に、母はどんどん弱っていきました。父が死んだことがとどめの一撃となり、母は重い病気になって、いつもひどく咳き込んでいたんです。最後に会ってから二、三カ月後、母が死んだことを知りました……それに妹も」ペネロペはキングスランドと目を合わせた。「わたしは二人を救いたかっただけなのに」

公爵はペネロペの体に両腕を巻きつけ、胸に頭を埋《うず》めさせた。「ああ、わかっているよ」

涙がとめどなくあふれてくる。これほど長い歳月が経ったあとだというのに、どうしていまだにこんなに涙が出てくるのだろう？　母と妹のためにお金を稼ぐ手段を得たのに、結局二人を死なせてしまった。二人を失った心の痛みに比べれば、服を脱いでポーズを取ったあのときの気持ちなど、痛みのうちには入らない。

「きみの母上は間違っている。きみは自分のしたことを恥ずかしく思う必要はないんだ」

「あの写真の存在を知った夜とは、ずいぶん意見が変わったんですね」

キングスランドは体を引くと、ペネロペの顎に人差し指をかけた。「僕もまた間違っていた。あんな振る舞いをして、絶対にきみの味方にはなれないという印象を与えてしまったと思う。そのことに対しては弁解のしようもない。心から申し訳なく思っているんだ。たとえ一生かかっても、その先までかかっても、必ずやきみの写真を一枚残らず見つけ出し、破棄すると約束する。あの写真がもはやきみの人生を脅かさないようにね」

「いいえ、あの写真はいつまでもわたしを追いかけるでしょう。そもそも誰が持っているのかもわからないんです。あなたのお友だちのなかにもいるかもしれません。そしてある時点で、彼らがわたしの正体に気づく可能性もあるんです」

「だがきみには僕がついている。僕の影響力と後ろ盾をもってすれば、あの写真できみの評判が台無しになることはない。僕がそれを許さない。だから僕と一緒にロンドンへ戻り、僕の舞踏会を監督してほしい。舞踏会がすんだら、きみの退職年金の手続きをしよう。きみが安心して仕事を離れ、その後も豊かな暮らしができるように」

ということは、ペネロペも例外ではなかったのだ。公爵はこれまでも使用人たち全員に気前のいい年金を与えていた。頬を濡らす涙を拭い、ペネロペは公爵の腕のなかから離れると、少し頭を傾けて彼を見あげた。「ご存じかしら？　今のわたしは本当にお金持ちなんですよ」

「ああ、きみは前に、僕のために働く必要はないと話していたからね」

「かつて投資の才能のある、頭のいい男性に仕えていたんです。その彼にならったらこうなりました」

「きみも実に頭のいい女だ。さあ、今もっと知恵を働かせてほしい。僕と一緒に戻ろう」

ペネロペは首を振った。「閣下――」

「ペネロペ、きみは自分の過去がこれからの日々に影響を及ぼすのを許すつもりなのか？　来る舞踏会の夜は、僕の今までの人生において一番大切な夜になるはずだ。僕はその場できみが残した手紙を開けて、そこに書かれた名前を発表し、その女性との結婚を宣言するつもりでいる」

ペネロペの心がずしりと重たくなった。でも、どう考えてもばかげている。今こうしてキングスランドから〝あの舞踏会を監督する権利があるのはきみだ。僕のために正しい選択をしてくれるのもきみだ〟とはっきり認められたのだから。

「ミス・テイラーはよくやってくれている」彼は続けた。「だが彼女はきみではない。その夜は、何もかもすべて完璧にする必要があるんだ。完璧にするためには、その場に必ずきみがいる必要がある」

ペネロペはため息をついた。キングスランドがよく響く低い声で妻となる女性の名を叫ぶのを聞くのは、見知らぬ他人の前で服を脱ぐよりも難しいだろう。でも彼は正しい。自分は秘書としての最後の仕事を途中で投げ出した。このコテージに落ち着いて、しんと静まり返った夜を迎えるたびに、そのことを考えて後悔にさいなまれていたのだ。

「わかりました。でも戻るのは、舞踏会を監督するためだけです。そのあとはここに戻ります」

「よし、すばらしい。だったらすぐに荷物をまとめて、きみのネコも連れてきてくれ。僕の馬車を待たせてある」

24

それは、すべての舞踏会の締めくくりとなる舞踏会だった。今年の社交シーズンの最後を飾る一大イベントなのだ。ただ、主催者キングスランドにとっては、あくまで公爵夫人候補を発表するささいな場にすぎない。彼は時間のかかる求婚活動をむしろ不都合なものととらえているからだ。とはいえ、この六月、昨年の舞踏会で選んだ女性から振られたあと、さらに一年も待つのはどうしても彼のプライドが許さなかった。前回の求婚活動よりも、新たな求婚活動について人々に噂されたいと考えたのだ。

ペネロペはそんなキングスランドを責める気にはなれない。仮に、公爵がもうすぐ行う発表についての話が盛りあがらなかったとしても、今夜のために自分が計画したこの壮麗な舞踏会は、社交界の話題をさらうはずだ。まさに国王にふさわしいほど贅を凝らした舞踏会だ。

お仕着せの従者たちが会場のあちこちで、想像しうるありとあらゆるアルコール類を提供している。もちろん、レモン・パンチやラズベリー・パンチもだ。食べやすい一口サイズのごちそうの皿をのせたカートも、会場の至るところを回っている。壮麗な応接室に隣接した部屋には、小さな国なら潤うほどの大量の肉料理、パイ類、野菜料理、ケーキ類などがずらりと並べられている。残り物はすべて、保護施設へ届けられる予定だ。かつてひもじい暮らしをした経験から、ペネロペは食べ物を粗末にするのがどうにも耐えられなかった。

舞踏室を歩きながら、すべてが順調かどうか確認していたとき、ペネロペはチェスメンたちに気づいた。全員が出席している。

そして希望に満ちた目のレディと視線が合うたびに、キングスランドのために自分が誰を選んだか、顔に出さないように努めた。とはいえ、そんな態度が意地悪く思えてしかたない。むしろ選ばれなかったレディ一人一人の手を握りしめ、〝特別な誰かがあなたを待っていますよ〟と励ましてあげたい。でもそんなことをするわけにはいかない。ここは黙って耐えるしかないだろう。

必ずしもみなが誰かと結びつくわけではないけれど。ペネロペもその皮肉《アイロニー》を避けては通れない。これから一生、自分は結婚せず、独身のまま生きていくのだろう。でも、それはわたしが選んだ道だ。自分がそうしたいと思った道なのだ。結婚こそしないかもしれないが、将来的にはどこかの殿方とつき合うだろう。歳月が経つにつれ、少女時代の面影はなくなり、誰かにあの写真のモデルだと気づかれることも減っていくに違いない。顔にしわが寄り、白髪になったならなおさらに。

「ミス・ペティピース」

彼女はローレンス卿に笑みを向けた。「閣下《マイ・ロード》」

「今夜の舞踏会は大成功だね」

「成功して当然なんです。あなたのお兄様に関する件、すべてに言えることだと思います」

「たしかに、それは認めざるを得ないな。僕なら、自分の行動をいちいち取りあげられ、あれこれ言われたくはないが」

「お兄様は慣れていらっしゃいますから」

ローレンス卿は自分のシャンパンをすすると、あたりを見回した。「ミスター・グリーンヴィルのことは残念だったね」

一瞬心臓が止まりそうになった。キングスランドは弟に、あの男について話したのだろうか？「ミスター・グリーンヴィル？」

ローレンス卿はペネロペをじっと見つめた。「ああ。きみが〈ザ・フェア・アンド・スペア〉で彼と歩いているのを見かけたことがある。きみたち二人はうまくいくんじゃないかと思っていたんだ。ただそうなれば、ミスター・グリーンヴィルは間違いなくキングと戦う羽目になっただろうな。キングが易々ときみを手放すはずがない」

どうやらわたしの秘密は守られているようだ。「ミスター・グリーンヴィルはあのクラブで、親切にもわたしを案内してくれただけです。わたしは特に彼に興味を引かれたわけではありません」

「だったらよかった。彼はカナダに旅立ったから」

「彼がカナダへ？」

「ああ。不思議なことにそうなんだ。聞いた話によれば、ただ荷物をまとめて立ち去ったらしい」

ペネロペは安堵感が押し寄せるのを感じた。グリーンヴィルから悩まされることはないだろう――もう二度と。「カナダで彼が幸せに暮らすのを願っています」

ローレンス卿はうつむいて続けた。「噂だと、彼は誰かの妻といちゃついたそうだ。夫がそれに気づいて、彼の顎の骨を砕いたらしい」

「でも、あなたはその噂を信じていない様子ですね？」

「ああ。だが誰かが彼の顎の骨を砕いたのは事実だ。彼が英国を発つ少し前に、実際この目で見たからね」ローレンス卿はペネロペの背後を見た。「母上」

公爵未亡人が話の輪に加わった。「ミス・ペティピース、今夜は最高の舞踏会だわ。あなたは前回よりもさらに腕をあげたのね」

「ありがとうございます。公爵未亡人」

「うちの息子は、あなたのような人がそばにいてくれて本当に幸運だわ」公爵未亡人は唇に指を一本押し当てて続けた。「ねえ、息子のために誰を選んだの？」

「あと数分したらわかります。でも奥様にも必ず気に入っていただける方です」

「でもその女性は、あの子も気に入る人かしら？」

「もし公爵が気に入らないとしたら、驚きを禁じえません」

　そのとき荘厳なドラの音が鳴り、その響きがペネロペの全身にも伝わってきた。自分の心に言い聞かせる。しゃんとしなければ。今すぐ泣き出したいし、魂が粉々に砕け散りそうになっているけれど、そんなことを自分に許すわけにはいかない。オーケストラの調べが鳴りやんだが、招待客たちの話し声がさらに大きくなった。従者がふたたびドラを叩いたが、彼らの話し声はいっこうにやまない。

　しかしキングスランドが戸口に颯爽と姿を現し、踊り場に立った瞬間、人々は口を閉じた。なんという影響力だろう。公爵の全身から圧倒的な存在感がにじみ出ている。周囲を従わせるために一言も発する必要がない。しゃれた正装姿のキングスランドは、いつにもましてきらびやかで、毛穴の一つ一つから自信があふれ出ているようだ。これほど長い間公爵に仕え、彼のことをよく知っているにもかかわらず、その姿を目の当たりにして息をのまずにはいられない。

　キングスランドは舞踏室の隅にいたペネロペに目をとめ、しばし視線を合わせ続けた。

ペネロペが彼のためにやり遂げたすべてを認めるかのようなまなざしだ。今夜がキングスランドと彼の将来の妻にとって忘れられない一夜になるよう、心を砕いたペネロペへの感謝の思いが伝わってきた。実際、将来の公爵夫妻にとって唯一無二の、特別な夜にしたかった。今まで何かに悩まされてきたとしても、それらを忘れられるような、とびきりいい記憶が心に刻まれるような一夜に。

キングスランドはペネロペから視線を移し、巨大な舞踏室を埋め尽くした招待客たちを見回した。

「大切な招待客のみなさん」朗々たる声が会場の隅々まで響き渡るよう、キングスランドは間を置いてから続けた。「昨年の社交シーズン、僕はまさにこの場所に立ち、ある女性の名前を発表して、みなさんから祝福を受けました。その女性が最終的に違う男性と結婚したことで、僕は自分の間違いに気づいたのです。ですが、自分が探すべきは、僕によって名誉を与えられる女性ではありません。僕の人生に寄り添ってくれることで、僕に名誉を与えてくれる女性です。彼女がそばにいてくれることが、本当の意味での祝福に感じられる女性を選ぶべきだったのだと気づきました」

キングスランドは折りたたんだ紙――ペネロペが残した封筒に入っていた紙――を手に掲げると、わざとゆっくり時間をかけてその紙を上着のポケットのなかへしまった。「彼女が僕を受け入れてくれるかどうかもわからないのに、ここで選ばれたレディの名前を発表するのは正しくないことのように思えます。ですから、どうぞ僕のわがままを許してください」

キングスランドが階段をおり始めるのを見ながら、ペネロペは少しがっかりしていた。結局、公爵はわたしの判断をほとんど信用してくれていなかった。わたしが選んだレディが、彼に背を向けるかもしれないと考えたのがいい証拠だ。もちろん、あのレディがそんなことをするはずがない。だってレディ・アリスは――

人々が脇に寄り始めている。ペネロペはつま先立って、前にいる招待客たちの頭の先にいるキングスランドを見ようとした。

彼が見えた。ああ、もう、恐れていたとおりだ。キングスランドは間違った方向へ歩いてきている。レディ・アリスは舞踏室の奥、ちょうどペネロペがいる反対側に、人々の陰に隠れるように立っている。反対側にいるからこそ、今ペネロペにはレディ・アリスの姿が見えているのだ。思わず腕を掲げ、手をひらひらさせたり、指差したりしながら、キングスランドに合図を送ろうとした。なんとしても、彼が間違った方向へ進んでいることを伝えなければ。

あたかも紅海のように人波が二つに分かれて、キングスランドの姿が突然はっきりと見えた。百八十センチを超える長身の、頭の先からつま先まで見えている。ペネロペは必死に指を振って反対側を指差した。それなのにキングスランドは一つも注意を払おうとしない。こうなったら彼の腕を取って、正しい方向へ連れていくしかないだろう。とうとう公爵はペネロペの前までやってきた。

「あのレディはあちら側にいます」早口でささやく。

「きみが僕のために名前を書いてくれたレディは、そう、あちら側にいる。だが僕が結婚したいのはそのレディではない」キングスランドは腰をかがめて、片膝を床に突いた。

突然耳鳴りが始まり、ペネロペはほとんど何も聞こえなくなった。周囲からあがった、はっと息をのむ音や低いささやき声も、どこか遠くに聞こえる。

「いったい何を……」

「ペネロペ、きみのために片膝を突いているんだ。もしきみが望むなら、両膝を突いてもいい」キングスランドはペネロペの手を取った。ぼんやりと思う。わたしの手の震えは、キングスランドにも伝わっているだろうか？　この体全体が小刻みに揺れているのも？

「僕はきみに公爵夫人にふさわしいレディを選ぶよう頼んだ。そしてきみは間違った選択をしたんだ。とはいえ、どうしてきみを責められるだろう？　自分でもそのレディとずっと一緒にいたいのかどうかわからないというのに？　でも、きみのためなら僕は喜んで死ねる。きみのためならなんだってする……僕はきみのために生きたいんだ、ミス・ペネロペ・ペティピース。きみはこれからもいつだって僕の人生最愛の人であり、僕の魂の伴侶であり続けるだろう。僕の妻に、公爵夫人になることで、僕に最大の名誉を与えてくれないか？」

ペネロペは首を振った。熱い涙が頬を伝っているのがわかる。「どうかわたしにそんなことを言わないでください」

なぜならわたしの答えは〝ノー〟だから。〝ノー〟でなければならないから。いつなんどき、あの写真が見つかってもおかしくない。今この瞬間も、あの写真のモデルだと気づかれる可能性がある。たとえあの写真のモデルだと気づいた誰かが、もはや手元に写真を持っていなかったとしても、どこでわたしを見たか周囲の人に話すことはできる。根拠のない噂は、根拠のある噂と同じくらい破壊的だ。そんな噂が広まったら、ヒューに、彼の家族に、彼の子どもたちに――さらにその子どもたちにまで恥をかかせることになる。

「ペネロペ、きみが何を心配しているか、僕にはよくわかっている。だがここではっきりと誓える。きみと僕が力を合わせれば、克服できない問題など一つもない。きみは僕の力そのものであり、僕の心の支えだ。それに気づくのに、こんなに時間がかかってしまって恥ずかしいよ。僕はいつだって、自分には心がまったくないと考えてきたが、それは間違いだった。そう気づかせてくれたのはきみだ。きみが出ていったときは、僕がきみの心をひどく傷つけたせいだと思った。そこまできみを追いつめたと気づいた瞬間、僕の心はひび割れ、ばらばらに砕け散ったんだ。そのとき、その破片の一つ一つにきみの名前がしっかり刻みつけられているのを感じた。僕はきみのものだったんだ――この心も、魂も。だから残りの人生をかけて、きみのために尽くしたい。きみを深く愛するこの気持ちを、一瞬たりともきみに疑わせないようにしたいんだ」

「ああ……ヒュー」ペネロペはとめどなくあふれる涙を止められずにいた。きっともう顔は涙でくしゃくしゃになっているだろう。「本気なんですか?」

キングスランドは輝かんばかりの笑みを浮かべた。幾千もの星々の輝きも、この笑顔のまばゆさにはかなわないだろう。彼はペネロペの手に唇を押し当て、視線をまっすぐに受け止めた。「ああ、これまで生きてきたなかで、これほど本気になったことはない」

「わたしはずっと長いこと、あなたを愛してきました。その間あなたはわたしにいろいろなことを頼んできましたが、わたしがノーと答えるのを一度も許したことがありません。もちろん、今もノーと答えることなんてできません。だってあなたは今、わたしが夢にさえ見なかったことを頼んでくれているんですもの。答えはイエスです……イエス、イエスしかありません!」

キングスランドはふいに立ちあがって両腕をペネロペの体に巻きつけ、口づけをした。今この瞬間にキスをしなければ、彼の存在そのものがこの世から消えてしまうかのような性急なキスだ。体を持ちあげられ、ペネロペはつま先が床から離れるのを感じた。

周囲からあがるため息やささやき、咳払いはほとんど気にならない。ペネロペが公爵の屋敷へ戻って以来、二人はずっとおとなしく行儀よく過ごしてきた。だからペネロペはてっきり、公爵がこの自分に永遠に秘書の役割を与えることにしたのだろうと思っていたのだ。

今日までの二晩はいつまで経っても終わらないかのようだった。あれほど寂しさを感じたことはない。キングスランドがこれほど近くにいるのに手が届かず、触れることもできないのが寂しくてたまらなかった。その二晩ではっきりと確信した。公爵が結婚したら、自分はこの屋敷には残れない。いいえ、舞踏会が終わった今夜以降、もはやこの屋敷には残れない、と。

でも今はもう、屋敷を立ち去る必要がない。ペネロペに残されたのは〝ずっと残る〟という選択肢一つだけだ。公爵と一緒にここに残る。彼の腕にしっかりと抱きしめられ、彼の唇を唇に重ねられながら、ずっと永遠に。

ずっと自分のハートは非現実的だと考えてきたけれど、今気づかされた。結局、わたしのハートはそれほど非現実的ではなかったのだ。

舞踏会はそれからも延々と続いた。真夜中過ぎになっても、招待客たちは帰ろうとせず、ダンスをしたり、酒を飲んだり、食事を楽しんだりしている。そんななか、キングは祝福の言葉をかけられ続けていた。ほくそ笑んだチェスメンたちからは、〝自分たちはキングが気づくずっと前から、彼がペネロペを愛していたことに気づいていたから、今夜の発表を聞いても少しも驚かなかった〟と言い張られた。母からは頬を軽く叩かれたあと、〝ようやくあなたも道理がわかるようになったのね〟と言われた。ローレンスは得意げな表情を浮かべている。間違いない。弟はどこかで、兄が誰の名前を発表するか賭けをしたに違いない。

とはいえ、おおぜいの人たちから祝福の言葉をかけられたり、幸せを祈られたりしているため、ペネロペと二人きりになる機会がまったくない。少なくとも彼女とダンスをする間だけはほかの招待客から声をかけられることはなかったが、二人きりになって、彼女に十分な愛情と献身を伝えられる機会はおあずけのままだった。

だから招待客たちがとうとう立ち去り、母とローレンスがそれぞれの寝室へ戻ったあと、キングはペネロペの寝室の扉を軽くノックした。嬉しいことに、彼女はすぐに応じてくれた。すでにナイトドレスに着替え、髪をふんわりとおろしている。

ペネロペはわずかに眉をひそめた。「いつもわたしからあなたを訪ねるのがルールだと思っていました」

「そうだね。でも今夜、きみは僕の秘書ではない。僕の婚約者なんだ。でももちろん、僕を寝室に入れるのを断ってもいいんだよ」

彼女はいたずらっぽい笑みを向けた。「なぜわたしがそんなことをするんです？　今、廊下を渡ってあなたの部屋に行こうとしていたのに？」

ペネロペが一歩下がると、キングは彼女の寝室へ足を踏み入れ、扉を静かに閉めた。扉を思いきり叩きつけないようにするには、ありったけの努力が必要だった。すぐにペネロペを腕のなかへ引き寄せ、むさぼるような口づけを始める。飢えた獣のようなキスに自分でも驚いた。もし彼女が同じような激しさを見せてくれなければ、キスが荒っぽすぎたかと不安になったかもしれない。

いや、以前の二人の睦み合いを思い出せば、すぐにこうなって当然だ。今の今までそれに気づかないとは、僕はなんと愚かなのだろう。

「あなたのところへ行けなくて、もう死にそうでした。でも、永遠にあなたを自分のものにできないのに、ひとときだけをともにしてもよけいに傷つくだけだとわかっていたんです。あなたと愛し合っている瞬間の悦びはすばらしいものだったけれど、いつもそのあと、心の痛みを感じていました」

キングは彼女の体をすくいあげた。「ペネロペ、今夜からきみは永遠に僕のものだ。ずっと抱きしめて離さない。心の底から愛し、大切にする」

「まだ結婚の誓いをしていないのに」

「結婚式は単なる儀式にすぎない。僕の心のなかには、すでに誓いの言葉が刻まれている。絶対に消すことはできない」

「ヒュー、あなたにはわたしの知らない詩人みたいな一面があるのかしら?」

「まさか」キングはペネロペをベッドの上に横たえると、自分の服を脱ぎ捨て、彼女がナイトドレスを脱ぐのを見守った。衣類の山の上にナイトドレスが加わった瞬間、ペネロペに飛びかかり、彼女があわやあげそうになった驚きの叫び声をキスで封じた。魂に栄養をもらうかのように、夢中で口づける。彼女も同じ激しさでキスを返してきた。

「きみが恋しくてたまらなかった」キングはうなるように言い、ペネロペの胸にキスの雨を降らせると、頂をそっと口に含んだ。

ペネロペは指を髪に差し入れ、体を強く引き寄せた。「でもわたしがここに戻ってきてもう三日になります」

「戻ってきてくれなければ、こんなふうにはなっていなかったね」

「あなたがわたしに結婚を申し込んではいけない理由なら、いくらでも思いつきます。まずわたしが二十八歳であること」

「それだけ成熟しているということだ」キングはもう片方の頂を愛撫し始めた。

「それに、わたしが物静かでないこと」

「だが僕はいつだって、きみが指摘したがっている点に耳を傾けるのを楽しんでいるんだ。事業の有力な投資先を調べているときに一番楽しいのは、きみの意見を聞く段階なんだよ」

「あなたはいつもわたしの考えを尊重してくれている、と感じていました」

「ああ、そうとも」キングは彼女の肋骨《ろっこつ》に沿ってキスの雨を降らせた。「きみのあらゆる面を大切に思っている。この指をすり抜けるシルクのような髪の感触も、このてのひらに感じるサテンのような肌の感触も」体をさらに下へずらし、両脚を大きく広げさせた。「この舌に感じるきみの味わいも」

ペネロペの脚の間に舌をはわせ、かすれた吐息をつくのを聞くと、キングはあわやその場で種を蒔きそうになった。彼女があげる泣き声のようなうめきや、甘い吐息が好きだ。体の下でペネロペが体をよじったり、髪を強く引っ張ってきたり、肩に指をめり込ませてきたりする様子もたまらない。

ペネロペに関して愛せない面など一つもない。すべてが愛おしくてたまらない。ペネロペが過ごしてきた日々がもう少し優しさに満ちていたらよかったのにと思ういっぽう、そういう過去によって今の彼女が形作られたのもまた事実。だからこそ、ほかに類を見ないほど複雑で、繊細で、いくつもの顔を持つ今のペネロペができあがったのだろう。

彼女が太ももを小刻みに震わせ始めている。舌先の動きをさらに速めると、彼女は体を弓なりにし、自分の手を口に当てて叫びを押さえながら、悦びの極致に達した。キングはすかさず上体を起こして、いっきにペネロペのなかに入った。避妊具はつけていない。だから欲望の芯がまだ震えているのも、ベルベットのようになめらかな襞が熱いままなのも直接伝わってきて、いっそう満たされる。口を押さえていた彼女の手を脇に払って口づけると、彼女が舌を絡めてきたのに気づいてほくそ笑んだ。

厚かましく、大胆な、僕のペネロペ。つくづく不思議だ。なぜこんなに長い間彼女がそばにいてくれたのに、完璧な公爵夫人候補を探し出す必要があるなどと考えていたのだろう?

ペネロペは僕の魂にも、心にも、体にもぴったりくる女性だ。僕の妻として、パートナーとして、これ以上完璧な女性はいない。すべてにおいて、ペネロペほど自分にしっくりくるレディはどこにも見当たらない。

なんと鈍感で愚かな公爵だったことか。キングはありったけの愛情を込めて欲望の証を挿入し続けた。

自分でも気づかないうちに、僕はいつしかすっかり彼女のものになっていた。昨年、公爵夫人候補を発表したあの舞踏会が大失敗に終わった原因は、ペネロペにある。それにほかの男性に奪われるという予感を覚えながらも、レディ・キャサリン・ランバートを選んだ原因も、ペネロペにある。もっと言えば、マーガレットへの情熱を持ち続けられなかった理由も。あのマーガレットがいくら努力しても男を奮い立たせられないなんて、絶対にありえないはずなのに。

投資のチャンスを見きわめる能力にかけて、キングの右に出る者はいない。それなのに、これほど近くにいた宝物――ペネロペ・ペティピースをあやうく見逃すところだったのだ。

欲望の証を何度も差し入れながら上体を起こし、美しい緑色の瞳を見つめた。そこにはあふれんばかりの愛情が宿っている。だからいっそう彼女の瞳に見入らずにはいられない。

「愛している、ペネロペ、めちゃくちゃ愛している《ダムドマッチ》んだ」

彼女の目から涙があふれる。「わたしもあなたを愛しています、ヒュー、このまま死んでしまうのではないかと思うときがあるほどめちゃくちゃ愛している《ダムドマッチ》んです」

「もう二度と僕のそばから離れないでくれ」

「もう離れません」

彼女のかすれた約束の言葉を耳にした瞬間、キングは完全に我を忘れた。心も体も完膚なきまでに打ち砕かれ、崩れ去っていくのを感じながら、ペネロペの体の奥底に種を蒔き、彼女の上に倒れ込んだ。息があがって何も話せない。

ペネロペが腰に両脚を巻きつけてきた。「あなたを愛しています」

「よし。だったら一週間以内に結婚しよう」

ペネロペが明るい笑い声をあげた。「たった一週間で、公爵にふさわしい結婚式の準備なんてできません」

「ミス・テイラーならできる」

「彼女は仕事ができます。でも、さすがの彼女も無理です」

キングは体を起こし、ふたたびペネロペと目を合わせた。「ミス・テイラーならできる。

きみが彼女を雇ってすぐから、ずっと計画していたとすればね。ミス・テイラーがここにやってきた数日後、僕は彼女に仕事を依頼した。僕らの結婚式の準備だ。突然の通知でも、混乱を最小限に抑えるようにと頼んだ。今ミス・テイラーに残された仕事はあと一つ。彼女の計画をきみに認めてもらうことだけなんだ」

「まあ、ずいぶん図々《ずうずう》しい人ね。もしわたしが見つからなかったらどうするつもりだったんです？」

キングは少し侮辱されたような気がした。「きみは僕のことをよく知っているはずだ。捜し人が見つからないからといって、僕があきらめると本気で考えているのか？」

ペネロペはとびきり魅力的な笑みを浮かべた。もしキングが立っていたら、その場で両膝を突かずにはいられなかっただろう。いかなる帝国をも揺るがす、蠱惑的な笑みだ。

「あなたはわたしのことをよく知っているはずです。もしわたしがどうしても見つかりたくなかったとしても、それでも見つけられると本気で思っていたんですか？」

「今僕が本気で考えているのは、僕らは最高に相性がいいカップルだということだ」

エピローグ

キングスランド家の舞踏会から六年四カ月後
キングスランド公爵家、先祖伝来の領地にて

心から愛してやまない男性の隣で目覚めることほど、愉快な仕事はない。もしこの世にそれ以上に愉快な仕事があるとしても、キングスランド公爵夫人ペネロペ・ブリンズリー＝ノートンには想像もつかない。ただし我が子たちをあやしながら寝かしつけたり、彼らにお話を読んで聞かせたり、彼らが父親と一緒に遊ぶ姿を見守る仕事は例外だ。

結婚して最初の三年で、ペネロペはヒューに世継ぎと次男、さらに娘を授けた。夫はなかばからかうように〝きみは本当に優秀だね〟と褒めてくれる。年月が経つにつれ、二人とも信じられないほど明るくなった。結婚してからは一度も、過去の秘密に悩まされてもいない。

結婚後すぐに、ヒューはミス・テイラーを秘書として雇った。ミス・テイラーが手がけ

ていた舞踏会を企画する仕事は、彼女の妹が引き継いでいる。ヒューは前々から女性を男性と対等な存在とみなし、積極的に登用してきた。そういう点も、ペネロペが夫を昔から愛してやまない理由の一つだ。また、夫妻はルーシーをペネロペ付きの侍女として雇った。ルーシーにとっては、屋敷内での地位が格段にあがる昇進だ。今でもペネロペとルーシーは変わらぬ友情を育み続けている。ちなみにルーシーは従者ハリーと結婚し、ハリーは今や副執事を務めている。二人は公爵領にある小さなコテージに移り住み、ロンドンの公爵邸ではより広い部屋を与えられ、二人共同で使用している。

ペネロペは自分で事業を始めるという計画をひとまず脇へ置き、女性のための慈善団体を設立した。投資の機会を通じて女性たちの地位向上を目指す活動団体だ。女性に焦点を絞っているものの、お金の有効な管理方法を学びたいと訪ねてくる男性もいる。もちろん、彼らを追い返したことは一度もない。

目覚まし時計の事業が成功し、すっかり味をしめたローレンスは、ほかの製造業にも投資をし始めた。彼には人々が買いたがる商品を見抜く才能があるようで、今では兄から完全に独立している。そういう生き方がローレンスには似合っている。

夫はまばたきをして目覚め、にっこりと笑みを浮かべた。「おはよう。ずっと前から起きていたのかい？」

「少し前から」

「今日はクリスマスだ。もっと寝坊してもいい日だろう?」

「すぐに子どもたちが扉を叩きにやってくるわ。応接室にサンタクロースが何を届けてくれたのか、早く確かめたくてうずうずしているはずよ」

「だったら、あの子たちには、おばあ様かローレンスおじ様を起こしてくるようにと言えばいい」二人とも、毎年クリスマスに訪ねてきてくれるのだ。「今僕は、あの子たちの母親をじっくり味わいたい気分なんだ」

ヒューは妻の体を横向きにさせ、その首に軽く歯を立て始めた。毎朝起きるたびに、ペネロペは信じられない思いになる。こんなに美しくて、すばらしくて、寛大な男性がわたしのものだなんて。両方の腕と脚をヒューの体に巻きつけて力を込め、引き寄せた。夫の体は完全に目覚め始めている。その体から伝わってくる温もりがなんとも心地いい。

「あなたはいつだって、あの子たちの母親をじっくり味わいたい気分なのね」

「こんなに妻を愛している夫を持てるなんて、きみは運がいい」

「ええ、本当に」

ヒューは両肘を突いて上体を起こすと、手の甲を妻の頬に滑らせた。「ほら、あの子たちの足音が聞こえている。母親に似て、一度こうと決めたら絶対にやり抜く子たちだ。彼らからは逃げられないね?」

「逃げたいの?　本気でそう思ってる?」

「まさか。のちのちまで〝第九代公爵は、屋敷にいるときはいつも楽しそうに笑ってばかりいた〟と語り継がれるはずだ」

「第九代公爵夫人はどう言われるかしら？」

「〝夫である公爵に心から愛されていた〟と言われるだろう。今日の午後、あの子たちが遊び疲れて昼寝をしたら、その言葉が真実だとたっぷり証明してあげるよ」

その日の午後遅く、ヒューはその言葉どおりにした。その日だけではなく、それからも毎日毎晩、ずっと。

二〇二一年夏、ずっとしまい込まれていたヴィクトリア時代の象牙製葉巻を入れる箱《シガーボックス》が見つかった。なかに入っていたのは、〝堕天使〟という名前しかわからない少女の写真だ。おそらく、世に出回ったなかで最後のものと思われる。稀少《きしょう》な品として〈サザビーズ〉のオンラインオークションにかけられ、匿名の入札者によって五万ポンドで落札された。落札品がひっそりと目立たないように届けられたのは、第十五代キングスランド公爵ブランドン・ブリンズリー＝ノートンの邸宅だった。もう何代前かわからなくなってしまった公爵の約束を守り続けるべく、彼もまた先代公爵たちがずっとしてきたのと同じことをした。図書室の炉床に火をおこし、届いたばかりの落札品を手に取ると、なかを開けないまま、燃えさかる炎のなかへ放り込んだのだ。

著者あとがき

最初に、長年の友であり、相談役であり、意見をずばりと聞かせてくれる作家アレクサンドラ・ホーキンスに感謝の言葉を述べなければいけません。

彼女がヴィクトリア時代に刊行された『タイムズ』の不動産広告を見せてくれたおかげで、わたしはこの本のヒロインが短期間でコテージを手に入れる場面を描くことができました。当時は売買、賃貸ともに数多くの不動産物件が出回っていて、その多くが驚くべきことに家具つきだったのです。

目覚まし時計が初めて発明されたのは、一八四七年フランスにおいてでしたが、目覚める時間が〝何時〟という設定しかできないタイプでした。一八七六年、アメリカで発明された目覚まし時計は〝何時何分〟まで設定できるもので、一秒でも長く寝ていたい人にはうってつけのものでした。結局そのアメリカ仕様の製品が英国にも広まることになったのですが、わたし個人としては、その前に英国でも目覚まし時計を発明することが可能だったはずだと考えています。

〝ポルノ〟という言葉が最初に使われたのは、一八六四年のことです。一八五七年に発令された猥褻《わいせつ》出版物禁止法によって発禁になった、エロティックな文書のことを意味します。この法律が発令された結果、性的な興奮を高める本やイラストがこっそりと制作され、広く行き渡るようになりました。なかでも大きな役割を果たしたのが写真です。一八四一年、カロタイプという撮影技法が公表され、一枚の原板から多数の印画が作れるようになってからは特にです。


この小説ではペネロペが投資をしています。少なくとも摂政時代、独り身の女性（特に未亡人）は安定した年収を確保するために、相続した財産をさまざまな方法で投資していました。ただ、このやり方には〝もし彼女たちが結婚した場合、株も年収もすべて夫のものとなってしまう〟という欠点がありました。一八七〇年に成立した既婚女性財産法によって、女性たちが自身の財産を所有することが法的に認められるようになり、結果的に多くの女性が投資をするようになったのです。

最近の研究によれば、このような女性投資家たちは文化、社会、財政面での変化に関して、今まで考えられてきたよりもはるかに大きな役割を果たしていたことが明らかになっています（参考文献：エドワード・コープランド著"*Women Writing about Money*"、ナンシー・ヘンリー著"*Women, Literature and Finance in Victorian Britain*"）。

訳者あとがき

読者のみなさま、お待たせいたしました。人気作家ロレイン・ヒースの前作〝*Scoundrel of My Heart*〟に続く、シリーズ第二作目〝*The Duchess Hunt*〟の全訳をお届けします。父が反逆罪で逮捕されたことで、すべてを失った公爵家の兄マーカスと弟グリフィスを巡る人間模様を描いたこのシリーズ。弟グリフィスが主役となった前作に引き続き、今回は兄マーカスが登場するかと思いきや、本作の主人公は、前作にも登場したキングスランド公爵と彼の忠実な秘書ペネロペ・ペティピースです。

ペネロペ・ペティピースは二十八歳。キングスランド（キング）公爵の有能な秘書として八年間彼に仕えています。どんなに難しい仕事もきっちりこなせる彼女ですが、最近公爵から頼まれた仕事には頭を抱えていました。彼が『タイムズ』に掲載した〝将来の公爵夫人候補を募集〟という広告を見て、毎日山のように届くレディたちの手紙を公爵の代わりに読み、彼の妻となるにふさわしい女性を選ぶように、と命じられたのです。どう考えても責任重大な仕事であることは間違いありません。しかも、昨年キングが同じ広告を出し、彼自身で選んだ候補者レディ・キャサリンから振られてしまった経緯があるからなおさらです。

でもペネロペが頭を抱えていた理由はそれだけではありませんでした。最大の理由は、彼女が八年間ずっと、キングに片想いをしてきたからなのです。でも平民の出身である彼女にとって、公爵は絶対に手の届かない人。しかもペネロペは、誰にも言えない秘密の過去を抱えているため、誰かの妻になることなどとうにあきらめています。せめて最愛の公爵には幸せになってほしい。そんな一心で、ペネロペは心の痛みを抱えながらも、彼の花嫁候補選びに真摯に取り組んでいたのですが――

本書ではペネロペだけでなく、キングが抱える過去の秘密も明らかにされていきます。どちらも世間に知られたら今の立場を失うのはもちろん、社交界から完全に追放されるはずの、スキャンダラスな秘密です。ページをめくるたびに、ペネロペとキング二人をいまだに苦しめている秘密が少しずつ明らかになっていき、最後まで目が離せません。同時に、今まで過去という重荷を背負いながら、誰にも頼れず、孤独な道を歩んできた似た者同士の二人が自然と惹かれ合い、心を通い合わせ、魂を近く寄せ合うようになる様子もていねいに描かれています。特筆すべきは、前作では冷淡で現実的に思えたキングが意外な一面を見せることでしょう。最後の最後で、まるでタイムマシンに乗ったかのような、あっと驚くようなしかけがあるのも、さすが実力派の作家ロレイン・ヒースです。

早くも本国では二〇二二年七月に、本作に続くシリーズ三作目"*The Return of the Duke*"が刊行されています。この作品の主人公は、本作にも登場するマーカス・スタンウィックです。父を犯罪に引き込んだ黒幕を捜そうと、自ら暗黒社会に身を投じたマーカス。このシリーズに登場するキャラクターのなかでも一番謎めいた存在として描かれています。はたして彼は父をあやつった黒幕を突き止め、汚名をすすぐことができるのでしょうか？運命のいたずらで、過酷な日々を送らざるを得なくなったマーカスはどのような女性に心惹かれ、どんな恋模様を繰り広げていくのでしょう？　こちらの作品にもどうぞご期待ください。

なお、本作にちらっと登場するトゥルーラヴ家のきょうだいたちを主人公にしたシリーズ全六作も、すでに刊行されています。ご興味があれば、ぜひお手に取ってみてください。義理と人情に厚いトゥルーラヴ一家が織りなす、壮麗なヴィクトリアン絵巻がお楽しみいただけます。

最後に、本書が世に出るまでには、多くの方々のお力を頂戴しました。この場を借りて、厚く御礼申しあげます。

二〇二四年十二月

さとう史緒

訳者紹介　さとう史緒
成蹊大学文学部英米文学科卒。企業にて社長秘書等を務めたのち、翻訳の道へ。小説からビジネス書、アーティストのファンブックまで、幅広いジャンルの翻訳に携わる。ロレイン・ヒース『放蕩貴族の最後の恋人』(mirabooks)など訳書多数。

mira

悪魔《あくま》公爵《こうしやく》の初恋《はつこい》

2024年12月15日発行　第1刷

著　者　ロレイン・ヒース
訳　者　さとう史緒《しお》
発行人　鈴木幸辰
発行所　株式会社ハーパーコリンズ・ジャパン
東京都千代田区大手町1-5-1
04-2951-2000（注文）
0570-008091（読者サービス係）

印刷・製本　中央精版印刷株式会社

ISBN978-4-596-72022-1